Marie Golien

CAINSTORM ISLAND
DER GEJAGTE

Thriller

Ausführliche Informationen über
unsere Autoren und Bücher
www.dtv.de

Originalausgabe
© 2019 dtv Verlagsgesellschaft mbH & Co. KG, München
Umschlaggestaltung: Isabelle Hirtz, Inkcraft, unter Verwendung
mehrerer Motive von Shutterstock
Gesetzt aus der Apollo MT Pro 12,25/15˙
Satz: Fotosatz Amann, Memmingen
Druck und Bindung: CPI books GmbH, Leck
Gedruckt auf säurefreiem, chlorfrei gebleichtem Papier
Printed in Germany · ISBN 978-3-423-76242-7

1

Ich hocke mich vor das schiefe Holzkreuz mit den vertrockneten Blumen. Das Kreuz steht noch keine zwei Tage hier und ich fühle mich einen Moment unwohl bei dem Gedanken, diese tragische Geschichte auszuschlachten. Andererseits, der Eisverkäufer ist tot, oder nicht? Was kümmert es ihn? Also lasse ich meine Augen über die roten Flecken wandern, die sich wie Rost über den Boden ziehen. Jemand hat versucht, das Blut zu entfernen, und es dabei nur noch weiter verwischt, bevor die Sonne es in den Asphalt gebrannt hat. Ich hebe den Blick. Lasse ihn über die Hauswand schweifen.

»Seht ihr die riesigen Löcher? Sie haben ihn aus der Nähe erschossen!«

Eine Frau, die schräg neben mir hockt, schaut hoch und mustert mich neugierig. »Mit wem redest du, Junge?«

Ich hatte gehofft, dass sie mich nicht beachtet. Aber es ist auch nicht meine Schuld, dass sie sich ihren Sitzplatz genau dort ausgesucht hat, wo der Mord passiert ist. Ich ignoriere sie. Leuchtend gelbe Neonschnürsenkel halten das Kreuz zusammen, fest verknotet. Ich lese laut: »Fernando! Wir treffen uns wieder! Ruhe in Frieden!«

Wenn man genau hinschaut, sind auf dem grellen Neon

kleine braune Punkte zu erkennen. Meine Zuschauer mögen diese Details. Ich lasse meinen Blick wieder zur Wand schweifen. Eine aufgesprühte schwarze Schlange starrt auf mich herab. Aufgerissenes Maul und nadelspitze Zähne. Böses, leicht irres Funkeln in den Augen und bereit, sich auf mich herabzustürzen. Ein Schauer läuft mir über den Rücken, obwohl die Schlange nur ein Graffiti ist. Möglichst verschwörerisch flüstere ich: »Wenn ›Las Culebras‹ jemanden hinrichten, sprühen sie diese Kobra über den Toten. Es ist eine Warnung an uns andere.«

Die Frau bohrt mit einem Stöckchen in den Löchern ihrer Schuhsohle und betrachtet mich belustigt. »Sind hier Leute, die ich nicht sehe, Sherlock?«

Sie sitzt auf einem ausgefransten Tuch, auf dem sie Elektroschrott zum Verkauf aufgehäuft hat. Zerbrochene Monitore, eine vergilbte Tastatur und PCs, aus denen sich Kabel winden. Daneben dösen ein paar Straßenhunde im Schatten und ein Kind mit Bauchladen läuft die flimmernde Straße herunter. Niemand ist in unserer Nähe. Die bleierne Nachmittagshitze hat die Stadt erobert und die meisten Leute in ihre Wohnungen getrieben. Rein äußerlich ist an mir nichts Seltsames zu sehen und ich werde ihr auf keinen Fall von denen erzählen, die gerade zuschauen und zuhören. Sie soll mich ruhig für durchgeknallt halten. Stimmen im Kopf. Ein Fall für die Psychiatrie. Außerdem habe ich keine Zeit für Erklärungen.

Ich zucke mit den Schultern: »Manchmal denke ich laut.«

Meine Zuschauer interessieren sich nicht für die Frau, die ihre Augenbrauen jetzt in einer ›Ich glaube dir kein Wort‹-Manier nach oben zieht. »*Wer war der Tote? Warum wurde er erschossen?*«, wollen sie wissen. Mord und Totschlag ziehen bei ihnen immer. Inzwischen kenne ich sie gut. Für ein paar blutige Geschichten an einem langweiligen Donnerstagnachmittag sind sie immer zu haben. Echtes Drama aus sicherer Entfernung.

Herzchen und Inschriften sind um das Kreuz auf den befleckten Boden gekritzelt. Mit geübter Langsamkeit lasse ich meinen Blick darübergleiten. Ich habe bei dem ermordeten Typen ein paarmal Eis gekauft. Wasser mit Farbstoff. Netter Kerl, aber high wie ein Astronaut, mit Pupillen groß wie Münzen. Ich kann mir denken, wie die Sache mit Las Culebras abgelaufen ist: Schulden, Versprechungen, Sucht, Drohungen und schließlich ein elender Tod neben seinem Eisstand. Aber das ist eine zu langweilige Geschichte.

»Er hieß Fernando und war in ein Mädchen verliebt, das Mitglied bei Las Culebras war«, erfinde ich.

Die Frau an der Mauer zieht die Augenbrauen so hoch, dass sie fast ihren Haaransatz berühren. »Echt jetzt?«, fragt sie skeptisch.

»Es war ein Geheimnis. Niemand wusste davon.«

Ich gebe ihr keine Zeit, auf meine Lügen zu reagieren, sondern überquere die schmale Straße und beginne, mich an einer stabil aussehenden Regenrinne nach oben zu hangeln, während ich die Geschichte weiterspinne: »... Fernando war in einer anderen Gang und die Schlangen konnten natürlich nicht akzeptieren, dass er mit einer von ihnen zusammen ist. Also haben sie ihn hier in einen Hinterhalt gelockt und erschossen. Als seine Freundin davon hörte, ist sie ausgerastet. Sie hat alle Waffen in ihr Auto gepackt, die sie finden konnte. Ein Maschinengewehr, Messer. Sogar Handgranaten. Damit ist sie zum Hauptquartier von Las Culebras gefahren und hat so viele Schlangen erschossen, wie sie konnte. Ihre eigenen Leute! Danach hat sie sich ins Meer gestürzt.«

»OMG. Traurig und romantisch. Wie im Film«, schreibt einer der User. Andere schicken ganze Brigaden weinender Katzen-Emojis.

Zufrieden stelle ich fest, dass sie meine Story gekauft haben. Ich ziehe mich aufs Dach und wische mir den Schweiß von der Stirn. Dann schaue ich nach unten und sehe in das schockierte Gesicht der Frau, die zwischen ihrem Elektroschrott sitzt. Dass die Verrückten Regenrinnen hochklettern, scheint ihr neu zu sein.

Meine Zuschauer kommentieren hämisch: *»Jetzt musst du dir nur noch Flügel wachsen lassen, dann fallen ihr die Augen aus dem Kopf.«*

Ich beginne zu rennen. Die Wellblechplatten unter meinen Füßen biegen sich und federn mit einem scharfen Surren zurück. Der Rand des Daches kommt auf mich zu. Der Abgrund ist breiter, als ich ihn in Erinnerung habe, und ich erhöhe mein Tempo. Mit aller Kraft stoße ich mich ab und springe. Unter mir verschwimmen spielende Kinder zu bunten Punkten. Ich erwische die Regenrinne des Nachbarhauses mit den Händen und knalle mit den Turnschuhen unerwartet heftig gegen die Wand. Die Rinne ächzt empört, als hätte ich sie aus ihrem Mittagsschlaf gerissen, und ihre Kante schneidet unangenehm in meine Finger. Ich bete, dass sie mein Gewicht hält.

Entsetzte Emojis mit weit aufgerissenen Augen und Mündern flimmern vor meinem inneren Auge. *»Oh nein, fall nicht! Gleich bist du Matsch!«* Dahinter weitere Bildchen von Totenköpfen und etwas, das aussieht wie eine zerplatzende Qualle.

Mit zusammengebissenen Zähnen ziehe ich mich nach oben und rolle mich ab.

»Keine Angst, das Krankenhaus steht heute nicht auf meiner To-do-Liste!«

Neben Storys von Morden lieben meine Zuschauer die Gefahr. Zumindest, wenn ich sie erlebe und sie durch meine Augen dabei zuschauen dürfen. Das Klettern und Springen ist mein zweites Talent, neben dem Geschichtenerfinden. Lügen ist sicher nicht meine beste Eigenschaft, aber wenn man zwischen Dieben, Mördern und Gestalten, die nur nachts aus ihren Löchern kriechen, aufwächst, ist es manchmal der einzige Weg, um zu überleben. Solange man sich merkt, welche Lüge man wem erzählt hat. Geklettert bin ich schon seit meiner Kindheit. Ich liebe es, die steilsten Hauswände zu erklimmen oder von Dach zu Dach zu springen. Hauptsache Adrenalin. Und wenn ich dafür auch noch Geld bekomme, umso besser.

Eine struppige Katze hat in der Sonne geschlafen. Von meinem Lärm aufgeschreckt, verschwindet sie mit einem bösen Fauchen. Die hohen Häuser über mir werfen ihre Schatten über den schmalen Hinterhof.

»Okay! Seid ihr bereit für was richtig Gefährliches?«

»*Jap, jap!*« Lachende Katzen mit Popcorn in den Händen. »*Wir sind bereit!*«

Aus der Ferne höre ich schrille, sirenenartige Warnsignale, die durch die engen Straßen und Häuserwände tausendfach zurückgeworfen werden. Der Boden vibriert unter meinen Füßen.

»Dann macht euch auf die unglaublichste, gefährlichste und atemberaubendste Bahnfahrt aller Zeiten gefasst!«

Ich steige über aufgeplatzte Müllsäcke. Der Hinterhof ist heruntergekommen. Schwarze Schatten huschen davon.

»*Iiiiih! Ratten?*«, lese ich.

»Ja, überall! Es gibt so viele, man kann nicht mal eine rauchen, ohne dass eine von denen vorbeikommt und einen Zug will. Aber noch schlimmer ist der Geruch! Seid froh, dass ihr nichts riechen könnt.« Ich ziehe mir den Pulli über die Nase und erkläre: »Es gibt hier keine Müllabfuhr. Entweder die Leute bringen ihren Müll selbst weg oder er bleibt in den Höfen und auf den Dächern liegen und verfault.«

»Was ist denn das da in der Ecke? Bitte schau da noch mal hin!!«, schreibt jemand.

Ich drehe mich um und sehe zwei zusammengekrümmte Gestalten auf grauen Pappen liegen. Der Stoff ihrer Decken ist so fleckig und verschlissen wie der Boden. Koffer, umwickelt mit Seilen, sind in einer Ecke gestapelt. Daneben sitzt, winzig und still, ein Kind. Vielleicht zwei Jahre alt. Es beobachtet mich, während seine schmutzigen kleinen Fäuste im Dreck kneten. Die Kommentare rasen so schnell an meinem inneren Auge vorbei, dass ich sie kaum noch lesen kann:

»Das arme Kind, OMG furchtbar!«

»Es ist so krass, in welcher Armut ihr lebt. Unvorstellbar.«

Es ist die gleiche Reaktion wie immer, wenn ich ein besonders heruntergekommenes Kind oder einen verzottelten Hund sehe. Für mich gehören diese Bilder so sehr zur Stadt, dass ich sie bisher kaum bewusst wahrgenommen habe. Aber meine Zuschauer kommen nicht von hier. Ihre Heimat liegt hinter dem Meer, auf einem Kontinent namens Asaria. Dass es bei ihnen weder Straßenkinder noch Straßentiere gibt, weiß ich mittlerweile.

Ich blinzele einmal lang, sodass die Kommentare und die traurigen Emojis aus meinem Sichtfeld gewischt werden und ich den Blick frei zum Klettern habe.

»Ich hab leider nichts, was ich dem Kind geben könnte«, sage ich mit Bedauern und blicke nach oben, wo sich die viereckigen Häuser wie unordentliche Schuhkartons aufeinanderstapeln. Erker und Balkone ragen hervor, als hätte sie jemand zufällig an die Fassaden geklebt. Jeder baut hier, wo und wie er möchte. Die obersten Häuser sind auf normalem

Weg nur über viele kleine Treppen zu erreichen, die sich durch die Häuserlabyrinthe ziehen. Deshalb auch der Name meiner Stadt: Milescaleras, die Stadt der tausend Stufen.

Ich schwinge mich auf einen Vorsprung und arbeite mich die Wand hinauf. Die Fußspitzen schiebe ich in einen zentimeterbreiten Riss, während ich mich mit den Händen an einem Fensterbrett nach oben ziehe. Wieder höre ich das ferne Heulen der Zugsirene.

Die Fenster sind mit Gardinen gegen die Hitze verhängt oder mit Brettern vernagelt, sodass ich einigermaßen unbeobachtet bin. Den meisten Leuten ist es egal, ob ich ihre Häuser als Parkourstrecke benutze. Sie sehen es als private Zirkuseinlage, bei der sie mit ihren Nachbarn Wetten abschließen können, ob ich abstürze oder nicht. So richtig sauer ist noch niemand geworden, aber ich will keine überflüssigen Risiken eingehen und nehme die versteckten Wege.

Auf halber Strecke steigt mir der Geruch nach angebranntem Speck in die Nase und ich sehe durch ein Fenster einen dicken Mann, der mit dem Rücken zu mir am Herd steht. Das Fenster ist mit Eisenstäben gesichert, aber die Stäbe stehen weit genug auseinander, um einen Arm hindurchzustrecken.

»Soll ich?«, flüstere ich, die geöffnete Dose mit eingelegter Ananas im Blick, und schalte mit einem langen Blinzeln die Kommentarfunktion wieder ein.

»Jaaaaa! Tu es!!«

Die Bratpfanne des Mannes zischt so laut, dass er nichts mitbekommt. Schnell ziehe ich die Dose zwischen den Stäben hindurch und mache mich davon. Die Wand wieder zurück nach unten zu klettern dauert eine halbe Minute. Meine Zuschauer sind nicht wirklich empfänglich dafür, dieselben Wege zweimal zu sehen. Sie schalten blitzschnell weg, wenn sie sich langweilen. So einfach ist das für sie.

Das kleine Mädchen hat sich nicht gerührt. Die beiden Gestalten auf dem Boden sind vermutlich die Eltern, die schlafend und unbewegt auf ihren Pappen liegen. Ich nähere mich dem Mädchen vorsichtig, wie einem scheuen Tier, das man nicht aufschrecken will. Mit großen Augen nimmt es die geöffnete Dose aus meinen Händen, starrt sie aber nur an.

»Du kannst es essen«, erkläre ich und mache es ihr langsam und übertrieben pantomimisch vor. Vorsichtig angelt sie sich eine Ananasscheibe aus der Dose. Anscheinend schmeckt es ihr, denn ich bin von einem auf den anderen Augenblick vergessen. Der Hunger in ihren Augen gibt mir einen Stich und für einen Moment sehe ich mich selbst dort sitzen. Meine Zuschauer schicken schniefende Katzen mit Tränen in den Augen.

Als ich den höchsten Punkt des Viertels erreicht habe, lese ich in der oberen Ecke der Kommentarfunktion die Zahl meiner Zuschauer ab. Bei Fernandos Kreuz waren es hundertneun – das erste Mal dreistellig. Jetzt sind es hundertzwölf. Gut. Ich habe noch knapp fünfzehn Minuten, bevor sich meine Sendung automatisch abschaltet.

Die Nachmittagssonne leuchtet am blauen Himmel und ein leichter Wind weht vom Meer herüber.

Ich stelle mich an den Rand des Daches und schaue über das Häusermeer. Unter mir, dicht an der Hauswand, verlaufen die Schienen. In einigen Kilometern Entfernung sehe ich den Zug zwischen zwei Häusern auftauchen und wieder verschwinden. Ich habe also noch etwas Zeit.

» Wir wollen ein Bild von dir, ECOO, schau doch mal in einen Spiegel! Bitttee!«, schreibt Waldfee und lässt einen Schwall Herzchen folgen.

Ich habe ein Profilfoto von mir hochgeladen, aber da mache ich gerade einen Salto. Man erkennt nicht viel, außer vielleicht, dass ich dunkle Haare habe und sportlich bin. Was meine Zuschauer sonst noch von mir sehen, ist nur das, was ich auch sehe. Meine Hände mit den Handschuhen zum Klettern, meinen grauen Kapuzenpullover, die Jeans und meine Turnschuhe. Ich heiße auch nicht EC00, sondern Emilio. Wahrscheinlich wäre es völlig egal, was meine Zuschauer über mich wissen. Sie wohnen so weit weg, wir werden uns niemals persönlich begegnen. Aber der Mann meiner Mutter sieht das anders. Seiner Meinung nach verkaufe ich jedes Mal ein Stück meiner Seele, wenn ich auf Sendung bin. Dass ich für die Firma Eyevision arbeite, regt ihn jeden Tag aufs Neue auf.

»Sorry, aber hier ist gerade kein Spiegel. Dafür die beste Aussicht über Milescaleras, die ihr haben könnt.«

Egal in welche Richtung ich mich drehe, bis zum Horizont ist jeder Zentimeter Land bebaut. Rechts von der Stadt liegt das Meer, dunkel und ruhig. In der Schule haben wir gelernt, dass es auf unserem Kontinent noch 39 weitere Städte gibt, die dicht an dicht liegen. Aber es lohnt sich nicht, dort hinzufahren, denn sie sollen genauso überbevölkert und arm sein wie Milescaleras.

»*Was sind das für Löcher?*«, will Dan wissen. Neben uns, in der Tiefe, erstreckt sich ein Krater, als hätte ein Meteorit in die Stadt eingeschlagen. Auch er ist dicht bebaut. Schmale Treppen führen hinab in das Zwielicht aus Wellblechdächern und Schornsteinen.

»Die Regierung gräbt überall, um Rohstoffe zu finden. Die Krater sind alte Grabungen. Niemand kippt die Erde zurück in die Löcher. Wenn die Baufahrzeuge und Kräne weg sind, bauen die Leute ihre Häuser in die Löcher und auf die Geröllhaufen. Unten wohnen die Ärmsten. Wenn es heftig regnet, sammeln sich Wasser und giftiger Schlamm. Die Leute ertrinken dann oder werden von Lawinen begraben. Wir werden gleich mit dem Zug nach unten fahren.«

»*Sieht aus, als ginge es in die Unterwelt. Wo ist deine Wohnung?*«

Tatsächlich wohne ich weder auf einem der Berge noch in einem der finsteren Löcher. Das Viertel, aus dem ich komme, ist auf Stelzen über den Strand gebaut und ragt ein Stück ins Meer hinein. Ich finde, meine Familie hat es dort gut getroffen, auch wenn ab und zu das Wasser so hoch steigt, dass es unsere Wohnung überschwemmt. Ich deute in eine unbestimmte Ferne. »Da hinten, auf dem Berg.«

»*Und das kleine, obdachlose Mädchen? Kann der Staat ihr nicht helfen? Jemand muss doch zuständig sein!*«

Ich schnaufe: »Der Staat kümmert sich hier um nichts. Schon gar nicht um Obdachlose.« Zumindest hat er meiner Mutter und mir nie geholfen, als wir auf der Straße leben mussten. Die Zeit ist lange vorbei, aber ich erinnere mich noch zu gut an das Autowrack mit den aufgeschlitzten Sitzen und an die zerbrochenen Seitenfenster, durch die der Wind fegte.

»*Ich verstehe nicht, wie ihr so leben könnt. Ich meine, mit der Enge und so. Wie viele Leute wohnen hier? 25 Millionen? 35 Millionen? Ich würde klaustrophobisch werden*«, schreibt ein KingJames und jemand anders fügt hinzu: »*Wieso macht ihr nichts, damit es euch besser geht? Räumt doch mal den Müll von der Straße!*«

Manchmal gehen mir die Asarianer auf die Nerven. Bis vor Kurzem hatte ich keine Ahnung, wie es bei ihnen drüben in Asaria aussieht. Normalerweise hält die Regierung alle Infos darüber unter Verschluss, wahrscheinlich um uns hier in unserer dreckigen, überbevölkerten Stadt nicht neidisch zu machen. Aber dann habe ich vor vier Monaten angefangen, für die asarianische Firma Eyevision zu arbeiten. Ich filme durch meine Augen und das Video wird automatisch auf meinem Kanal hochgeladen. Die Leute können live zuschauen und kommentieren oder sie schauen sich die gespeicherten Videos an. Für jeden Zuschauer bekomme ich ein paar Cent. Je mehr Zuschauer, desto besser.

Eyevision hat mir zur Begrüßung eine kleine, rot leuchtende Kugel geschenkt, die sie Eyenet nennen. Diese Kugel kann ich an meinen Laptop stecken und werde durch sie indirekt mit Asaria verbunden. Denn durch das Eyenet habe ich nicht nur Zugriff auf meine Videos, sondern auch auf die Videos von Leuten, die in Asaria durch ihre Augen filmen.

Als ich die ersten Videos von drüben gesehen habe, hatte ich das Gefühl, Funksignale einer fernen Dimension zu empfangen. Ein Paralleluniversum, Millionen Lichtjahre weit weg. Dabei liegt Asaria gerade mal 120 Kilometer von unserer Küste entfernt.

Aber die Welt dort drüben ist völlig anders: Wolkenkratzer aus Glas, die sich wie Pflanzen mit der Sonne drehen. Villen und Schlösser, Parks mit Büschen, die unter ihren Blüten fast zusammenbrechen, Wasserfälle und tiefe Wälder mit seltsamen Tieren. Frauen und Männer mit riesigen Hüten und Fächern, die auf geschwungen Stühlen sitzen und aus winzigen Tassen Espresso trinken. Glänzende Autos, die über den Boden zu schweben scheinen. Kutschen, die von riesigen Pferden gezogen werden. Straßen, so sauber, als könnte man von ihnen essen.

Ich habe Nächte damit zugebracht, diese Videos zu schauen und die Asarianer zu enträtseln, wie ein Forscher eine fremde Kultur, die er am Ende doch nie ganz versteht. Was ich sagen kann, ist, dass sie im Grunde sind wie wir, nur mit mehr Geld in den Taschen. Die meisten Videos zeigen, wie die Leute shoppen gehen, fremdartige Sportarten treiben oder in teuren Restaurants Meeresschnecken, Kaviar und Eis bestellen, das mit Goldstaub bedeckt ist.

Jedes Straßenkind würde dort drüben auffallen wie hier eine rosa Möwe. Ihre Welt ist für mich so merkwürdig und faszinierend wie für sie das Elend und die Morde in meiner. Mit dem Unterschied, dass ich sofort rübergehen würde, wenn ich könnte. Ob einer von ihnen mich besuchen würde, bezweifle ich.

»Und wo sollen wir den Müll hinräumen? Und was sollen wir gegen die Enge tun? Wie ihr seht, haben wir schon angefangen, über dem Meer zu bauen, weil kein Platz mehr ist«, antworte ich leicht gereizt.

»Zarbon21, du bist echt ein Arsch. EC00, wenn die Regierung dein Haus abreißt, weil sie nach Rohstoffen sucht, kannst du gerne nach Asaria kommen und bei mir wohnen«, bietet mir Waldfee an.

»Danke, aber dann würde ich auch noch meine Familie mitbringen.«

»Kein Problem, meine Eltern haben ein großes Haus.«

Ein anderer User wirft ein: *»Ist es für Leute aus der Provinz nicht verboten, nach Asaria zu kommen? Glaube, wir haben sogar Stacheldraht und Maschinengewehre an der Grenze, falls es jemand mit dem Boot versucht.«*

»Oh Mann, das war doch auch nur hypothetisch«, schreibt Waldfee und schickt ein paar Katzen, die die Augen verdrehen.

»Schreib nicht Provinz. Mein Kontinent heißt Cainstorm«, antworte ich.

In diesem Moment spüre ich eine Vibration unter meinen Füßen und höre das lang gezogene Schreien der Sirene. Mit einem langen Blinzeln lasse ich die Kommentare verschwinden.

Absprungbereit stelle ich mich an den Rand des Hausdaches. Die Schienen laufen etwa drei Meter unter mir am Haus entlang. Wenn der Zug kommt, kann ich von hier auf sein Dach springen.

Die Bahn kämpft sich schnaufend die Steigung hinauf. Das stumpfe, abgenutzte Metall reflektiert die Nachmittagssonne. Am höchsten Punkt angekommen, scheint sie für eine Sekunde durchatmen zu müssen, pfeifend entweicht die Luft aus ihren Ventilen. Das ist der Moment, auf den ich gewartet habe. Ich springe hinüber und schlinge meine Arme um das erhitzte Metall eines der Schornsteine. Die Bahn ringt kreischend nach Atem und stürzt sich den Abhang hinunter. Fahrtwind rauscht in meinen Ohren und presst mir die Luft aus den Lungen.

Obwohl meine Augen durch den Gegenwind tränen, versuche ich sie offen zu lassen, um meinen Zuschauern gute Bilder zu liefern. Häuser, Brücken und Straßen fliegen rechts und links an mir vorbei und werden in die Länge gezogen wie bunte Streifen. Es geht bergab. Hinunter in den Krater. Adrenalin und ein wildes Glücksgefühl explodieren in meinen Adern. Im Moment ist mir alles andere egal. Geldsorgen, neongelbe Schnürsenkel mit blutigen Flecken und psychopathische Kobra-Graffiti rücken in weite Ferne und lösen sich in Bedeutungslosigkeit auf.

Unten angekommen, jagt die Bahn durch die engen, verwinkelten Straßen. Das schrille, sirenenartige Pfeifen und das Rattern der Räder hallen durch die Häuserschluchten. Fußgänger hechten zur Seite und Autofahrer bremsen abrupt. Unwilliges Kreischen der Bremsen. Funken sprühen und die Bahn wird langsamer, als die erste Haltestelle auf uns zukommt. Obwohl ›Haltestelle‹ nicht ganz der richtige Begriff ist. Die Menschen stehen mit angespannten Gesichtern an der Bahnsteigkante, sprungbereit. Die Bahn bremst ab, hält aber nicht. Menschen rennen neben dem Zug her und versuchen, sich an den Türrahmen festzuhalten, um sich ins Innere zu ziehen. Wer zu langsam ist, bleibt zurück. Ich will nicht wissen, wie viele Leute sich beim Ein- und Aussteigen schon die Knochen gebrochen haben. Die Bahn beschleunigt pumpend. Die Erde scheint unter uns nachzugeben, wir kippen nach vorne und tauchen in den Schlund eines Tunnels ein. Das Brüllen der Bahn wird von den Wänden zurückgeschleudert und der Fahrtwind wächst zu einem Orkan an, der mich fast vom Dach fegt.

Die letzten Meter haben mich viel Kraft gekostet und ich bin froh, dass es gleich 17 Uhr ist. Dann schaltet sich Eyevision automatisch ab. Hinter dem Tunnel wird die Bahn schnaufend langsamer. Zufrieden mit mir selbst und der letzten halben Stunde springe ich vom Dach und lande auf einem zugewucherten Balkon.

Das Licht ist dämmrig, als wäre es schon viel später am Tag. Die Geräusche kommen mir hier unten im Krater immer gedämpft vor, als würde die nebelige Düsternis sie verschlucken. Über mir türmen sich die Häuser, die an den Wänden der Abhänge kleben. An den Fenstern und an der Balkonbrüstung kleben Millionen von winzigen Wassertropfen. Ganz oben erstreckt sich der strahlend blaue Himmel.

»Jetzt sind wir in einem der Löcher. Ihr könnt es nicht spüren, aber es ist hier unten bestimmt fünf Grad kälter.«

Die hohen Fenster sind von innen schwarz angemalt. Ich muss also keine Angst haben, dass mich jemand sieht. Trotzdem frage ich mich, wer hier wohnt. Das Gebäude wirkt verlassen, Müll und faulende Blätter haben eine dunkle Kruste auf den Kacheln gebildet und Pflanzen schieben sich durch Risse. Aber leer stehenden Wohnraum gibt es eigentlich nicht, dafür ist der Platzmangel zu groß. Ich sehe auch keine Graffiti, die den Ort als Territorium einer Gang markieren würden. Vielleicht ist es eine Lagerhalle? Ich folge dem Balkon, der um das Haus führt. Die letzte halbe Stunde war ziemlich anstrengend. Zur Abwechslung könnte ich mal eine Treppe runtergehen, anstatt zu klettern. Mit einem Blinzeln erscheinen die Kommentare vor meinem inneren Auge. Mittlerweile sind es hundertachtzehn Zuschauer. Ich werde immer besser.

»Das war die krasseste Achterbahnfahrt meines Lebens«, hat ein User geschrieben.

Ein anderer freut sich: *»Meine Schwester hätte fast gekotzt, als es um die Kurve ging.«*

»Warum hält der Zug nicht an den Haltestellen?«, will Zarbon21 wissen.

»Die Züge haben nicht mal Lokführer. Sie fahren einfach immer. Selbst wenn etwas passiert, halten sie nicht an.«

Ich biege um eine Ecke des Balkons und schaue aus dem ersten Stockwerk in einen düsteren Innenhof, der von hohen Backsteingebäuden eingerahmt ist. Wilder Farn und eine dicke Moosschicht überziehen den Betonboden. Ein riesiger gemauerter Schornstein überragt das Ganze. Vielleicht sollte ich da mal hochklettern? Die Häuser starren mich aus ihren toten, schwarzen Augen an. Gedämpfter Straßenlärm ist aus der Ferne zu hören, sonst ist es seltsam still. Zu still. Aus den Augenwinkeln nehme ich eine Bewegung wahr. Eine der Türen hat sich geöffnet und heraus gleitet eine Gestalt, geräuschlos wie ein Schatten. Das Mädchen erstarrt in ihrer Bewegung, als es mich sieht. Gehetzt starrt sie mich an. Warnend. Komm mir nicht zu nahe. Verblüfft über ihr unerwartetes Auftauchen, mustere ich sie. Ihre Augen sind so hell, dass sie unnatürlich wirken. Durchscheinend. Ob sie Kontaktlinsen trägt? Aber nicht nur ihre Augen finde ich faszinierend, sondern auch ihre schneeweiße Haut. Fast wie bei einem Vampir. Ob sie nie in die Sonne geht? Türkisfarbene Haare ringeln sich über ihre Schultern. Sie trägt eine enge, zerrissene Jeans und ein schwarzes T-Shirt, das ihre tätowierten Arme frei lässt. Sie ist etwa so alt wie ich. Vielleicht etwas älter. Achtzehn oder neunzehn. Ich merke, wie ich sie anstarre, und es ist mir peinlich. Schnell hebe ich meine Hände, um ihr zu zeigen, dass ich keine Waffe trage. Sie wirft mir einen ablehnenden, fast hasserfüllten Blick zu, dann läuft sie leichtfüßig in Richtung Geländer. Dort verharrt sie für eine Sekunde und betrachtet mich stirnrunzelnd, als ob sie versuchen würde, mich einzuschätzen. Mir fällt eine vielleicht fünfzehn Zentimeter große Metallplatte auf, die über ihrer Pulsader im Arm eingelassen zu sein scheint. Ein Schmuckstück?

»Hey, was…«, setze ich an, aber ein Hecheln lässt mich herumfahren. Ein Pitbull stürzt wie ein Pfeil aus einer der Türen, rast an mir vorbei und will nach dem Bein des Mädchens schnappen. Blitzschnell trete ich auf die Leine, die er hinter sich herschleift, reiße den Hund zurück und knote das Leder mit einer Schlinge um einen Pfeiler. Der Hund fährt wütend bellend zu mir herum, aber ich bin schneller, springe aus seiner Reichweite und seine Zähne schnappen ins Leere. Das Mädchen hat ein Bein über das Geländer geschwungen. Ihre Lippen formen nur ein Wort: ›Renn!‹ Dann springt sie und landet im dicken Moos des Hofes. Sie richtet sich auf und verschwindet hinter der nächsten Mauerecke.

Im gleichen Moment wird die Tür wieder aufgestoßen. Diesmal mit einem wütenden Brüllen. Ein Mann hechtet auf mich zu. Reflexhaft blocke ich seine Faust, weiche zurück, gegen die Wand. Er grunzt und fuchtelt mit einem Messer vor meinen Augen herum.

»Wo ist sie?« Meine Augen sind wie hypnotisiert auf die rasiermesserscharfe Klinge gerichtet. »Ist sie zu den Bahngleisen? Hä?«

Er steht zu dicht. Ich kann nicht weglaufen. Vorher bohrt er mir das Messer in den Rücken. Also setze ich mein ›Fass mich an und ich schlage dir alle Zähne aus‹-Gesicht auf, blicke ihn direkt an ...

Und erstarre.

Auf seiner Stirn prangt eine Schlange mit aufgerissenem Maul. Von ihren Zähnen tropft Gift. Die Worte ›Las Culebras‹, die sich quer über seinen Hals ziehen, muss ich nicht mehr lesen, um zu wissen, wer er ist oder zu wem er gehört. Wie ein böses Omen schiebt sich das kleine Holzkreuz mit den vertrockneten Blumen in meine Gedanken. Er ist einer von denen, die Fernando den Eismann auf dem Gewissen haben.

»Sie ist über die Bahngleise gelaufen«, antworte ich, um Zeit zu gewinnen.

Der Köter zerrt heulend an seiner Leine und Schlangenkopf spuckt auf den Boden. »Du lügst.«

Er ist muskulöser als ich, vielleicht Mitte zwanzig, aber nicht größer. An seinen Bewegungen erkenne ich, dass er unkonzentriert ist. Fast hektisch. Vielleicht hätte ich sogar eine Chance, wenn da nicht das Messer wäre. Ich bin unbewaffnet. Las Culebras erlauben uns nicht, Waffen zu tragen. Wenn sie jemanden mit einem Messer erwischen, der nicht zur Gang gehört, wird er bestraft.

»Sie ist an mir vorbeigerannt, Richtung Schienen. Warum sollte ich lügen?«

Er zerschneidet die Luft vor meinen Augen, wippt von einem Bein aufs andere und wischt sich mit der freien Hand durchs Gesicht, als könnte er keine Sekunde still stehen. Ich rieche sein Aftershave. Banane. So intensiv, dass es fast seinen sauren Atem, vermischt mit Alkohol, dem Gestank nach Rauch und ungewaschener Kleidung, überdeckt.

»Weil du ihr Freund bist! Was machst du sonst hier?«

»Ich habe sie noch nie gesehen.«

»Naaa klaaar«, höhnt er. »Wie bist du hier überhaupt reingekommen?«

»Über die Schienen. Da war kein Zeichen, dass der Platz euch gehört!«

»Da war aber auch kein Zeichen, dass du hier einfach reinkommen darfst, oder?«

Er grinst breit und entblößt seine fehlenden Schneidezähne. Wie tollwütig sticht er nach mir. Ich weiche aus, die Wand im Rücken, die Klinge streift mich am Arm und schneidet durch den Pullover bis in die Haut. Mein Herz rast. Ich habe mich schon oft geprügelt. Aber nicht mit Leuten, die ein Messer hatten.

Schlangenkopf meint es ernst. Ich sehe es in seinen Augen. Er will mich töten und er hat Spaß dabei. Er greift wieder an und versucht, mir das Messer in die Seite zu rammen. Wieder blocke ich mit meinem Arm und spüre einen Schnitt. Meine Ärmel sind zerfetzt. Blut tropft auf den Boden, ich balle die Hände. Aber er grinst nur sein schneidezahnloses Grinsen.

»Der Blassfisch hat dich hier zum Sterben zurückgelassen, hä?« Seine Augen sind Tunnel des Wahnsinns, Pupillen wie Nadelköpfe, sein Gesicht eine Maske aus Vorfreude und Blutrausch. Er kommt so nah, dass ich sein widerliches Bananen-Aftershave fast auf der Zunge schmecke. Der Tod riecht nach Banane, schießt es mir durch den Kopf. Er hebt langsam das Messer, als müsste er sich überlegen, wohin er als Nächstes stechen soll. Eine eiskalte Ruhe nimmt von mir Besitz und eine leise Stimme in meinem Hinterkopf flüstert eindringlich: ›Wenn du jetzt nichts machst, bist du tot.‹

Ich blocke das Messer, ramme ihm die Faust gegen das Kinn. Er stolpert rückwärts, zieht mich mit sich und wir stürzen gegen das morsche Holz des Geländers. Es ächzt und knallt. Holzsplitter fliegen durch die Luft. Ich falle, schlage im Hof auf weichem, feuchtem Moos auf, rolle ab, will wegrennen, aber Schlangenkopf ist über mir und reißt mich zu Boden.

Etwas Hartes bohrt sich in meinen Rücken. Das Messer. Ich liege auf dem Messer. Er muss es während des Falls verloren haben. Schlangenkopf ist über mir. Sein Gesicht vor Wut verzerrt. Sein Gewicht drückt mich auf den Boden. Brüllend hebt er die Faust. Mit der einen Hand wehre ich verzweifelt seinen Schlag ab, mit der anderen greife ich unter meine Seite, taste nach dem Messer. Von oben höre ich lautes, hysterisches Kläffen. Der Köter glotzt durch die zersplitterte Balkonbrüstung. Schlangenkopf beugt sich nach vorne, seine Hand schließt sich eisern um meinen Hals, mit der anderen schlägt er wieder zu und diesmal trifft er. Entsetzte Katzen-Emojis tanzen vor meinen Augen und ich verliere die Orientierung. Text rast an meinem inneren Auge vorbei und im Nebel meiner Gedanken realisiere ich, dass ich aus Versehen den Chat aktiviert habe. Meine Finger stoßen an das Messer, ich versuche es zu greifen, will es unter meinem Rücken herausziehen. Schlangenkopf bemerkt es nicht. Wütend zischend legt er beide Hände um meinen Hals und drückt langsam zu. Mein Blick verschwimmt und Schlangenkopf lacht völlig lautlos. Nicht ein Geräusch kommt über seine Lippen, während er sich schüttelt, als hätte er gerade die beste Zeit seines Lebens. Die Schlange grinst erwartungsvoll auf mich herab und ich bäume mich auf, mit letzter Kraft ziehe ich meinen Arm hervor. Rote Wolken explodieren vor meinen Augen. Ich ramme Schlangenkopf das Messer in die Seite.

Blut fließt aus seinem Mund, tropft auf mein Gesicht. Er blickt zu mir herunter. Erstaunt. Seine Hände um meinen Hals lockern sich, endlich. Seine Arme sinken zu Boden und ich stoße ihn von mir. Kraftlos kippt er zur Seite. Ich rolle weg, springe auf. Er versucht, Luft zu holen, aber jetzt ist er derjenige, der röchelt. Tiefes, schauriges Blubbern kommt aus seinen Lungen.

»Das war ein Fehler ... Mordaz ... Mordaz ...« Seine Stimme ist ein böses, zischendes Flüstern. »Er wird dich zerlegen ...«

Schaumiges Husten. Seine Hand formt sich zu einer Art ›C‹. Eine Schlange mit geöffnetem Maul. Zuckend fällt er nach hinten und ich kann nicht sagen, ob er von Krämpfen geschüttelt wird oder wieder lautlos lacht. Mit einem eigenartigen, fast mechanischen Flattern schließen sich seine Augen und die Schlange auf seiner Stirn starrt mich hasserfüllt an. Schweres Atmen, dann Stille. Blut rinnt ins Moos und vermischt sich mit den Wassertropfen. Ein winziger Frosch hüpft aus dem Farn und betrachtet das blutige Szenario gleichgültig.

Ich weiche zurück, blicke auf meine Hände. Mein Kopf ist leer. Meine Kleidung, meine Arme, meine Hände, alles ist voller Blut. Ich habe einen Menschen umgebracht. Entsetzt zucke ich zusammen, als eine freundliche Frauenstimme in meinem Kopf erklingt: »*Es ist 17 Uhr. Vielen Dank, dass Sie Eyevision genutzt haben. Eyevision schaltet sich nun ab.*«

Nein, korrigiere ich mich. Ich habe einen von Las Culebras umgebracht, und zwar vor laufender Kamera.

2

Ich fühle mich, als sänke ich auf den Grund des Ozeans. Gewichte an meinen Füßen, schwer wie Blei. Auf meinen Ohren lastet ein seltsamer Druck. Meine Gedanken überschlagen sich in Panik. Wir waren laut. Verdammt laut. Hat uns jemand gehört? Der Pitbull reißt noch immer an seiner Leine und heult dabei ausdauernder als jedes Schlossgespenst. Stumm starren die schwarzen Fenster auf mich herab. Ich muss hier weg. So schnell wie möglich. Ich könnte eine Hauswand hinaufklettern, aber wenn einer von Schlangenkopfs Freunden auftaucht, hänge ich dort wie eine Motte im Scheinwerferlicht. Mein Blick fällt auf eine Metalltür, auf der anderen Seite des Hofes. Ist das Mädchen dadurch verschwunden? Ich laufe auf die Tür zu, albtraumhaft langsam. Sie öffnet sich ohne Widerstand, lautlos. Ich flüchte in die Dunkelheit. Es riecht nach Staub und Dreck. Zitternd taste ich mich an Kisten und zerbrochenen Möbeln entlang, während sich meine Augen an die Dunkelheit gewöhnen. ›*Ich lebe und sterbe für Las Culebras*‹, ist mit blutroter Farbe an die Wand gesprüht. Ich halte inne. Lausche. Straßenlärm und die Sirenen der Züge dringen gedämpft durch die Wände. Aber da ist noch etwas. Musik. Vielleicht Tango, unterbrochen von einer Stimme. Radio? Fernsehen? Mehrere Türen führen von dem Gang ab, in dem ich stehe. Was ist, wenn wir doch nicht so laut waren? Was ist, wenn Schlangenkopfs Freunde ahnungslos hinter einer der Türen sitzen, Musik hören und Bier trinken? Blut tropft von meinen Armen auf den staubigen Boden, der von Fußabdrücken überzogen ist. Ein paar sind neu. Kleine, hastige Spuren. Es müssen die Spuren des seltsamen Mädchens sein! Ohne lange nachzudenken, folge ich ihnen zu einer Tür am Ende des Ganges.

Vorsichtig öffne ich sie und mein Herz macht vor Erleichterung einen Satz. Keine messerschwingenden Wahnsinnigen, kein Köter mit Stachelhalsband. Geduckt folge ich den Fußspuren, die über Treppen und durch zugestellte Flure führen, zu einem zerbrochenen Fenster. Glas knirscht unter meinen Füßen. Hat sie es eingeschlagen? Es ist der Weg nach draußen. Ich schwinge mich auf die Fensterbank.

Ein wütender Schrei zerreißt die Stille.

Wummernde Schritte fliegen die Treppe herauf. Ich springe aus dem Fenster, lande auf dem Nachbardach. Mein Gehirn ist so leer, als hätte ein Staubsauger sämtliche Gedanken aufgesaugt und nur den einen einzigen übrig gelassen: Renn. Ich stürze vorwärts, springe über Abgründe, jage kopflos über Terrassen und Dachgärten, über Dächer und Mauern, bis ich das Gefühl habe, meine Lungen müssten zerreißen. Leute starren mir hinterher. Erstaunt. Aber ich achte nicht auf sie. Ich will nur weg. Raus aus dem Krater.

Auf halbem Weg breche ich hinter einem Schornstein zusammen. Atme stoßweise ein und aus. Hitze pulsiert durch meinen Körper, als stünde ich in Flammen. Mit geschlossenen Augen versuche ich, die Kontrolle über meinen Körper zurückzugewinnen. Straßenlärm, Autohupen und Kindergeschrei dringen wie durch Watte zu mir.

Ich blinzele lang, aber die Kommentare erscheinen nicht vor meinem inneren Auge. Natürlich. Eyevision hat sich automatisch ausgeschaltet und die Aufnahme beendet. Nur leider ein paar Minuten zu spät! Verzweifelt lache ich auf. Ich habe durch meine Augen gefilmt, wie ich diesen Typen umgebracht habe! Automatisch abgespeichert auf meinem Kanal und jederzeit abrufbar für jeden, der ein Eyenet besitzt. Natürlich kommen 99 Prozent aller Zuschauer aus Asaria, kein Risiko für mich. Aber leider bin ich hier, in Milescaleras, nicht der Einzige, der ein Eyenet besitzt. Normale Leute haben keines. Bevor ich das Eyenet bekommen habe, wusste ich nicht einmal, was das ist. Es war irgendeine geheime Technologie, die vor allem die Chefs der Gangs besitzen. Sie haben Eyewatches um ihre Handgelenke, an denen die roten Eyenets leuchten. Hatte Schlangenkopf eine Eyewatch am Handgelenk? Das würde heißen, er wäre ein hohes Mitglied bei Las Culebras. Ich versuche mich zu erinnern. Aber wie bei einer hängen gebliebenen Schallplatte flackert einzig und allein Schlangenkopfs irres Grinsen vor meinen Augen.

Ich darf die Nerven nicht verlieren. Ich muss nach Hause, zu meinem Laptop, und das Video löschen. Schlangenkopfs letzte Worte über diesen Mordaz, der mich ›zerlegen‹ wird, jagen mir einen nasskalten Angstschauer über den Rücken und ich spüre Schlangenkopfs Hände wieder um meinen Hals. Ich schüttele die Gedanken ab und ziehe die Kapuze meines Pullis über den Kopf.

Das Dach endet an einer Wand, die mir den Weg versperrt. Ich klettere nach unten in die Gasse, haste um eine Ecke und stolpere fast über zwei Kinder, die mit Kreide Häuser auf den Asphalt malen. Sie starren mich erschrocken an, während ich versuche, nicht auf ihre Holzautos zu treten. Beide folgen mir mit Blicken, als wäre der Teufel höchstpersönlich durch ihre Miniaturstadt gerannt. Ich schaue an mir herunter und möchte mich im selben Moment für meine Dummheit ohrfeigen. Blut von meinen Armen und aus Schlangenkopfs Wunde hat sich über meinen grauen Pulli verteilt wie ausgelaufener Kirschsaft. Meine Ärmel sind von den Schnitten zerfetzt. Wahrscheinlich habe ich mir ins Gesicht gefasst und das Blut auch dort verteilt. Alles nicht sehr hilfreich, wenn man sich unerkannt von einem Tatort entfernen will. Es muss der Schock sein, dass ich keine Schmerzen spüre, denke ich benommen. Ich wische mein Gesicht an meinem Shirt ab und verschränke die Arme. Wahrscheinlich komme ich dem Bild eines wahnsinnigen Metzgers gerade ziemlich nahe.

Hier unten im Krater herrscht zwar Dämmerlicht, aber die Straßen sind voller Menschen. Frauen sitzen mit ihren Kindern auf Treppenstufen, rauchen und schwatzen. Ein paar Jugendliche jagen einen Hund, und Männer reparieren einen Motor. Ich ziehe mir die Kapuze tiefer ins Gesicht, aber es ist zwecklos, sich klein und unauffällig machen zu wollen. Die Gassen sind zu schmal, jeder sieht mich. Also versuche ich, so selbstbewusst zu laufen, als sei es völlig normal, von oben bis unten mit Blut bespritzt zu sein. Meine Ärmel sind klebrig. Die roten Flecken ziehen sich den Stoff hinauf, wie langsam wachsender Schimmel.

»Hey, Junge! Bist du in einen Fleischwolf gefallen? Komm her, wir geben dir ein Bier aus.« Gackerndes Lachen.

Ein Mann springt in meinen Weg. »Der braucht mehr als ein Bier«, stellt er fest.

Ich dränge mich an ihm vorbei. »Ich habe Nasenbluten. Schon seit drei Stunden.« Etwas Besseres fällt mir nicht ein.

Der Mann lässt mich vorbei und ruft mir hinterher: »Seit

drei Stunden? Vielleicht kannst du einen Weltrekord aufstellen.« Lautes Lachen.

Ich hetze weiter und drücke mich möglichst unauffällig in einen Innenhof. Über eine Treppe gelange ich auf einen Dachgarten, ziehe mich vorsichtig über eine Mauer und atme erleichtert aus: Zwischen den Schornsteinen hängt Wäsche an langen Leinen. Ich tauche zwischen den Klamotten hindurch, schnappe mir einen schwarzen Pullover und ziehe ihn über den grauen. Auf dem Schwarz wird das Blut nur schwer zu sehen sein.

Von der Kante des Daches aus kann ich unter mir die Bahnstation sehen. Am liebsten würde ich wieder auf dem Waggondach mitfahren, aber meine Hände zittern und der Blutverlust zieht die Kraft aus mir.

Ein paar rostige Autos parken vor der Station. Die meisten Seitenspiegel sind abgebrochen oder eingeschlagen und ich suche, bis ich einen einigermaßen heilen finde, und betrachte mein Gesicht. Unter der Bräune bin ich bleich wie ein Gespenst und in meinen Augen sind rote Adern geplatzt, die mich an einen Zombie mit Schlafproblemen erinnern. Ich tippe mit den Fingern neben mein Auge. Die Haut ist geschwollen, wo mich Schlangenkopf mit der Faust getroffen hat. Aber tief in meinem Inneren spüre ich plötzlich Genugtuung. Ich lebe! Schlangenkopf hatte das Messer und den Hund. Trotzdem ist er es jetzt, der ein Holzkreuz und Blumen braucht. Fernando, ich hoffe, du hast von wo auch immer zugesehen, wie ich diesen Idioten erledigt habe!

Die Bahnstation ist voll. Die Leute haben Feierabend und wollen so schnell wie möglich nach Hause. Dicht gedrängt stehen sie auf der schmalen Betonplattform. Meine Arme beginnen langsam zu brennen wie Feuer. Angespannt betrachte ich die Menschen neben mir, keiner von ihnen trägt Schlangentattoos. Die meisten wirken ermüdet von ihrem Arbeitstag oder teilen den neuesten Tratsch mit ihren Freunden und Kollegen. Niemand beachtet mich. Ein Zug fährt vorbei und die erste Reihe Wartender springt auf. Langsam rücke ich dem Gleis entgegen. Mein Hals ist trocken und schmerzt, wenn ich schlucke. Ob Las Culebras auf der Eyevision-Website Videos schauen? Mir wird übel und ich beginne in meinen zwei Pullis zu schwitzen. Endlich im Zug, drängen die Leute gegen mich und stoßen an meine Arme. Der Schmerz flackert brennend durch meine Nerven. Selbst wenn Las Culebras das Video sehen, wie sollten sie mich jemals finden? In keinem der Videos sieht man mein Gesicht, mit meinem Usernamen EC00 können sie nichts anfangen und Milescaleras ist eine Millionenstadt. Der Gedanke beruhigt mich und ich muss an das seltsame Mädchen mit den türkisen Haaren denken. Wer sie wohl ist und was sie bei den Schlangen wollte?

3

Nach endlosen zwanzig Minuten erreiche ich mein Viertel, unten am Strand. Mit wackeligen Beinen stolpere ich auf die Betonplattform. In zehn Minuten werde ich meinen Kanal und das Video gelöscht haben. Niemand wird es dann noch sehen können. Möwen ziehen kreischend ihre Runden und ich sauge die kühle, salzige Luft in meine Lungen wie Medizin.

Hinter dem Bahnsteig erhebt sich eine riesige Betonmauer, die mit leuchtend blauen, verschlungenen Buchstaben bemalt ist: Caramujo, der Name meines Viertels. An vielen Stellen sind Löcher in den Beton geschlagen. Die Bewohner hinter der Mauer haben sich Fenster gebohrt und Wäscheleinen von einem improvisierten Fenster zum anderen gespannt.

Ivy sitzt in einem der unteren Fenster und liest ein Buch. Als sie mich sieht, winkt sie. Ihr langes hellbraunes Haar weht leicht im Wind und ich muss an Rapunzel denken. Ivy und ich waren mal zusammen. Manchmal gehen wir noch zusammen an den Strand oder Eis essen. Angespannt winke ich zurück und grinse dabei so mechanisch wie ein Roboter.

Eine schmale Treppe mit ausgetretenen Stufen führt in das Viertel hinein. Leute kommen mir entgegen, bepackt mit

Fischernetzen und Eimern, aus denen das Wasser schwappt. Ich drücke mich gegen die Wand und hoffe inständig, dass das Blut noch nicht durch meine Ärmel gesickert ist und auf den Boden tropft. Ein altes Radio läuft mit voller Lautstärke und ein Schlager scheppert kratzend und verzerrt aus den Lautsprechern. Auf einem Treppenabsatz sitzen ein paar Bekannte.

»Hey, Emilio, du siehst blass aus. Alles klar bei dir?«

Ich halte mir den Bauch und grinse schief: »Hab verdorbenen Fisch gegessen.«

Sie lachen. »Hat der Fisch dir vorher aufs Auge gehauen?« Ihr sorgloses Gelächter schallt hinter mir her.

Die Treppe endet in einer Gasse, gerade breit genug, um einen Fischkarren hindurchzuschieben. Hinter den vergitterten Fenstern ertönt das Geklapper von Geschirr und Essensgeruch zieht über die Straße. Familien sitzen in ihren Höfen in der Abendsonne, unterhalten sich, Leute spielen Gitarre, manche flicken Netze. Die meisten Bewohner von Caramujo sind Muschelsammler, Fischer oder Perlentaucher. Ihre Häuser sind blau oder türkis gestrichen und mit Seeschlangen und Meerjungfrauen bemalt. Caramujo ist eins der besseren Viertel.

Unser Haus liegt tief im Gewirr der Gassen. Das Hoftor steht weit offen und ich höre Kinderlachen. Alles ist so aufreizend normal, dass mir die Begegnung mit Schlangenkopf wie ein schlechter Traum erscheint, der sich etwas zu weit in die Realität geschoben hat. Meine Mutter Carilla und die Nachbarinnen sitzen unter dem alten Olivenbaum auf Planen und sortieren winzige Fische. Mit einem Messer schneiden sie die Bäuche auf und holen bunte Plastiksplitter aus den Mägen. Die Abendsonne lässt die schwarzen Haare meiner Mutter leuchten. Lachend unterhält sie sich mit den anderen Frauen. Ich mag es, wenn sie lacht. Es lässt die Sorgenfalten um ihren Mund und die Augen verschwinden. In diesem Moment schaut sie auf und winkt mir mit ihren gelben Plastikhandschuhen zu. Ohne anzuhalten winke ich zurück und zwinge mich wieder zu einem Lächeln. Aus den Augenwinkeln sehe ich, wie sie mir irritiert hinterherschaut. Vielleicht ist mein Auge noch geschwollener, als ich dachte, oder in meinen Haaren klebt Blut?

Der Innenhof ist von mehreren Häusern umgeben. Eng und leicht nach vorne geneigt drücken sie sich im Kreis um den Olivenbaum, wie Frierende um ein Lagerfeuer. Unser Haus liegt genau gegenüber vom Tor. Meine Mutter hat Muscheln um das Fenster geklebt und versucht, die Farbe des Seeungeheuers etwas aufzufrischen, das sich beschützend um die Eingangstür ringelt.

Serge sitzt breitbeinig auf einer Bank aus alten Reifen, in den Händen ein Netz, zwischen den Zähnen eine dünne, selbst gedrehte Zigarette. Er kneift seine Augen zusammen, als er mich sieht, und über sein braun gebranntes Gesicht legt sich ein ablehnender Ausdruck. Ich nicke ihm zu, aber er hat seine Aufmerksamkeit schon wieder dem Netz zugewandt.

Serge ist mein Stiefvater. Meine Mutter hat ihn vor ein paar Jahren geheiratet und wir sind aus dem Autowrack in sein Haus gezogen, wo sie meinen kleinen Bruder bekommen haben, Luc. Er wird in diesem Sommer vier Jahre alt. Serge und seine ganze Familie sind Fischer gewesen, zurück bis zu seinem Urururgroßvater. Oktopusse, Anker, Kreuze und wilde Schlachten ziehen sich über seine Arme und seine Brust. Zu jedem dieser Bilder hat er mir früher Geschichten erzählt und ich habe es geliebt, ihm zuzuhören. Dass er mich jetzt demonstrativ ignoriert, weil ich für Eyevision arbeite, gibt mir jedes Mal einen Stich.

Mit wenigen Schritten durchquere ich das Wohnzimmer, das gleichzeitig noch Esszimmer und Küche ist, und nehme die Treppe in den oberen Stock. Dort gibt es zwei winzige Zimmer: das Schlafzimmer von meiner Mutter und Serge und das Zimmer von Luc. Ein Ball kommt mir über den unebenen Boden entgegengerollt. Ich schieße ihn zu Luc zurück. Er ist kleiner als die anderen Jungen in seinem Alter.

»Wollen wir spielen?«, ruft er und stolpert fast über den Ball, sodass ich ihn am Arm packen muss, damit er nicht hinfällt.

Wir haben uns früher das Zimmer geteilt, aber seit dem Streit mit Serge bin ich aufs Dach gezogen. Dort habe ich meine Ruhe. Ich klettere aus Lucs Fenster. »Später, okay?«

Er schaut mir nach. »Hast du dich gestritten?«

Manchmal ist Luc ziemlich schlau für seine drei Jahre.

»Nein. Geh zu Papa und spiel mit ihm.«

Ich hangele mich nach oben. Das Dach ist flach und wird von einem Vorsprung halb überschattet, unter den ich die Matratze geschoben habe. Aber um diese Jahreszeit regnet es sowieso fast nie. Nervig sind nur die Stechmücken, vor denen ich mich nachts durch ein Moskitonetz schütze. Unter den Dachziegeln befindet sich ein Hohlraum, in dem ich meine Sachen versteckt habe. Ich bewahre sie in einer Kiste auf, die mit einer Kette am Balken befestigt ist, falls jemand auf die Idee kommen sollte, hier hochzukommen und sie zu klauen. Den Schlüssel trage ich immer bei mir.

Das Schloss springt auf und ich wühle hektisch durch meine Habseligkeiten: Bücher, Stifte, Muscheln, Steine, ein verknittertes Foto meines echten Vaters, ein paar Klamotten und natürlich der Laptop. Ich fahre den Rechner hoch und das Eyenet leuchtet auf, rot und beruhigend.

Auf meinem Kanal habe ich mittlerweile schon über hundertzwanzig Videos. Täglich eines in den letzten vier Monaten. Am Anfang haben nur vier, fünf User zugeschaut. Dann sind es mehr und mehr geworden. Im Vergleich zu anderen Kanälen habe ich wenig Zuschauer. Es gibt Videos mit vielen Millionen Aufrufen. Aber ich bin mit meiner Leistung und besonders mit dem Geld zufrieden.

Ich atme erleichtert aus. Das Video von heute hat noch nicht einmal zweihundert Aufrufe. Eine Herde entsetzter Emoji-Tiere, Totenköpfe und blutiger Messer wechseln sich ab mit schockierten Kommentaren: *»Oh mein Gott! Bitte sei nicht verletzt!!«*, hat Waldfee gepostet und Zarbon21 schreibt: *»Was ist passiert, Mann? Ich habe versucht, die Polizei bei euch anzurufen, aber ich konnte die Nummer nicht finden!«* Als ob es hier eine funktionierende Polizei gäbe. *»Geiler Kampf!«*, lese ich weiter. *»Wow. Bei euch in der Provinz geht's ja ab!«*

Ich schicke Waldfee und Zarbon21 eine private Nachricht, in der ich ihnen mitteile, dass es mir gut geht. Dann spule ich an die Stelle, an der ich dem Mädchen mit den türkisen Haaren begegne. Was hatte sie bei Las Culebras zu suchen? Warum hat Schlangenkopf sie verfolgt? Ich halte das Video an und betrachte sie. Sie hat eine sportliche, schlanke Figur. Ihre hellgrauen Augen sind schmal und mandelförmig, das Kinn unter ihrem perfekt geformten Mund ist spitz. Sie ist vielleicht nicht so klassisch schön wie Ivy. Aber da ist etwas, was mich magisch anzieht, und ich verharre für einen Moment und betrachte ihr Gesicht, als würde ich versuchen, irgendetwas aus ihren Zügen zu lesen. Aber sie bleibt verschlossen und rätselhaft. Mein Blick gleitet zu ihrem Arm und der seltsamen Metallplatte über ihrer Pulsader. Ich kneife die Augen zusammen und erkenne einen Fuchs, der in die Platte geritzt ist. Ich spule vor und zurück und bin mir ziemlich sicher, dass das Metall in ihre Haut eingelassen ist. Ob sie das freiwillig hat machen lassen?

Zu allem Unglück hat Schlangenkopf tatsächlich eine Eyewatch um sein Handgelenk. Das Eyenet leuchtet rot. Er muss ein hohes Tier bei Las Culebras sein. ›War‹, verbessere ich mich. Er war ein hohes Tier bei Las Culebras.

Ich suche in meinen Einstellungen nach ›Account löschen‹, aber da ist nichts. Schließlich finde ich eine winzige Textzeile: ›Wenn Sie Ihren Account entfernen möchten, rufen Sie uns an. Wir helfen Ihnen gerne weiter.‹ Darunter wird eine Nummer angezeigt. Immerhin. Aber so lange will ich nicht warten. Ich habe gesehen, dass ich jedes Video einzeln löschen kann. Dann ist zwar noch der Account da, aber niemand kann den Kampf mehr sehen. Kurz überlege ich, nur das Video von heute zu entfernen, aber das wäre zu riskant. In Milescaleras gibt es ein Sprichwort: Wenn Las Culebras dich jagen, kannst du dich, deine Familie und dein Haustier auch gleich selbst begraben. Es macht keinen Unterschied.

Nachdem ich jedes meiner Videos mit allen Aufrufen, Kommentaren und Bewertungen gelöscht habe, sitze ich vor dem Rechner und starre den leeren Bildschirm an. Die Arbeit der letzten Monate. Der einzige gute Job, den ich jemals hatte. Der einzige Job weit und breit, mit dem ich genug Geld verdienen konnte, um unsere Schulden zu bezahlen. Weg.

Ich suche in meiner Kiste nach Kleingeld, um bei Eyevision anzurufen und den Account löschen zu lassen. Schnell klettere ich nach unten, renne über den Hof an Serge vorbei, der seine Netze entknotet.

Als ich damals bei Eyevision anfing, habe ich meinen Eltern nicht erzählt, was ich wirklich arbeite. Sie dachten, ich würde in einem anderen Viertel Wände anstreichen. Es hatte nämlich absolut keinen Sinn, Serge zu sagen, dass ich für eine asarianische Firma arbeite. Serge hasst Asaria. Alles, was aus Asaria kommt, ist für ihn ›der Feind‹. Und auch wenn Serge anderer Meinung ist, hatte ich am Ende keine andere Wahl, als den Job bei Eyevision anzunehmen. Was er wohl sagen würde, wenn er wüsste, dass ich dem ›Feind‹ kündigen werde?

Ich tauche in das Gewirr der Gassen ein, die Schnitte in meinen Armen brennen mittlerweile so heftig, dass ich ein paarmal scharf einatme. In der Mitte von Caramujo gibt es einen kleinen Marktplatz, auf dem tagsüber alles verkauft wird, was die Fischer aus dem Meer ziehen. Ein paar Alte sitzen auf Bänken und beobachten mit trüben Blicken die Möwen, die die Fischabfälle zwischen den buckeligen Pflastersteinen herauspicken. Am Rand steht leuchtend gelb und von der tief stehenden Sonne in Szene gesetzt, der Stolz von ganz Caramujo: das einzige Telefon weit und breit. Für die Verlegung des Kabels hat das ganze Viertel zusammengelegt. Dante, die Hüterin der gelben Telefonzelle, gammelt daneben auf einem Hocker. Ein schiefes Schildchen steckt an ihrem Shirt: ›Erste Telefonbeauftragte von Caramujo‹. Ich kenne Dante noch aus der Schule. Schon damals war sie langsamer als jede Schildkröte.
»Ich muss telefonieren. Dringend.«
Dante erhebt sich gemächlich und beginnt einen Schlüssel hervorzukramen. »Du solltest dir Kamillenteebeutel auf die Augen legen«, sagt sie.
»Was?«
»Oder Tücher gefüllt mit Quark. Macht mein Cousin immer. Watte mit Milch geht auch.«
Ich starre sie an. Was will sie mir sagen?

Sie grinst noch breiter. »Das ist nur die Wahrheit! Wahrscheinlich sagt's dir niemand anders: Deine Augen sind echt rot.« Sie kommt näher an mich ran und mustert mich eingehender: »Oh Mann, wie viel hast du gekifft, Emilio?«

Ich weiche zurück. »Zu viel.«

»Bring mir mal was vorbei. Du glaubst nicht, wie langweilig dieser Job ist. Ich sitze hier stundenlang und höre mir das Gequassel der Leute an.«

»Du hörst durch die Tür, was die Leute reden?«

»Wenn sie laut reden.«

Das Vorhängeschloss springt auf, ich dränge mich an Dante vorbei, werfe das Kleingeld ein und wähle die Nummer von Eyevision: fünf mal die Sechs. Die Nummer wäre für Serge wahrscheinlich ein weiterer Beweis dafür, dass Eyevision vom Teufel höchstpersönlich geleitet wird.

Nach dem Eyevision-Jingle ertönt eine routiniert freundliche Frauenstimme: »Herzlich willkommen bei Eyevision, hier spricht Vandra. Was kann ich für Sie tun?«

Ich drehe Dante den Rücken zu und versuche, leise zu sprechen, damit sie nichts hört: »Hallo, hier ist Emilio Rivoir. Ich habe auf Ihrer Seite einen Kanal. Ich mache Videos mit dem Chip, den ich von Ihnen bekommen habe. Jetzt habe ich mir auf dem Nachhauseweg den Fuß gebrochen. Es ist ziemlich schlimm, wahrscheinlich kann ich die nächsten Wochen nicht laufen und das nächste halbe Jahr auf keinen Fall richtig auftreten oder springen. Ich klettere in meinen Videos, wissen Sie. Ich weiß nicht, was ich sonst machen soll, außer den Kanal zu löschen. Ich will die Zuschauer auch nicht langweilen.«

»Sie meinen, Sie würden Eyevision gerne für einige Zeit abschalten?«

Mein Herz schlägt vor Nervosität bis zum Hals. »Wenn das ginge?«

Ich höre sie auf ihrer Tastatur tippen. »Ich sehe, dass Sie Ihre Videos gerade eben alle gelöscht haben. Obwohl Sie heute eine gute Einschaltquote hatten? Die Kurve geht deutlich nach oben!«

»Ja, das war der Moment, als ich mir den Fuß gebrochen habe.«

»Warum haben Sie dann gleich alle Ihre Videos gelöscht?«

Darauf weiß ich keine Antwort. »Ich war sauer und hatte Schmerzen?«

»Okay. Sie sollten die Videos wiederherstellen. Dafür gibt es einen Button im Menü. Außerdem muss ich Ihnen leider sagen, dass es nicht so einfach ist, den Chip ausschalten zu lassen.«

»Warum?«

»Es tut mir leid, aber ich sehe hier, dass Sie noch 1785 Cain Schulden bei uns haben. Der Chip wird jeden Tag eingeschaltet, bis diese Schulden bei Eyevision abbezahlt sind.«

Mir bleibt kurz die Luft weg. »Was? Was für Schulden? Was meinen Sie?«

»Na ja, schauen Sie mal, die Operation, den Chip in Ihren Kopf zu setzen, hat Geld gekostet. Der Chip selbst hat Geld gekostet. Der Arzt. Bei jedem Video, das Sie machen, geht ein Teil der Einnahmen an Eyevision. In Ihrem Fall sind es noch 1785 Cain.«

»Wie viel habe ich schon abbezahlt?«

»53 Cain.«

Ich schüttele den Kopf. Das darf doch nicht wahr sein. Davon hat mir nie jemand irgendetwas erzählt. »Sie müssen den Chip ausschalten. Nur für ein paar Tage, okay? Ich kann keinen Schritt laufen. Geschweige denn klettern. Ich kann nicht auf Sendung gehen!«

»Ich kann Ihnen eine Broschüre zukommen lassen. Für

solche Fälle wie Ihren haben wir natürlich Tipps: Sie können mit den Leuten kochen oder Serien schauen und die kommentieren. Das kann sehr lustig sein. Oder Sie laden Freunde ein. Es reicht manchmal sogar, zusammen ein Brettspiel zu spielen. Haben Sie niedliche Haustiere? Einmal nicht zu klettern ist ein guter Weg, damit Ihre Zuschauer Sie besser kennenlernen.«

Ich bin kurz davor zu schreien. Aber das wäre unklug, also versuche ich es höflich: »Das passt alles nicht so gut in mein Konzept. Wirklich nicht. Ich brauche eine Woche Pause. Mir ist superschwindelig von den Medikamenten.«

Ich höre sie tippen. Wahrscheinlich fragt sie mich gleich, ob ich nicht Schminktipps geben kann. Ich muss mir etwas Drastischeres ausdenken: »Ich höre an Ihrer Aussprache, dass Sie aus Asaria sind. Deshalb kennen Sie auch die Krankenhäuser hier nicht. Ich stehe auf der Warteliste, aber meine Operation ist erst in einer Woche. Mein Fuß sieht schlimm aus. Richtig schlimm. Der Knochen schaut raus. Eiter. Ich kann das keinem Zuschauer zumuten.«

»… wenn Sie eine Decke …«

»Nein. Es ist zu heiß. Der Fuß muss offen liegen. Ich muss nur noch eine Lösung für die Fliegen finden, die sich ständig draufsetzen wollen. Hier schwirren Tausende von Fliegen rum. Wegen dem Müll und allem. Waren Sie schon mal hier?«

»Äh. Nein. Okay.« Ich habe sie aus dem Konzept gebracht. Sie tippt wieder, dann: »Ich verstehe das Problem. Trotzdem ist es nicht ganz einfach, einen Chip abschalten zu lassen. Ich werde Ihre Anfrage weiterleiten. Wir melden uns bei Ihnen.«

»Bitte so schnell es geht! Und ich habe noch eine andere Frage: Wenn ich den Chip eines Tages ganz entfernen will, wie viel kostet das?«

»Eine Operation kostet etwa 5000 Cain. Schauen Sie mal

auf unserer Website nach. Dort steht auch etwas über die Risiken. Es ist immerhin ein Eingriff ins Gehirn.«

Meine Hände hat ein leichtes Taubheitsgefühl erfasst und meine Arme hängen schwer wie Blei an mir herunter. Während ich mich zurückschleppe, denke ich darüber nach, warum mir Bradley Starlight, der Mann, durch den ich den Chip überhaupt erst bekommen habe, nicht von den Schulden erzählt hat? Wahrscheinlich hätte ich mir den Chip trotzdem einsetzen lassen. So fühlt es sich an, als hätte er mich reingelegt.

Bradley ist ein Mitarbeiter von Eyevision und eigentlich sollte ich mich nicht wundern, dass er mir die Sache mit den Schulden verschwiegen hat. Er kam mir von Anfang an schmierig vor. Dass wir uns begegnet sind, war überhaupt der allergrößte Zufall. Vor ungefähr einem Jahr fuhr ich auf dem Dach eines Zuges durch die Stadt. Ich bin nicht der Einzige, der das macht. Es gibt noch einige andere. Aber genau an diesem Tag wollte ich Ivy beeindrucken. Also habe ich einen Handstand auf dem Zugdach gemacht und Bradley Starlight hat es gesehen.

Nachdem ich abgesprungen war, kam er auf mich zugelaufen. »Herzlichen Glückwunsch! Du kennst mich zwar nicht, aber du hast gerade den Hauptgewinn gezogen!« Dabei breitete er die Arme aus und entblößte riesige Schweißflecke unter den Achseln. Er schob seine Sonnenbrille in die gegelten, lichter werdenden Haare und grinste mich mit blitzend weißen Zähnen an. Er war das, was ich mir unter einem Staubsaugerverkäufer vorstelle: etwas zu aufdringlich, etwas zu laut und mit der tiefen inneren Überzeugung, eigentlich für mehr geschaffen zu sein.

Ich wandte mich ab, um Ivy zu suchen, aber er hielt mich

am Ärmel fest. »Warte! Warte! Eine Minute hast du für mich! Mein Name ist Bradley Starlight. Schon mal von Eyevision gehört? Möchtest du viel Geld mit wenig Aufwand verdienen? Wir suchen Testpersonen und du bist genau der Richtige!«

Sein Dialekt verriet mir, dass er nicht von hier kommt. Bis dahin hatte ich noch niemanden auf diese Art und Weise sprechen hören. Hart und irgendwie genauer. Sein ganzes Auftreten war mir neu und fremd. Wer in Milescaleras mit teuren Markenklamotten herumläuft, riskiert, an der nächsten Ecke überfallen zu werden. Bradley verstand meinen Blick sofort.

»Ich bin von einem fernen Kontinent. Von jenseits des Meeres. Asaria heißt dieses Land. Ich bin gekommen, um dir eine einmalige Chance zu bieten.«

Über seine Wortwahl musste ich unwillkürlich lachen: »Hört sich ja an wie in einem Märchen. Kriege ich am Ende auch die Prinzessin?«

Bradley wedelte mit seinen Prospekten wie wild vor meinem Gesicht und schrie: »Was willst du mit einer Prinzessin, wenn du sie alle haben kannst?«

Ich hielt ihn für einen Spinner, aber wann trifft man schon mal einen Asarianer?

Er sagte, ich müsse einfach nur eine halbe Stunde spannendes Kino für die Zuschauer aus dem fernen Asaria liefern. Die würden meine Stadt, Milescaleras, gerne kennenlernen, aber nicht persönlich. Das wäre zu gefährlich, zu dreckig und zu ansteckend. Ob ich mir vorstellen könnte, dass er schon zwei Mal Malaria gehabt hätte, seit er hier sei? Und irgendeinen Ausschlag von dem Dreck? ... Aber egal. Durch meine Augen wäre das Erlebnis sowieso viel eindrucksvoller. Wer reitet schon auf einem Zugdach durch die Stadt? Für ein bisschen Abenteuer würde Eyevision mir eine Menge Geld bezahlen. Ich müsste mich nur einer winzigen Operation unterziehen, bei der mir ein Chip in den Kopf gepflanzt würde. Kein Stress, keine Schmerzen. An einem Tag gemacht. Alles, was zu sehen sein würde, wären zwei kleine Schrauben. Die ragen jetzt etwa fünf Millimeter aus meinem Hinterkopf. Aber man sieht sie nicht, meine Haare verdecken sie.

Bradley drückte mir den Prospekt in die Hand, schnipste mit den Fingern und lachte ein wenig irre: »Besuch mich in meinem Büro. Das Eyevision-Gebäude liegt am Ende der Linie 5. Vielleicht ist es ja wirklich ein Märchen.«

Als ich abends mit Ivy am Strand lag und in die Sterne schaute, kicherte sie über die Geschichte mit Bradley Starlight, aber sie war auch ein bisschen neidisch. »Ich habe noch nie einen Asarianer getroffen! Vielleicht kannst du mit dieser Sache wirklich reich werden?«

»Er meinte, am Ende des Jahres habe ich ein Schloss, eine Prinzessin und ein Pferd.«

Ivy konnte sich vor Lachen kaum noch halten. »Was willst du denn mit einem Pferd? Und zwei Schrauben im Kopf? Dann nenne ich dich nur noch Frankenstein!«

Ich speicherte die Begegnung mit Bradley Starlight damals unter der Rubrik ›seltsame Personen, die man manchmal auf der Straße trifft‹ ab und vergaß sie erst mal.

Als meine Mutter später meine Hose wusch, fand sie den Eyevision-Prospekt. Sie legte ihn auf den Esstisch, wo ihn Serge entdeckte. »Was ist das denn für eine verdammte Technik? Chips in den Kopf implantieren und dann durch die Augen filmen? Woher kommt dieser Prospekt?«

Ich schaute gerade mit meiner Mutter zerfledderte Zeitschriften über ›*Elegant wohnen*‹ an. »Was für ein Prospekt? Ach, das Ding. Hat mir so ein Typ auf der Straße gegeben.«

»Ein Asarianer? Was macht der hier drüben bei uns? Denen gehört doch schon die ganze Welt! Wollte dieser Typ, dass du dir diesen Chip implantierst? Was für ein Witz! Muss sich der Feind jetzt auch noch mit irgendwelchen perversen Techniken in die Köpfe unserer Kinder schleichen? Sollen sie sich die Chips doch gegenseitig einsetzen!«

Meine Mutter schüttelte abwesend den Kopf, den Blick auf ihre Zeitschrift gerichtet. »Wie soll denn das auch funktionieren? Ein Chip im Gehirn? Was für eine unheimliche Vorstellung.«

»Aber irgendwie auch interessant, oder? Wenn alle das sehen, was du siehst?«, warf ich ein.

Serge riss den Prospekt in winzige Schnipsel. »Interessant? Hört mir hier überhaupt jemand zu? Diese Eyevision-Firma und alle Asarianer machen doch nur ihre Experimente mit uns! Die nutzen uns aus, wo es nur geht.«

Serge war früher bei irgendeiner Widerstandsbewegung. Sie wollten über das Meer nach Asaria segeln und für Gerechtigkeit sorgen. Umverteilung des Reichtums oder so etwas. Es hat nicht wirklich funktioniert. Aber aus der Zeit hat er noch eine riesige, verzweigte Narbe am Bein, die mich an die Wurzel eines Baums erinnert.

Wir sprachen nicht mehr über Eyevision und den Chip, aber die Sache mit der OP und den verräterischen Schrauben hat er nicht vergessen.

Niedergeschlagen kehre ich in unseren Hof zurück. Sollte der Chip morgen um halb fünf wieder angehen, bleibt mir wohl nichts anderes übrig, als gegen eine Wand zu starren, damit die Schlangen nicht sehen, wo ich bin.

Serge runzelt fast unmerklich die Stirn, als ich an ihm vorbeischlurfe. Er scheint etwas sagen zu wollen, rollt dann aber doch nur seine Zigarette von einem in den anderen Mundwinkel.

Ich schleppe mich auf meine Dachterrasse und untersuche die Schnitte. Sie ziehen sich über meine Unterarme, als hätte sie jemand mit dem Lineal gezogen, und bluten nur noch leicht. Ich zerreiße ein altes T-Shirt, das ich mir fest um die Arme wickle. Erschöpft lasse ich mich auf meine Matratze fallen. Sofort erscheint der düstere Innenhof vor meinen geschlossenen Augen und ein Kälteschauer läuft über meinen Rücken.

Schlangenkopf ist nicht der erste Tote, den ich gesehen habe. Manchmal werden Wasserleichen angespült oder Las Culebras erschießen Leute. Aber Schlangenkopf ist der Erste, den ich getötet habe. Mit meinen Händen. Es ist ein seltsames Gefühl. Nicht ganz real. Eher so, als hätte ich die Szene in einem Film gesehen. Schaudernd stelle ich mir vor, wie sich eine Horde Las-Culebras-Mitglieder um Schlangenkopf versammelt hat und nach Rache schreit.

Ich schließe die Augen und sage mir: Sie können dich nicht finden. Sie kennen nur deine Stimme. Mehr nicht. Bis auf meinen besten Freund Jago weiß niemand, womit ich wirklich mein Geld verdiene, selbst Ivy habe ich belogen. Sie hat mir die Sache mit dem Wändestreichen zwar nicht wirklich abgenommen, aber sie ist in letzter Zeit so mit ihrem neuen Freund beschäftigt, dass sie nicht weiter nachgefragt hat.

Ein anderer Gedanke quält mich viel mehr: Die Sache ist die, dass wir Schulden haben. Und zwar eine ganze Menge. Bevor ich bei Eyevision gearbeitet habe, waren unsere Schulden so hoch, dass wir fast unser Haus an den Fetten Imperator verloren hätten. Eines Tages stand er mit seinen Leuten bei uns im Hof. Vibrierendes Doppelkinn. Behaarte Arme.

Fetter Imperator ist nicht wirklich sein Name, aber die Leute nennen ihn so, weil er ziemlich fett und ziemlich reich ist. Er lebt angeblich in einem Haus unten am Hafen mit zehn Zimmern und eigenem Bad. Er forderte von Serge die erste Ratenzahlung für das Geld, das er ihm geliehen hatte. Normalerweise leiht man sich von einem Halsabschneider wie dem Imperator kein Geld. Aber wir mussten. Es ging um Leben und Tod.

Wir konnten dem Imperator nichts zurückzahlen, nicht mal einen Cain. Also winkte er gelangweilt mit der Hand und seine Leute strömten wie hungrige Ratten in unser Haus und schleppten fast alle Möbel aus dem Erdgeschoss: das Sofa, den Tisch und die Stühle, Geschirr und die Bilder an den Wänden. Die Nachbarn versammelten sich neugierig im Hof, aber der Fette Imperator scheuchte sie zur Seite, dann baute er sich vor Serge auf: »Nächste Woche kommen wir wieder. Entweder du hast das Geld oder wir räumen das obere Stockwerk aus. Wenn du dann immer noch nicht zahlen kannst, gehört dein Haus mir.«

Die Hälfte unserer Schulden ist durch meine Videos abbezahlt. Aber der Rest? Ein zähes, unangenehmes Gefühl breitet sich in mir aus. Ich sehe den Fetten Imperator in unserem Hof stehen, grinsend und vor Freude vibrierend: »Na? Was ist denn passiert? Ist der plötzliche Geldfluss erschöpft?«

Meine Augenlider fallen zu. Mit der Hand fühle ich nach den Schrauben. Kleine, harte Fremdkörper. Ob ich sie jemals loswerde? 5000 Cain sind unendlich viel.

Über diesem letzten Gedanken falle ich in einen unruhigen Schlaf. Ich träume von dem seltsamen Mädchen mit den hellen Augen. Hundegebell, türkises Haar. Schlangen winden sich zwischen schwarzem Farn und neongelbe Schnürsenkel leuchten in der Dunkelheit. Fernando ruft mir etwas zu. Er ist weit entfernt, seine Stimme verhallt geisterhaft in der Düsternis. Dann ist er plötzlich ganz nah.

»Pfirsich?«, fragt er und wühlt in seiner Gefriertruhe mit dem Wassereis. Seine Hände sind mit Raureif überzogen. »Weißt du, Alter, eigentlich solltest du hier nicht rumstehen. Ich weiß, wovon ich spreche.« Er grinst und steckt den Finger durch eines der zahlreichen Löcher seines blutbeschmierten Hemdes. »Besser, du rennst, so schnell du kannst.«

4

Als ich aufwache, ist mein Laken zerwühlt und die aufgehende Sonne sticht mir boshaft in die Augen. Orientierungslos bleibe ich liegen und beobachte eine Möwe, die über das Nachbardach stolziert. Dann setzt das Brennen in meinen Unterarmen wieder ein, und die Erinnerung an die Ereignisse von gestern lässt mich hochfahren, als hätte ich einen elektrischen Schlag bekommen. Hektisch krame ich meinen Laptop hervor. Vor Anspannung halte ich die Luft an, als sich die Eyevision-Website öffnet, dann sinke ich enttäuscht in mich zusammen. Mein Postfach ist leer. Eyevision hat nicht geschrieben, ob sie den Chip ausschalten werden. Dafür ist das Video immer noch gelöscht und ich finde auch keine Kopien.

Im Flur betrachte ich mein Gesicht in dem angelaufenen Spiegel. Meine Locken stehen wild vom Kopf ab und meine Augen sind gerötet. Zur Schläfe hin hat sich ein violetter Halbmond gebildet. Ich weiß jetzt schon, dass jeder fragen wird, wie das passiert ist.

Serge und meine Mutter sitzen auf dem Teppich und frühstücken. Seit der Fette Imperator unsere Wohnzimmermöbel mitgenommen hat, ist das Zimmer fast leer. Der alte Flickenteppich, ein paar Kisten, eine Lampe und Serges Aquarium sind uns noch geblieben.

Sonnenlicht fällt durch die geöffnete Haustür und lässt die großen türkisen Ohrringe meiner Mutter glitzern. Serge liegt auf der Seite und erzählt irgendeine Geschichte über seinen Freund Fidan, der sich in einem Netz verheddert hat. Meine Mutter lacht so unbekümmert, dass ich mich am liebsten dazusetzen würde. Aber ich weiß, dass das nur in betretenem Schweigen endet. Nur zu gut erinnere ich mich an den Moment, als Serge die Sache mit dem Chip herausgefunden hat.

Der Abend fing eigentlich ganz harmlos an. Serge ließ sich neben mich auf die Couch fallen und strich mir mit der Hand über die Haare. Ich weiß nicht, ob es nur eine nette Geste sein sollte. Er hat das öfter gemacht, als ich kleiner war. Ich lehnte mich noch zur Seite, aber es war zu spät.

Als er die Schrauben berührte, riss er seine Hand zurück, als hätte er sich verbrannt. Völlig außer sich sprang er auf und schrie mich an: »Ich habe es gewusst! Du hast mich belogen! Du bemalst keine Häuser, du arbeitest für diese asarianische Firma! Woher hättest du sonst so viel Geld haben sollen? Du hast dir diesen Scheiß in deinen Kopf pflanzen lassen. Du hast den Feind in deinen Kopf gelassen, du hast den Feind in mein Haus gelassen! Hast du uns gefilmt, mit dieser Kamera in deinem Kopf? Deine eigene Familie? Unser Haus? Luc?«

»Nein! Nein, natürlich nicht.«

Serge streckte die Arme zur Decke, wie Poseidon, der die unheimlichsten Kreaturen der Tiefsee heraufbeschwört. »Der Feind kippt seinen Müll vor unseren Küsten ins Meer, er lässt unsere Kinder für sich arbeiten. Billige Klamotten nähen! Er klaut unsere Rohstoffe! Was meinst du, wohin sie das Zeug transportieren? Nach drüben! Der Feind erschießt unsere Leute an seinen Grenzen! Wir sind die Müllhalde der Asarianer! Ihre ›Provinz‹. Ihre Kloake! Und du machst dich auch noch für sie zum Clown? Schleimst dich an sie ran, während sie dort drüben in ihren Villen hocken und sich amüsieren?« Die letzten Worte spuckte er mir fast vor die Füße.

»Na und? Weißt du, wie hoch unsere Schulden sind? Außerdem ist es mein Kopf, ich kann machen, was ich will!«

Serge hörte mir nicht zu. »Früher sind sie wenigstens nicht zu uns rübergekommen, jetzt schleichen sie sich schon in unsere Köpfe! Sie sind wie eine Welle, die über uns zusammenschlagen wird!«

Serge ist manchmal ziemlich dramatisch. Wahrscheinlich hat er zu viel Zeit damit verbracht, aufs Meer zu starren.

»Wenn ich mich nicht zum Clown mache, werden wir auf der Straße landen. Das kommt mir momentan wahrscheinlicher vor.«

»Sei nicht dumm! Du kannst das Ding in deinem Kopf nicht mal selbst kontrollieren, du lieferst dich denen komplett aus!«

»Der Chip kann auch nicht alles, okay? Er sieht nur, was ich sehe, und hört nur, was ich höre, und das auch nur für eine halbe Stunde am Tag.«

Statt einer Antwort zog Serge sein Hosenbein hoch und zeigte auf seine Narbe: »Siehst du das? Das ist Kampf! Das ist Mut! Und was machst du? Du unterwirfst dich ihnen. Du paktierst mit ihnen. Wer mit den Asarianern zusammenarbeitet, begeht Verrat! Verrat an uns allen! Ich lebe lieber auf der Straße, als den Feind zu unterstützen! Geld von ihm zu nehmen wie ein Bettler!«

Wütend brüllte ich zurück: »Ich bezahle unsere Schulden! Fast alleine! Jeden Tag! Und was hat es eurer tollen Rebellengruppe denn gebracht, nach Asaria zu segeln? Seid ihr überhaupt bis zur Barriere gekommen?« Im gleichen Moment tat es mir leid, weil ich in Serges Augen lesen konnte, dass ich ihn getroffen hatte.

Serge war kurz davor, die Selbstbeherrschung zu verlieren. Da stand plötzlich meine Mutter neben uns. »Serge!«, sagte sie mit ihrer strengen Stimme, die sie manchmal haben kann. Serge ließ die Hand sinken und drehte sich weg. Wäre sie nicht da gewesen, hätte er mich wahrscheinlich aus dem Haus geschmissen.

Seitdem herrscht Eiszeit zwischen uns.

Serge wollte mein Geld nach dem Streit nicht mehr annehmen: »Der Feind wird meine Familie nicht ernähren!«

Meine Mutter bekam wieder diesen hektischen Blick und ich sah in ihren Augen, dass sie an früher dachte, an unser Leben auf der Straße: Autowracks, aufgeschlitzte Sitze, der Gestank von verbranntem Müll. Die Erfahrung der Obdachlosigkeit hatte sie noch viel härter getroffen als mich. Als der Fette Imperator da gewesen war, hatte meine Mutter solche Angst, wieder auf der Straße zu landen, dass sie anfing, Dosen unter der Treppe zu verstecken, für den Fall, dass uns das Geld für Essen ausgeht. Serge sah den Blick meiner Mutter und musste zähneknirschend zustimmen, dass ich weiter die Schulden abzahle. Aber es hat ihn noch wütender gemacht.

Meine Mutter hat mich auf der Treppe entdeckt: »So früh schon wach? Willst du mit uns picknicken?«

Unschlüssig betrachte ich die geöffneten Dosen mit Bohnen, den Fisch und das Toastbrot. Eigentlich habe ich keine

Lust, mit Serge zusammenzusitzen. Aber früher oder später muss ich ihnen von Eyevision erzählen. Also lasse ich mich neben sie auf den Teppich fallen und meine Mutter schenkt mir Kaffee ein: »Wir haben uns schon Sorgen um dich gemacht. Du hast gestern erschöpft ausgesehen und dann bist du aufs Dach verschwunden und nicht mehr heruntergekommen.«

›Wir‹? Sie haben sich beide Sorgen gemacht? Ich schaue zu Serge, aber der rührt nur unbeteiligt in seiner Tasse.

»... und dann dein Auge. Was ist passiert?«

Wie wird sie reagieren, wenn ich ihr sage, dass ich ab heute kein Geld mehr verdienen werde? Ich schiebe den Kaffee zur Seite. »Ich habe bei Eyevision gekündigt.«

Beide starren mich überrascht an. »Ich ... ich bin von einem Dach auf ein anderes gesprungen und dabei gestolpert und mit meinem Fuß an einem Vorsprung hängen geblieben. Beim Fallen hätte ich fast eine Stromleitung berührt. Es war sehr knapp. Ich konnte mich gerade wegdrehen und dann bin ich auf eine Mauer aufgeschlagen. Ich dachte erst, meine Arme wären gebrochen. Deshalb habe ich Eyevision ausschalten lassen. Weil ich Angst hatte, dass wirklich mal was Schlimmes passiert.« Die morgendliche Idylle ist zerstört. Meiner Mutter steht das Entsetzen ins Gesicht geschrieben. »Oh mein Gott! Aus welcher Höhe bist du gefallen?«

»Nicht sooo hoch.«

Serge richtet sich auf. »Bist du dir sicher, dass du auf eine Mauer aufgeschlagen bist? Dein Auge sieht eher aus, als wärest du einer Faust begegnet.«

Wann war das letzte Mal, dass er mit mir gesprochen hat? Verblüfft schaue ich ihn an. Am Abend von unserem Streit? »Es war hoch genug und ich bin mit Wucht aufgeschlagen! Keine Ahnung, wie du dir so einen blauen Fleck vorstellst!«

Meine Mutter starrt in ihre Kaffeetasse. Der Fette Imperator scheint über uns zu schweben wie eine schwarze Wolke.

Ich lege meine Hand auf den Arm meiner Mutter und sage: »Mach dir keine Sorgen wegen dem Geld. Ich werde mir einen Job in einer Fabrik suchen. Die brauchen immer Leute.«

Meine Mutter fährt sich fahrig mit der Hand durch die Haare: »Wir müssen den Imperator bitten, uns mehr Zeit für die nächste Ratenzahlung zu geben. Anders geht es nicht. Selbst wenn du noch heute irgendwo anders anfängst zu arbeiten, wird das Geld nicht reichen. Die zahlen doch fast nichts in den Fabriken.«

»Was ist mit dem Chip? Haben sie dir den entfernt?«, Serge nickt in meine Richtung. Die Sache mit dem Geld scheint ihn nicht so zu belasten wie meine Mutter.

»Nein, das müsste ich selbst bezahlen. Aber sie werden ihn komplett ausschalten.«

»Wer weiß, ob sie deine Gedanken überwachen«, bemerkt Serge.

Meine Mutter beginnt angespannt das Geschirr zusammenzuräumen. »Können wir beim Thema bleiben? Die nächste Rate muss in zwei Wochen bezahlt werden und wir haben das Geld nicht, richtig? Was machen wir jetzt?«

Serge reibt sich müde durch seinen Dreitagebart: »Ich gehe heute Abend zum Imperator und bitte um einen Aufschub.«

Meine Mutter schließt die Augen und atmet tief durch. Serge stürzt seinen Kaffee herunter und gibt ihr einen Kuss auf die Stirn: »Wir schaffen das schon. Du wirst nie wieder in ein Autowrack ziehen müssen. Keiner von uns muss das. Wir werden das Geld zusammenkriegen. Irgendwie.«

Sie schaut ihn zweifelnd an und im selben Moment zuckt Schlangenkopfs irre Fratze vor meinen Augen auf und ab.

Serge nickt, als ob er zu einer inneren Erkenntnis gekommen wäre, und sagt zu mir: »Ich bin froh, dass du diesen asarianischen Scheiß gekündigt hast. Spät, aber besser als nie. Na ja, der Fisch fängt sich nicht von alleine. Wir sehen uns heute Abend.«

Meine Mutter und ich bleiben noch einen Moment sitzen.
»Du lügst uns doch nicht an? Wegen deinem Auge?«
»Nein! Wieso glaubt mir eigentlich nie jemand?«

Mit etwas besserer Laune trabe ich zu den öffentlichen Duschen. Bei der Vorstellung in der Fabrik muss ich ordentlich aussehen. Außerdem will ich das restliche Blut von meinen Armen waschen. Vielleicht habe ich den besten Job der Welt verloren, aber immerhin scheint Serge gewillt zu sein, sich mit mir zu vertragen.

Die Duschen liegen in einem Innenhof. Ich zahle Eintritt und verdrücke mich ganz nach hinten, wo ich den Duschvorhang so pedantisch zuziehe, dass niemand durch einen Spalt hineinschauen kann. Die Schnitte brennen, als ich das T-Shirt abwickele. Verkrustet ziehen sie sich über meine Arme und mich überkommt Wut auf Schlangenkopf. Warum musste er mich überhaupt angreifen? Es gab absolut keinen vernünftigen Grund. Er hätte mich einfach gehen lassen sollen, dann ginge es uns beiden besser.

Zurück auf dem Dach öffne ich wieder die Eyevision-Seite. Und tatsächlich: Ich habe eine Mail. ›*Sehr geehrter Herr Rivoir, wir haben Ihren Antrag erhalten, Eyevision vorläufig ausschalten zu lassen. Ihr Antrag wird selbstverständlich zeitnah von uns bearbeitet und wir werden Sie davon in Kenntnis setzen, ob Sie heute um 16:30 Uhr auf Sendung gehen werden.*‹ Das ist zumindest keine Absage.

Ich lasse mich zurücksinken und schrecke im selben Moment zusammen, als jemand mit einem Knall auf dem Dach landet. Innerlich darauf gefasst, mich wieder gegen einen Messer schwingenden Wahnsinnigen verteidigen zu müssen, springe ich auf. Aber es ist nur Jago: »Was ist los? Schlecht geträumt?«

Mein Herz schlägt immer noch wie ein Presslufthammer gegen meine Rippen: »Mann, du hast mich echt erschreckt!« Werde ich jetzt paranoid? Wie sollten die Schlangen mich finden?

Jago schlendert auf mich zu und grinst entschuldigend. Mit seinen langen, dünnen Armen und Beinen erinnert er mich immer an einen Grashüpfer. Seine Haut ist so schwarz wie die Nacht und er trägt ein T-Shirt, auf dem sich Rosen durch einen Skelett-Brustkorb winden. Jago hat immer die ausgefallensten Sachen an: Shirts mit Bandnamen, von denen noch nie jemand etwas gehört hat, rot-weiß gestreifte Hosen oder Militärjacken. Er findet die Sachen am Strand, wäscht sie ein paarmal und lässt sie in der Sonne trocknen. Dann sind sie fast wie neu.

Jago schiebt seine Sonnenbrille in die kurzen Dreadlocks: »Schätze, das ist der Nachteil, wenn man auf einem Dach wohnt und keine Türen hat. Jeder kann einfach vorbeikommen. Wieso bist du schon wach? Dachte, ich müsste dich wecken. Ich treffe die anderen am Strand. Willst du mitkommen?« Er unterbricht sich und mustert mich: »… oder wollen wir das Arschloch besuchen, das dir aufs Auge geschlagen hat? Ich hole meinen Baseballschläger.«

»Nee, passt schon.« Ich grinse schief. »Der, der das gemacht hat, wird wohl nie wieder jemanden schlagen …«

Jago schaut mich prüfend an, aber er weiß, dass ich ihm keinen Mist erzählen würde. Ich kenne Jago schon lange.

Wir waren Nachbarn im Autopark. Als ich ihn das erste Mal sah, bemalten er und seine Geschwister gerade mit bunter Farbe den Wohnwagen ihrer Mutter. Er war acht, so wie ich. Ich fand es faszinierend, wie er mit beiden Händen die Farbe auf dem grauen Untergrund verteilte, und wollte unbedingt mitmachen. Jagos Mutter war eine erfolglose Künstlerin, die wie meine Mutter und ich in den Autopark ziehen musste. Wir sind beste Freunde geworden. Bis heute. Er ist der Einzige außer meinen Eltern, der von dem Chip weiß.

»Ich habe bei Eyevision gekündigt. Zumindest so halb«, flüstere ich.

Erstaunt lässt er sich neben mich auf die Matratze fallen: »Bist du verrückt? Warum hast du das getan?«

Jago wollte sich auch bei Eyevision anmelden und den Chip implantieren lassen. Er durchsucht frühmorgens den Müll am Strand und verarbeitet die Planen, Plastiktüten und Stöcke zu Drachen, die er an Straßenhändler verkauft. Seine Drachen sind nicht nur die schönsten, sie fliegen auch höher und besser als die der anderen. Trotzdem fand Bradley Starlight die Vorstellung langweilig, dass Jago Müll einsammelt und zu Drachen verarbeitet: »Aus Müll Sachen basteln? Sorry, Jungs. Aber ihr müsst mir Ideen verkaufen, die glühen, die leben! Müll? Basteln? Drachen für Kinder? Da sehe ich den Markt nicht. Auch wenn ich euch gerne helfen würde.«

Jago hat also keinen Chip bekommen.

Flüsternd erzähle ich ihm, was gestern passiert ist. Jagos Augen werden immer größer und größer, dann springt er auf: »Wenn du diesen Schlangenkopf nicht schon umgebracht hättest, würde ich es tun! Dieser Idiot hätte dich fast gekillt!«

»Ja. Fast.«

»Aber die anderen Schlangen. Die werden dich suchen. Die werden sich rächen wollen.«

»Aber sie wissen ja nicht, wer ich bin.«

Jago nickt mechanisch. Seine Dreadlocks wippen auf und ab und er kaut aufgeregt an dem Piercing in seiner Unterlippe: »Wer ist das Mädchen mit den türkisen Haaren? Hast du die vorher schon mal gesehen?«

»Nee, aber vielleicht treffe ich sie ja noch mal irgendwo.«

»Besser nicht, die hört sich nach Ärger an.«

Ich schnappe meinen Rucksack: »Was ich jetzt brauche, ist ein neuer Job!«

Vom Dach springen wir auf eine niedrige Terrasse. Hier gibt es eine Klappe, durch die man unter die Häuser von Caramujo gelangen kann. Unser Haus, wie auch die anderen Gebäude, Straßen und Plätze, ist auf Tausenden von Stelzen und Betonpfeilern über dem Strand gebaut. Wenn die Flut kommt, hört man die Brandung unter den Häusern und Straßen entlangrauschen. Wenn Ebbe ist, wird das Wasser zurück ins Meer gesogen und zurück bleibt der Sand, auf dem sich der angeschwemmte Müll türmt. Große Frachter aus Asaria entleeren ihn vor der Küste und die Flut wirft das Zeug am nächsten Tag ans Ufer.

Rechts von Caramujo liegt eine Fabrikhalle. Aus ihren Abwasserrohren läuft blaugraue, schäumende Flüssigkeit in breiten Rinnsalen zum Meer. Wir betreten die riesige Halle und heißer Dampf schlägt mir entgegen. Maschinen pressen in ohrenbetäubender Lautstärke Plastik in Formen. Menschen mit stumpfem Gesichtsausdruck stehen an langen Tischen. Mechanisch wickeln sie Kabel umeinander, öffnen Plastiktüten, stecken Kopfhörer hinein und verschweißen das Ganze.

Als wir die Halle wieder verlassen, fühle ich mich seltsam niedergeschlagen, obwohl ich die Kopfhörer in der vorgegebenen Zeit ohne Probleme verpacken konnte und den Job bekommen habe. Morgen früh um sechs Uhr geht es los. Die Arbeit wird mies bezahlt, aber es ist besser als nichts. Trotzdem kann ich mich nicht freuen. Vierzehn Stunden Kopfhörer verpacken? Wahrscheinlich wird sich mein Gehirn einfach irgendwann von selbst abschalten. Und was ist, wenn der Chip jetzt doch wieder anspringt? 16:30 Uhr liegt genau in meiner Arbeitszeit. Vielleicht könnte ich Eyevision überreden, meine Sendezeit in die Nacht zu verlegen?

Jago schlägt mir auf die Schulter: »Schau nicht so! Du wickelst jetzt eine Zeit lang Kopfhörer auf und danach suchst du dir was Besseres. Du kannst mit mir zusammen Drachen bauen! Außerdem kann man in solchen Fabriken gut Mädchen kennenlernen. Da arbeiten bestimmt fünfzig, und die sahen alle ziemlich gelangweilt aus.«

»Die sahen aus wie Roboter. Wenn ich da eine Woche gearbeitet habe, bin ich auch einer. Wahrscheinlich träume ich sogar davon, Kopfhörer aufzuwickeln! Und solche Drachen wie du kann ich niemals bauen. Da fehlt mir die Kreativität.«

»Ach was. Wir eröffnen einen Drachen-Laden zusammen! Ich spare schon.«

»Wie viel Geld brauchst du noch?«

»Ich warte darauf, dass ich Gold finde. Dann eröffne ich ihn morgen.«

»Deine Familie wäre sicher stolz.«

Jagos Familie ist riesig. Er hat so viel Verwandtschaft, dass sie für Familienfeiern immer an den Strand gehen müssen, weil sie nicht alle in irgendeine Wohnung passen.

»Wie geht's denn deiner ... Familie?«, will Jago wissen und mir ist klar, dass er Luc meint.

»Luc? Gut. Blass. Aber es wird immer besser.«

Jago belässt es dabei und stellt keine weiteren Fragen und ich denke an die Nacht zurück, als ich beunruhigt aufwachte. Erst wusste ich nicht warum, dann hörte ich Lucs unregelmäßige Atemzüge. Sein Gesicht leuchtete im Halbdunkel schweißnass. Ich versuchte, ihn zu wecken, weil ich dachte, er hätte einen Albtraum, aber seine Stirn glühte und er wimmerte leise.

Meine Eltern brachten ihn noch in der Nacht zu einer Priesterin. Sie flößte ihm Tee ein, vernebelte den Raum mit buntem Rauch und malte verschlungene Zeichen auf seine Brust. Wir beteten mit ihr, bis wir vor Erschöpfung selbst kaum noch stehen konnten. Lucs Fieber ließ nach, aber er öffnete seine Augen nicht. Nach zwei Tagen war meine Mutter so verzweifelt wie noch nie. Sie versuchte, ihm immer wieder Wasser einzuflößen, aber es floss aus seinen Mundwinkeln auf das Kissen. Irgendwann setzte sie sich stumm in eine Ecke. Serges Gesicht war zerfurcht von schwarzen Schatten. Stundenlang starrte er ins Nichts. Schließlich sprang er auf, verschwand durch die Tür und kam erst nach drei Stunden zurück – in der Hand eine zerbeulte Tasche. Seine Fingerknöchel traten weiß hervor, so heftig umklammerte er sie. Meine Mutter nickte leicht. Sie wusste anscheinend, was in der Tasche war. Mit der Bahn fuhren wir schweigend in das nächste Krankenhaus.

»Sie müssen vor der Behandlung zahlen. Ich hoffe, das wissen Sie«, begrüßte uns die Frau an der Rezeption eilig, als sie unsere billige Kleidung sah. Schweigend öffnete Serge die Tasche und zählte die zerknitterten Scheine ab. Es war viel Geld. Mehr Geld, als ich jemals gesehen hatte.

Luc wurde auf die Intensivstation gebracht. Wir durften nicht hinein und so fuhren wir zurück nach Caramujo.

Jeden Morgen machte sich Serge mit der zerbeulten Tasche auf den Weg und bezahlte einen weiteren Tag für Beatmungsgeräte, Medizin und Zimmermiete. Am Ende der Woche war seine Tasche leer. Eine Krankenschwester brachte uns Luc in eine Decke gewickelt heraus. Er war so dünn, blass und zerbrechlich, dass ich Angst hatte, die Abgase der Autos oder die lauten Stimmen der Leute in der Bahn könnten das letzte bisschen Leben aus ihm entweichen lassen. Aber als wir fast zu Hause waren, öffnete er die Augen. Ich erinnere mich genau an diesen Moment. An seinen glasigen, orientierungslosen Blick. Er sah nicht gesund aus, aber er hatte die Augen geöffnet! Nach einer Woche Hoffen und Bangen war er endlich wieder bei uns. Meine Mutter schrie vor Freude und die Leute in der Bahn starrten uns neugierig an. Aber meine Mutter kümmerte das nicht. Sie dankte der heiligen Cat Cainstorm und versprach ihr, zu ihrer Kathedrale zu pilgern, auch wenn wir alle wussten, dass dies nie geschehen würde, weil sie sich so eine Reise niemals würde leisten können.

Abends, als meine Mutter neben Luc auf dem Sofa lag, völlig erschöpft und in einem komatösen Schlaf, hörte ich ein seltsames Geräusch aus dem Schlafzimmer. Es war so leise, dass ich es erst für den Wind hielt, der manchmal vom Meer zu uns herüberweht. Ich schlich nach oben und da saß Serge auf dem Bett. Vornübergebeugt, mit angespanntem Rücken, das Gesicht in die Hände gestützt, und weinte. Ich habe ihn vorher niemals weinen sehen. Ich hätte mir nicht mal vorstellen können, wie es aussieht, wenn Serge weint. Auf dem Boden lag leer und zusammengefallen die zerbeulte Tasche. Während der ganzen letzten Woche hatten wir nicht darüber geredet, woher er das Geld hatte. Aber als ich seine Verzweiflung sah, wusste ich, dass wir ruiniert sind. Nicht nur ein bisschen, sondern so völlig und unwiederbringlich ruiniert, wie man es nur sein kann.

Als eine Woche später der Fette Imperator in unserem Hof erschien, erinnerte ich mich an Bradley Starlight und seine Versprechungen. Das war der Moment, in dem ich mich entschloss, zu Eyevision zu fahren.

Zurück an meinem Laptop checke ich meine Mails. Keine neue Nachricht von Eyevision. Aber es ist auch erst neun Uhr morgens.

»Eine Runde Fußball am Strand?«, fragt Jago.

Ich zögere. Was ist, wenn ich jemandem von Las Culebras begegne? Aber wie sollten die mich erkennen? Und ich kann mich auch nicht die ganze Zeit verstecken. Am besten, ich benehme mich so normal wie möglich. Außerdem ist das hier mein letzter Tag, bevor ich zum Kopfhörerroboter werde!

Der Badestrand liegt links von Caramujo. Immerhin fast einen Kilometer entfernt von der chemisch blubbernden Brühe, die aus der Fabrikhalle quillt. Im Wasser sind Netze gespannt und sorgen dafür, dass hier wenigstens kein Müll an den Strand geschwemmt wird. Die erste Regel lautet trotzdem: Beim Schwimmen niemals den Mund aufmachen. Ein Schluck von dem Wasser kann reichen, und wenn man Pech hat, liegt man tagelang flach mit Durchfall und Erbrechen. Ich spreche aus Erfahrung, und zwar aus keiner guten.

»Siehst du jemanden mit Schlangentattoos?« Ich scanne den Strand. Herumrennende Kinder, Mütter mit ausgefransten Strohhüten und billigen Sonnenbrillen. Männer, so braun gebrannt, als hätten sie jeden einzelnen Tag ihres Lebens hier verbracht. Andere grau und verlebt, zu alt und krank zum Arbeiten. Ich kenne jeden einzelnen von ihnen.

Jago hat die Augen zusammengekniffen. Er will es nicht zugeben, aber er ist etwas kurzsichtig: »Nope. Ich denke nicht. Schlangenfreie Zone.«

Ivy sitzt unter einer der spärlichen Palmen. Ihr Gesicht und das gelbe Kleid sind gesprenkelt mit Sonnen- und Schattenflecken. Als sie uns sieht, legt sie ihre Zeitschrift zur Seite, wirft ihr langes hellbraunes Haar über die Schulter und winkt. Ich hatte gehofft, dass sie nicht da sein würde. Nicht, dass ich ihre Gesellschaft nicht mag. Tatsächlich hänge ich noch mehr an ihr, als ich zugeben würde. Aber sie ist der neugierigste Mensch, den ich kenne, und kann Geheimnisse nicht für sich behalten. Also beginne ich, mir schon die Lügen im Kopf zurechtzulegen. Jago wirft ihr den Ball zu: »Hey, Ivy, na, was geht?«

Sie fängt den Ball und wirft ihn zu mir: »Eine Frau da hinten hat Gold im Sand gefunden. Jetzt sind alle ganz aufgeregt.« Sie nickt mit dem Kopf in die Richtung. Ich beuge mich zu Ivy und gebe ihr links und rechts einen Kuss auf die Wange.

»Gold? Hier?«, Jago starrt aufgeregt den Strand hinunter, wo sich ein Haufen Leute um eine ältere Frau versammelt hat: »Ich bin gleich wieder da. Letztes Mal hatte jemand verklebtes Plastik gefunden und dachte, es wäre Gold!« Er eilt davon.

Ivy streicht mir über die Wange: »Ärger gehabt?«
»Nichts Schlimmes.«
»Hast du dich mit jemandem gestritten?«
Ich weiß, dass sie nicht lockerlassen wird, bis sie weiß, was passiert ist.
»Jaa«, sage ich gedehnt. Es nutzt ja doch nichts. Irgendwann muss ich ihr und allen meinen Freunden eine Ge-

schichte erzählen, damit sie keinen Verdacht schöpfen. »Mit meinem Chef.«

Sie legt den Kopf in den Nacken und lacht fröhlich: »Meiner Chefin möchte ich auch manchmal die Augen auskratzen.«

Sie schaut erwartungsvoll, aber ich grabe nur mit den Händen im Sand.

»Und dann? Was ist passiert? Du musst mir schon die ganze Geschichte erzählen.«

»Ach, eigentlich ist nichts passiert. Ich habe die Wände von so einem Haus angestrichen, und dann ist mein Chef gekommen und hat gesagt, dass ich zu viele Kleckse mit der Farbe auf den Boden mache. Ich bin von der Leiter runtergestiegen und habe gesagt, er soll mir die Kleckse zeigen, weil da keine waren. Er hat aber darauf bestanden, dass ich zu verschwenderisch mit der Farbe umgehe. Dann habe ich ihm meine Meinung gesagt, er hat zugelangt und hat sich auch eine gefangen.«

Ivy schaut erstaunt: »Und dann?«

»Dann hat er mich gefeuert und ab morgen arbeite ich in der Kopfhörerfabrik.«

»Das tut mir leid. Die zahlen nicht so gut.« Ivy arbeitet im Schichtdienst in einer Textilfabrik. Ich weiß, dass sie der ständige Wechsel der Arbeitszeiten belastet. Sie hat dort eine relativ hohe Position, die sie extrem ernst nimmt. Wenn einer von uns jemals so etwas wie Karriere macht, dann sie. Aber sie muss oft nachts arbeiten. Ein Grund, weshalb es mit uns nicht geklappt hat. Ich war den ganzen Tag auf See und sie musste zur Arbeit, wenn ich vom Fischen zurückkam.

»Ich kann nachfragen, ob es in der Textilfabrik noch freie Stellen gibt.«

»Ich dachte, da wird man nur angestellt, wenn man nähen kann?«

»Das bringe ich dir an einem Tag bei. Ich habe zwanzig Näherinnen unter mir. Die haben das auch alle geschafft!«

»Du musst mir erst mal beibringen, wie man einen Faden einfädelt. Da fängt es ja schon an.« Meine Augen wandern über die Strandbesucher. Ein Mann versucht etwas zu aufdringlich, Tücher zu verkaufen, eine Frau bietet Massagen an. Ein paar Jungs, zwölf, dreizehn Jahre alt, stehen am Wasser. Ich weiß, dass sie für Las Culebras Drogen verkaufen. Aber momentan scheinen sie mit sich selbst und einer selbst gebastelten Angel beschäftigt zu sein.

»Suchst du jemanden?«

»Was? Nein.«

In dem Moment kommt Jago zurück: »Sie hat wirklich Gold gefunden! Krass, oder? Ein Armband, vergoldet! Und sie ist nicht mal eine Müllsucherin! Ich laufe jeden Tag den Strand ab und ich habe noch nie so etwas Wertvolles gefunden!« Er wirft mir den Ball zu: »Komm, wir gehen Fußball spielen. Ich bin deprimiert.«

»Du hast mal eine Schachfigur aus Elfenbein gefunden. Und Münzen. Außerdem bestimmt eine Tonne komischer Klamotten«, entgegne ich.

Ivy wendet sich wieder ihrer Zeitschrift zu und ich folge Jago, der den Ball vor sich herkickt: »Aber kein Gold, verdammt! Ich will Gold finden!«

Unser Fußballplatz liegt ein paar Meter entfernt vom Badestrand. Die Ränder sind mit Müll abgesteckt und die Tore sind aus alten Brettern und Fischernetzen zusammengehauen. Wir spielen uns den Ball locker zu. Ein paar Freunde sehen uns von der Straße und machen mit. Der Sand wirbelt unter unseren Füßen und mir wird in meinem langen Oberteil schnell heiß. Ich will die Ärmel nach oben schieben, aber die anderen dürfen die behelfsmäßigen Verbände aus dem zerrissenen T-Shirt nicht sehen. Schließlich gehe ich zurück und lasse mich erschöpft neben Ivy in den Sand fallen.

»Zieh doch dein Hemd aus, wieso trägst du überhaupt so was Langes am Strand?«

»Mir ist nicht heiß«, lüge ich und grinse sie dabei etwas schief an, weil es so offensichtlich gelogen ist.

Sie grinst zurück und schlägt mir mit der Hand leicht auf die Schulter. »Hast du eine Sonnenallergie, oder was? Zieh es aus!«

»Ich habe Sonnenbrand auf dem Rücken«, sage ich schnell.

»Du und Sonnenbrand? Du bist viel zu dunkel für Sonnenbrand. Ich sehe, wenn du lügst. Zumindest manchmal. Zum Beispiel jetzt. Aber ich werde die Wahrheit schon noch rauskriegen!«

Wäre ich Pinocchio, könnte sie auf meiner Nase wahrscheinlich bis nach Asaria laufen. Ich schließe die Augen und brumme etwas. Was sollte ich auch erzählen, wenn sie die Verbände sieht? Ich hätte versucht, Selbstmord zu begehen? Ich wäre beim Kartoffelschälen abgerutscht?

»Komm schon.« Ivy springt auf, zieht ihr Kleid über den Kopf und steht im Bikini vor mir. Pinker Stoff auf gebräunter Haut. Sie hat ihre Luftmatratze aufgepustet und ich folge ihr zum Meer, behalte aber das lange Oberteil beim Schwimmen an. Das Wasser kühlt die Wunden an meinen Armen und für einen Moment überlege ich, ob Bakterien in die Schnitte gelangen könnten, aber jetzt ist es zu spät. Ivy treibt auf ihrer Luftmatratze. Nur ihre Füße mit dem pinken Nagellack berühren ab und zu das Wasser. Ihr neuer Freund hat ihr erzählt, dass es hier fleischfressende Bakterien gibt. Deshalb hat sie sich die Luftmatratze gekauft.

Ich ziehe sie ein Stück weiter nach draußen und wir treiben zusammen durch die sanften Wellen. Ihre Augen sind geschlossen und ich betrachte ihre langen Wimpern und ihren geschwungenen Mund. Sie hat mit mir Schluss gemacht. Nach nicht einmal fünf Monaten, in denen wir uns fast nur sonntags gesehen haben. Ihr neuer Freund ist ein Idiot. So gestelzt, als wäre er schon mit einer Bügelfalte in seiner Hose geboren worden. Er arbeitet mit Ivy zusammen in der Klamottenfabrik. Ein Grund, weswegen ich dort auf keinen Fall anfangen werde. Der Typ, der mir meine Freundin ausgespannt hat, auch noch als mein Boss? Dann lieber bis in alle Ewigkeiten Kopfhörerkabel aufwickeln. Zumindest, bis unsere Schulden abbezahlt sind.

Ich schiebe Ivy noch ein Stück weiter hinaus aufs Meer. Der Himmel ist strahlend blau bis zum Horizont, aber ich versuche vergeblich, die Barriere zu erspähen, die sich wie ein langes graues Band in knapp 30 Kilometern Entfernung durch das Meer um Cainstorm zieht. Einmal bin ich mit Serge bis auf wenige Meter an sie herangefahren. Unser Fischerboot war winzig gegen dieses riesige Bollwerk aus Stahlseilen. Ich musste meinen Kopf in den Nacken legen, um die obere Kante sehen zu können. Unten sind die Stahlseile eng geflochten, sodass der Müll, der um unseren Kontinent treibt, nicht nach Asaria schwimmen kann. Weiter oben sind die Seile lockerer gelegt, aber keines der Löcher ist breit genug, um einen Erwachsenen durchzulassen.

»Ich könnte einfach rüberklettern«, habe ich zu Serge gesagt.

»Und dann? Willst du auf der anderen Seite die hundert Kilometer nach Asaria schwimmen? Außerdem fahren sie die

Barriere auf der anderen Seite mit Schiffen ab. Die wollen uns da drüben nicht.«

Die Barriere existiert schon seit langer Zeit. Von der Regierung wird sie ›Friedensmauer‹ genannt, weil sie Krieg zwischen Asaria und Cainstorm verhindern soll. Ganz Cainstorm ist laut Serge von dieser Mauer umgeben. Aber wahrscheinlich geht es den Asarianern nicht um Frieden oder Krieg. Sie wollen einfach ihren Reichtum für sich behalten.

Ivy hat die Augen halb geöffnet und ist meinem Blick gefolgt: »Würdest du manchmal auch gerne wissen, wie es da drüben so ist? Ich stelle mir oft vor, wie irgendwelche feinen asarianischen Frauen die Kleidung tragen, die ich hier nähe.«

Ivy besitzt kein Eyenet und damit auch keine Möglichkeit, Videos von drüben anzuschauen. Alles was sie von drüben kennt, sind Erzählungen. Ich möchte sie nicht schon wieder anlügen, indem ich so tue, als wüsste ich auch nichts von Asaria. Also tauche ich kurzerhand unter. Den Mund fest verschlossen. Als ich wieder auftauche, schaut mich Ivy komisch an: »Du bist irgendwie anders heute.«

Zurück an unserem Platz will ich meinen Rucksack packen und gehen, aber andererseits ist es gerade mal zwölf Uhr. Es graut mir davor, den ganzen Tag alleine auf dem Dach oder in dem halb leeren Wohnzimmer zu verbringen, mit den Gedanken bei Schlangenkopf. Vielleicht kann ich Jago überreden mitzukommen.

Er und die anderen haben aufgehört, Fußball zu spielen, sitzen zusammen und reden immer noch über die Frau mit dem Gold. Jago ist besonders enthusiastisch: »… und dann kaufe ich mir einen Metalldetektor und finde jeden verdammten Löffel!«

Ich beobachte den Strand durch halb geschlossene Augen,

lausche den Rufen und dem Gelächter der Leute, aber dazwischen schiebt sich die Erinnerung an das Knirschen des Messers an Schlangenkopfs Rippen. »Okay, ich muss jetzt los. Auf Luc aufpassen.«

Jago versteht meinen Wink: »Ich komme mit. Kann ein bisschen Schatten vertragen.« Er läuft zum Meer, um den Sand von seinem Ball zu waschen.

Ivy schaut von ihrer Zeitschrift auf: »Sag deiner Mutter viele Grüße von mir. Kommst du später noch mal wieder?«

»Ja, vielleicht.«

»Mach dir nicht solche Sorgen. Wegen dem Geld. Morgen frage ich in der Textilfabrik nach, ob noch was frei ist. Da gibt es gute Jobs. Du kannst direkt in meiner Abteilung arbeiten. Carl ist in nächster Zeit mit dem Verladen der Waren auf die Schiffe beschäftigt.« Carl ist ihr Freund.

»Dann müsstest du mich aber jeden Tag ertragen«, grinse ich.

»Du müsstest mich ertragen«, lacht sie ihr helles Lachen.

Vielleicht habe ich doch noch eine Chance bei ihr? Ich greife nach meinen Rucksack und bleibe wie angefroren stehen. Ich spüre ein leichtes Kribbeln. Es zieht sich von hinten nach vorne unter meiner Kopfhaut entlang. Der Chip wird aktiviert.

5

»*Willkommen bei Eyevision. In zehn Sekunden sind Sie auf Sendung*«, schallt die mir so gut bekannte Frauenstimme durch meinen Kopf. Warum jetzt? Warum geht es einfach an? Es muss ein Fehler sein. Ohne zu zögern werfe ich mir den Rucksack über die Schultern und hetze barfuß über den Strand. Ivy ruft etwas hinter mir her, es klingt besorgt.

Zehn, ertönt es in meinem Kopf. Ich muss weg vom Strand, weg von den Leuten, die ich kenne. Wenn sie meinen Namen rufen oder ich ihre Gesichter zeige, werden Las Culebras mich finden.

Neun.

Ich hetze auf die Treppe zu, die vom Strand wegführt.

Acht.

Leute stehen mir im Weg. Ich versinke mit den Füßen im Sand, komme kaum vorwärts.

Sieben, zählt die freundliche Stimme weiter runter. Ich springe die Treppe hoch.

Sechs.

Menschen. Überall Menschen, die mich kennen. Eine Nachbarin lächelt, will auf mich zukommen und ich beginne zu rennen. Weg vom Strand, raus aus Caramujo.

Fünf, vier, drei, zwei, eins, zählt die Stimme unerbittlich weiter. *»Eyevision wünscht Ihnen in der nächsten halben Stunde viel Spaß!«* Ein kurzer fröhlicher Jingle ertönt, dann bin ich auf Sendung.

Instinktiv starre ich auf den Boden. Er besteht aus Beton, wie die meisten Straßen in Milescaleras. Meine Füße sind barfuß und ich bemerke zu spät, dass Sand an ihnen klebt. Kurz schließe ich die Augen und wische den Sand mit den Händen ab. Mit gesenktem Kopf laufe ich weiter.

Ich darf den Blick nicht heben. Auf keinen Fall. Die Wände der Häuser sind blau und türkis. Jeder, der sich hier auskennt, wüsste, dass ich in Caramujo bin. Mit geschlossenen Augen stehen bleiben ist auch keine Option. Was ist, wenn mich jemand anspricht? Mir bleibt nur eine Möglichkeit: immer weiterlaufen. Mit einem langen Blinzeln schalte ich die Kommentarfunktion ein. Die Zahl der User ist auf unglaubliche 2025 gestiegen. Kommentare rasen an meinem inneren Auge vorbei: *»Sind Las Culebras in der Nähe? Wissen sie, dass er es war?«*

»Wo finde ich das Video mit dem Mord oder sind die schlimmen Sachen verpixelt?« Katzen, mit heraushängenden Zungen und aufgerissenen Augen.

»Zu welcher Gang gehört ECO0, sind sie verfeindet??«

»Ist er ein Auftragskiller, der die Gangs tötet?«

Die einzige Frage, die mich momentan interessiert, ist, wieso sich dieser verdammte Chip wieder eingeschaltet hat, und das auch noch mittags! Wahrscheinlich ist bei der Bearbeitung etwas schiefgegangen und sie haben ihn ein- statt ausgeschaltet. Wenigstens hat sich meine Sendezeit nicht verlängert. Die Stimme hat mir viel Spaß ›in der nächsten halben Stunde‹ gewünscht.

Bonbonpapier, Pisseflecken und graue Kaugummis. Meine

nackten Füße, Schatten anderer Leute, Fetzen von Unterhaltungen und Musik. Die Kommentare werden böser:

»Schau nach oben, warum starrst du die ganze Zeit auf den Boden? Bist du behindert oder so?«

»Er versucht sie zu verwirren, er ist ein Assassine!«, antwortet ein anderer.

Einer der Kommentare stammt von Zarbon21: *»Beachte die ganzen Idioten hier nicht, die haben keine Ahnung.«*

Ich danke ihm still und merke, dass sich die Gegend um mich herum ändert. Der Boden bleibt grau und rissig, aber ich rieche Essen. Fettiges, billiges Essen. Der salzige Meeres- und Algengeruch aus Caramujo ist verflogen. Etwas, das meine Zuschauer nicht wahrnehmen können. Ich habe Caramujo verlassen und bin in der ›Fressgasse‹ gelandet. Ein anderes Viertel, in dem ich kaum Leute kenne. Restaurants und Bars drängen sich hier dicht an dicht. Ich umrunde Stühle und Tische. Geschirrgeklapper. Ein Mann bestellt ›Reis mit Curry‹. Kann man erkennen, wo ich bin? Wissen es Las Culebras schon? Schauen sie zu?

Ich trete in irgendetwas Spitzes und ärgere mich, dass ich meine Turnschuhe nicht trage. Aber ich will nicht anhalten, um sie und die Armbanduhr aus meinem Rucksack zu holen. Wie lange bin ich jetzt auf Sendung? Vielleicht fünf Minuten? Noch fünfundzwanzig Minuten durchhalten. Ich muss mich irgendwo verstecken. Aber ich kann nicht mal nach links und rechts schauen, ohne mich zu verraten.

Im selben Moment kneife ich die Augen zu, aber es ist zu spät. Auf dem verdammten Boden ist Werbung aufgemalt. Ein kleiner chinesischer Tempel. Mit verräterischer pinker Neonfarbe auf den Boden gesprüht, und ich Idiot habe ihn beim Drüberlaufen angeschaut.

Wer sich auch nur ein bisschen in Milescaleras auskennt,

weiß, wofür die Werbung steht. ›Pink Asia‹ ist eines der größten Billigrestaurants der ganzen Stadt. Ein fünfstöckiger Fresstempel, berühmt für seine meterlangen Buffets. Wenn man den aufgesprühten Bildern folgt, führen sie einen direkt dorthin. Vielleicht zweihundert Meter von hier.

Ich bete, dass niemand von den Schlangen zuschaut. Gehetzt laufe ich weiter. Stoße gegen Leute. Weiche auf die Straße aus, dicht am Bordstein. Hier ist hoffentlich keine Werbung auf dem Asphalt. Motorradfahrer umrunden mich, Autos fahren hupend an mir vorbei. Wenn jemand kommt, um mich zu töten, werde ich ihn nicht einmal sehen. Jeder Schatten macht mich nervös. Ich lese wieder die Kommentare. Zu meiner grenzenlosen Erleichterung scheint niemand die Werbung bemerkt zu haben oder alle User kommen aus Asaria und kennen das Symbol nicht: »*Schauen wir uns jetzt für die nächste Viertelstunde Straßenbelag an??*«

»*Ist doch super. Vorhin war er hellgrau, dann dunkelgrau und jetzt fast anthrazit*«, antwortet ein anderer User ironisch.

Ich will gerade einmal lang blinzeln, als mir ein Kommentar ins Auge sticht: »*Hast wohl Hunger, was?*«, schreibt jemand namens Antrax.

Ist das Zufall oder hat er oder sie erkannt, wo ich bin? Ich erhöhe mein Tempo. Der Bürgersteig schwenkt nach rechts. Eine Kreuzung. Ich schließe die Augen, drehe mich um 90 Grad und biege in die Seitenstraße ab. Dann laufe ich weiter, als wäre nichts passiert. Keiner meiner Zuschauer weiß jetzt, in welche Richtung ich abgebogen bin oder ob ich immer noch geradeaus laufe.

Zwischen all den gelangweilten und wütenden Kommentaren entdecke ich wieder Antrax: »*Kann das PA nur empfehlen.*«

Der Schweiß läuft mir den Rücken herunter. PA? Was soll

das heißen? Pink Asia? Hat er die Werbung erkannt? Anscheinend.

Die anderen User können mit Antrax' Kommentar nichts anfangen. Ich jogge jetzt. Versuche, nicht über den Bordstein zu stolpern oder gegen Autos zu stoßen und dabei die Kommentare nach Antrax zu scannen.

Er schreibt wieder: »*Letztes Mal war allerdings Lametta in meinem Essen. Die tragen da ja alle diese bescheuerten Perücken aus dem Zeug. Toxico und ich waren darüber nicht sehr glücklich.*«

Lametta-Perücken? Stimmt, die Bedienungen dort tragen tatsächlich alle lila Perücken. Antrax ist aus Milescaleras und er weiß, wo ich bin. Zumindest ungefähr. Aber wer ist Toxico?

Es bleibt mir keine Zeit, darüber nachzudenken, denn Antrax postet schon wieder: »*Die haben sich bestimmt tausendmal bei mir entschuldigt. Das Lametta wäre abgefallen bla, bla, bla. Aber weißt du, was Toxico immer gesagt hat?* ›*Für Respektlosigkeit gibt es keine Entschuldigung.*‹ *Wäre in seinem Essen Lametta gewesen, er hätte es einfach ignoriert. Aber dass jemand seinen Freund respektlos behandelt, konnte er nicht ertragen.*«

Der Bürgersteig knickt zur Seite weg. Ich schließe kurz die Augen und biege ab. Warum schreibt er mir das? Ist ihm langweilig? Will er mir Angst machen?

»*Weißt du, was Toxico mit dem Kellner gemacht hat? Er hat den Affen gezwungen seine Perücke zu fressen. Lametta ist relativ schwer zu kauen. Hättest mal sein Gesicht sehen sollen, war zum Schreien. Toxico hat seine Freunde immer verteidigt. So wie wir Toxico!*«

Ist Toxico Schlangenkopf? Ich muss hier weg. Irgendwohin. Aber ich habe die Orientierung verloren. Ich schätze, dass ich noch circa fünfzehn Minuten durchhalten muss. Zu lange.

»*Weißt du, dass ich diese Technik liebe? Ich meine, eben habe ich nicht mehr gewusst, wo du gerade bist. Aber dann haben die Kirchturmglocken geläutet. Direkt neben dir. Hast du das gehört?*«, schreibt Antrax.

Nein, ich habe es nicht bemerkt. Ich versuche mich zu erinnern, aber in meinem Kopf ist Chaos. Das ständige Auf-den-Boden-Schauen macht mich wahnsinnig.

»*Die einzige Kirche in der Nähe vom Pink Asia ist Saint Philippe. Bist du bei Saint Philippe?*«

Den Blick auf den Boden gerichtet, laufe ich zu einer Häuserwand. Taste mich an ihr entlang. Ich suche eine Regenrinne, irgendwas, um mich nach oben zu ziehen. Ich habe keine Ahnung, wo ich bin, und obwohl nichts passiert, leert sich der Chat nicht. Die Leute bleiben dran, um böse Nachrichten oder schlafende Katzen-Emojis zu schicken.

»*Vom ganzen Gähnen hat sich mein Kiefer ausgerenkt*«, schreibt einer.

Ein anderer postet im Zwei-Sekunden-Takt: »*Laaangweeeilig!*«

Ich hoffe, es wird bis zum Ende langweilig bleiben.

Plötzlich höre ich hastige Schritte hinter mir. Lautes Rufen. Menschen rennen an mir vorbei. Hunde bellen aufgeregt. Es hört sich an, als würden Stühle umgeworfen. Eine Tür knallt ins Schloss. Dann wird es gespenstisch still. Ich habe lange genug in dieser Stadt gelebt, um zu wissen, was das bedeutet. Ich hebe den Kopf und schaue mich um. Ich bin alleine. Komplett. Ein paar Autos fahren an mir vorbei, aber es ist kein einziger Fußgänger mehr zu sehen. In der Ferne höre ich das Aufheulen von Motorrädern. Es klingt nach einer ganzen Horde. Sie nähern sich.

»*Via Claudia*«, schreibt Antrax. »*Barfuß, hellbraune Haut, dunkles Langarm-Shirt, knielange Jeans. Wir kriegen dich, Mörder.*«

Aber da renne ich schon die Straße entlang, wie ich in meinem ganzen Leben noch nicht gerannt bin. Ich fliege fast aus der Kurve, als ich in eine Seitengasse abbiege. Schießen sie mir in den Rücken, wenn sie mich sehen? Töten sie mich sofort? Das Knattern wird lauter und ich gerate in Panik. Wie soll ich ihnen entkommen, wenn ich ihnen durch meine Augen verrate, wo ich bin? Ich biege um Ecken, renne durch enge Gassen. Aber sie lassen sich nicht abschütteln, ich höre sie kommen.

Die Straßen werden wieder voller. Bis hierher scheint noch nicht vorgedrungen zu sein, dass Las Culebras im Anmarsch sind. Ich laufe Slalom. Menschen, Verkaufsstände, dicht an dicht. Heftig atmend drücke ich mich zwischen die Menschen, die ohne böse Vorahnung ihre Einkäufe erledigen. Teppich- und Klamottenhändler preisen laut schreiend ihre Ware an. Zwischen den Ständen ist ein Labyrinth von Gassen. Ich kämpfe mich durch die schlendernden Menschen. Wie lange bin ich noch auf Sendung? Zehn Minuten? Ein Schreien aus der Ferne. Aufheulen von Motorrädern. Die Leute um mich herum bleiben stehen. Besorgte Gesichter. Murmeln. Dann wieder Schreie. Diesmal näher. Wo ist der Ausgang aus diesem verdammten Markt? Alles, was ich sehe, sind Tücher und Teppiche. Irgendwo zersplittert Glas und die einzelnen Rufe werden zu einem lauten, vielstimmigen Schrei.

Auf einmal kommt Bewegung in die Leute um mich herum. Sie versuchen zu fliehen. Körper pressen sich gegen mich und ich stecke fest. Dann lässt der Druck nach, als hätte jemand einen Stöpsel gezogen. Die Menschen strömen in alle Richtungen davon und ich renne mit ihnen. Ich springe über zertrampelte Stände, höre hinter mir Motoren, blicke zurück und mir bleibt fast das Herz stehen: Riesige schwarze Motorräder verfolgen uns. Ein paar Polizisten stehen neben einem Streifenwagen und für eine Sekunde habe ich die Hoffnung, dass sie versuchen werden, Las Culebras aufzuhalten. Aber sie steigen in ihr Auto, um wegzufahren.

Verzweifelt hebe ich den Blick und sehe am Ende der Straße eine Bahnstation. Die Bahn ist meine Chance und ich schöpfe wieder Hoffnung. Den Leuten, die dort warten, ist das Entsetzen ins Gesicht geschrieben, als wir auf sie zurennen. Meine Lungen brennen wie Feuer, aber ich sprinte los.

Schrill pfeifend fährt der Zug ein, wird langsamer und die Wartenden springen auf. Menschen fallen. Schreien. Ich bin zu langsam. Todesangst explodiert in mir. Ächzend nimmt die Bahn Fahrt auf. Ich springe und erwische den Rahmen der hintersten Tür. Hände ziehen mich in den Waggon. Außer Atem bleibe ich an der Türöffnung hocken und schnappe nach Luft.

Allmählich begreife ich, welcher Gefahr ich gerade entronnen bin. Das Abteil ist gerammelt voll. Die Menschen stehen dicht an dicht und diskutieren über das, was gerade passiert ist. Außer mir ringen noch einige andere keuchend nach Atem.

Antrax hat wieder geschrieben: »*Letzter Waggon, hinterste Tür. Barfuß. Sitzt auf dem Boden, an der Seite.*«

Die Userzahl ist auf über 8000 geklettert. Pumpende Herzen und applaudierende Tiere. »*Habt ihr das gesehen, er ist im Zug! Der Hammer!*«

Einer der Kommentare ist von Waldfee: »*Oh mein Gott. Wie du in die Zugtür gesprungen bist! Du bist mein Held!*«

Eine Frau neben mir schreit: »Sie verfolgen uns! Warum verfolgen sie uns?«

Ich richte mich auf. Schaue aus dem zerkratzten Fenster und erstarre. Neben uns fahren fünfzehn schwarze Motorräder. Die meisten Fahrer tragen dunkle Lederuniformen und Helme, sodass ich ihre Gesichter nicht sehen kann. Auf manchen Helmen prangt das giftgrüne, aufgerissene Maul der Kobra. An ihren Gürteln hängen lange Messer, die aussehen wie Schlachterwerkzeug. Andere haben Maschinenpistolen dabei. Mir wird schlecht. Die Bahn rast durch einen Tunnel und ich hoffe, dass Las Culebras uns verlieren, aber der Tunnel ist zu kurz und die Meute taucht schon kurze Zeit später wieder neben uns auf. Schließlich überholt uns ein Teil der Gruppe und mir wird schockartig klar, was sie vorhaben. Gleich kommt die nächste Haltestelle und Las Culebras werden aufspringen.

Ich kann nicht raus. Dann wissen sie sofort, dass ich es bin, den sie suchen. Wie gelähmt starre ich aus dem Fenster und lese die Kommentare.

»*Immer noch letzter Wagen, keine Veränderung in der Position. Er ist barfuß. Ihr erkennt ihn daran, dass er barfuß ist!! Fühlt an seinem Hinterkopf. Da müssten sich Nägel befinden*«, schreibt Antrax.

Natürlich haben alle anderen im Abteil Schuhe an. Ich kann nichts tun. Nichts. Mein Gehirn scheint mir den Dienst zu verweigern, als wollte es nicht darüber nachdenken, was gleich passiert. Alles, was ich fühle, ist ein dumpfes Rauschen. Ein Kribbeln fährt durch meine Kopfhaut und mein Sichtfeld verschwimmt. Dann ertönt die freundliche Stimme in meinem Kopf: »*Es ist halb eins. Vielen Dank, dass Sie Eyevision genutzt haben. Eyevision schaltet sich nun ab.*«

Für einen Moment starre ich weiter aus dem Fenster. Der Zug beginnt zu bremsen. Dann kommt Leben in mich. Ich reiße mir den Rucksack von den Schultern und ziehe so schnell ich kann die Turnschuhe über meine Füße. Der Rucksack ist kein richtiger Rucksack. Mehr ein Leinenbeutel mit zwei schwarzen Schnüren als Schlaufen für die Arme. Anscheinend hat Antrax die Schnüre nicht bemerkt. Niemand der Umstehenden beachtet mich. Ein paar beten jetzt laut zur heiligen Cat und eine Priesterin segnet die Umstehenden mit Zeichen. Mit den Schuhen an den Füßen drängele ich mich durch die Menge. Die Leute starren aus den Fenstern. Angstvoll aufgerissene Augen, weinende Kinder. Ich stolpere über einen Korb mit Hühnern und quetsche mich in den zweiten Wagen.

Eine schwarze Gestalt springt von der Plattform der Haltestelle in die Türöffnung des Zuges. In der Hand eine Maschinenpistole. Der Kerl zielt auf uns. Die Menge weicht stöhnend zurück, wie eine ängstliche Herde Tiere.

»Auseinander, auseinander«, er stößt mit der Waffe in die Menge und drängelt sich roh durch das Abteil, den Blick auf unsere Füße geheftet. Er sucht jemanden, der barfuß ist. Auch aus den anderen Waggons sind laute Stimmen zu hören. Ich stehe weit weg von den Türen. Eingekeilt. Angespannte Gesichter um mich herum, gemurmelte Gebete. Ich kann die anderen riechen. Saurer Angstschweiß. Keiner von ihnen weiß, was hier los ist. Was Las Culebras von uns wollen. Wen sie wollen.

Der Typ mit dem Maschinengewehr ist gestresst. Das Abteil ist einfach zu voll. Wir stehen dicht an dicht. Vor Schreck erstarrt, wie eine Herde Lämmer. Zwischen uns ein paar Bänke, die noch nicht von betrunkenen Fahrgästen aus der Verankerung gerissen wurden. Der Mann wendet sich schwerfällig hin und her, schreit Befehle, stolpert fast über eine der Bänke. Lange Narben laufen über sein Gesicht und er trägt eine Art Fahrradhelm mit breitem Gurt um das Kinn, als würde sein kantiger Schädel in Teile zerbrechen, wenn er nicht zusammengehalten wird. Er zieht Fahrgäste zur Seite. Greift ihnen an den Hinterkopf. Aber an die meisten kommt er nicht heran.

Ein Brüllen lässt uns alle zusammenzucken. Ein weiterer schwarz gekleideter Mann stürmt in unser Abteil. Bei seinem Anblick scheint mein Nervensystem für eine Sekunde völlig auszusetzen, es fühlt sich an, als verschiebe sich die Realität vor meinen Augen. Ich starre ihn an. Entsetzt. Ungläubig. Die eng stehenden, wütenden Augen. Die breiten Schultern. Die Schlange auf seiner Stirn.

Vor mir steht Schlangenkopf.

Das Adrenalin rast durch meine Adern und lässt das Bild vor meinen Augen unscharf werden. Er ist tot. Ich habe ihn getötet. Oder nicht?

»Wo ist der Kerl? Da hinten haben alle ihre verdammten Schuhe an«, brüllt Schlangenkopf. Er starrt suchend umher.

Fahrradhelm verzieht sein narbiges Gesicht und lispelt: »Hier auch. Wahrscheinlich ist er ganz vorne im ersten Wagen und Antrax hat sich vertan. Aber da suchen die anderen. In diesem verdammten Zug sind zu viele Leute.«

Schlangenkopf drängt sich durch die Menge, ich drehe mich weg, schiebe mich weiter nach hinten. Werde ich verrückt? Wie kann Schlangenkopf hier sein? Aus den Augenwinkeln sehe ich, wie er ein paar Männern an den Hinterkopf greift. Er kommt näher. Bleibt zwischen Menschen und Bänken stecken: »Hey, du! Schau mich an.«

Er spricht mit mir. Mein Herz springt gegen meine Rippen, als wollte es sie zerbrechen, und meine Atmung setzt für einen Moment aus. Langsam drehe ich mein Gesicht halb zu ihm. Die Seite ohne den blauen Fleck am Auge.

Die Schlange auf seiner Stirn starrt mir hasserfüllt entgegen. Unsere Blicke treffen sich. Er ist so nah, dass ich ihn riechen kann. Schweiß vermischt mit dem intensiven chemischen Geruch von Banane. Schlangenkopf mustert mich. Kurz. Abschätzend. Die Leute stehen zu dicht, um mir an den Hinterkopf zu greifen. Sein Blick wandert zu meinen Füßen. Er sieht die Turnschuhe und nickt kurz. Dann wandert sein Blick zu meinem Nachbarn und ich bleibe schweißgebadet zurück. Ich verstehe die Welt nicht mehr. War er nur ohnmächtig? Hat er sein Gedächtnis verloren?

Schlangenkopf befiehlt Fahrradhelm: »Beim nächsten Halt schmeißt du alle Kinder und Frauen raus. Dann haben wir Platz, die Männer zu kontrollieren. Kapiert?« Fahrradhelm grinst böse und schultert sein Maschinengewehr: »Geht klar.« Schlangenkopf brüllt uns an: »Beim nächsten Halt steigen nur die Frauen und Kinder aus, verstanden? Jeder Mann, der aussteigt, wird erschossen!« Dann drängt er sich grob durch das Abteil, in den nächsten Waggon.

Und auf einmal wird es mir klar. Dieser Mann kann nicht Schlangenkopf sein. Er sieht genauso aus wie er. Die Tattoos. Das Gesicht. Sogar die Art, wie er spricht und wie er den Mund verzieht. Das Aftershave. Aber eine Sache ist anders. Er hat Schneidezähne. Schlangenkopf hatte keine. Der Typ ist Schlangenkopfs Zwillingsbruder!

Und nicht nur das: Er scheint hier der Boss zu sein und er ist verdammt entschlossen, sich zu rächen. Meine Knie sind weich wie Pudding. Ich muss hier raus. Sofort. Der nächste Halt kommt in weniger als einer Minute.

Fahrradhelm steht an der vorderen Tür und schießt mit dem Maschinengewehr auf Möwen. Bei jedem Schuss kommt ein angstvoller Aufschrei aus der Menge.

Langsam drücke ich mich an den Leuten vorbei. Keiner beschwert sich, aber sie starren mich an. Unsicher, was ich vorhabe. Endlich gelange ich dicht genug an die hintere Türöffnung. Fahrradhelm darf nicht sehen, wie ich springe. Sonst ende ich als Sieb. Die Stadt rauscht an mir vorbei. Mauerwände und Balkone. Vielleicht ist es reiner Selbstmord. Aber zu bleiben ist es auch. Ich warte. Angespannt. Der Zug wird langsamer. Ich muss springen. Gleich sind wir da. Fahrradhelm schießt gelangweilt. Fensterscheiben zerspringen splitternd. In dem Moment fahren wir um eine Kurve. Fahrradhelm schwankt und dreht sich in die andere Richtung, um sich festzuhalten.

Ich sehe eine Lücke zwischen zwei Hauswänden und springe. Schon spüre ich die Kugeln in meinem Rücken, aber nichts passiert. Der Schwung katapultiert mich rutschend einen steilen Abhang hinunter. Ich bremse mit Armen und Beinen und komme schlitternd in einem Hinterhof zum Halten.

Japsend hole ich Luft. Es ist nichts gebrochen. Aber ich bin am Ende. Völlig am Ende. Unfähig aufzustehen, starre ich den blauen Fetzen Himmel an, der sich zwischen die zwei Häuserdächer geschoben hat. Lautes Geschrei ist aus der Ferne zu hören und ich stelle mir vor, wie Las Culebras Frauen und Kinder aus dem Zug schmeißen. Ich hoffe, dass sie ihre Wut nicht an den Männern auslassen, wenn sie merken, dass ich nicht dabei bin. Hoffentlich ist niemand barfuß! Irgendetwas passiert hier, was so gar nicht meinem Plan entspricht.

Und auf einmal wird es mir klar: Das war kein Fehler. Eyevision hat den Chip absichtlich angestellt.

6

Bradley Starlights Visitenkarte steckt ganz hinten in meinem Portemonnaie. Wütend haue ich seine Nummer in die Tastatur der Telefonzelle. Dante hat mich seltsam angeschaut, als ich an ihr vorbeigestürmt bin. Ich bin verschwitzt und ich habe in den letzten zwei Tagen so viel Adrenalin verbraucht, dass ich mich wundere, wie mein Körper mit der Produktion nachkommt.

»Willkommen bei Eyevision, der Firma, die Ihre Vision vom Sehen wahr werden lässt! Hier spricht Bradley Starlight, Junior Talent Scout, was kann ich für Sie tun?« Er klingt enthusiastisch.

»Hier ist Emilio Rivoir, ich rufe an …«, aber da unterbricht er mich schon.

»Beim Barte Asuls, Emilio! Du bist mein Held, mein absoluter Held! Hier im Büro reden wir alle über dich! Ich muss gestehen, ich habe gewettet, dass dich diese Gangleute erwischen. Ich habe es echt geglaubt! Nimm es mir nicht übel, aber diese Kerle sahen aus, als meinten sie es ernst! Verdammt, jetzt schulde ich Stan fünf Mäuse, aber egal! Ich meine, ich wusste, dass du am Leben bist, weil der Chip sonst andere Signale gesendet hätte, aber ich dachte, sie hätten dich geschnappt! Sie haben dich doch nicht als Geisel genommen, oder?«

Mehr als ein ›Nein‹ kann ich nicht herausbringen, da sprudelt er schon weiter: »Gut. Sehr gut. Hast du gesehen, wie viele neue Views du hast? Amazing. Einfach nur A-m-a-z-i-n-g! Es ist der Hammer, dass sie dich noch nicht geschnappt haben. Und weißt du, wer heute eine Nachricht geschrieben hat?«

Er will sich schon selbst antworten, aber ich bin schneller: »Ich will den Chip ausschalten lassen. Sofort! Ich will, dass er ausgeschaltet wird!«

Einen Moment sagt Bradley nichts. Dann fährt er in einem beruhigenden Ton fort: »Ich verstehe, dass es schwierig ist, aber du musst Selbstvertrauen haben: Du bist der Mann, der über jeden Abgrund springt! Du bist der Mann, der schneller ist als jeder Gangster! Du bist der Mann, der die Schwerkraft schlägt! Du kannst ihnen allen entkommen und dabei berühmt werden. Weißt du, was das heißt, berühmt? Du kannst reich werden! Richtig reich!«

»Reich? Ich wäre heute fast gestorben! Wissen Sie überhaupt, wer Las Culebras sind? Die werden nicht nur mich töten, die werden meine ganze Familie töten. Verstehen Sie das? Ich habe einen ihrer Chefs umgebracht! Die werden an mir und meiner Familie Rache nehmen!«

»Ja, das klingt natürlich hart, wenn du es so sagst. Aber ich denke nicht, dass die Interesse an deiner Familie haben.«

»Woher wollen Sie das wissen? Las Culebras sind unberechenbar. Letztes Jahr haben sie hier in meinem Viertel eine ganze Familie erschossen. Einfach so. Weil der Vater irgendwas nicht bezahlt hat. Sie müssen diesen Chip in meinem Kopf ausschalten! Jetzt!«

Ich höre ihn seufzen. »Emilio, Emilio. Ich weiß, dass du

mir das jetzt nicht glauben wirst, aber ich habe darauf keinen Einfluss mehr. Ich habe doch gesagt, dass mir jemand eine Nachricht geschrieben hat. Es war jemand sehr, sehr Wichtiges. Möchtest du wissen, wer?«

Ich antworte nicht, aber das ist Bradley egal: »Damaris Le Grand!« Seine Stimme zittert vor Ehrfurcht. Ich höre, wie er die Luft anhält und auf meine Reaktion wartet.

»Kenn ich nicht«, presse ich hervor.

»Damaris Le Grand ist die Schöpferin von Eyevision! Sie ist die größte Visionärin unserer Zeit! Eine Göttin! Und sie hat mir geschrieben! Mir! Uns! Also auch dir! Weißt du, was das heißt? Was wir mit ihrer Unterstützung alles erreichen können? Wie viele Views wir generieren werden? Sie glaubt an uns und daran, dass auf deinem Kanal in den nächsten Tagen noch viel passieren wird. Sie wird deinen Kanal teilen, sie wird ihn überall bekannt machen! Je mehr Zuschauer, desto mehr Geld für dich! Wir werden die beste Werbung vor deine Videos schalten und in einer Woche bist du reich! Du und deine Familie, ihr werdet euch alles kaufen können! Du musst nur eine Woche aushalten, das garantiere ich!«

»Wie sollen wir Sachen kaufen, wenn wir tot sind?«, schreie ich in den Hörer. Das hat Dante jetzt bestimmt gehört. Ich muss mich beherrschen.

»Du siehst das zu eng, Emilio. Du bist doch diesen hirnlosen Idioten von dieser Gorillagang meilenweit voraus. Wir müssen die Kuh melken, solange sie Milch gibt!«

»Bin ich die Kuh oder was?«

»Natürlich nicht! Die Story! Die Story ist die Kuh! Im übertragenen Sinne.«

Meine Gedanken rasen. Wie komme ich aus der Sache raus?

»Ich will, dass Sie dieser Damaris sagen, sie soll den Chip ausschalten!«

»Die Sache ist nicht mehr in meiner Hand. Aber ich rate dir als Freund, sieh die Situation als Chance, und das meine ich ernst.« Seine Stimme wird tief und ruhig. Er erinnert mich an einen Psychiater, der zu einem aus der Kontrolle geratenen Patienten spricht: »Ich verspreche dir hoch und heilig, dass wir für deine morgige Sendung etwas ganz Ungefährliches planen werden. Etwas, das dir eine Pause gibt. Etwas, damit die Zuschauer dich näher kennenlernen. Das ist wichtig. Wir werden es ruhig angehen lassen und du verdienst eine Menge Geld. Was sagst du?«

Was ich sage? Es fühlt sich so an, als übernehmen Bradley und die Eyevision-Tante gerade die Kontrolle über mein Leben. »Es gibt in meiner Straße eine Priesterin, die sogar operiert. Einem Mann mit Kopfschmerzen hat sie Löcher in den Schädel gebohrt, danach ging es ihm viel besser. Ich habe schon einen Termin bei ihr. Sie hat gesagt, sie kann die Schrauben und den Chip entfernen. Sogar ganz einfach bei ihr zu Hause in der Küche.«

»Das willst du nicht wirklich durchziehen, oder? Du weißt, dass man den Chip nicht einfach entfernen kann. Selbst wenn es ein Gehirnchirurg macht, besteht ein Risiko.«

Ich versuche, so wahnsinnig wie möglich zu klingen: »Warum nicht? Sie macht das mit einem Meißel und einem Hammer. Sie hat es mir an einer Kokosnuss gezeigt. Morgen Vormittag bin ich den Chip für immer los.«

»Okay, hör zu, tu das nicht.« Bradley klingt nervös. Wahrscheinlich sieht er seine Karrierechancen davonschwimmen, wenn ich außerhalb der Sendezeit sterbe.

Ich zische in den Hörer: »Ich weiß ja nicht mal, wann der Chip startet. Heute ist er irgendwann mittags angegangen und niemand hat mir Bescheid gesagt. Ich muss das Ding loswerden. Lieber sterbe ich so als durch Las Culebras!«

»Okay, okay. Ich mache dir ein Angebot. Ich schicke dir eine Eyewatch mit Eyenet, okay? Dann kann ich dich immer erreichen und dir immer ganz genau schreiben, wann dein Chip auf Sendung geht, und du hast eine faire Chance. Weißt du, was das ist, eine Eyewatch? Kannst du die benutzen?«

»Ich bin nicht aus der Steinzeit.«

»Du wohnst in Caramujo, oder? Du hast keine Adresse bei uns angegeben. Wie lautet deine Straße und Hausnummer?«

»Was auch immer Sie schicken, schicken Sie es zur Poststelle. Ich hole es dort ab.«

»Okay, na gut. Du musst mir glauben: Ich kann den Chip nicht ausschalten. Damaris hat ihn sperren lassen. Aber da du über mich eingestellt worden bist, trage ich die Verantwortung und bekomme alle Infos. Wenn sich etwas mit der Uhrzeit ändert, rufe ich dich auf der Eyewatch an. Dann weißt du sofort, was los ist. Keine Spielchen, keine miesen Tricks! Morgen Abend um sechs bist du wieder auf Sendung. Keine Sekunde früher, keine später. Damaris möchte, dass sich die heutige Sendung erst verbreitet, bevor wir nachlegen. Hey, wir arbeiten hier zusammen. Wir ziehen an einem Strang! Und ganz ehrlich: Ich will auch nicht, dass du stirbst. Sonst wäre ja die Sendung vorbei!«

»Ich will, dass die Eyewatch morgen früh da ist. Und ich will das Geld, das ich heute verdient habe, in der nächsten Stunde auf meinem Konto. Sonst gehe ich zu der Priesterin. Wenn etwas Unerwartetes passiert, wenn Sie Las Culebras irgendwas über mich erzählen oder die Sendezeit verlängert wird, gehe ich auch zu ihr. Der Chip soll höchstens eine halbe Stunde an sein, okay? Auf keinen Fall länger!«

»Keine Sorge! Keine Sorge! Eyevision behandelt seine Angestellten gut. Ich verspreche dir, wir spielen fair! Aber ich habe auch eine Bedingung für dich.«

»Was?«

»Langweile niemals deine Zuschauer.«

Ich schlage die Telefonzellentür hinter mir zu, dass die Scheiben klirren. Dante schaut mich erschrocken an. Ich erkenne meistens recht gut, ob jemand lügt, und ich bin mir leider ziemlich sicher, dass Bradley die Wahrheit gesagt hat: Er kann den Chip nicht mehr ausstellen. Morgen Abend sendet er wieder. Antrax und Schlangenkopfs Zwillingsbruder werden darauf lauern, dass ich mich versehentlich verrate. Ich brauche eine Lösung. Ich muss mich von dem Chip befreien. Aber zu einer Priesterin werde ich auf keinen Fall gehen.

Wütend denke ich an den Tag zurück, an dem ich Bradleys Versprechungen gefolgt bin und mir den Chip habe einsetzen lassen. Wie beeindruckt ich von dem Eyevision-Gebäude war, das von einer hohen, schneeweißen Mauer umgeben ist. Keine Graffiti, kein Dreck, einfach nur diese makellose Mauer inmitten von Müll und schiefen Häusern. Als ich es damals sah, musste ich an Bradleys Worte mit dem Märchen denken. Vielleicht war es ja wirklich eins?

Am Tor nannte ich seinen Namen und durfte passieren. Hinter der Mauer lag ein Park mit hohen, schlanken Bäumen, akkurat geschnittenem Rasen und weißen Steinquadern, auf denen Asarianer in der Sonne saßen. In ihrer Makellosigkeit kamen sie mir vor wie eine seltene Spezies eleganter Vögel, die man nur aus der Ferne betrachten kann. Kommt man ihnen zu nah, breiten sie ihre Flügel aus und verschwinden wie eine Fata Morgana. Die Frauen trugen teure Kleider, auf denen sich Muster wie durch Zauberhand bewegten. Riesige flache Sommerhüte warfen Schatten über ihre Gesichter. Ihre Hände steckten in langen Handschuhen und sie wedelten sich mit Fächern aus bunt gefärbten Federn Luft zu. Die Männer trugen schicke Anzüge und Krawatten. Ihre Haare und Bärte glänzten und waren so perfekt geformt, als wären sie aus Plastik. Unnahbar saßen sie dort zusammen und sahen aus, als wäre ihre schlimmste Sorge ein Sonnenbrand.

Am Ende des Parks ragte ein Gebäude auf, so weiß wie die Mauer, halb Schloss, halb Wellnessoase. Das Dach stützte sich auf hohe Säulen, an denen blühende Pflanzen rankten. Über dem breiten Eingang prangte das Eyevision-Logo: ein Auge über der Weltkugel. Ein freundlicher, dauerlächelnder Mitarbeiter nahm mich in Empfang und führte mich durch das Gebäude.

Zu meiner Überraschung gab es statt Teppichen oder Fliesen einen gestutzten Rasen. Kleine Brücken führten über künstlich angelegte Wasserkanäle und an manchen Wänden rauschten Wasserfälle herunter und sorgten für angenehme Kühle. Die Leute saßen an riesigen Schreibtischen. Es war, als hätte ich das Paradies gefunden. Mitten im schmutzigen Milescaleras.

Der Mitarbeiter trippelte in seinen schwarzen Lederschuhen vor mir her und wir kamen an gläsernen Konferenzräumen vorbei, in denen Menschen kleine Hologramm-Figuren über eine Landkarte schoben und mit einem Fingerschnipsen verschwinden ließen.

In einer der blank gewischten Glasscheiben schaute mir mein Spiegelbild entgegen: wirre Locken, eine an den Knien zerfetzte Hose und ausgelatschte Turnschuhe. Mit einem Schlag kam ich mir vor wie ein Wilder, der auf eine höhere Zivilisation trifft. Das Einzige, was noch fehlte, waren Pfeil und Bogen in meiner Hand.

Vielleicht war es doch ein Fehler gewesen, hierherzukommen? Im selben Moment wäre ich fast über ein winziges, fauchendes Zebra gestolpert, das in einem Flur graste. Der Mitarbeiter grinste: »Zebranauten: halb Zebra, halb Katze. Sie schnurren, wenn du sie streichelst, aber laufen dir ständig vor die Füße. Wir haben überlegt, sie wieder abzuschaffen, aber die meisten Mitarbeiter wollten sie unbedingt behalten.«

Er rollte vielsagend mit den Augen und klopfte an eine Tür: »Bradley? Du hast Besuch.«

Ich machte mich innerlich darauf gefasst, Bradley hinter einem dieser riesigen Schreibtische thronen zu sehen. Umgeben von sanft die Wände herunterlaufendem Wasser und umschwirrt von Schmetterlingen. Zu meiner Überraschung war sein Zimmer winzig. Gras statt Teppich, aber keine Flüsschen und auch keine Zebranauten.

Bradley war völlig aus dem Häuschen: »Hey, Champ! Unglaublich. Wir kennen uns doch? Du bist der Bezwinger aller Züge!«, rief er enthusiastisch und quetschte sich hinter seinem Schreibtisch hervor, der gerade so in sein enges Zimmer passte. Sein Hemd war verrutscht und die dunklen Ringe unter seinen Augen zeigten, dass er zu wenig schlief und zu viel arbeitete. Im Vergleich zu seinen Kollegen war er bei Weitem nicht so elegant. Kein seltener Vogel. Er kam mir in diesem Moment eher vor wie ein Kuckuck, der sich irgendwie zwischen die anderen gemogelt hat.

Bradley klatschte begeistert in die Hände. »Bereit für den Chip?«

»Was, sofort?« Ich war überrumpelt und suchte nach einer Fluchtmöglichkeit, aber Bradley grinste wissend.

Er zog ein paar Geldscheine aus seiner Tasche und rieb sie aneinander. »Na, wie hört sich das an? Das ist das Geräusch, das alle Sorgen vertreibt. Besser als jede Medizin. Das kann ich dir versprechen. Möchtest du sie haben?«

Verdutzt schaute ich ihn an. Bradley drückte mir die Scheine in die Hand. Abgenutztes Papier. Durch Tausende von Händen weich geworden. Ich strich mit dem Daumen über das Abbild von Cat Cainstorm, die mir entgegenlächelte.

»Fünfzig Cain?« Ich war sprachlos.

Bradley warf die Arme in die Luft. »Behalte sie! Kauf dir, was du willst! Und das ist erst der Anfang! Ich weiß, die Leute wollen dich sehen! Du bist gut, und jede Woche gebe ich dir ein paar neue Bildchen von der guten Cat Cainstorm. Versprochen.«

Er schenkte mir einfach so fünfzig Cain? Das war ein kleines Vermögen. Zumindest für mich.

Bradley schnippte mit den Fingern. »Ich mache den Anruf, ein erstklassiger Chirurg kommt und schwuppdiwupp, der Chip ist in deinem Kopf. Null Problemo!«

Auf einmal kam mir alles so einfach vor. Warum sollte ich das hier nicht machen? Ich hatte keine Lust, jemals wieder aufs Meer zu fahren. Ich hatte keine Lust, dem Fetten Imperator unser Haus zu geben. Und vor allem: Ich hatte keine Lust mehr, arm zu sein. Der Job bei Eyevision war wie ein Lottogewinn, ich musste nur zugreifen. Kurz kam mir Serge in den Kopf, mit seinem ewigen Hass auf alle Asarianer, aber ich schob ihn zu Seite. Klar war Bradley etwas seltsam. Aber Eyevision? Das ganze Gebäude, die Leute, alles wirkte so seriös. Was sollte schiefgehen?

Ein asarianischer Chirurg mit weißem Bart setzte mir den Chip ein. Ich bekam eine Narkose, und als ich wieder aufwachte, fühlte ich mich etwas benommen und spürte ein leichtes Ziehen im Nacken. Der Chirurg hatte mir die Haare am Hinterkopf abrasiert und eine Salbe aufgetragen. »Voilà!«, sagte er. »Es sitzt alles dort, wo es sitzen sollte! Die Haare sind morgen nachgewachsen. Dafür sorgt die Wundersalbe. Trage solange eine Mütze.«

Bradley schaltete den Chip ein und aus und ließ mich ein paar Probeaufnahmen drehen. »Keine unanständigen Bilder machen, kapiert? Du weißt schon, was ich meine. Wir wollen hier bei Eyevision cleane Aufnahmen, nichts Versautes.«

Dann kam eine Frau und zeigte mir, wie ich meinen Kopf und meine Augen bewegen muss. Bradley salutierte zum Abschied. »Jetzt bist du auf dich alleine gestellt, Champ.« Ich lief nach Hause, so glücklich und aufgeregt wie lange nicht mehr.

Jago sitzt auf meiner Matratze und springt auf, als ich auf das Dach geklettert komme: »Was zur Hölle ist passiert? Ivy hat gesagt, du bist einfach weggerannt.«

»Eyevision hat den Chip eingeschaltet. Ich musste weg, um euch nicht zu filmen und mich nicht zu verraten.«

»Scheiße.«

»Ja. Die Scheiße steht mir bis zum Hals.«

Ich krame den Laptop hervor und rufe meinen Kanal auf. Jedes einzelne Video, die Kommentare, die Zuschauerzahlen. Alles ist wieder da, als hätte ich es nie gelöscht. Wie betäubt klicke ich auf das Video von heute. Eine Werbung für Joghurt läuft ab. Fröhliche Kühe hüpfen über eine Wiese und bunte Bälle fliegen durch die Luft. Vor meinen Videos war bisher nie Werbung.

»Du hast über hunderttausend Aufrufe auf dein Video?« Jago starrt genauso fassungslos auf den Bildschirm wie ich.

»Als ich gefilmt habe, waren es viel weniger. Es muss sich in der letzten Stunde verbreitet haben.« Ich spule an die Stelle, wo ich über den Marktplatz hetze und auf die Bahn springe.

Jago sitzt mit offenem Mund da: »Alter, das sieht ja aus wie im Film.«

»Es war auch so unwirklich wie ein Film. Allerdings eher ein Horrorfilm.« Ich erzähle ihm von Schlangenkopfs Zwillingsbruder und dem Telefonat mit Bradley.

Jago schüttelt sich, als würde er frieren. »Es gibt noch einen zweiten Schlangenkopf, der so aussieht wie der erste? Das ist ja echt wie in einem Horrorfilm! Tötet man den einen, erscheint gleich der nächste! Aber die Schlangen wissen nicht, wer du bist, oder?«

Ich schüttele den Kopf und scrolle durch Hunderte von Kommentaren.

»OMG ist er ihnen entkommen??«, fragt ein User. *»Wie soll er das gemacht haben? Er ist zwar schnell, aber die haben diese Schwertmesser, wahrscheinlich haben sie ihn zerhackt.« »Ich glaube, er lebt und ich kann die nächste Folge kaum abwarten!!!«*, schreibt jemand anderes. Ein Kommentar hat besonders viele Likes. Er ist von Antrax: *»Morgen ist auch noch ein Tag. Und danach ist noch ein Tag und danach ist ein weiterer Tag ... EC00, wir kriegen dich. RIP Toxico.«* Totenköpfe, Schlangen und Kerzen rahmen den Text ein.

Antrax hat recht. Ich bin in meinem Kopf gefangen. Ich taste nach den Schrauben. »Las Culebras wissen nicht, wer ich bin. Aber der Chip wird morgen Abend wieder senden. Bradley hat schon irgendwelche Pläne, was ich dann tun soll.«

»Du musst dich verstecken! Komm mit zu mir. Wenn du auf Sendung bist, machst du einfach die Augen zu. Dann weiß niemand, wo du bist.«

Ich fühle mich kraftlos: »Aber was wird Bradley tun, wenn sich die Zuschauer langweilen? Den Schlangen verraten, dass ich in Caramujo wohne? Meinen Namen?«

Von unten höre ich die Haustür ins Schloss fallen, dann pfeift Serge leise. Er ist vom Fischen zurück. Carilla ist mit Luc wahrscheinlich noch auf dem Markt und verkauft Fische und selbst genähte Tücher.

»Willst du deinen Eltern von der Sache erzählen?«, fragt Jago.

»Nein. Nein. Definitiv nein!« Ich denke an meinen Streit mit Serge und alles in mir sträubt sich, ihm die Wahrheit zu sagen.

Jago ist mit meiner Antwort nicht zufrieden. »Du solltest es ihnen sagen. Wenn die Schlangen dich finden, werden sie sich auch an ihnen rächen.«

Ich weiß, dass er recht hat. Aber wie soll ich meinen Eltern beibringen, dass ich gerade die meistgejagte Person auf ganz Cainstorm bin? Meine Gedanken sind ein wirres Knäuel mit tausend verhedderten Fäden.

Von unten höre ich Serge gedämpft meinen Namen rufen. Ich schließe die Augen und tue so, als wäre ich nicht da. Nach kurzer Zeit ruft Serge wieder. Diesmal kommt seine Stimme aus Lucs Zimmer. Ich nehme an, dass er am Fenster steht. »Emilio? Bist du da oben?«

»Nein«, sage ich mit noch immer geschlossenen Augen.

»Komm mal runter.«

»Ich hab keine Zeit.«

»Dann komme ich hoch.« Ich höre, wie er sich am Fensterrahmen hochzieht.

Genervt rappele ich mich auf. »Warte. Ich komme.«

Was er wohl will? Ich klettere vom Dach und schwinge mich durch das Fenster in Lucs Zimmer. Serge trägt seine blaue, wasserdichte Arbeitskleidung. In der Hand hält er einen mit Wasser gefüllten Eimer, den er mir hinhält. Ein faustgroßer Fisch schaut mir aus roten Augen entgegen.

»Beißt er?«, frage ich.

»Nee, ist zahm.«

Vorsichtig stecke ich meine Hand ins Wasser und hole das sich windende, glitschige Tier heraus. Sein Körper ist mit regenbogenfarbenen Streifen überzogen. Nur auf dem Gesicht ändert sich die Farbe ins Weißliche und lässt mich an einen Totenkopf denken. Es ist einer dieser Mutantenfische, die durch das Gift und die Chemikalien im Meer entstehen. Serge hat ein ganzes Aquarium voll von diesen Kreaturen. Manche haben zwei Köpfe, mehrere Augen oder Tintenfischarme. Die Mutantenfische sind Serges große Leidenschaft. Ständig wechselt er das Wasser, entfernt Schnecken und beobachtet sie.

Bevor ich mit Eyevision angefangen habe, bin ich mit Serge auf das Meer gefahren.

Tagein, tagaus. Drei ganze Jahre auf Serges windschiefem Kutter. Von Sonnenaufgang bis zum späten Nachmittag. Serge und ich spielten Karten, lasen Bücher oder starrten einfach nur aufs Meer. Irgendwann gibt es nichts mehr zu reden. Zwischendurch flickten wir Netze, die der scharfkantige Müll im Wasser zerrissen hatte. Ich dachte, ich müsste wahnsinnig werden. Diese unglaubliche Monotonie. Das ständige Quietschen des Mastes. Das permanente Gekreische der Möwen. Abfallteppiche, die gegen das Boot trieben. Schmutziges, öliges Wasser, und das Ganze für ein paar winzige Fische.

»Er ist schön. Ein gruseliger Regenbogenfisch«, sage ich und lasse ihn zurückgleiten.

»Job gefunden?«, fragt Serge freundlich, aber ich sehe Anspannung in seinem Blick.

»Ja, Kopfhörer aufwickeln.«

»Was Ordentliches. Glückwunsch. Wird Carilla freuen.«

Er räuspert sich und schaut mich wieder mit diesem komischen Blick an.

»Ich bin auf dem Sprung«, sage ich und will mich an ihm vorbeischieben, aber er stellt sich in meinen Weg: »Die anderen Fischer haben heute Gerüchte erzählt.«

»Gerüchte?«, frage ich.

»Ja. Gerüchte. Über die Schlangen. Einer ihrer Anführer soll ermordet worden sein.«

»Von wem?«, frage ich mit etwas zu hoch klingender Stimme.

»Von einem Jungen. Einem Jungen mit Kamera im Kopf. Einem Jungen, der alles gefilmt haben soll. Das Gleiche habe ich heute bestimmt dreimal gehört. Von unterschiedlichen Leuten. Es muss also etwas dran sein.«

Ich hätte wissen müssen, dass sich die Geschichte wie ein Lauffeuer herumspricht. Serges Arme sind verschränkt. Seine Augenbrauen haben sich zusammengezogen wie ein drohendes Unwetter: »Wie viele Jungen gibt es in Milescaleras, die durch ihre Augen filmen? Mir ist bisher keiner begegnet, der diese verdammte Technik in seinem Kopf hatte. Außer dir.«

»Ich war es nicht«, sage ich schnell.

Serge mustert mich und fährt fort: »Warum hast du dann ein blaues Auge? Warum warst du gestern Abend so seltsam und weshalb hast du genau jetzt Eyevision gekündigt?«

Die Wahrheit sitzt in meinem Hals wie ein aufgeblasener Stachelfisch, der sich verhakt hat. Ich kriege sie nicht heraus. Serge kommt einen Schritt näher auf mich zu und schaut mich beschwörend an: »Warst du es?«

Widerwillig starre ich an ihm vorbei. Serge nickt langsam, als wäre ein riesiges ›Ja‹ in Neonfarbe auf meiner Stirn erschienen: »Du warst es.«

Ich widerspreche nicht. Die Wahrheit aus Serges Mund zu

hören fühlt sich irgendwie befreiend an. Wäre da nicht die senkrechte, schwarze Falte zwischen seinen Augen. Er fragt: »Wissen die Schlangen, wer du bist? Werden sie hierherkommen?«

»Nein.« Ich zögere.

»Nein. Aber?«

»Eyevision«, flüstere ich und bereue sofort, überhaupt etwas gesagt zu haben.

Serges Augen flackern hin und her, als ob er den Zusammenhang zwischen dem Mord an dem Schlangenboss und Eyevision sucht. Dann wird sein Gesicht starr: »Ist Eyevision ausgeschaltet und für alle Zeiten in deinem Kopf deaktiviert? Ja oder nein?«

Ich antworte nicht. Aber das muss ich auch nicht. Serge nickt schon wieder, als wäre diesmal ein fettes ›Nein‹ auf meiner Stirn erschienen. Seine Stimme wird lauter und ich höre einen Anflug von Panik: »Diese verdammten Asarianer kleben an deinen Schuhen wie Kaugummi? Ist es so? Die Kamera in deinem Kopf geht immer noch an?«

»Es würde 5000 Cain kosten, den Chip rauszuoperieren, und die Asarianer haben ihn einfach wieder angeschaltet, obwohl ich gekündigt habe!«

Serge brüllt jetzt: »Wissen diese Eyevision-Leute, wer du bist? Hast du ihnen deinen vollen Namen gesagt?«

»Ja, aber sie werden ihn nicht verraten.«

Serge schließt die Augen. »Was ist mit unserer Adresse?«

Ich habe das Gefühl, ich bin auf einem Boot, das ungebremst auf einen Felsen zusteuert: »Sie wissen nur, dass ich in Caramujo wohne. Aber Eyevision wird den Schlangen nichts sagen. Sie wollen nicht, dass ich sterbe. Sie machen Quote mit mir. Der Chip geht erst morgen Abend wieder an. Wir könnten fliehen. Ich habe heute viel Geld verdient.«

Serge hat die Augen noch immer geschlossen, und als er sie öffnet, erwarte ich fast, dass er in einer zischenden Rauchwolke explodiert, aber er flüstert: »Wie konntest du dem Feind deinen Namen verraten? Und wo du wohnst! Hast du mir nie zugehört?« Serge deutet auf sein Bein, mit der wurzelförmigen Narbe. »In deinem Alter habe ich gegen die Asarianer gekämpft. Und was machst du? Du führst den Feind in unser Haus! Deine Mutter! Luc! Ich habe keine Worte mehr. Raus. Sofort. Verschwinde aus meinem Haus!«

Ich starre ihn an. Das kann er nicht ernst meinen.

»RAUS!«, brüllt Serge.

Am Abend sitze ich mit Jago auf einer Mauer am Strand. Unfähig mich zu bewegen oder darüber nachzudenken, was ich jetzt am besten tun sollte. Nur eines weiß ich mit Sicherheit: Dieser Tag ist der beschissenste aller Zeiten!

Die Sonne ist fast untergegangen, aber der Strandabschnitt wird von den nahe gelegenen Fabriken in bläuliches Licht getaucht. Jemand hat seine Boxen mitgebracht und die Musik schallt in die Dunkelheit wie ein Lockruf. Es dauert nicht lange, bis ich aus den anliegenden Straßen lautes Lachen höre. Eine Flasche zerspringt und ein paar Mädchen tauchen aus der Dunkelheit auf. Ihre nackten Arme und Beine schimmern im bläulichen Licht. Aus der Nähfabrik ertönt eine Sirene und kurze Zeit später strömen die Fabrikarbeiter aus dem Tor. Ich halte nach Ivy Ausschau, erkenne aber nur schwarze Umrisse. Manche verschwinden in der Dunkelheit, andere lassen sich im bläulichen Licht nieder.

»Ich spüre negatives Karma.« Dante, die Hüterin der Telefonzelle, ist neben uns aufgetaucht. In der Hand hält sie eine Plastikflasche, die sie Jago hinhält. Er trinkt, verzieht das Gesicht und reicht die Flasche an mich weiter.

Selbst durch die pappige Süße schmecke ich den Alkohol. Der Nachgeschmack ist bitter. »Echt ekelhaft. Was ist das denn?«

»Mein Geheimrezept.« Dante grinst und trinkt in großen Schlucken, bevor sie uns die Flasche wieder hinhält.

Ich schüttele den Kopf und Jago hebt abwehrend die Hände. »Ich weiß nicht, wie du das trinken kannst.«

Dante zuckt mit den Schultern und lacht. Dann läuft sie auf die Tanzfläche, eine Betonplattform im Sand. Sie und ein paar Mutige tanzen zu dem wummernden Bass. Auch wenn es bei ihr eher nach wildem Rumgezappele aussieht.

Ich muss an das Gespräch mit Serge denken und daran, dass ich obdachlos bin. Noch nicht mal eine Zahnbürste habe ich. Immerhin kann ich bei Jago im Wohnwagen schlafen. Zwischen seinen drei Geschwistern. Ich ziehe eine Grimasse.

Mittlerweile hat sich die Tanzfläche komplett gefüllt. Körper biegen sich in der bläulichen Dunkelheit. Springen zusammen und auseinander.

Jago wippt im Takt und gleitet von der Mauer. »Komm mit.«

Ich folge ihm lustlos. Wir quetschen uns durch die Menge. Körper drücken gegen mich. Beine, Arme. Ich habe kaum Platz, mich zu bewegen. Jago grinst ermunternd und seine Zähne leuchten bläulich. Der Beat dröhnt durch jeden Muskel meines Körpers und lässt die Betonplattform vibrieren. Der Gesang ist kein Gesang, eher Kampfgeschrei. Ich drücke gegen die anderen, wie sie gegen mich drücken. Der Rhythmus wird schneller und schneller. Jago hat die Arme gehoben, die Faust geballt und schreit den Text mit. Ich fühle mich betrunken von der Masse, vom blauen Licht, von diesem Scheißtag. Neben mir knutscht ein Pärchen, Körper reiben sich aneinander und plötzlich sehe ich eine schlanke

Gestalt zwischen den sich biegenden Körpern. Sie hat die Kapuze über die türkisfarbenen Haare gezogen und der Schatten fällt auf ihr Gesicht, als wollte sie nicht erkannt werden. Elegant schiebt sie sich an dem knutschenden Pärchen vorbei und schaut zu mir hoch. Das bläuliche Licht lässt ihre schneeweiße Haut schimmern. Der Hass und die Ablehnung, die sie mir bei unserer ersten Begegnung mit ihren Blicken entgegengeschleudert hat, sind verschwunden. Stattdessen lächelt sie mich an. Grübchen haben sich auf ihren Wangen gebildet, die hellgrauen Augen sind schmal. Ihr Lächeln hat etwas Herausforderndes, etwas Wildes. Etwas, mit dem ich nicht gerechnet habe. Wo ist das feindselige Mädchen, das vor Toxico geflohen ist? Vor mir steht ... ja wer? Ich kann sie nicht einordnen und das macht mich auf einen Schlag nervös.

Sie stellt sich auf die Zehenspitzen und ich höre ihre sanfte Stimme an meinem Ohr: »Ich habe dich den ganzen Tag gesucht.« Sie sagt es so vertraut, als würden wir uns schon ewig kennen, und das macht mich noch nervöser.

»Wie ... wie hast du mich gefunden?«, frage ich.

Das Mädchen blickt sich unauffällig um, als könnten sich die Schlangen zwischen den Tanzenden verstecken. Dann raunt sie: »Glück. Intuition. Außerdem hast du heute Mittag hier in der Nähe gefilmt. In der Fressgasse.«

Stimmt. Ist es so einfach, mich zu finden? Aber natürlich kannte sie, im Gegensatz zu den Schlangen, mein Gesicht. »Wie ist dein Name?«, will ich wissen.

»Lyssa.« Ich spüre ihren warmen Atem an meinem Ohr: »Hast du Familie ... Eltern?« Irgendetwas schwingt in dieser unerwarteten Frage mit. Ist es Sehnsucht?

Ich zögere mit einer Antwort und frage meinerseits: »Warum interessiert dich das? Wer bist du?«

Sie lächelt wieder ihr geheimnisvolles Lächeln, das jetzt ein bisschen traurig ist und das so viel mehr zu verbergen scheint, als es offenbart: »Jemand, der dankbar ist, dass du ihr gegen Toxico geholfen hast.«

Sie nimmt meine Hand in ihre und ihre plötzliche Berührung lässt ein Prickeln über meine Haut fahren. Mit einem Stift malt sie Zeichen auf. Ihre hellgrauen Augen mustern mich eindringlich: »Ich schulde dir etwas. Wenn du Hilfe brauchst, schreib mir.«

Sie dreht sich um und verschwindet zwischen den Tanzenden, als hätte sie nie existiert. Der einzige Beweis unserer Begegnung ist die sehr ordentlich geschriebene Telefonnummer.

Jago inspiziert meinen Handrücken. »Die hat dich angegraben! Hundert Prozent! Das war doch das Mädchen von gestern, oder? Warum ist sie so blass?«

Ich nicke abwesend und frage mehr mich selbst als Jago: »Warum wollte sie mir nicht sagen, wer sie ist?«

»Vielleicht ist sie in einer Gang. Das kommt beim Flirten nicht so gut.«

Hoffentlich ist sie das nicht, denke ich. Wenn ich irgendwas hasse, dann die Gangs. Aber irgendwo, tief in meinem Inneren, spüre ich, dass Jago recht haben könnte. Wie sollte sie sonst meine Videos gesehen haben? Nur die Gangs haben Eyenets.

Die Leute um mich herum werfen die Köpfe zurück, verwundert tue ich es ihnen gleich, blicke nach oben und mir wird schwindelig. Der Nachthimmel ist klar. Voller Sterne. Entfernt nehme ich das Rattern eines Hubschraubers war. Dann ist der Himmel voll mit Blättern. Sie schweben sanft durch die Luft, wie ein Schwarm nächtlicher Schmetterlinge, der sich versehentlich auf unsere Party verirrt hat. Eines der Papiere segelt mir direkt in die Hände, als wäre es nur für mich bestimmt. Es ist fast zu dunkel, um etwas zu erkennen. Eine Kobra starrt mir entgegen. Darunter ist mein Eyevision-Profilfoto abgedruckt, auf dem ich einen Salto mache. Es ist unscharf und winzig. Man erkennt, dass ich jung bin und dass ich dunkle Haare habe. Ich lese den Text: ›*Wir suchen einen Mörder. Ihr erkennt ihn an den zwei Schrauben an seinem Hinterkopf. Wer ihn lebend zu Las Culebras bringt, erhält sein Gewicht in Gold.*‹

Die Menge hat aufgehört zu tanzen. Alle betrachten die Flugblätter. Lesen sie sich vor. Zwei Bekannte von mir fassen sich gegenseitig scherzhaft an die Hinterköpfe.

Ich drücke mich an ihnen vorbei. Jago ist dicht hinter mir. Ich spüre seine Hände auf meinem Rücken. Unauffällig und so ruhig wir können, durchqueren wir die Menge, verlassen das blaue Licht und verschwinden in eine Straße. »Zur Bahnstation«, flüstere ich Jago zu, während immer mehr Flugblätter aus dem Himmel fallen. Menschen strömen aus ihren Häusern, um auch eines zu bekommen. Hell und weiß leuchtet das Papier im Licht der wenigen Straßenlaternen.

Ich fühle die Blicke der Leute und weiß, was sie denken. Ja, ich sehe dem Foto ähnlich. Meine Beine wollen rennen, aber ich zwinge mich, langsam zu gehen. In einer schmalen Gasse haben sich ein paar aufgeregte Nachbarn gesammelt. Die dicke Marta sieht mich und ruft halb im Ernst: »Na, Emilio, Stress mit den Schlangen gehabt?« Sie kommt lachend auf mich zu und versucht, ihre Hand in meinen Nacken zu legen.

»Verschwinde!«, brüllt Jago sie an und ich tauche unter ihrem Arm weg, aber jetzt starren mich auch die anderen Nachbarn an.

»Was ist los? Warum so nervös?«, fragt uns einer.

Die dicke Marta kommt wieder auf mich zu, als würden wir Fangen spielen: »Warum regt man sich so auf, wenn man keinen Grund hat?«

Wie aus dem Nichts ist plötzlich Serge da. Wütend schubst er Marta zur Seite und ich schaue ihn genauso verblüfft an wie Marta. Was macht er hier?

»Bring meinen Sohn nicht mit den Schlangen in Verbindung! Das ist kein Scherz!«, brüllt er.

Sie zieht ein beleidigtes Gesicht und zischt: »Das war nur Spaß.«

»Spaß!«, ruft Serge verächtlich. Die Nachbarin und ein paar andere starren uns hinterher und ich habe den unguten Verdacht, dass sie das alles ziemlich auffällig finden.

Endlich erreichen wir unsere Wohnung. Serge schließt die Tür hinter mir und Jago ab und schiebt den Riegel vor. Einen Moment sammelt er sich, dann flüstert er fast: »Geh auf dein Zimmer und bleib dort. Ich hole deine Mutter. Sie ist bei einer Freundin.«

7

Jago und ich sitzen auf Lucs Bett und lauschen auf jedes Geräusch, das durch die Wände dringt. Aus der Ferne höre ich den Helikopter, der über Milescaleras seine Blätter verteilt. Ich werde mich nie wieder frei bewegen können. Nicht mit den Schrauben an meinem Kopf. Nervös reibe ich mit dem Daumen über Lyssas Nummer: »Soll ich ihr schreiben? Vielleicht kann sie mir helfen?«

Jago schüttelt vehement den Kopf: »Nein. Warte erst mal ab. Wer weiß, wer sie wirklich ist. Wer weiß, ob du ihr trauen kannst.«

Nachdenklich lasse ich mich zurücksinken und starre an die Decke. Ein winziger Teil in mir will sie unbedingt wiedersehen und enträtseln, was hinter ihrem Lächeln steckt, in welcher Welt sie lebt, wer sie ist. Aber gleichzeitig geht mir der Gedanke nicht aus dem Kopf, dass sie Teil einer verfeindeten Gang der Schlangen sein könnte, und mit noch einer Gang will ich nichts zu tun haben.

Jago versucht, mich zum Lachen zu bringen: »Hätte übrigens nie gedacht, dass du dein Gewicht in Gold wert bist.« Aber ich kriege nicht mal ein schwaches Lächeln hin. Besorgt sagt Jago: »Ich mach dir mal was zum Abendessen.«

Die Zeit zieht sich ins Endlose. Mehrmals höre ich Stimmen vor der Haustür. Leute klopfen, aber wir öffnen nicht. Irgendwann holt Jago meinen Laptop vom Dach, um mich abzulenken. Er öffnet Eyevision, aber die Videos ziehen an meinen Augen vorbei, ohne dass ich etwas mitbekomme. Plötzlich kreischt er: »Mann, sie spricht über dich!«

»Wer?« Ich stehe vor Schreck fast auf dem Bett.

»Schaust du überhaupt? Brenda-Lee! Krass!«

Brenda-Lee lebt in Asaria und hat einen der bekanntesten Kanäle auf Eyevision. Sie ist groß und athletisch, fast schon zu muskulös, und ihr Puppengesicht wird von zwei raupenartigen Augenbrauen beherrscht. Meistens jagt sie Tiere durch Wälder oder über endlose Steppen. Die Tiere, die Brenda-Lee ›tötet‹, sind häufig Hologramme. Es hat mich einige Zeit gekostet, das herauszufinden. Die Hologramme sind zwar größer und stärker als echte Tiere, aber sonst gibt es keinen Unterschied. Sie bluten sogar, wenn sie getroffen werden. Manchmal jagt sie aber auch echte Tiere. Ihr bekanntestes Video ist bis heute: ›Tödliche Jagd auf den Polarwolf‹. Darin verfolgen Brenda und ihre Konkurrenten einen echten weißen Wolf durch eine Schneewüste. Egal was sie jagt oder gegen wen sie spielt, Brenda-Lee ist davon besessen zu siegen. Sie trainiert jeden Tag mit ihrer Armbrust, und wenn sie gegen irgendwen zu verlieren droht, hat sie eine Menge mieser Tricks auf Lager, um ihre Pfeile doch noch als Erste in das Tier zu jagen.

Den Polarwolf konnte Brenda nur deshalb erschießen, weil sie vorher einer Konkurrentin Abführmittel in die Trinkflasche geschüttet hat. Ich weiß, dass Jago Brenda-Lee heiß findet, was ich nicht nachvollziehen kann. ›Und das findest du attraktiv?‹, habe ich Jago gefragt. Er hat gegrinst: ›Sie ist doch erst 16. Außerdem hat sie Temperament.‹

›Temperament? Sie ist kindisch.‹

›Vielleicht. Aber sie ist heiß.‹

Brenda-Lee steht auf einer Brücke und filmt sich mit einem Spiegel selbst. Ihr schwarzes, glattes Haar ist zu einem strengen Pferdeschwanz zurückgebunden. Ihre Haut ist so eben wie eine Maske und ihre Augen sind dunkel geschminkt. Das Patronenhülsenarmband und das weiße Fell des Polarwolfes um ihren Hals glänzen in der untergehenden Sonne. Sie lächelt kühl und selbstbewusst: »… diesen EC00 müsst ihr euch merken. Habt ihr sein Video gesehen? Hey, EC00, komm doch mal nach Asaria, dann jagen wir um die Wette. Du bist ein echter Gegner für mich.«

Jago schüttelt ungläubig den Kopf und fast schwingt Neid in seiner Stimme mit: »Ein Superstar hat dich gerade nach Asaria eingeladen!«

»Ja, läuft bei mir«, erwidere ich ausdruckslos.

Jago boxt mir leicht gegen die Schulter: »Serge wird eine Lösung finden!«

Brenda jagt auf ihrem Hoverboard durch einen Wald mit moosbewachsenen Stämmen und mannsdicken, verschlungenen Ästen. Zwischendurch startet Eyevision verschiedene Umfragen: *Soll Brenda als Nächstes den Hirsch oder den Adler jagen?*‹

»Den Hirsch«, sage ich und Jago wählt den Hirsch aus. Tatsächlich bekommt der Adler weniger Stimmen und ein weißer Hologramm-Hirsch erscheint zwischen den Stämmen. Brenda rempelt ein Mädchen von ihrem Hoverboard, sodass es ins Gebüsch fliegt. Sie zieht etwas aus ihrer Hosentasche und wirft es in Richtung eines Jungen. Oranges Pulver explodiert und nimmt ihm die Sicht.

Von unten höre ich das Quietschen der Haustür und dann Serges und Carillas gedämpfte Stimmen. Sie scheinen zu diskutieren. Ich springe auf und renne nach unten. Meine Mutter drückt mich an sich, dass es fast wehtut. »Serge hat mir alles erzählt. Es wird alles gut«, flüstert sie.

Ich spüre, dass sie zittert, und dann fängt auch noch Luc an, laut zu weinen. Verunsichert schaut er zu uns hoch, seinen winzigen Stoffhasen in der Hand. Serge atmet tief durch. Ich habe ihn noch nie so angespannt gesehen. Es ist nicht nur Stress, ich sehe Angst in seinem Blick. Ratlosigkeit. Mit schleppender Stimme sagt er: »Die ganze Nachbarschaft redet nur noch darüber, wie sie den ›Mörder mit den Schrauben‹ finden können. Jeder will das Gold. Deine Mutter und ich haben uns entschlossen zu fliehen. Pack deine Sachen. Sobald es sich draußen etwas beruhigt hat, versuchen wir, zum Boot zu kommen.«

Ich nicke und fühle mich so schlecht und schuldig wie noch nie zuvor in meinem Leben. Gleichzeitig keimt wieder ein bisschen Mut in mir: Solange meine Eltern zu mir stehen, ist nicht alles verloren. Trotzdem weiß ich auch, was Serges Worte bedeuten. Wir werden alles zurücklassen. Das Haus, die Mutantenfische, die restlichen Möbel. Und am schlimmsten: Jago und Ivy.

Versteckt hinter einer Gardine des oberen Stockwerks, habe ich den Hof im Blick. Jago sitzt neben mir auf dem Boden und surft auf Eyevision. Seit er erfahren hat, dass wir gehen werden, hat er keinen Ton mehr gesagt.

Wie ein Habicht beobachte ich unsere Nachbarn. Registriere jede Bewegung und jeden Gesichtsausdruck. Versuche durch das gekippte Fenster zu hören, was sie reden. Jeder Neuankömmling hält eines der Flugblätter in den Händen.

Die dicke Marta spricht mit ein paar Leuten und deutet dann in Richtung unseres Hauses. Die anderen schauen verstohlen herüber.

Ivy kommt über den Hof gelaufen und klopft an unsere Tür. Ob sie ahnt, dass die Schlangen mich suchen? Schließlich habe ich ihr damals von Bradley und Eyevision erzählt. Aber selbst wenn sie eine Ahnung hat, dieses Geheimnis wird sie für sich behalten. Von unten höre ich Carilla sagen: »Er ist leider nicht da.« Eine leise Traurigkeit beschleicht mich, als sie in ihrem gelben Kleid durch das Tor verschwindet.

Unser Hof ist voller Leute, die nur über das eine Thema sprechen. Der Wind trägt Satzfetzen bis zu meinem Fenster: »... so viel Gold. Könnt ihr euch das vorstellen? Es sind sicher mindestens sechzig bis siebzig Kilo ...«, »Ich würde mir ein riesiges Haus bauen. Mit Pool ...«, »Aber wenn es einer von uns ist, würdet ihr ihn ausliefern?«, »Niemals.«, »Seien wir doch ehrlich. Jeder hier denkt darüber nach ...«, »Was ist mit Emilio? Er sieht dem Foto ähnlich ...«, »Hat ihn schon jemand gesehen?« Die anderen schütteln die Köpfe und schauen in die Richtung unseres Hauses.

Plötzlich sind vor dem mittlerweile geschlossenen Hoftor Schreie zu hören. Jemand hämmert gegen das Holz. Einer der Nachbarn springt auf und öffnet. Umringt von seinen Untergebenen drängt der Fette Imperator herein. Ich muss daran denken, wie er schon mal in unserem Hof stand und seine Leute unsere Sachen aus dem Wohnzimmer getragen haben. In den Händen halten sie Fackeln, dämonische Schatten flackern über ihre Gesichter. Ohne Umschweife greift der Imperator dem erstbesten Mann in den Nacken. Dieser grinst und hebt abwehrend die Hände.

Der Imperator gibt seinen Untergebenen ein Zeichen und

diese schwärmen aus wie die Motten. Laut bollert es an unsere Haustür und ich weiche zurück, weg vom Fenster. »Der Fette Imperator!«, rufe ich flüsternd meiner Mutter zu, die aus dem Schlafzimmer gestürmt ist.

Das Klopfen wird lauter und jemand brüllt: »Öffne, Fischer, oder wir treten die Tür ein.«

Jago und ich verstecken uns in Lucs Zimmer. Mit angehaltenem Atem höre ich, wie Serge die Tür öffnet und sagt: »Ich bin es nicht. Du kannst selbst fühlen.«

»Wo ist dein Sohn?«

»Nicht da.«

»Lass uns rein. Wir wollen nachschauen.«

»Er ist nicht da«, ruft meine Mutter.

»Lass uns vorbei, Fischer!«

Jagos Mund formt tonlos: »Komm mit zu mir!«

»Bist du sicher? Was ist, wenn sie mich bei dir entdecken?«

»Wo willst du sonst hin?«, formen seine Lippen.

Ich schnappe mir meinen Rucksack und stopfe den Laptop hinein. Aus Lucs Fenster springen wir auf das Nachbardach. Leute sitzen im Kerzenschein auf ihren Terrassen oder hängen Wäsche auf. Geduckt schleichen wir an einer Wand entlang. Am Rand des Daches robben wir bis zur Kante. Erschrocken pralle ich zurück. In der Gasse unter uns kontrollieren Schlangen mit Taschenlampen und Fackeln jedes Haus. Wenn die Bewohner nicht schnell genug öffnen, brechen die Männer die Türen auf. Eine Familie in Schlafanzügen steht an einer Wand. Die Schlangen greifen ihnen an die Hinterköpfe und notieren Namen in ein Heft. Die ganze Szenerie erinnert mich an Kirchengemälde, in denen die Teufel aus der Hölle kommen, um ihre Opfer zu martern und zu verschleppen.

Starr schiebe ich mich zurück in die Dunkelheit: »Wir schaffen es niemals bis zu dir. Niemals! Wie hat sich Bradley vorgestellt, dass ich bis morgen Abend überlebe?«

»Bradley stellt sich wahrscheinlich gar nichts vor. Der sitzt in seiner Zentrale und hat keine Ahnung.«

Wir schleichen noch einen Block weiter, bevor wir aufgeben. Eine der Schlangen lauert auf einem Dachvorsprung und bewacht die Gasse von oben. Hätten wir nicht seine Zigarettenspitze in der Dunkelheit glühen sehen, wir wären direkt in den Mann hineingelaufen.

Erschöpft bleibe ich sitzen. Wo soll ich hin?

Jago flüstert: »Die Müllhöhle.«

Ich schaue ihn angeekelt an, aber er nickt nachdrücklich. Die Müllhöhle ist ganz in der Nähe und sicher kein Ort, an dem die Leute zuerst suchen werden. Es stinkt dort so sehr, dass man den Würgereiz schon unterdrücken muss, wenn man nur draußen vorbeiläuft. Ich verziehe das Gesicht, aber folge Jago, der schon losgelaufen ist. Immerhin kann man von der Müllhöhle den Steg und Serges Boot sehen.

Die Müllhöhle ist eine zwei Meter breite, überdachte Sackgasse. Links und rechts ragen die Häuserwände steil und fensterlos nach oben. Wie der Name schon sagt, ist die Gasse voll mit Müll.

Ich atme in meinen Pulli, während ich im Halbdunkel über die aufgeplatzten Müllbeutel steige. Der Untergrund ist weich und rutschig. Als wir Kinder waren, haben wir hier Mutproben gemacht. Wer schaffte es, bis zur hintersten Wand zu laufen? Wenn es einem gelingt, den ersten Würgereiz zu unterdrücken, gewöhnt man sich langsam an den Gestank.

Ganz hinten ragen die verkohlten Reste eines Dachbodens in die Gasse. Früher habe ich es nicht geschafft, bis oben zu klettern, und selbst jetzt fällt es mir schwer. Tastend wandern meine Finger über die raue Wand und finden einen Riss. Ich greife ihn, stemme mich mit den Füßen gegen die Wand und ziehe mich nach oben. Mit einer Hand halte ich mich fest, mit der anderen fahre ich über die bröckelige Oberfläche, auf der Suche nach der nächsten Möglichkeit, mich festzuhalten. Endlich kann ich nach den Holzbrettern greifen. Ich rolle mich ab und setze mich auf. Stehen ist nicht möglich. Die Decke ist zu niedrig. Von unten höre ich Jago fluchen. Auch nach mehreren Anläufen schafft er es nicht.

»Geh nach Hause. Solange es dunkel ist, werden sie mich hier nicht finden«, flüstere ich von oben.

»Morgen früh bin ich wieder da. Halte durch«, antwortet er.

Ich schüttele energisch den Kopf, auch wenn er es in der Dunkelheit nicht sieht: »Ich will nicht, dass du wiederkommst! Du hast genug für mich getan. In meiner Nähe ist jeder in Gefahr!«

Jago raschelt etwas, als er sich bewegt: »Natürlich komme ich morgen wieder.«

»Nein!«, fahre ich ihn ungewollt heftig an.

»Bis morgen«, sagt er und geht.

Ich liege bäuchlings auf den angekokelten Brettern. Dunkelheit umgibt mich und verbirgt die Wände, die so nah sind, dass ich mich gerade so ausstrecken kann. An der langen Seite ist das einzige Fenster mit Holzlatten vernagelt. Durch einen schmalen Spalt fällt ein blasser Streifen Mondlicht. Ich rücke näher heran und blicke auf das Meer. Am Ende des Stegs schaukelt Serges Boot noch immer sanft auf den Wellen. Die Müdigkeit hängt an meinen Augenlidern wie Blei. Aber ich kann nicht schlafen. Mein Blick ist starr auf das

Boot gerichtet. Wenn meine Eltern mit Luc doch noch versuchen zu fliehen, muss ich bereit sein. Ich stelle mir vor, wie ich blitzschnell aus meinem Versteck hinabklettere und zum Steg renne. Wie wir zusammen in See stechen und irgendwo neu anfangen.

Irgendwann verschwimmt das dunkle Wasser vor meinen Augen. Das Jucken der Schnittwunden und das Scharren der Ratten unter mir zerren an meinen Nerven. Als die Dämmerung ihr fahles Licht über das Wasser wirft und die anderen Fischer ihre Boote aufs Meer gesteuert haben, bleibt Serges Boot alleine zurück.

Übermüdet und zerfressen von Sorgen, fällt mein letzter Blick auf die Nummer auf meiner Hand. Dann trifft mich der Schlaf wie eine schwarze Ohnmacht.

Es dauert lange, bis das leise Pfeifen in mein Bewusstsein vordringt. Verschwitzt schrecke ich hoch und brauche einen Moment, um mich zu orientieren. In der Müllhöhle ist es auch tagsüber düster. Nur ein schwacher Lichtstrahl fällt in den Eingang der Gasse. Unter mir steht Jago. Schnell blicke ich zu Serges Boot, aber es ist immer noch da.

»Ich dachte, ich krieg dich nie wach«, flüstert Jago. Er trägt ein buntes Batikshirt, eine schwarze Hose mit Sternen und in den Händen hält er eine riesige Plastiktüte.

»Wirklich! Ich will nicht, dass du kommst! Du musst gehen!«

Jago wirft mir die Plastiktüte zu, dann macht er sich an den Aufstieg und diesmal schafft er es tatsächlich beim vierten Versuch.

»Was ist das auf deiner Stirn?«, frage ich und mustere den orangen Vampirsmiley.

»Die Schlangen haben mich gestempelt. Damit sie wissen, dass sie mich kontrolliert haben. Jeder hat so einen Stempel auf der Stirn. Babys, alte Leute. Die Schlangen haben gestern Nacht alle Viertel rings um die Fressgasse gestempelt und sie haben das Kopfgeld auf dich erhöht. Aufs Doppelte. Die ganze Stadt dreht durch. Die Schlangen und der Fette Imperator durchsuchen sogar alle Autos und Fischerkarren, weil sie Angst haben, der Mann mit den Schrauben könnte entkommen! Du darfst unter keinen Umständen dein Versteck verlassen!«

Für einen Moment schließe ich die Augen. Ich spüre förmlich, wie sich die Schlinge um meinen Hals enger zusammenzieht: »Was ist mit meinen Eltern?«

»Ich weiß es nicht. Aber ich denke, es geht ihnen gut. Zumindest habe ich nichts gehört. Übrigens, du hast Post.« Jago zieht zwei schneeweiße Pakete ohne Absender aus der Plastiktüte. Anscheinend war er bei der Poststelle. Wie erwartet ist in dem kleineren die versprochene Eyewatch mit dem passenden Eyenet. Auch sie ist schneeweiß und sieht sündhaft teuer aus. Ich habe zwar schon mal eine in der Hand gehalten, aber wenn man kein rot leuchtendes Eyenet hat, das einen mit dem Internet verbindet, ist sie nutzlos. Man kann dann höchstens Spiele auf ihr spielen. Der Bildschirm ist etwa so groß wie eine Handfläche. Ziemlich auffällig am Handgelenk. Ich werde sie in meiner Hosentasche verstecken.

Jago schüttelt den Kopf: »Krass, jetzt hast du ein Eyenet und so eine abgefahrene Uhr! Du bist schon ein halber Asarianer.«

»Niemals!«, sage ich mit ehrlichem Abscheu und öffne das geheimnisvolle größere Paket. Ein Brief von Damaris Le Grand, die Bradley als seine ›Göttin‹ bezeichnet hat, liegt auf einem Berg von ordentlich gefalteten Klamotten. Es ist ein Standardbrief, den Eyevision wahrscheinlich hundertfach verschickt. Damaris bedankt sich für meine Mitarbeit bei Eyevision und lobt mein Engagement, zusammen mit Eyevision etwas ›Großes‹ zu schaffen, das die Welt verändern wird. Oben in der Ecke ist ein Foto von ihr aufgedruckt. Sie ist Ende vierzig mit silbernen Haaren, bronzener Haut und strengen Gesichtszügen. Ihr Blick ist in die Ferne gerichtet, als würde sie dort etwas sehen, was anderen Sterblichen verborgen bleibt.

»Tja, eine Zeitmaschine, mit der ich eine Woche zurückreisen kann, hätte ich lieber gehabt.« Ich nehme den Karton und leere die Klamotten auf das Brett.

Jagos Augen leuchten auf, als er nach einem T-Shirt greift. »Schau dir die Qualität an! Das Zeug ist allererste Ware aus Asaria!« Ehrfürchtig fährt er über das graue Leopardenmuster, dann greift er nach einem weiteren Brief, der unter dem Kleiderberg steckt: »Der hier ist von Marc, aus der Werbeabteilung. Wenn du das Zeug während der Sendung trägst, bekommst du Extrakohle von denen.«

»Na super. Wenn ich die Sachen anziehe, könnte ich auch gleich ein Hasenkostüm mit Zielscheibe tragen. Das wäre weniger auffällig als dieses asarianische High-Quality-Zeug! Ich fühle mich langsam wie eine verdammte Marionette! Als Nächstes verlangt Bradley, dass ich irgendwelche Werbesprüche während der Sendung aufsage.«

Jago hat mir Essen und Trinken dagelassen, bevor er in die Stadt gegangen ist, um seine Drachen zu verkaufen. Ich hasse es, alleine zu sein. Aber ich will auch nicht, dass Jago hier ist. Ich habe ihm gesagt, dass er auf keinen Fall zurückkommen soll. Egal was passiert. Bevor er gegangen ist, hat Jago mir mit einem Filzstift einen Vampirsmiley auf die Stirn gemalt. Mit der Eyewatch mache ich ein Foto davon und betrachte den eher traurigen Versuch einer Fälschung. Ich kann also nicht einfach losspazieren. Schon gar nicht im Hellen. Ich bin der weiße Hirsch in Brendas Video. Die einzige Person weit und breit ohne diesen verdammten Smiley auf der Stirn! Ich sitze in der Falle.

Die Schnitte in meinen Armen jucken und brennen und in meinem Eyevision-Postfach türmen sich die Nachrichten. Von Einladungen zu irgendwelchen Events, Nacktbildern von Frauen und Männern bis zu Todesdrohungen und Autogrammwünschen ist alles dabei. Nachdenklich streiche ich wieder über die ordentlichen Zahlen auf meiner Hand. Dann gebe ich mir einen Ruck. In mir beginnt es seltsam zu kribbeln, als ich dem Mädchen mit den türkisfarbenen Haaren schreibe: *›Hey, steht dein Angebot von gestern noch? Kannst du mir helfen zu fliehen?‹* Meine Familie erwähne ich erst mal nicht. Zu viele Infos über mich will ich ihr dann doch nicht geben.

Ich liege auf dem Bauch und starre durch den Spalt auf Serges Boot. Warum sind sie nicht geflohen? Was hält sie auf? Die Eyewatch in meiner Hosentasche klingelt laut und schrill und ich falle fast vom Holzbrett. Panisch suche ich den richtigen Knopf. »Hallo?«, frage ich vorsichtig. Bisher habe ich immer nur von unserer Telefonzelle aus telefoniert.

»Emilio?«

Ich habe Bradley erwartet, aber zu meiner Überraschung ist es meine Mutter. »Wie ...?«

»Ich bin in der Telefonzelle. Jago hat mir deine Telefonnummer gegeben«, flüstert sie und ich höre, wie sie Geld nachwirft. Stimmt, ich habe Jago für Notfälle meine Nummer gegeben, er muss sie meiner Mutter weitergegeben haben!

»Wie geht es dir?«, will sie wissen.

»Gut«, lüge ich. »Was ist mit euch? Wie geht es euch? Warum seid ihr nicht geflohen? Was ist mit den Nachbarn? Fragen sie nach mir?«

»Ja, sie fragen. Der Fette Imperator hat mehrmals unsere Wohnung durchsucht. Wir haben ihm gesagt, dass du bei Verwandten bist. Das hat ihn erst mal ruhiggestellt. Aber er wird wiederkommen. Er hat einen Verdacht.«

»Was machen wir jetzt?«

»Serge ist zu einem Krankenhaus gefahren. Dort soll es einen Arzt geben, der Gehirnoperationen durchführt. Einer von Serges alten Rebellenfreunden hat ihn vermittelt. Sobald Serge alles geklärt hat, kommt er zurück. Das wird noch heute Abend sein. Wenn es dunkel wird, musst du das Boot nehmen und die Küste hinauffahren, bis zu diesem Krankenhaus. Es heißt Memorial-Krankenhaus. Sie werden dir den Chip dort entfernen. Schaffst du das alleine? Es ist zu gefährlich, wenn wir mitkommen. Luc ...«

Ihre Stimme bricht und in mir krampft sich für einen Moment alles zusammen. Auf einmal fühle ich mich wie ein Kind, das zum ersten Mal alleine Zug fahren soll. Gleichzeitig keimt eine winzige Hoffnung in mir. Es gibt einen Plan! Und nicht nur das, Serge ist extra zu diesem Krankenhaus gefahren, um mir zu helfen! Ich darf ihn nicht enttäuschen. »Ich schaffe das. Wenn es dunkel ist, laufe ich zum Steg und fahre los. Aber was macht ihr?«

»Sobald Serge zurück ist und Luc übernehmen kann, werde ich versuchen nachzukommen. Wir werden uns beim Krankenhaus treffen und besprechen, wie es weitergeht.«

»Aber wie soll ich den Arzt bezahlen? Wie viel kostet es? Ich habe keine 5000 Cain. Selbst das Geld, das ich gestern verdient habe, wird nicht reichen.«

Meine Mutter stockt: »Er wird bezahlt sein.«

»Was? Wie?«

»Du musst mir versprechen, es einfach zu akzeptieren, wenn ich es dir erzähle.«

»Okay …«

»Dieser Arzt wird dich unter der Hand operieren, weil wir das Geld nicht aufbringen können. Der Preis war, dass Serge eines seiner Organe spendet. Eine Niere. Der Arzt sagte, er bräuchte sie nicht dringend. Jeder Mensch hat zwei. Eine ist eigentlich überflüssig.« Sie stockt. »Serge war nicht aufzuhalten.«

Die Nachricht trifft mich, als hätte jemand eine Atombombe in meinem Kopf gezündet: »Ich fahre zu ihm! *Ich hätte meine Niere verkaufen sollen, nicht er seine!*«

»Nein, du wirst nicht einfach aus deinem Versteck kommen! Es ist mitten am Tag! Du wartest, bis es Nacht wird!« Auf einmal schreit sie. »Du hast immer noch diesen unberechenbaren Chip in deinem Kopf. Die Straßen sind voller Schlangen! Glaubst du, ich habe all diese Mühen auf mich genommen, damit du jetzt stirbst? Weißt du, wie schwer es war, jeden Tag an Essen zu kommen? Oder als du Fieber hattest und es durchs Autodach geregnet hat? Wir haben schlimmer gelebt als die Straßenhunde. Von Müll, von Almosen, von dem, was ich stehlen konnte. Kinder sind verschwunden. Ertrunken. Ermordet. Aber wenn ich abends nach Hause kam, warst du immer noch da und ich habe Gott und der heiligen Cat gedankt! Du wirst nicht sterben! Wir alle haben von dem Geld profitiert, das du in den letzten Monaten nach Hause gebracht hast. Serge wird seine Niere spenden und heute Abend zurückkommen. In der Dunkelheit wirst du irgendwie versuchen, zu dem Boot zu schleichen, und lossegeln. Du wirst zu diesem Krankenhaus fahren und du wirst dir diesen Chip herausoperieren lassen.«

Tränen steigen mir in die Augen. »Ich warte, bis es Nacht wird«, murmele ich.

Es ist Mittag und ich schwitze. Nicht nur wegen der Hitze, sondern weil ich seit Längerem laute Stimmen von draußen höre. Männer, Frauen und sogar Kinder suchen am Steg und in den Booten. Sie durchwühlen die Netze und öffnen die Kajütentüren der größeren Boote. Ich kenne die Leute. Mit einigen bin ich zur Schule gegangen. Sie wissen zwar nicht, dass ich es bin, den sie suchen, aber ich bin trotzdem sauer. Meine eigenen Freunde, Nachbarn und Bekannten! Würden sie mich wirklich ausliefern? Ich möchte es nicht herausfinden.

In die Müllhöhle haben sich bisher nur einige wenige gewagt. Sie haben mit ihren Taschenlampen geleuchtet und sind dann umgekehrt. Weiter draußen auf dem Meer patrouilliert ein schwarzes Schiff, an der Bordwand ist die grüne Kobra aufgesprüht. Was mache ich, wenn es heute Nacht noch da ist?

Zum hundertsten Mal an diesem Tag kontrolliere ich meine Nachrichten und diesmal lässt ein Glücksgefühl wie ein winziger, elektrischer Schlag mich gerade aufsetzen. Lyssa hat geantwortet: ›*Mein Angebot steht! Wann und wo soll es losgehen? Wie willst du fliehen?*‹

Ich schreibe: ›*Ich weiß es nicht. Wenn es dunkel wird, will ich es probieren. Irgendwie. Zur Not per Boot.*‹

Sofort erscheint ihre Antwort: ›*Ich werde da sein. Wir bleiben in Kontakt. Ich bringe Waffen, Fluchtfahrzeug.*‹

Ich rolle mich auf den Brettern zusammen und bete, dass der Tag schneller vergeht.

Am späten Nachmittag höre ich von unten wieder den leisen Pfiff. Jago. Nach zwei vergeblichen Anläufen klettert er zu mir nach oben. Sauer sage ich: »Ich will nicht, dass du kommst. Wirklich! Verschwinde!«

»Glaubst du, ich lasse dich hier einfach verrecken?«

»Ich verrecke nicht, verdammt! Es ist alles gut! Heute Nacht fliehe ich. Ich will, dass du gehst! Verstehst du nicht, wenn sie dich hier bei mir entdecken, bist du auch dran!«

»Meinst du, das ist mir nicht bewusst? Warum kannst du keine Hilfe annehmen? Freunde helfen sich nun mal.«

»Ich nehme doch Hilfe an. Aber jetzt ist es genug Hilfe! Geh! Echte Freunde bringen ihre Freunde nicht in Lebensgefahr!«

»Nein.« Er setzt sich demonstrativ in den Schneidersitz. Wütend und verzweifelt stürze ich mich auf ihn und versuche, ihn vom Brett zu schubsen. Es wird zwar nicht angenehm für ihn sein, im Müll zu landen, aber er wird es überleben. Überrascht hält er sich mit seinen langen Armen an einem Vorsprung fest. »Geh, verdammt«, flüstere ich und versuche, seine Hand zu lösen. Aber kaum habe ich es geschafft, klammert er sich mit der anderen fest, wie eine Klette. Stumm ringen wir miteinander. Ich schiebe ihn ein paar Zentimeter in Richtung Abgrund, aber er rutscht sofort zurück. Leider sind wir ungefähr gleich stark.

Die Eyewatch vibriert in meiner Hosentasche und ich lasse keuchend von Jago ab. Schwer atmend lese ich Bradleys Nachricht: ›*Emilio! Ich habe die ganze Nacht darüber nachgedacht, wie es heute Abend weitergeht! Du weißt, dass der Chip um Punkt 18 Uhr angehen wird, und ich habe einen guten Plan, wie du dein Leben nicht gefährdest und wir den Zuschauern trotzdem eine spannende Sendung liefern können. Er ist genial und du wirst ihn mögen! Schau dir das Video von SirSebastian an, er hat es heute Morgen gedreht. Mache einen Termin mit ihm aus. Wir rocken die Show! Cheers!*‹

Kaum habe ich fertig gelesen, windet mir Jago die Eyewatch aus der Hand, liest selbst und fragt dann: »Wer ist SirSebastian? Kennst du den?«

»Nie gehört.«

Ich starte das Video, das Bradley mitgeschickt hat, und SirSebastians Gesicht erscheint in einem kleinen Spiegel, in dem er sich durch seine Augen selbst filmt. Das Auffälligste an ihm ist sein Schnurrbart, den er an den Enden gezwirbelt trägt, als wäre er sein eigener Ururgroßvater. Die eckige Brille, die Strickjacke und der ordentliche Seitenscheitel lassen ihn älter aussehen, als er eigentlich ist. Ich schätze ihn auf 19.

»Hey Leute, ich bin's mal wieder, SirSebastian! Heute zeige ich euch, wie Las Culebras wohnen.«

An der Art, wie er spricht, erkenne ich, dass er aus Milescaleras kommen muss. Das ist ungewöhnlich. Die meisten Leute, die auf Eyevision senden, sind Asarianer. Aber ich schätze, dass SirSebastian nicht sonderlich bekannt ist, sonst hätte ich schon eines seiner Videos gesehen.

SirSebastians Blick schwenkt vom Spiegel zu einem mit Stacheldraht gesicherten Eingangstor. Zwei riesige Kerle mit verschränkten Armen und Schlangentattoos stehen davor und schauen feindselig auf SirSebastian herab.

»Ich habe eine Einladung von Mordaz, er weiß, dass ich komme!« SirSebastian versucht, die Aufregung in seiner Stimme zu unterdrücken.

Einer der beiden Kerle verschwindet im Inneren des Hofes und kurz darauf tritt Schlangenkopf heraus. Schlangenkopfs Zwillingsbruder, verbessere ich mich selbst. Unwillkürlich muss ich an den chemischen Geruch von Banane denken, nach dem beide gerochen haben. Mordaz trägt eine Jogginghose, ein schwarzes T-Shirt, unter dem sich die Tattoos herauswinden, und eine Menge Ketten um den Hals. Er schlägt in SirSebastians Hand ein. »Was geht, Bruder? Du und deine Zuschauer sind herzlich willkommen!«

»Danke, dass du uns eingeladen hast.« SirSebastians Blicke huschen über die Betonwände des Innenhofes.

Dann sehe ich etwas auf SirSebastian zuflitzen, das Bild verwackelt. Er hebt abwehrend die Hände und bewegt sich rückwärts. Eine Horde zähnefletschender Hunde hat ihn eingekesselt. Ein Pfiff ertönt und die Hunde verschwinden so schnell, wie sie gekommen sind.

Mordaz grinst: »Die merken, wenn jemand neu ist.«

SirSebastian lacht nervös, dann folgt er Mordaz durch verschachtelte Innenhöfe. Die hohen Wände sind mit Schlangen und Kreuzen bemalt. Seltsame Heiligengestalten blicken aus hohlen Augen herab. Gesichter, Namen und Daten bedecken die Wände. Ich vermute, dass es sich um die Toten von Las Culebras handelt. Auf den Mauern thronen Maschinengewehre. Frauen und Männer mit Schlangentattoos und Kalaschnikows lungern herum oder spielen Karten. Sie mustern SirSebastian mit abschätzigen Blicken, sagen aber nichts.

Schließlich lässt sich Mordaz auf einen Plastikstuhl fallen. »Setz dich«, fordert er SirSebastian auf und deutet auf einen der anderen Stühle.

»Du bist hier der Boss?«, fragt SirSebastian vorsichtig.

»Der bin ich. Der Boss von Las Culebras. Siehst du nicht die Geister, die um mich schweben? Meine Opfer verfolgen mich. Darum trage ich die hier.« Er deutet auf seine Halsketten, an denen Kreuze und Bilder von Heiligen hängen.

»Wie viele Menschen hast du schon umgebracht?«

»Weißt du, wie oft du in deinem Leben pissen warst?«

»Äh, nein.«

»Na also. Manchmal, wenn ich Suppe esse, sehe ich ihre

Gesichter. Sie spiegeln sich in der Oberfläche.« Mordaz lacht so lautlos wie sein Zwillingsbruder.

Sebastian rutscht unruhig auf seinem Stuhl hin und her: »Die Leute wollen wissen, ob du EC00 jemals finden wirst? Schließlich ist Milescaleras riesig und er könnte überall sein.«

»Ich schwöre, ich werde ihn kriegen. Egal, was es kostet. Niemand kann einfach verschwinden. Außerdem hat er dieses Ding, diesen Chip im Kopf, und der wird wieder senden und ihn verraten. Ich werde ihn schnappen und ich werde mich an ihm rächen, so wie er es verdient hat. Für meinen Bruder Toxico.« Er macht ein Kreuz vor der Brust und wirft sich etwas in den Mund, das aussieht wie Koffeintabletten. Dann steht er ruckartig auf. »Komm mit, ich will dir was zeigen.«

Mordaz führt SirSebastian in eines der Gebäude. Von außen grau und heruntergekommen, ist es innen ausgestattet wie eine Schatzkammer. Überall stehen goldene Statuen, verschnörkelte Möbel und kitschige Vasen herum. Kein Möbelstück passt zum anderen und ich bin mir ziemlich sicher, dass die Schlangen sich das ganze Zeug zusammengeklaut haben. Die beiden laufen durch enge Flure und Treppen hinauf und hinunter. Alle paar Meter starren uns skelettköpfige Heiligenfiguren von Altären entgegen. Das Gebäude erinnert mich an einen Ameisenbau mit zahllosen Gängen und Abzweigungen. Kerzen flackern im dämmrigen Licht. Leise Tangomusik klingt aus der Ferne.

Schließlich bleibt Mordaz vor einer Tür stehen. Überraschend vorsichtig schiebt er sich in das hell erleuchtete Zimmer. Der Gegensatz zu den düsteren Gängen ist enorm. Auf wundersame Weise sind wir in einem Spieleparadies für Kinder gelandet. Klebebilder von Giraffen und Elefanten lachen uns von den babyblauen Wänden entgegen. In einem Haufen Spielzeug sitzt ein etwa einjähriges Mädchen mit Locken. Freundlich lächelt es uns entgegen. Mordaz nimmt es auf den Arm und wendet sich an SirSebastian: »Weißt du jetzt, warum ich Rache nehmen muss?«

Ein kalter Schauer läuft mir über den Rücken.

»Sie ist Toxicos Tochter«, antwortet SirSebastian ehrfürchtig.

Mordaz nickt. »Eines Tages wird sie erwachsen sein und dann wird sie mich fragen, wer ihren Vater getötet hat. Was soll ich dann sagen? Die einzig richtige Antwort ist: Sei nicht traurig, alles, was dieser Mörder deinem Vater angetan hat, haben wir ihm auch angetan und noch mehr. Dein Vater ist gerächt und ruht in Frieden.«

SirSebastian will etwas sagen, stockt aber, denn auf dem Gang nähern sich Schritte.

»Agathe, komm her«, ruft Mordaz. Langsam öffnet sich die Tür und eine dünne Frau in weiten Klamotten erscheint. Ihr Gesicht ist vom Weinen verschwollen. Als sie SirSebastian sieht, verschränkt sie die Arme.

Mordaz deutet in ihre Richtung: »Was soll ich der Mutter meiner Nichte sagen? Wir sind eine große Familie, jeder steht für den anderen ein.«

Sebastian scheint mit der Situation überfordert, schließlich wendet er sich an Toxicos Witwe und spricht ihr etwas hölzern sein Beileid aus. Agathe nimmt das Kind aus Mordaz' Armen und dieser legt seine breite Hand auf Sebastians Schulter. »Ich will dir noch etwas zeigen. Wie viel Sendezeit hast du übrig?«

»Etwa zehn Minuten.«

»Wie alt sind deine Zuschauer? Kinder oder Erwachsene?«

»Beides. Aber eher Jüngere.«

»Dann machen wir die Light-Version.«

Sebastian folgt Mordaz wieder durch die Gänge, aber diesmal geht es nach unten in den Keller. Wasser rinnt die Wände herab und kaltes Neonlicht erhellt den kahlen Beton. Aus der Ferne meine ich Schreie zu hören. Mordaz schließt einen der Räume auf. Sebastian blinzelt. Seine Augen brauchen einen Moment, um sich an die Dunkelheit zu gewöhnen. Dann erkenne ich die Umrisse eines Tisches. An der Tischplatte sind Riemen angebracht, mit denen man einen Menschen festbinden kann.

»Möchtest du dich mal drauflegen? Ich wette, EC00 guckt uns gerade zu. Dann kann er durch deine Augen sehen, was er selbst bald sehen wird.« Mordaz' Gesicht verschwimmt in der Dunkelheit.

»Nein, nein. Schon okay. Meine Sendezeit ist gleich vorbei und ich denke, meine Zuschauer wissen, dass du es ernst meinst.« Sebastians Blick gleitet über die Wand, an der Sägen in unterschiedlichen Größen hängen. Mordaz nickt, aber seine Augen blitzen unheimlich.

Jago wirkt erschüttert: »Dieser verdammte ... ich habe nicht mal Worte!« Dann fängt er sich: »Bradley will anscheinend, dass du SirSebastian heute Abend ein Interview gibst.«

»Für das kleine Kind und die Frau tut es mir leid!«

»Lässt du dir jetzt von dem Verbrecher Schuldgefühle einreden? Wenn ich absichtlich vor dein Auto renne, würdest du dich doch auch nicht schuldig fühlen, oder?«

»Ich habe kein Auto.«

»Und ich würde nicht davorlaufen. Nur ein Idiot macht so was. Er hat dich angegriffen und damit sozusagen Selbstmord begangen.«

»Aber warum gibt Mordaz diesem Sebastian ein Interview? Was bekommt er dafür von Eyevision? Geld, Infos über mich?«

»Keine Ahnung.«

Ich versinke in finstere Gedanken, aus denen es keinen Ausweg zu geben scheint. Was soll ich auch tun? Wenn ich das Interview nicht gebe, verrät Bradley den Schlangen meinen Namen und dass ich aus Caramujo komme.

Plötzlich höre ich Geräusche vom Ende der Gasse. Jemand verscheucht mit lautem Klatschen die Straßenhunde und beginnt, über die Müllsäcke zu steigen. Augenblicklich legen Jago und ich uns flach auf die verkohlten Bretter. Eine schnarrende Frauenstimme verkündet: »Ratten verstecken sich immer dort, wo es den meisten Müll gibt.«

»Dann ist er bestimmt hier.« Ein Mann lacht rasselnd. Ich halte den Atem an. Die beiden arbeiten sich langsam vorwärts. Sie treten gegen die Müllsäcke, als würden sie nach Spuren suchen.

»Nichts«, der Mann klingt entnervt. »Ich muss hier raus, mir ist kotzübel von dem Gestank.«

»Siehst du das Brett da oben unterm Dach? Klettere da hoch«, befiehlt die Frau ungerührt. Ich verkrampfe mich, als ich schabende Geräusche an der Wand höre. Jemand versucht keuchend, zu unserem Versteck hinaufzuklettern. Jago hat die Hände geballt. Hätte ich ihn vorhin nur runtergeschubst. Er wäre vielleicht gegangen! Ich blicke Jago an und der nickt, die Augen aufgerissen. Wenn der Typ es hier hochschafft, versuchen wir ihn und die Frau irgendwie zu überwältigen. Es rumpelt und der Mann stöhnt laut auf, als er in den Dreck fliegt und durch den Abfall rollt. Die Frau lacht und die Männerstimme sagt böse: »Es geht nicht, Antrax! Klettere doch selbst hoch!«

Antrax? Antrax ist der User, der mir ständig geschrieben

hat! Die Geschichte mit der Lamettaperücke und diesem Toxico! Antrax ist eine Frau!

»Dachte, du bist ein Affe. Aber sieht doch eher nach Wildschwein aus. Auf deinem Rücken klebt … Ketchup? Ich hoffe für dich, dass es nur Ketchup ist!«, entgegnet Antrax.

»Haha. Nicht lustig.«

Zwei Einschläge lassen die Holzbretter unter uns vibrieren und ich schreie vor Schreck fast auf. Sie hat geschossen! Jago atmet wild, die Sehnen an seinen Armen treten hervor. ›Bist du getroffen?‹, frage ich ihn mit meinem Blick. Er schüttelt den Kopf.

Über mein wild pochendes Herz höre ich, wie die beiden Schlangen sich entfernen und dabei miteinander flüstern. Angespannt lausche ich, verstehe aber nichts. Haben sie das Wort ›Leiter‹ gesagt? Habe ich mir das eingebildet? Werden sie zurückkommen?

8

»Hallo, Champ«, begrüßt mich Bradleys Stimme und er lacht wie ein Delfin.

Hallo, Arschloch, denke ich und zische in die Eyewatch: »Wenn du nicht willst, dass deine Sendung heute noch zu Ende geht, musst du mir ein Rettungskommando schicken. Und zwar sofort!«

»Ein Rettungskommando? Deine Sendung lebt von ihrer Authentizität. Wenn bekannt würde, dass Eyevision so stark eingreift …«

»Du scheinst echt in einer anderen Realität zu leben. Wenn du es genau wissen willst, sitze ich seit über zwölf Stunden auf einem winzigen Brett fest, wie ein Huhn auf der Stange. Umgeben von rachsüchtigen Schlangen und meinen Nachbarn, die sich in geldgeile Kopfgeldjäger verwandelt haben. Ich bin so kurz davor, von Las Culebras entdeckt zu werden. Sie müssen nur noch eine verdammte Leiter finden!«

»Hast du versucht zu fliehen? Ist gar nichts möglich? Mit dem Zug?«

»Ich bin nicht Superman. Nein. Ich sitze fest!«

Jago rutscht nervös neben mir hin und her und starrt durch den Spalt zwischen den Holzlatten auf die Straße.

Bradley schweigt. Dann sagt er angespannt: »Wir sind ein Team, Emilio, merk dir das! Ich will dir helfen. Ich reiße mir das rechte Bein aus, um dich da rauszuholen. Sag mir, wie. Ich werde alles, was in meiner Macht steht, versuchen, damit du das Interview geben kannst.«

»Schick ein Rettungskommando!«

»Nein, nein. Das ist zu extrem. Gibt es keine elegante, kleine Lösung? Ich weiß, was du von mir denkst: der reiche Asarianer mit seinem schicken Job! Aber so ist es nicht. Du und ich, wir sind auf dem aufsteigenden Ast, aber mein Budget wurde noch nicht erhöht. Das heißt, wir müssen kleine Sprünge machen. Mein Handlungsspielraum ist noch nicht so groß, wie ich ihn gerne hätte.«

Kleine Sprünge. Fieberhaft denke ich nach. Jago deutet auf seine Stirn und ich verstehe sofort: »Der Stempel!«

»Was für einen Stempel?«

»Bring mir diesen Vampirsmiley-Stempel, mit dem die Schlangen hier alle Leute markieren. Wenn ich den Stempel auf der Stirn habe, komme ich hier raus und gebe das Interview. Ich verspreche es. Ich schicke dir ein Foto von dem Stempelabdruck und meinen Standort. Wenn ihr es schafft, Chips in Gehirne einzupflanzen, werdet ihr es auch schaffen, Stempel nachzubauen. Und Geld. Ich will das Geld von meinem Konto. Bring es mir vorbei.«

»Deal.«

»Und noch etwas. Kannst du Mordaz irgendwie mitteilen, dass ich in der Fressgasse gesehen wurde? Irgendwie. Dann kommen sie vielleicht nicht mit einer Leiter zurück, sondern gehen erst dorthin.«

»Ich werde mein Möglichstes tun. Hast du SirSebastian schon angeschrieben? Lade ihn am besten zu dir nach Hause ein, damit die Zuschauer sehen, wie du wohnst. Was für Bil-

der du an den Wänden hast, welche Bücher im Schrank. Das gibt alles Rückschlüsse auf deine Persönlichkeit. Sehr interessant für deine Fans! Du ziehst einfach deine Vorhänge zu, dann kann man auch nicht sehen, wo ihr euch befindet.«
»Hast du über deinen Plan zweimal nachgedacht? Ich werde doch kein Interview von zu Hause aus geben! Die Schlangen müssen diesen Sebastian danach nur einmal schief anschauen und der verrät denen alles!«
Bradley scheint zu überlegen. Dann sagt er hart: »Ich mache diese eine Ausnahme. Du lässt dich interviewen, wo du möchtest. Aber ab morgen läuft alles nach meinen Regeln.«
Das werden wir ja sehen, denke ich.

Nachdem ich ein Foto von Jagos Stirn und meine Koordinaten an Bradley verschickt habe, überzeuge ich Jago zu gehen. Endlich nickt er und klettert nach unten.
Still liege ich auf dem Brett und spähe durch den Spalt nach draußen. Jago ist immer noch da. Er sitzt auf der Kaimauer. Die langen Arme hat er um seine Beine geschlungen und schaut nach rechts und links, wie eine nervöse Eule. Ich weiß nicht, wie ich Jago jemals zurückgeben kann, was er für mich tut, und tief in meinem Inneren bin ich für jeden Moment dankbar, den er noch bleibt.
Menschen gehen vorbei und ich halte Ausschau nach dieser Antrax und ihrem Begleiter. Ich male mir aus, wie sie jeden Moment mit einer Leiter um die Ecke biegen. Was soll ich dann tun? Ich beneide jede Person, die einen Stempel auf der Stirn trägt. Wenn ich könnte, würde ich sogar mit den zahnlosen Bettlern tauschen, die sich ständig streiten und besoffen auf dem Boden liegen. Sie alle wissen nicht, wie gut es ihnen geht!
Serges Boot schaukelt noch immer friedlich auf dem Was-

ser. Wenn ich es nur irgendwie erreichen könnte, ohne dass mich jemand sieht.

Die Zeit dehnt sich qualvoll, dann fährt ein schick angezogener junger Mann mit länglichem Gesicht auf einem klapprigen Fahrrad vor. Ich höre stolpernde Schritte. Der Mann würgt von dem Gestank. Dann steht er direkt unter mir. Sein Gesicht ist eine Grimasse des Ekels. Wahrscheinlich Bradleys Praktikant. Ich mache mich bemerkbar und er wirft mir ein weißes Päckchen zu.

Als hätte er einen Text auswendig gelernt, spult er in asarianischem Dialekt herunter: »Bradley schickt dir nicht nur diesen Stempel und das Geld, er hat den Schlangen auch einen falschen Tipp gegeben, um sie von dir wegzulocken. Er hat ihnen gesagt, jemand hätte dich in der Fressgasse gesichtet. Das heißt, du bist verpflichtet, das Interview zu geben. Bradley will dir auf keinen Fall drohen, aber er kennt deinen vollen Namen!«

»Ja, ja«, antworte ich genervt. Das weiß ich auch selbst.

Der Stempel ist aus einem Stück, als wäre er gegossen. Daneben liegt ein fettes Bündel Scheine, das ich mir in die Hosentasche stecke. Keine Ahnung, wie Bradley es so schnell geschafft hat, den Stempel nachzubauen. Aber es ist mir auch völlig egal. Ich halte das Ding in den Händen, als wäre es der heilige Gral. Schwungvoll drücke ich ihn ins Stempelkissen und dann gegen meine Stirn. Ich kann es selbst kaum glauben. Ich bin frei! Wahrscheinlich brauche ich sogar Lyssas Hilfe nicht mehr. Ich nehme mir vor, ihr gleich nach dem Interview zu schreiben. Vielleicht will sie mich ja mal auf einen Kaffee treffen, wenn ich den Chip los bin? Schnell klettere ich nach unten, springe über den Abfall, laufe auf die Straße und atme ein paarmal tief durch. Als Jago den Stempel auf meiner Stirn sieht, reißt er den Mund auf, als wollte er vor Freude losschreien. Aber er beherrscht sich, stattdessen lacht er: »Mann, du stinkst wie ein toter Fisch!«

Als ich an einer Gruppe Schlangen vorbeigehe, spüre ich mein Herz wieder schneller schlagen. Sie mustern mich intensiv, aber sobald sie den Stempel sehen, verlieren sie das Interesse. Jago, der einige Meter hinter mir läuft, schließt zu mir auf und wir grinsen uns siegessicher an. Es ist, als würde ich einen Unsichtbarkeitsmantel tragen. Jago haut mir auf die Schulter und ich bin kurz davor, in einen unkontrollierten Lachkrampf zu verfallen. Ruhig atme ich durch. Ich bin wieder im Spiel.

Ich stecke die Hand in die Hosentasche, um die Eyewatch hervorzuholen. »Mist.« Ich bleibe stehen.

»Was?«, will Jago wissen.

»Ich habe die Eyewatch verloren. Sie muss mir in der Müllhöhle aus der Tasche gerutscht sein! Wie kann man so dumm sein!«

Panisch will ich umdrehen und zurücklaufen, aber Jago hält mich fest. »Du kannst nicht zurückgehen. Was ist, wenn dich doch noch jemand anhält, um dich zu kontrollieren?«

»Aber ich brauche die Eyewatch. Falls Bradley mir schreibt, dass sich irgendwas ändert. Ich muss erreichbar sein!«

»Ich gehe.«

»Nein. Jago, wirklich nicht!«

»Doch. Geh zum Interview. Wir treffen uns dort. Port Huelva? Da, wo sie die Schrottautos lagern?«

»Genau. Port Huelva.«

Ich umarme ihn fest und hoffe inständig, dass er mir meine Lüge verzeihen wird. In meiner Hosentasche spüre ich die Eyewatch an meinem Bein. Mein Ziel ist Port Aventura. Dort habe ich mich mit SirSebastian verabredet. Ein Hafen, nicht weit von hier und in entgegengesetzter Richtung von Port Huelva. Auch wenn ich den Stempel auf der Stirn trage, bin ich nicht in Sicherheit. Sebastian kann mir eine Falle stellen oder vielleicht haben die Schlangen Sebastian verfolgt. Ich würde mir niemals verzeihen, wenn sie Jago etwas antun.

Ich weiß, wie hoch das Risiko ist, aber ich lege einen Umweg ein und jogge am Autopark vorbei. Jemand hat sich die Mühe gemacht, Hunderte von Autos und Wohnwagen auf das breite Hochhausdach zu hieven. Dort oben habe ich mit meiner Mutter gewohnt und dort wohnen noch immer Jago und seine Familie. Auf den Treppenstufen sitzen ein paar Besoffene mit Bier in der Hand und Stempel auf der Stirn: »Ey, Emilio. Der Fette Imperator hat dich gesucht. Aber anscheinend hast du ja 'nen Stempel«, rufen sie mir enttäuscht zu.

Ich ignoriere sie, stoße die Haustür auf, suche Jagos Briefkasten und stopfe die Geldscheine hinein. Für deinen Laden, denke ich bitter und hoffe, dass wir uns eines Tages wiedersehen werden.

Während ich nach Port Aventura laufe, schaue ich mir auf der Eyewatch Videos von Sebastians Kanal an. Ich will wissen, wie er drauf ist, bevor ich mit ihm rede. Sebastian hat mehrere Hundert Videos, aber keines hat viele Aufrufe. Ich öffne irgendeines und sehe durch Sebastians Augen, wie er um einen Rettungswagen schleicht. Er stellt sich auf die Zehenspitzen und schielt durch das Fenster. Innen liegt eine verletzte Person. Er betrachtet sie lange und sorgfältig. Die Schussverletzung besonders intensiv. Ich klicke auf ein anderes Video. Es ist Nacht. Sebastian kniet in einer Seitenstraße und betrachtet die Leichen zweier Menschen, die anscheinend bei einem Autounfall ums Leben gekommen sind. Leute rennen schreiend umher, aber das scheint Sebastian nicht zu stören. Auch die anderen Videos laufen nach demselben Muster ab. Sebastian durchkämmt nachts die Stadt nach Unfällen. Wenn er einen gefunden hat, filmt er jedes schaurige Detail mit voyeuristischer Freude. Na ja. Jeder hat so seine Hobbys, denke ich.

Schon von Weitem sehe ich Sebastian unter dem gelben Kran an der Hafenmauer stehen. Was ist, wenn das hier wirklich eine Falle ist? Was ist, wenn die Schlangen irgendwo lauern? Vielleicht will sich Sebastian die Belohnung sichern, die auf mich ausgesetzt ist? Aber außer ein paar verstreuten Hafenarbeitern ist niemand zu sehen.

Auf dem Weg hierher habe ich mein schwarzes T-Shirt unter dem Pulli ausgezogen. Ich binde es mir vor Nase und Mund und ziehe die Kapuze über den Kopf, sodass man nur noch meine Augen sieht. Wer weiß, ob Sebastians Eyevision nicht schon läuft.

Sebastian trägt seine ordentliche Strickjacke von gestern. Als er mich sieht, macht er ein enttäuschtes Gesicht. Aber was hat er erwartet? Dass ich ihm meine Identität offenbare?

Trotz seiner Enttäuschung und meinem Müll-Gestank gibt er mir überschwänglich die Hand. »Ich bin so froh, mal jemanden zu treffen, der auch den Chip implantiert hat. Die meisten verstecken sich ja. Dabei ist diese Technik so faszinierend, oder? Du kannst mich auf jeden Fall Seb nennen. Wie ist dein richtiger Name?«

»Such dir einen aus«, entgegne ich.

Sebastian fährt schnell fort: »Okay, okay. Keine privaten Fragen. Verstehe schon. Ich habe deine letzten Videos gesehen. Wie du Mordaz umgebracht hast. Bam! Einfach das Messer in die Seite gerammt! Ich habe schon eine Menge Menschen sterben sehen, aber selbst umgebracht? Nie!«

»Mmh. Mit Toten kennst du dich ja aus.« Ich verschränke die Arme.

»Oh, du hast meine Videos gesehen? Ja, Unfälle haben mich schon als Kind fasziniert.«

Ich weiß nicht, was ich dazu sagen soll. Aber es ist sowieso kurz vor sechs. »Hinter dem Hafen stehen leere Container. Lass uns dort hingehen.«

Die Container sind in langen Reihen gestapelt. Ein paar Obdachlose und ein paar Straßenhunde betrachten uns mit glasigen, abwesenden Augen.

Sebastian schaut sich erstaunt um: »Hier wohnst du aber nicht, oder?«

»Ich bin obdachlos«, lüge ich.

»Oh, okay. Das tut mir leid«, Sebastian klingt überrascht.

Mit einem Knall breche ich die Tür zu einem der Container auf. Noch zwei Minuten bis 18 Uhr. Der Raum ist finster und Staub hängt in der Luft. Ich lasse mich auf einen der herumstehenden Kartons fallen. Am liebsten würde ich davonrennen, so unwohl fühle ich mich bei diesem erzwungenen Interview. Aber ich weiß, dass ich nicht kann. Bradley hat mich in der Hand. Sebastian sitzt mir gegenüber und postiert seinen Laptop zwischen uns auf einer weiteren Kiste.

»*Willkommen bei Eyevision. In zehn Sekunden sind Sie auf Sendung.*« Die Stimme in meinem Kopf zählt nach unten und ein leichtes Summen setzt ein.

Sebastians Chip scheint auch angegangen zu sein. Gerade noch rechtzeitig befördert er einen Spiegel aus der Hosentasche. »Hallo, Leute, ich bin's, SirSebastian! Und ich habe gute Neuigkeiten für euch. Denn wir haben einen prominenten Gast!«

Er schaut in meine Richtung und ich bin froh, dass mein Gesicht verdeckt ist. Mit einem Blinzeln schalte ich die Kommentare ein. Herzchen und Katzen jagen über mein Sichtfeld. Achthunderttausend Zuschauer sind live zugeschaltet. Ich versuche, mir achthunderttausend Menschen vorzustellen. Achthunderttausend, die jedes Wort hören, das ich sagen werde.

»EC00 wird uns heute ein Interview geben und ihr könnt Fragen stellen. Schreibt sie mir einfach und ich lese sie vor. Zuerst zwei Fragen von mir, EC00. Wie geht's dir und warum treffen wir uns hier, an diesem düsteren, geheimen Ort?«

Ich räuspere mich und sage so locker wie möglich: »Ich habe kein Haus und keine Wohnung. Ich wohne auf der Straße.« Mordaz und Antrax sitzen bestimmt vor ihren Rechnern und verfolgen jedes Wort.

»Okay, dann fangen wir mit den Fragen der Zuschauer an. Die erste kommt von Rainbow21. Er oder sie will wissen, wie viele Menschen du in deinem Leben schon getötet hast?«

Ich überlege, ob ich lügen soll, damit es interessanter klingt. Aber eigentlich regt mich die Frage auf. Was denken die Leute von mir? »Niemanden! Außer diesen Toxico, und das war kein Mord. Das war Notwehr. Er hat mich angegriffen!«

Sebastian legt den Kopf leicht schief: »Khaoticfilmz fragt, wo du so kämpfen gelernt hast und ob du im normalen Leben als Boxer arbeitest?«

»Wie kommt er darauf? Toxico hätte mich fast umgebracht. Ich lag auf dem Rücken, wie ein Käfer.«

»Ihr habt es gehört, Leute, EC00 ist ein Straßenkämpfer. Nächste Frage von MikuMiku. Ich lese vor: Hast du eine

Freundin? Du hast schöne Augen. Schade, dass wir nicht mehr sehen dürfen.«

»Nein, habe ich nicht. Aber danke für das Kompliment.« Wir sind jetzt schon bei achthundertfünfzigtausend Zuschauern. Bradley kann sich freuen.

Sebastian geht vor seinem inneren Auge Kommentare durch: »Was sagen deine Eltern dazu, dass du Leute umbringst?«

»Ich habe keine Eltern. Sie sind beide lange tot. Ich bin ganz alleine.«

»Das tut mir leid«, sagt Sebastian mit abwesender Stimme. Er sucht schon wieder nach der nächsten Frage.

»Wie lange bist du zur Schule gegangen?«

»Fünf Jahre«, antworte ich wahrheitsgetreu.

»Fändest du es fair, wenn ihr, also du und Mordaz, euch zu einem Duell Mann gegen Mann treffen würdet? Immerhin hast du seinen Zwillingsbruder getötet und seine Nichte zur Halbwaisen gemacht.«

Ich setze gerade zu einer Antwort an, als Sebastian aufgeregt auf seinen Laptop schaut. »Ich glaube, wir müssen unser Interview kurz unterbrechen. Eyevision hat eine Umfrage gestartet!«

Unter Sebastians Livestream ist ein Fenster aufgepoppt. In fetten Buchstaben steht dort: *›Möchtet ihr gerne sehen, wie ECOO wirklich wohnt? Er ist nämlich gar nicht obdachlos. Klickt ›Ja‹ oder ›Nein‹. Aber denkt daran: Es könnte eure einzige Chance sein, die Wahrheit herauszufinden... Die Zeit läuft. Ihr habt eine Minute, um abzustimmen.‹*

Mein Gehirn scheint für einen Moment einfach auszusetzen.

»Du hast uns belogen?«, flattern die Kommentare an meinem inneren Auge vorbei. Enttäuschte Katzen. Wütende Schweinchen.

Warum startet Eyevision diese Umfrage? Weil ich mein Gesicht nicht zeige? Weil ich Sebastian nicht zu mir nach Hause eingeladen habe? Ich fühle mich hintergangen.

Sebastian ist aufgeregt: »EC00, wie möchtest du unsere Zuschauer überzeugen, ›Nein‹ zu klicken? Ich gehe davon aus, du willst, dass sie ›Nein‹ klicken?« Ich kann ihm am Gesicht ablesen, wie sehr er sich über diese unvorhergesehene Wendung seines Interviews freut.

Wenn ich den Zuschauern jetzt erzähle, dass meine Eltern doch nicht tot sind, wird mir niemand mehr glauben. Oder meine Fans werden noch saurer. Relativ ruhig sage ich: »Ich habe jahrelang für diese Wohnung gespart. Wenn ihr ›Ja‹ klickt, wird sie von Las Culebras zerstört. Dann müsste ich wirklich auf der Straße leben.«

Sebastian rutscht auf seiner Kiste herum, als müsste er dringend auf die Toilette: »DungeonMan schreibt: Was ist mit dem Geld von Eyevision? Kannst du dir davon keine neue Wohnung kaufen?«

Warum bin ich hierhergekommen? Warum habe ich Bradley vertraut?

»Nein, kann ich nicht, und es ist auch völlig sinnlos. Warum wollt ihr, dass Las Culebras meine Wohnung zerstören?«

Der Timer schnappt auf null. Ein neuer Text erscheint: ›Die Auswertung wird berechnet, habt einen Moment Geduld.‹

Die User diskutieren wild: »Es ist nur fair, wenn wir seine Wohnung sehen. Mordaz hat seine ja auch gezeigt.«

»Aber wenn EC00 nicht will? Er ist anscheinend alleine und die Schlangen sind viele.«

Ich spanne den Kiefer so heftig an, dass er zittert. Eyevision kann nicht wirklich zeigen, wo ich wohne. Vielleicht ist es ein Fake. Sie können nicht so skrupellos sein.

Das Ergebnis erscheint: ›*Die Zuschauer haben sich entschieden!*‹

Wir werden auf einen anderen Kanal weitergeleitet. Aus einer seltsam niedrigen Perspektive sehe ich zuerst nur Boden. Dann schwenkt die Kamera nach oben und ich wundere mich, wer oder was da filmt. Dann hört mein Herz für einen Moment auf zu schlagen. Das Bild zeigt blaue Wände, Gemälde von Seeschlachten und Tiefseemonstern. Es sind Wände, wie es sie nur in Caramujo gibt. Die Kamera bleibt an einem geöffneten Hoftor hängen. Nachbarskinder spielen unter einem alten Olivenbaum. Ich blicke direkt auf unsere Eingangstür. Der Drache ringelt sich beschützend um die Tür. Ich kneife die Augen zusammen, als ich hinter dem Fenster eine Bewegung wahrnehme. Ist das Serge? Ist er zurück? Was ist mit Carilla und Luc?

Las Culebras werden sie umbringen.

9

Ich springe auf. Sebastian stellt sich mir entgegen. »Eine Frage, eine Frage!«

Ich stoße ihn zur Seite. Ich weiß, ich renne in mein Verderben. Was soll ich gegen eine Horde Schlangen tun? Aber ich muss dort hin. Ich muss zu meiner Familie. Ich reiße mir das T-Shirt vom Gesicht und renne. Wie lange werden die Schlangen brauchen, um unser Haus zu finden? Eyevision sendet immer noch und ich weiß, dass ich gerade genau das tue, was Eyevision von mir will: die Konfrontation mit den Schlangen.

Ich versuche, auf den Boden zu schauen, aber es klappt nicht. Menschen, überall Menschen. Der Verkehr ist dicht. Ich laufe Slalom. Autos hupen. Jedes Motorengeräusch lässt mich herumfahren. Den Verkehr nach schwarzen Motorrädern absuchen. Nach Schlachtermessern. Es geht bergauf. Meine Lunge brennt bis in den Hals, trotzdem fliege ich über den Asphalt. Endlich sehe ich die hohe Mauer von Caramujo. Wartende Menschen am Bahnsteig. Keine Schlangen. Ich springe die schmale Treppe hinauf. Die Muskeln in meinen Beinen ziehen schmerzhaft, aber ich werde nicht langsamer. Fischkarren verstellen mir den Weg. Dann höre ich Schreie.

Ich pralle fast mit einer Frau zusammen. Menschen huschen vorbei, stumm und verschreckt.

Vor unserem Tor ist niemand zu sehen. Nur ein hellbrauner Straßenhund mustert mich hechelnd. Für einen Sekundenbruchteil hoffe ich, den Schlangen zuvorgekommen zu sein, doch dann sehe ich es: Im Hof, unter dem Olivenbaum, steht ein einzelnes schwarzes Motorrad. Die aufgesprühte Kobra blickt mir mit aufgerissenem Maul entgegen. Es ist totenstill. Die Tür zu unserem Haus steht offen. Leise schließe ich das Hoftor hinter mir und lege den Riegel von innen vor. Der Rest der Gang wird bald hier sein. Sie sollen mich nicht von hinten überraschen. Die Steine vor der Haustür sind mit winzigen Blutstropfen gesprenkelt – oder ist es Dreck? Meine Augen brauchen einen Moment, bis sie sich an die Dunkelheit im Wohnzimmer gewöhnt haben. Ein Scheppern lässt mich zusammenzucken. Es kam von oben. Ist das die Schlange? Ich wage nicht, nach meinen Eltern zu rufen. Schiebe einen Fuß nach vorne. Einen Schritt und noch einen Schritt. Mein Fuß hinterlässt ein leises, schmatzendes Geräusch. Blut. Der Teppich ist vollgesogen mit Blut. Mir wird schlecht. Blutspuren führen vom Teppich hinter die Kisten, die wir als Sofa benutzen. Wie ein Schlafwandler setze ich mich in Bewegung. Meine Füße tragen mich unerbittlich weiter, auch wenn ich nicht will. Ich will es nicht sehen.

Er liegt vor mir wie eine große Puppe. Die Gliedmaßen verdreht. Die Haut bleich wie Pergament. Ich habe den Drang, das Blut mit den Händen aufzuschöpfen und irgendwie in Serges Körper zurückzufüllen. Ich falle auf die Knie. Drehe sein Gesicht zu mir. Er atmet ruckartig. Keuchend. Geweitete Augen, die ins Nichts starren. Eine Wunde, wie von einer

Axt, teilt seinen Arm. Sein Pullover ist ein Stück nach oben gerutscht und ich sehe dicke Verbände um seinen Bauch.

»Serge, hörst du mich? Ich bringe dich zu der Priesterin, sie wird die Wunde nähen.« Sein Blick fokussiert sich. Mit zittrigen Fingern will ich meinen Pulli ausziehen und um seinen Arm binden, aber er hält meine Hand fest. Sein Blick ist angestrengt. Er will etwas sagen, aber kein Ton kommt über seine Lippen. Erst jetzt spüre ich, dass in seiner Hand ein Zettel ist, den er mir geben will. Ich nehme ihn und stecke ihn in meine Tasche, ohne ihn anzuschauen. Der Hauch eines traurigen Lächelns huscht über Serges Gesicht.

»Carilla, Luc? Sind sie am Leben?«, flüstere ich. Er drückt meine Hand mit aller Kraft, die er aufbringen kann. Es ist nicht viel. Er schaut mich an und ich sehe, was er denkt. Was er mir versucht zu sagen. Es braucht keine Worte. Es ist so eindeutig, als hätte er gesprochen: ›Beschütze sie.‹

»Ich werde sie beschützen. Ich verspreche es!«

»Wir sind eine Familie«, flüstert er und lächelt. Seine Lider schließen sich, als würde er einschlafen. Der Druck seiner Hand lässt nach. Seine Züge erschlaffen. Dann ist er still. Völlig still.

Schwindel erfasst mich. Ich greife nach Serges Handgelenk. Ich will seinen Puls spüren. Aber da ist nichts. Meine Ohren rauschen, als würde ein Zug in Schallgeschwindigkeit auf mich zurasen. Ich versuche, die Panik niederzukämpfen. Der Raum dreht sich. Die ganze Welt dreht sich, als würde sie planlos durch das Weltall schlingern.

Knallen von Schubladen über mir. Ich muss verschwinden. Carilla. Luc. Wo sind sie? Vornübergebeugt hole ich Luft. Versuche, aufzutauchen aus dem Nebel, der mich umgibt.

Pfeifen. Fröhliches Pfeifen. Es kommt von oben. Von der Schlange. Jeder einzelne Ton stößt in mein Trommelfell wie ein Messer. Serge hat immer gepfiffen, wenn er seine Netze geflickt hat. Wut steigt in mir auf. Stärker als die Angst. Stärker als die Panik. Stärker als jede Vernunft. Wie kann dieser Kerl Lieder pfeifen, nachdem er meinen Vater ermordet hat? Ich greife nach dem zerbrochenen Rohr der Wohnzimmerlampe. Es liegt gut in meiner Hand. Kalt und schwer. Geräuschlos stehe ich auf und bewege mich zur Treppe. Von draußen ist Motorenlärm zu hören. Las Culebras stehen vor dem Tor. Es ist mir egal. Wie ein Geist schleiche ich die Treppe nach oben. Ich weiß, wohin ich treten muss, damit die Stufen nicht knarren.

Die Kommode im Flur ist durchwühlt. Handtücher, Kissen und Klamotten liegen auf dem Boden. Das Pfeifen kommt aus dem Schlafzimmer. Die Schlange rechnet nicht mit mir. Sein breiter Körper lehnt über einer geöffneten Schublade. Rote Stiefelabdrücke ziehen sich über die Nachthemden am Boden. Eine blutige Axt liegt auf dem Bett. Seine Eyewatch klingelt und das Pfeifen verstummt. »Hey, Antrax!«
Ich hebe die Eisenstange und durchquere den Raum.
»Er ist hinter mir?«, fragt er dümmlich und fährt herum.
Eyevision läuft immer noch und überträgt der Welt, was ich sehe. Aber Antrax' Warnung kommt zu spät. Mit einem Brüllen hole ich aus und erkenne noch im Schlag, wen ich da vor mir habe. Den Typ mit dem lächerlichen Fahrradhelm aus dem Zug. Seine Zähne knirschen, als die Stange den Helm trifft. Ich hole wieder aus und erwische ihn mit voller Wucht an der Schulter. Er sackt zusammen, wie ein Reifen, aus dem man die Luft gelassen hat. In rasender Wut schlage ich auf ihn ein. Ich will ihn sterben sehen. So wie Serge sterben musste.

Der Fahrradhelm schützt ihn, aber er ist geschwächt. In seinem rechten Oberarm klafft eine frische Wunde. Blut färbt das durchstochene Hemd an der Stelle rot. Serge muss sich gewehrt haben. Fahrradhelm bäumt sich auf und packt die Stange mit der linken Hand. Klammert sich fest. Der verletzte Arm hängt schlaff herunter. Blut fließt aus seinem Mund über das vernarbte Gesicht und er versucht, auf die Beine zu kommen. Ich trete zu, drücke ihn zu Boden, aber stocke in der Bewegung. Motorradbrummen, wie eine Herde hungriger Löwen. Sie müssen das Tor geöffnet haben. Ich höre Stimmen, Gelächter. Der Kerl grinst mich von unten böse an und lispelt zwischen blutigen Goldzähnen hervor: »Tja, das war's wohl. Bald kannst du deinem Papi in Walhalla Gesellschaft leisten.«

Wut und Hass toben in mir wie wild gewordene Tiere und verlangen, dass ich Serge räche. Hier und jetzt. Aber eine andere Stimme flüstert: ›Letzte Chance abzuhauen oder du endest auf Mordaz' Operationstisch. Und das wird langsam und qualvoll.‹

Ich hole ein letztes Mal aus und trete dem Kerl zwischen die Rippen. Dann renne ich zum Fenster. Für eine Sekunde blicke ich hinüber zum Steg und auf das Meer. Das Boot ist weg! Schnell suche ich das Wasser ab und erblicke es weit draußen. Schemenhaft erkenne ich eine Gestalt, die rudert, und ein winzige, zusammengekrümmte. Carilla und Luc! Sie haben es geschafft. Die Erleichterung übermannt mich fast.

Über die Regenrinne rutsche ich in den Hinterhof des Nachbarhauses. Von oben kommt ein Schnaufen. Ich drehe mich um und kann nicht glauben, was ich sehe. Fahrradhelm schiebt seinen massigen Körper durch das Fenster. Für einen Moment muss ich an einen Zombiefilm denken, den ich mit Jago gesehen habe. Die Zombies waren nur totzukriegen, wenn man ihnen direkt in den Kopf geschossen hat. Fahrradhelm scheint so ein Zombie zu sein, anders kann ich mir nicht erklären, warum er immer noch steht.

Am Ende des Hofes liegt der Schacht. Mein Fluchtweg. Im selben Moment verfluche ich unseren Nachbarn. Er hat ein Brett über den Schacht gelegt und darauf Holzkisten gestapelt. Aber es gibt keinen anderen Weg weg von hier. Nicht auf die Schnelle. Also beginne ich, die Kisten runterzuhieven. Fahrradhelm ist mittlerweile etwas schwerfällig das Rohr heruntergerutscht und kommt mit gefletschten Goldzähnen auf mich zu.

»Schnapp dir die Ratte, Cesar!« Über uns lehnen zwei Männer aus dem Fenster. Sie fuchteln mit ihren Gewehren und feuern den wankenden Fahrradhelm johlend an. Mein Glück, dass sie mich anscheinend lebend haben wollen.

Ich werfe die letzte Kiste auf den Boden und zerre das Brett zur Seite. Fahrradhelm erhöht sein Tempo und streckt seinen unverletzten Arm nach mir aus. Ich bin eine Millisekunde zu langsam. Er packt brüllend meinen Pulli und beginnt zu zerren. Die Schläge mit der Eisenstange und sein verletzter Arm haben ihn geschwächt, er schafft es nicht, mich von der niedrigen Umrandung zu ziehen. Trotzdem lässt er nicht los. Seine Hand hat sich in den Stoff meines Pullis verhakt und er hängt mit seinem ganzen Gewicht an mir, wie ein Wal.

Aus den Augenwinkeln sehe ich, wie einer der Typen vom Fenster im Hof landet und mit schnellen Schritten und angelegter Waffe auf uns zukommt. Ich ziehe Fahrradhelm zu mir und umklammere ihn, so fest ich kann.

»Können Zombies schwimmen?«, frage ich und er grunzt verwirrt, bevor ich mich nach hinten in den Brunnen fallen lasse und ihn mitreiße. Es ist kein tiefer Fall. Vielleicht zwei Meter, dann schlagen wir auf der dunklen Wasseroberfläche auf.

Einmal am Tag jagt die Flut unter Caramujo hindurch. Sie kündigt sich mit einem leisen Gluckern an. So leise, dass man es zwischen dem Rauschen der Wellen kaum wahrnimmt. Das Meer zieht sich ein Stück zurück, als müsste es erst Kraft sammeln, um den Strand zu stürmen. Dann wird das Gluckern lauter, das Meer schwillt an und wälzt sich unaufhaltsam den Strand herauf, unter den Häusern von Caramujo hindurch, bis es am Ende des Viertels auf die Betonmauer trifft, die hinter der Haltestelle aufragt. Die Flut staut sich hier, jedes anderen Weges beraubt, und presst sich dröhnend gegen die Mauer, bis das Wasser auf über zwei Meter Höhe geklettert ist. Dann gibt das Meer nach. Das Dröhnen und Rauschen verstummt und es verharrt für eine halbe Stunde unter dem Viertel, erschöpft von dem täglichen Kampf, bevor es sich wieder zurückzieht.

Die schwarze Flut verschluckt mich. Beruhigende Kälte. Ich lasse mich bis auf den Boden sinken. Stoße mich ab und tauche auf. Fahrradhelm prustet wie ein Walross. Er versucht, sich an einen der nassen Holzpfeiler zu klammern. Die Oberfläche ist glitschig. Seine Hände finden keinen Halt und er rutscht immer wieder ab. Nein, Zombies können anscheinend nicht schwimmen. Zumindest nicht dieser. Langsam bewege ich mich rückwärts, behalte ihn im Auge. Blubbernd rutscht er mit seinem Kopf unter Wasser und kämpft sich gurgelnd an die Wasseroberfläche zurück. Von oben sind Stimmen zu hören. »Holt ein Seil, verdammt.«

Fahrradhelm schnappt sich rudernd einen vorbeitreibenden Plastikkanister, der ihn schaukelnd über Wasser hält.

Heftig atmend schaut er sich um und entdeckt mich in einiger Entfernung: »Du ... du verdammtes Stück Dreck.«

»Habe gehört, es fühlt sich ziemlich scheiße an, zu ertrinken. Wenn das Wasser in die Lungen läuft«, rufe ich.

Fahrradhelm verzieht sein Gesicht und klammert sich noch fester an das Stück Plastik. Dann hellt sich sein Blick auf. Er langt mit einer Hand unter die dunkle Wasseroberfläche, zieht eine Pistole hervor und zielt auf mich. Das geht so schnell, dass ich nicht reagieren kann. Irre grinsend drückt er den Abzug, aber es kommt nur ein Klicken. Das Wasser hat die Waffe unbrauchbar gemacht. Mit einem verzweifelten Aufschrei wirft er sie in meine Richtung, verfehlt mich aber um mehrere Meter. Die heftige Bewegung lässt den Kanister nach oben flutschend wegspringen, gerade außerhalb seiner Reichweite. Er schlägt mit dem unverletzten Arm, aber bekommt den rettenden Kanister nicht mehr zu fassen.

»Halt durch, Cesar!«, kommen Stimmen von oben. Ein Seil wird heruntergelassen. Strampelnd kämpft Fahrradhelm mit dem Wasser. Das Seil über ihm sieht er nicht. Röchelnd versinkt sein Kopf unter Wasser, dann verschluckt ihn die Flut ganz, still und erbarmungslos. Zurück bleiben nur ein paar Bläschen, die auf der Wasseroberfläche tanzen, und das einsame Seil, das nutzlos herunterhängt.

Eine tiefe, düstere Genugtuung steigt in mir auf. Was ich nicht geschafft habe, hat das Meer für mich übernommen.

Ich atme tief ein. Fülle meine Lungen mit Sauerstoff und tauche. Das Schreien und Rufen von Las Culebras verstummt. Ich öffne die Augen und schwimme davon. Schiebe Müll zur Seite, der träge an mir vorbeitreibt, und gleite voran, bis ich das Gefühl habe, meine Lungen müssten explodieren, schieße nach oben und schnappe nach Luft. Ein paar Atemzüge später tauche ich wieder unter und schwimme, bis mir eine Wand aus dicht verzweigten Wurzeln den Weg versperrt. Über mir muss ein großer Baum stehen, dessen Wurzeln sich durch den Boden von Caramujo gearbeitet haben und bis zu mir ins Wasser hängen. Langsam tauche ich zwischen ihnen auf und lausche durch das Gluckern des Wassers. Von Weitem höre ich Motorenlärm.

Eyevision läuft immer noch. Aber niemand wird wissen, wo genau ich bin. Trotzdem muss ich weg von hier. Die Flut zieht sich in spätestens fünfzehn Minuten zurück und dann werden Las Culebras den Strand stürmen.

Ein paar Minuten später ertönt endlich die freundliche Stimme in meinem Kopf: ›*Es ist halb sieben. Vielen Dank, dass Sie Eyevision genutzt haben. Eyevision schaltet sich nun ab.*‹

Alleine in meinem Kopf. Endlich. Wenigstens gibt mir Bradley die Chance zu entkommen und sendet nicht endlos weiter. Über mir heulen Motorräder auf, sodass der Baum erzittert. Ich muss mich beeilen. Da oben wimmelt es schon von Schlangen. Wenn Mordaz jeden einzelnen seiner Männer zusammentrommelt, komme ich hier nicht mehr raus.

Ich schwimme durch das Labyrinth aus Stützen und Pfeilern. Mein Ziel ist die hohe Betonmauer, an deren Fuß die Flut aufgehalten wird. Auf der anderen Seite sind die Gleise und die Haltestelle. Vielleicht komme ich dort irgendwie hin. Ich kraule, so schnell ich kann.

Es wird düsterer. Bis zur Mauer dringt kaum ein Lichtstrahl. Müll schwappt in dicken Teppichen auf und ab. Ratten huschen über den schwimmenden Abfall. Aber ich nehme es kaum war. Ich muss vorwärts. Ich muss hier weg. Das Bild von Serge habe ich in die hinterste Ecke meines Bewusstseins gesperrt.

Von oben höre ich Glas splittern, dann Schreie und einzelne Schüsse. Sie scheinen überall zu sein. Ich klammere mich an eine rostige Leiter, die an der Mauer befestigt ist. Das Wasser gurgelt und der Müll gerät in Aufruhr. Das Meer zieht sich zurück. Wie ein Kaninchen in der Falle schaue ich mich um. Es muss doch irgendeinen Ausweg geben! Mein Blick fällt auf ein mit schwarzen Algen verklebtes Loch, das das schnell abfließende Wasser in der Betonmauer freigegeben hat. Die Kanalisation. Selbst Jago und ich haben uns nie weiter als vier, fünf Meter reingewagt.

Meine Mutter hat mir, als ich noch klein war, immer erzählt, dass es in der Kanalisation ein furchtbares Monster namens Sarronco gäbe. Halb Krokodil, halb Dämon. Ich sollte niemals, niemals dort hineingehen. Für einen Moment wäge ich ab, ob ich lieber mit den Schlangen oder mit dem Dämonen-Krokodil Bekanntschaft machen will. Das Dämonen-Krokodil gewinnt.

Ich ziehe mich in das Loch und rutsche auf allen vieren über die schmierigen Algen in die Düsternis hinein. Es stinkt bestialisch und nach wenigen Metern sehe ich absolut nichts mehr. Mir fällt die Eyewatch ein. Kann sie das Wasser überlebt haben? Ja. Ihr heller Bildschirm lässt mich ein paar Umrisse erkennen und ich taste mich vorwärts. Das Rohr weitet sich, sodass ich gebückt laufen kann. Ich schlittere durch den Gang und will nicht wissen, welche Brühe da in meine Schuhe schwappt. Essensreste, Klopapierfetzen und Schlimmeres haben sich zu einem braunen, trägen Brei vermischt. Hinter einer Abzweigung öffnet sich ein größerer Raum. Treppenstufen führen auf eine steinerne Erhöhung. Froh, aus dem ekelhaften Schlamm zu kommen, haste ich nach oben und stolpere über etwas Metallisches. Ein Kochtopf rollt über den Boden. Der Lärm hallt wie Donner durch die

Gänge. Erschrocken halte ich die Luft an. Der Schein der Eyewatch flackert durch den Raum und erhellt eine Feuerstelle und verdreckte Matratzen. Hier müssen Menschen leben. Ohne zu zögern stürze ich mich in den nächsten Gang und renne. Der Matsch spritzt bei jedem Schritt. Ich mache einen Höllenlärm und fühle mich auf einmal wie der Hauptdarsteller eines Horrorfilms. Wer lebt schon in völliger Dunkelheit in einer Kanalisation? Mörder, Wahnsinnige, Dämonen?

Rettende Lichtstrahlen fallen durch ein Gitter an der Decke. Ich stemme es auf, ziehe mich nach oben und stehe auf einer Straße. Autos weichen mir hupend aus und ich springe zur Seite. Die Abendsonne ist noch immer blendend hell und ich brauche einen Moment, um mich zu orientieren. Ich bin nicht mehr in Caramujo. Vielleicht zwei Querstraßen entfernt. Leute aus einem Café mustern mich irritiert. Klar, ich bin grade klitschnass aus der Kanalisation gekrochen. In einer Seitengasse finde ich ein Fass mit Regenwasser, in dem ich meine Schuhe und Schienbeine von dem Matsch der Kanalisation befreie. Dann renne ich zur nächsten Haltestelle.

Es dauert nicht lange, bis ein Zug kommt. Die Linie fährt nach Norden, weg von Caramujo. Ich steige ein und lasse mich auf den hintersten Platz fallen. Das Adrenalin, das eben noch durch meinen Körper pulsierte, verschwindet und lässt mich schwach und krank zurück. Übelkeit steigt in mir auf. Ich kämpfe gegen das Gefühl an, erbrechen zu müssen. Zusammengekauert, die Kapuze tief ins Gesicht gezogen, laufen mir Tränen der Verzweiflung über die Wangen. Für den Moment bin ich in Sicherheit. Trotzdem wird mein Sichtfeld immer kleiner. Ich denke an Serge: ›Beschütze sie.‹

»Ich werde sie finden«, murmele ich. Mir fällt der Zettel ein, den er mir in die Hand gedrückt hat. Ich ziehe ihn aus der Hosentasche. Er ist durchweicht, aber mit Bleistift geschrieben und noch gut lesbar: ›*Professor Gris, Memorial-Krankenhaus*‹. Schwarze Ränder schieben sich vor meine Augen, werden größer und größer, bis sie mein gesamtes Sichtfeld einnehmen.

Irgendwann komme ich wieder zu mir. Es ist Nacht geworden. Im Abteil flackert ein schwaches Licht. Ein paar Leute steigen ein und aus. Zu meiner Verwunderung tragen sie alle Gummistiefel. Mein Körper fühlt sich taub und schwer an. Fledermäuse jagen an den Fenstern vorbei. Nebel in meinem Kopf. Ich schließe die Augen, aber sofort erscheint Serge vor mir, als wäre er in die Innenseiten meiner Augenlider eingebrannt. Mit verdrehten und blutverschmierten Gliedern liegt er auf dem Boden. Ein Stechen zieht sich durch meinen Nacken, gefolgt von einem wummernden Kopfschmerz. Ich starre mit brennenden Augen auf die vorbeifliegende Stadt. Vereinzelte Lichter. Die Gegend sieht fremd aus. Riesige graue Hochhäuser erheben sich in den Nachthimmel, den ich nur manchmal als schmales Band erkennen kann. Die Gassen sind eng und schlammig. Das ist nicht mehr Milescaleras. Wo bin ich? Eine Unterführung verschluckt mich und den Zug. Mir ist kalt. Wahnsinnig kalt. Der Nachtwind bläst durch die offenen Türen in meine feuchten Klamotten. An einer Haltestelle werden wir langsamer. Steif wie ein alter Mann rappele ich mich auf und springe ab. Ich habe keine Ahnung, wie lange ich gefahren bin.

Zuckendes Neonlicht lässt meine Kopfschmerzen aufflammen. Gelbe Kacheln. Schlafende Obdachlose drängen sich in den Ecken. Ein Mann mit einer Machete auf dem Schoß starrt mich an. Wahrscheinlich bewacht er die anderen. Sein Blick sagt mir, dass ich verschwinden soll. Ich stolpere davon, einen Gang entlang. Die Station ist groß, mit vielen Treppen und Abzweigungen. Weitere Obdachlose auf provisorischen Nachtlagern aus Pappen und zerschlissenen Decken. Was würde ich jetzt für eine Pappe geben, auf die ich mich legen könnte!

Schließlich finde ich hinter einer angelehnten Tür eine verlassene Toilette. Der Gestank ist widerlich, aber nicht so schlimm wie in der Kanalisation. Ich schlüpfe hinein und schließe die Tür hinter mir. Schwaches Mondlicht fällt durch ein milchiges Fenster. Ich gleite an einer mit Graffiti beschmierten Wand hinab. Der Mond taucht den Boden und die Wände in graues Licht. Die Graffiti an den Wänden schieben sich ineinander und scheinen zu tanzen, wie lebende Wesen. Ich kneife die Augen zusammen und erkenne die Umrisse eines Fuchses. Kann das sein? Er ist vielfach übermalt. Aber als ich lange genug hingestarrt habe, bin ich mir sicher. Es ist derselbe eingeritzte Fuchs wie auf der Metallplatte des Mädchens.

Auf einmal spüre ich etwas in meiner hinteren Hosentasche. Mit tauben Fingern greife ich danach und ziehe das Ding heraus. Es ist ein kleiner Stoffhase, der eine winzige Krawatte trägt. Es ist Lucs Stoffhase. Wie kommt er in meine Tasche? Luc muss ihn hineingesteckt haben. Der Stoff ist beruhigend warm und ich drücke ihn gegen meine Wange. Auf eine seltsame Art und Weise fühlt es sich an, als wäre ich nicht mehr ganz alleine.

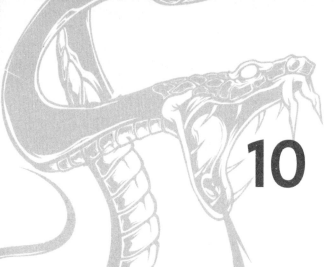

10

Die Eyewatch vibriert. Bradley hat geschrieben. Meine Zähne schlagen hart aufeinander. Bradley, der Verräter. Bradley, der Mörder von Serge. Er hat der Welt gezeigt, wo ich wohne. Die Schlangen haben den Mord nur ausgeführt, wie Schachfiguren. Alles, was passiert ist, ist Bradleys Schuld.

Der helle Bildschirm der Eyewatch verursacht ein Stechen in meinem Kopf:

›*Emilio, erst mal das Positive: Damaris ist begeistert von dir! Ihrer und auch meiner Ansicht nach hast du heute Geschichte geschrieben! Der Moment mit deinem sterbenden Vater war das Emotionalste, was jemals auf Eyevision lief! Einfach unglaublich! Auch wenn du uns jetzt hasst. Es ging nicht anders. Das Interview war nicht so explosiv, wie ich gedacht hatte. Dieser Container war keine gute Location und du hättest dein Gesicht zeigen können. Aber Sebastian hat auch einfach keine interessanten Fragen gestellt. Eyevision wird die Beerdigung von deinem Vater zahlen, mach dir darüber keinen Kopf. Deine nächste Sendung startet wieder morgen um achtzehn Uhr. Übrigens: bei der nächsten Umfrage hast du einen bei mir gut!! Cheers, Bradley.*‹

Ich fühle Kälte. Sie ist durch meine feuchten Klamotten in jede einzelne Zelle meines Körpers gelangt. Zuerst hat sie meine Finger taub werden lassen. Jetzt scheint sie meinen ganzen Körper eingefroren zu haben, meine Gedanken, meine Wut.

Die Eyewatch vibriert wieder. Bradley schreibt: ›... übrigens: Herzlichen Glückwunsch zu einer Million Zuschauer! Sensationell! Ich bin gespannt, was morgen passiert!‹

Vielleicht sind die Schlangen Schachfiguren. Ich bin es nicht. Meine Familie ist es nicht. Ich schleudere die Eyewatch mit einem Aufschrei gegen die Wand. Dann schäle ich mich aus dem feuchten Pulli und der Hose, trete gegen die Reste eines Waschbeckens und allmählich strömt Wärme zurück in meinen Körper.

Die Eyewatch ist hinter die Toilette geflogen und ich stelle fest, dass das Ding den Aufprall unbeschadet überstanden hat. Ich rufe Dantes Telefonzelle an, es meldet sich aber niemand. Kein Wunder. Die Schlangen haben wahrscheinlich alles zerlegt und außerdem ist es mitten in der Nacht.

Auf der Startseite von Eyevision ist mein Video von vorhin neben Sebastians Video gefeatured. Mechanisch tippe ich Sebastians an. In dem Video plappert Sebastian in einem fort über mich und die Schlangen, als würde er uns schon seit Ewigkeiten kennen. Nachdem unser Interview unterbrochen wurde, hat er sich selbst auf den Weg gemacht, um mein Haus zu finden. Ich schätze, dass er ungefähr eine halbe Stunde nach mir dort angekommen ist.

Auf der Straße und im Hof stehen mehrere schwarze Motorräder wie gepanzerte Käfer. Gangmitglieder rauchen und unterhalten sich. Als sie Sebastian sehen, brüllt einer: »Hey, wer bist du und was machst du hier? Willst du deinen Schädel gespalten kriegen?«

»Nein-nein, ich wollte zu Mordaz. Wir kennen uns. Er kennt mich.«

Der Mann kommt mit schnellen Schritten auf Sebastian zu, greift nach ihm und zerrt ihn über den Hof. Ich sehe Boden, Sebastians Schuhe und dann unsere Türschwelle.

Der Typ schüttelt Sebastian: »Mordaz, dieser Schnurrbarttyp sagt, er kennt dich. Wenn er gelogen hat, schick ihn zu mir raus. Meine Axt wird sich freuen.«

Sebastian hebt den Blick und ich sehe Mordaz mitten in unserem Wohnzimmer stehen. Sein massiger, tätowierter Körper wirkt wie ein Fremdkörper vor der geblümten Tapete. Seine lauernde Körperhaltung erinnert mich an einen Pitbull. Mit vor Wut mahlenden Kiefern starrt Mordaz in die Plastikwanne mit den Mutantenfischen. »Hast du Eyevision laufen?«

»Ja-ja«, antwortet Sebastian.

»Schau hinter die Kisten.«

Sebastian stolpert vorwärts. Das Blut auf dem Teppich ist schwarz und verkrustet. Als sein Blick unvermittelt Serges Leiche trifft, zieht sich in meinem Inneren alles zusammen. Ich stelle mir vor, wie Tausende von Zuschauern Serges leblosen Körper begaffen. Mit der Genauigkeit eines Chirurgen inspiziert Sebastian die Armwunde. Mit einem wohligen Schauer in der Stimme sagt er: »Leute, Leute. Wenn ihr sensibel seid, bitte schaltet kurz weg.« An Mordaz gewandt fragt er: »Ist das der Vater von EC00?«

»Wenn die Geister es so wollen, ist er es. Wir sind dabei, ein paar Nachbarn zu befragen.«

Ich stoppe das Video, weil ich Serges Anblick nicht mehr ertragen kann. Meine Augen brennen vor Müdigkeit und mein Körper will nichts weiter als in die Ohnmacht des Schlafes entfliehen. Aber mein Gehirn ist so wach, als hätte ich mehrere Kannen Kaffee mit flüssigem Speed intus. Ich überfliege die Kommentare der Zuschauer unter dem Video. Es sind so viele, dass ich wahrscheinlich Tage brauchen würde, sie alle zu lesen, und ständig kommen neue dazu:

»*Dieser Mordaz ist so ein riesiger Loser! Wie kann eine ganze Gang es nicht schaffen, einen einzigen Typen zu fangen?*«

Ein paar Leute haben sogar Bilder von Mordaz hochgeladen, unter denen Texte stehen wie: Mordaz dumm zu nennen ist eine Beleidigung für alle dummen Menschen.

»*Fünf Sterne für perfekte Unterhaltung! Die bringen sich doch eh alle gegenseitig um. Die Provinz ist total überbevölkert!*«, schreibt Kadude.

Einigen Zuschauern scheint leidzutun, was passiert ist: »*Ich gebe zu, ich habe in der Umfrage ›Ja‹ geklickt, weil ich ECOOs Haus sehen wollte und ein bisschen Action, aber jetzt fühle ich mich schlecht.*«

»*Aber sind das nicht alles nur Schauspieler? Hattet ihr wirklich das Gefühl, dieser Mann war tot? Hat er nicht geatmet?*«, fragt jemand anders.

»*Wenigstens wissen wir jetzt, wie ECOO aussieht, ein Grund für mich weiterzuschauen ;-)*«, kommentiert SaKaTa.

Sie wissen, wie ich aussehe? Woher? Ich lese weiter und finde einen Link zu einem erst vor wenigen Minuten hochgeladenen Video mit dem Titel: ›*Heftig! Das Aussehen von ECOO wurde gelüftet!*‹

Ich klicke auf das Video, das anscheinend von Eyevision selbst hochgeladen wurde. Obwohl es nur 15 Sekunden lang ist, hat es bereits drei Millionen Aufrufe. Aus einer seltsam niedrigen Perspektive sehe ich zuerst nur die bemalten Wände unseres Hofes. Das schwarze Motorrad von Fahrradhelm steht bereits unter dem Olivenbaum und eine beunruhigende Stille hat sich über die Straße gelegt. Kein Mensch ist zu sehen. Dann biege ich schwer atmend um die Ecke. Mein Gesicht ist klar zu erkennen. Ich starre kurz in die Kamera, bevor ich in den Hof hetze und das Tor hinter mir schließe.

Wer hat dieses Video aufgenommen? Ich schaue es noch einmal an und stelle dabei den Ton so laut wie möglich. Wenn ich mich konzentriere, höre ich – ein Hecheln. Stand vorhin nicht ein hellbrauner Hund am Tor? Kann das sein? Ein Hund? Sie haben einem Hund den Chip eingepflanzt?

Ich starre auf die Eyewatch, in der Hoffnung, dass sie vibriert. Dass sich Jago meldet. Meine Mutter. Irgendwer. Wohin könnte sie gefahren sein? Der einzige Ort, den ich mir vorstellen kann, ist das Memorial-Krankenhaus. Ich suche es auf der Eyewatch. Es ist bestimmt eine Stunde mit der Bahn von meinem jetzigen Standort entfernt und weit weg vom Meer. Sie wird also einige Zeit brauchen. Als ich aufstehen will, tanzen bunte Punkte vor meinen Augen und ich fühle mich, als müsste ich erbrechen. Ich sinke zurück und entschließe mich, eine halbe Stunde auszuruhen.

Als die Eyewatch vibriert, ist es Sebastian, der mich zu seinem neuesten Video einlädt. Ich öffne den Link und sehe live durch Sebastians Augen. Flackernder Kerzenschein tanzt über hohe Wände, von denen düstere Heilige herabblicken. Schwarz gekleidete Schlangen drängen sich an Sebastian vorbei, auf einen Altar zu. Rauch wabert aus eisernen Gefäßen und ein murmelnder Gesang hallt von den Wänden zurück. Sebastian quetscht sich nach vorne, bis er vor einem offenen Sarg steht. Anscheinend haben sie Fahrradhelm aus dem Wasser gezogen, bevor die Flut ihn mitnehmen konnte. Der Mörder von Serge liegt aufgedunsen und bleich zwischen rotem Samt und ich fühle Genugtuung bei seinem

Anblick. Eine Priesterin hat ihre Hände auf den Fahrradhelm gelegt, den er immer noch trägt. Murmelnd zischt sie Verse. Die Schlangen beugen sich mit versteinerten Gesichtern über den Toten, küssen ihn und formen mit ihren Händen ein ›C‹, das Zeichen der Schlange. Ein paar der Anwesenden weinen leise.

Schließlich tritt Mordaz hinter den Sarg und der gemurmelte Gesang der Priesterin verstummt augenblicklich. Mordaz' Muskeln spannen sich an, dann brüllt er unkontrolliert in die Stille: »Krieger, jede Träne, die ihr vergießt, ist verschwendete Zeit. Jede Minute, die ihr mit Trauer verbringt, ist Verrat an Las Culebras! Anstatt zu trauern, bewaffnet euch. Geht trainieren, damit wir noch stärker werden! Unsere Feinde sollen zittern. Trauer macht schwach!« Anerkennendes Gemurmel der Umstehenden. »Die Geister der Toten haben es mir gesagt, sie haben es mir zugeflüstert. Wir werden siegen! Wir halten alle Karten in der Hand. Das schwöre ich.« Mordaz schaut Sebastian jetzt direkt in die Augen und seine Stimme wird gefährlich ruhig. »Emilio Rivoir, ich habe eine Nachricht nur an dich.«

Mein Herz setzt für einen kurzen Moment aus.

Die Menge murmelt und ein Schreien ertönt. Sebastians Blick schwenkt herum. Eine dickliche Frau wird von Antrax durch die Menge geführt. Es ist Marta. Die Nachbarin, die versucht hat, mir in den Nacken zu fassen. Ihre Haut ist bleich wie Papier und sie ist den Tränen nahe. Mordaz wendet sich ihr freundlich zu: »Du konntest heute Nachmittag eine interessante Beobachtung machen, ja?«

Marta nickt stumm.

Mordaz brüllt: »Sag es!«

Zittrig stammelt sie: »Ich habe gesehen, wie Carilla mit ihrem Sohn davongerudert ist. Die Küste rauf. In einem Boot.«

Mordaz winkt Sebastian zu sich heran, der sofort lostrabt, als hätte er nur auf sein Stichwort gewartet. Mordaz brüllt: »Emilio, vielleicht warst *du* bisher zu schnell. Aber deine Mutter kriegen wir!« Die Menge jubelt und schreit in rasender Wut und Vorfreude. Mordaz hebt seine Faust: »Ich lebe und sterbe für Las Culebras!«

Die Priesterin stimmt zischend ein Lied an und die Menschenmenge brüllt mit, sodass es von den Wänden der Kapelle widerhallt: »Ich bin ein Kind des Krieges, geboren im Sturm. Ich bin bereit für den Kampf, bereit zu töten. Der Tod läuft immer neben mir. Aber ich werde nie an meiner Bestimmung zweifeln: Bevor ich mit Gott gehe, tanze ich mit dem Teufel.«

11

Mein Nacken zieht von der harten Stunde auf dem Fliesenboden. Ich stehe am Gleis in der gelb gekachelten Unterführung und warte auf einen Zug, der mich zum Memorial-Krankenhaus bringen soll. Aber es kommt keiner. Nach einiger Zeit fällt mir auf, dass ich die einzige Person bin, die überhaupt hier wartet. Ich versuche es an einem anderen Gleis, aber auch hier kommt kein Zug.

In dem Moment vibriert die Eyewatch. Es ist Sebastian. Er ist live auf Sendung und hat mir eine Einladung zu seinem Video geschickt.

Ich blicke durch seine Augen auf das starre Gesicht meiner Mutter. Schwarze Schatten lassen sie älter erscheinen. Luc klammert sich an sie. Er hat seine dünnen Arme um ihre Taille geschlungen und wirkt wie ein Vögelchen, das aus dem Nest gefallen ist. Seine Augen sind fest zusammengepresst, als ob er dadurch seine Umgebung verschwinden lassen könnte. Jemand hat Teddybären und einen riesigen Plüschelefanten neben ihn gelegt und ich frage mich, ob das tatsächlich Mordaz war?

Als ich meine Mutter und Luc so auf dem Sofa sitzen sehe, weiß ich, dass es vorbei ist. Es ist ein komischer Moment.

Für eine Sekunde habe ich sogar das Gefühl, dass die Spannung von mir abfällt. Dass irgendetwas in mir resigniert. Vielleicht ist es aber auch nur ein eigenwilliger Schutzmechanismus, der mein Gehirn davor bewahren will durchzudrehen, und deshalb einfach abschaltet.

»Du hast nichts zu befürchten und dein Kind auch nicht. Wovor hast du Angst? Denkst du, Emilio kommt nicht, um dich zu retten?«, höre ich Mordaz' gefährlich ruhige Stimme.

Sebastians Blick schwenkt zur Seite. Mordaz sitzt breitbeinig in einem Samtsessel. Goldene Vasen und brennende Räucherstäbchen hinter ihm. Seine Augen sind blutunterlaufen, als hätte er seit Tagen nicht mehr geschlafen.

Meine Mutter reagiert nicht. Sie sitzt so steif da, als wäre ihr Körper eine Hülle ohne Funktion.

»Gib dir selbst die Schuld, wenn er nicht kommt. Wie hast du deinen Sohn erzogen? Auf fremde Grundstücke eindringen und Menschen ermorden? Woher willst du wissen, ob mein Bruder wirklich der Erste war?«

Carilla reagiert noch immer nicht.

Mordaz seufzt und schüttet sich Koffeintabletten in den Mund. Dann brüllt er in Sebastians Richtung: »Emilio, ich weiß von Eyevision, dass du heute wieder auf Sendung gehen wirst. Ich will, dass du dich vor der ganzen Welt ergibst! Jeder soll sehen, dass ich gewonnen habe! Ich bin kein Unmensch. Ich lasse deine Mutter und das Kind gehen, wenn du dich stellst. Du hast mein Ehrenwort. Ich will *deinen* Kopf.«

Das Video bricht ab und ich bleibe zurück. Stumm stehe ich an der leeren Haltestelle und weiß, dass ich verloren habe. Natürlich werde ich meine Familie austauschen. Ich muss nicht mal darüber nachdenken. Ich atme tief durch und versuche, die Angst um meinen Bruder und meine Mutter herunterzuwürgen. Versuche, die Panik vor dem, was da auf mich zukommt, im Keim zu ersticken. Ich habe Serge versprochen, unsere Familie zu beschützen! Als wäre um mich herum dichter Nebel aufgezogen, leuchten mir seine Worte den einzigen klaren Weg. Ich werde es tun und ich verspreche mir, nicht in Selbstmitleid zu versinken. Egal, was heute noch passiert.

Als noch immer keine Bahn kommt, die mich von diesem Ort wegbringt, wende ich mich verwirrt an einen der Bettler.

Zahnlos kräht der: »Cainstorm Day! Die Bahnen fahren heute nicht, damit die feinen Damen und Herren auf den Straßen feiern können.«

Cainstorm Day? Das kommt mir bekannt vor. »Bei uns gibt es einen ähnlichen Feiertag. Aber da heißt er Día de San Cainstorm. Ist vielleicht dasselbe? Bei uns wurde er aber schon vor Monaten gefeiert.«

»Glück für dich. Dann kannst du ihn zweimal feiern«, nuschelt der Mann. »Oder musst du dringend wohin?«

Ich schüttele den Kopf. Keine Ahnung, wann meine Sendung startet. Aber wie lange es auch immer sein mag, ich will die Zeit nicht mit Bahnfahren verbringen

Ich trete aus der U-Bahn-Station und versinke bis zu den Knöcheln im Schlamm. Wie lange bin ich gestern mit der Bahn gefahren? Eine Stunde? Zwei? Ziellos wate ich durch den blubbernden Matsch. Hochhausriesen ragen leicht nach vorne gebeugt über mir auf. Stromleitungen und Wäscheleinen spannen sich kreuz und quer über die Straße. Über allem ein kleiner Fetzen staubiger Himmel. Die Sonnenstrahlen werden von den grauen Wänden der Hochhäuser verschluckt, sodass nur Dämmerlicht bei mir ankommt, als wäre es bereits abends, obwohl es erst sieben Uhr morgens ist. Wo auch immer ich gelandet bin, es ist nicht mehr Milescaleras.

Der Geruch von frischem Kaffee erfüllt die Luft und ich fühle mich, als würde ich aus einem Trancezustand erwachen. Wenn ich sterben muss, dann will ich es ein einziges Mal in meinem Leben genießen, reich zu sein!

Immerhin betrügt mich Bradley nicht mit dem Geld. Mein Konto ist randvoll und ich hebe so viele Scheine ab, dass es meinen neu erworbenen Rucksack fast sprengt. Dann kaufe ich mir saubere Klamotten und ein Paar Gummistiefel. In einer öffentlichen Dusche wasche ich den ganzen Schmutz ab und schrubbe die Reste des Vampirsmileys von meiner Stirn.

In den Straßen habe ich niemanden mit einem Smiley herumlaufen sehen. Wahrscheinlich herrscht hier eine andere Gang. Vielleicht die von dieser Lyssa? Soll ich ihr noch ein letztes Mal schreiben? Ich entscheide mich dagegen. Was hätte es für einen Sinn.

Ich laufe durch die Straßen. Niemand beachtet mich. Eyevison hat zwar mein Gesicht veröffentlicht, aber ich sehe niemanden mit einer Eyewatch. Die Leute sind so arm wie in Milescaleras. Ich muss keine Angst haben, entdeckt zu werden.

Die Bars und Läden haben mittlerweile ihre Rollos nach oben gezogen und Straßenhändler ziehen Wagen durch den Matsch. Wie ein Millionärskind in der Spielzeugabteilung kaufe ich einfach alles, was ich haben will. Vollbepackt steuere ich auf eine Betontreppe zu und breite mein Mehrere-Gänge-Menü aus. Aber als das Essen vor mir liegt, bekomme ich keinen Bissen herunter. Was ist, wenn Mordaz sein Wort bricht? Was ist, wenn er meine Mutter und meinen Bruder umbringt, obwohl ich mich stelle? Die bittere Wahrheit ist, dass ich keine Wahl habe. Ich kann nur hoffen, dass er sie gehen lässt.

In der Zwischenzeit hat sich eine Bande Straßenkinder und Bettler angeschlichen. Lauernd gleiten ihre Blicke von mir zu meinem Essensberg und wieder zurück. Wahrscheinlich halten sie mich in meiner Verschwendung für einen Gangsterboss und halten respektvoll Abstand. Mit einem Nicken bedeute ich der Meute, dass sie sich bedienen dürfen. »Wie heißt die Stadt hier?«, will ich wissen.

»Moorland. Moorland, die Schlammstadt«, entgegnet eine alte Frau und stopft sich Pommes in den Mund.

Mit einem Plastikbecher voll Bier lasse ich mich ziellos durch die Stadt treiben. Ich habe nie viel getrunken. Höchstens mal am Strand mit Freunden. Aber heute kommt es mir tröstlich vor, die Welt verschwommener zu sehen. Die ersten Feierwütigen drängen sich auf den Straßen. Die düsteren Gassen füllen sich und bald bin ich von verkleideten, lachenden Menschen umringt. Halb rot und halb schwarz bemalte Gesichter, runde Sonnenbrillen und Militärklamotten. Was man eben so am Día de San Cainstorm trägt, um sich als Cat Cainstorm, die Namensgeberin unseres Kontinents, zu verkleiden.

Ich lasse mich von der Masse mitziehen, die ausgelassen und angetrunken durch den Matsch springt. Längst habe ich in den schummrigen Straßen die Orientierung verloren. Keine Ahnung, wo ich bin. Aufgeregte Kinder ziehen an den Händen ihrer Eltern, und Pärchen laufen Hand in Hand. Letztes Jahr, am Día de San Cainstorm, sind Ivy und ich uns das erste Mal nähergekommen. Sie hatte ihre Plastikblume verloren und ich fand sie auf dem Boden. Ivy lächelte mich an und steckte sie zurück in ihr Haar. Es scheint mir, als wäre das in einem anderen Leben gewesen.

Eine Trommelgruppe schiebt sich durch die Menge. Die Trommler tanzen wild und animalisch, während der Lärm ihrer Instrumente wie Donner durch die Straße hallt. Die Menge bebt, springt, schreit und singt. Zwei Mädchen mit Farbeimern kommen auf mich zu und streichen mir mit den Fingern lachend Farbe auf die Wangen.

In dem Moment vibriert die Eyewatch in meiner Tasche. Bradley hat geschrieben: ›*Deine Sendezeit wird heute verlängert, von 12 bis 13 Uhr!! Cheers, B.*‹

Ich mahle mit den Kiefern. Na klar, verlängere einfach meine Sendezeit, mach, was du willst. Ich bin sowieso nur ein Schauspieler in deinem Theaterstück.

Aber wenn Bradley irgendwie verhindert, dass ich meine Familie rette, fahre ich zu seinem Büro und drehe ihm den Hals um.

Auf einmal fühle ich mich wie ein schwarzer Punkt zwischen lauter bunten. Es ist jetzt acht Uhr und ich habe nur noch vier Stunden, bevor ich mich stellen muss. Grob quetsche ich mich zwischen den Leuten durch. Mein Gesichtsausdruck ist offenbar so finster, dass eine Mutter erschrocken ihr Kind zur Seite zieht.

Der Bass wummert durch meine Fußsohlen. Das Fest hat seinen Höhepunkt erreicht und die Menschen werfen die Fäuste in die Luft. Eine scheppernde Megafonstimme brüllt Parolen: »Wer hat unseren Vorvätern das Land geklaut?«

»Asul Asaria«, kommt es mit tausend Stimmen zurück.

Vor mir werden riesige Strohfiguren auf Booten durch einen Kanal gezogen. Die vordere stellt Asul Asaria dar.

Unwillkürlich muss ich über sein unvorteilhaftes Aussehen grinsen: ein kleiner Kopf auf einem plumpen Körper. Hängende Wangen, wie bei einem alten Hund, und teilnahmsloser Gesichtsausdruck.

Die Megafonstimme brüllt: »Und wer ist für uns gestorben?«

»Cat Cainstorm!«

»Und wen werden wir heute verbrennen?«

»Asul Asariaaaa!«, tobt die Menge in Ekstase.

Jedes Kind auf Cainstorm kennt die Geschichte von Cat und Asul. Meine Mutter hat sie mir bestimmt hundertmal erzählt: Nach einer Reihe von Atomkriegen und Sintfluten war von der alten Welt nicht viel übrig geblieben, aber Asul Asaria wollte einen Neuanfang wagen. Er wollte nicht weniger als die perfekte Gesellschaft auf einem Kontinent schaffen, auf dem sich die Natur langsam erholte. Er benannte ihn nach sich selbst. Allerdings gab es zu viele Menschen auf Asaria, denn aus allen Ländern waren Flüchtlinge gekommen. Asul Asaria ließ keine Gnade walten. Menschen ohne Bildung, mit Vorstrafen, Behinderungen oder Oppositionelle wurden verbannt, denn sie passten nicht in die perfekte Gesellschaft. Zu diesen Leuten gehörten unvorteilhafterweise auch meine Vorfahren. Sie wurden zu Hunderttausenden aus Asaria vertrieben und landeten hier, auf Cainstorm. Nur dass die Insel zu dem Zeitpunkt noch nicht Cainstorm hieß.

Cat Cainstorm war eine von Asul Asarias Generälen. Sie soll fast zwei Meter groß gewesen sein, rot und schwarz bemaltes Gesicht und Admiralin einer Flotte Schlachtschiffe. Als sie das Elend sah, das Asul angerichtet hatte, schmuggelte sie Nahrung zu den Verbannten und verhinderte eine Hungersnot. Als Asul erfuhr, dass Cat ihn hinterging, zog er gegen sie in die Schlacht. Aber sie hatte keine Chance. Asul versenkte ihre Schiffe und nahm sie und ihre Mannschaft gefangen. Noch am selben Tag wurden sie exekutiert und ihre Asche in alle Winde verstreut. Aus Dankbarkeit für Cats Opfer nannten die Menschen ihren neuen Kontinent ›Cainstorm‹. So sollten ihre Heldentaten für die Verstoßenen immer in Erinnerung bleiben. Als Strafe für Cainstorm ließ Asul die riesige Barriere um unseren Kontinent errichten.

Früher wollte ich immer sein wie Cat. Mutig und heldenhaft. Asul Asaria wird dagegen bei uns mit einer solchen Inbrunst gehasst, als wäre er erst letzte Woche gestorben und nicht vor 200 Jahren.

Die Menschen schmeißen jetzt Farbkugeln nach Asul, die in der Luft explodieren. Schwarze und rote Farbe rieselt auf uns herab. Das Bier in meinem Becher färbt sich schwarz und ich lasse ihn auf den Boden fallen. Farbwolken tauchen die Masse in Nebel. Ich lasse mich mit der Menschenmenge treiben. Die düstere Gasse öffnet sich und auf einmal strahlt mir blauer Himmel entgegen. Ich atme tief ein. Die Luft ist salzig. Das Meer muss in der Nähe sein. Der Gedanke, es noch einmal zu sehen, bevor ich sterbe, beruhigt mich.

Möwen kreischen zur Begrüßung. Grünes Wasser schwappt gegen die Kaimauer und ich freue mich, als hätte ich zufällig einen alten Freund in der Fremde getroffen. Beruhigend glitzert das Wasser in der Sonne.

Was sollte ich noch tun, bevor ich sterbe? Ich muss das Geld irgendwo verstecken. Jago könnte es abholen und meiner Mutter bringen. An einem Stand kaufe ich Briefpapier, einen Umschlag und einen Stift.

In einiger Entfernung ragt ein Felsen über die Stadt. Darauf erhebt sich ein fünfzehnstöckiges Hochhaus. Die einzelnen

Etagen haben keine Wände, sondern nur Geländer. Ich vermute, dass es ein Haus für die Toten ist.

Ich laufe den Kai entlang und folge dann einer Serpentinenstraße den Berg hinauf. Die Gegend ist spärlich bewohnt und schließlich ragen rechts und links von mir nur noch Fabrikhallen auf. Der Lärm der Feiernden ist zu einem entfernten Summen verebbt.

Vor dem Hochhaus lege ich den Kopf in den Nacken. Ich hatte recht. In Milescaleras gibt es dieselbe Art von Friedhöfen. Wenn man die Toten in die Höhe stapelt, spart man viel Platz.

Der Weg in das Haus ist offen, es gibt kein Tor. Aber ich zögere hineinzugehen, denn der Boden ist mit schwarzen Runen bemalt. Priesterinnen schützen den Friedhof so vor Obdachlosen und Randalierern. Wer unbefugt eintritt, von dem können Geister Besitz ergreifen. Ich bin nicht abergläubisch, trotzdem verursachen mir die Runen ein ungutes Gefühl. Andererseits bin ich sowieso schon verflucht. Also was soll's.

Vor mir erstrecken sich ungeordnet die Grabstätten. Verwitterte Betonquader in unterschiedlichen Größen dienen als Grabsteine. Darauf klebt das Wachs von Millionen Kerzen. Plastikblumen stecken zu Hunderten in Betonritzen. Die Stille ist unheimlich, aber ich habe keine Angst. Ich streiche mit der Hand über die Steine und betrachte die verwitterten Fotos. Frauen, Männer und Kinder. Alle lachend – im Moment der Aufnahme haben sie sicher nicht daran gedacht, dass dieses Foto einmal an ihrem Grab hängen würde. Ich fühle mich auf eine seltsame Weise mit ihnen verbunden. Sie alle haben das Sterben schon hinter sich. Ob es hart war? Schmerzhaft? Kalt und einsam?

Der Aufzug ist kaputt, also laufe ich die steile Rampe hinauf. Den Weg, den der Leichenwagen nimmt. Im sechsten

Stock schaue ich mich um. Niemand zu sehen. Die Runen am Eingang scheinen zu wirken. Ich suche mir ein besonders überwuchertes Grab aus und schiebe den Rucksack zwischen das Efeu, bis nichts mehr zu sehen ist.

»Vielen Dank, dass du mein Geld bewachst, Antonette«, murmele ich leise mit Blick auf den Grabstein. Eine Frau, so ausgebleicht, dass fast nur noch ihre runde Brille zu erkennen ist, lächelt mir auf einem Foto entgegen.

Ich schreibe einen Brief an Jago, in dem ich ihm schildere, wo das Geld versteckt ist. Dann jogge ich zurück in die Stadt. Es ist elf Uhr. Ich suche eine Poststation und schicke den Brief los.

Soll ich noch einen Abschiedsbrief schreiben? Meine Gefühle sind gerade relativ sicher verschlossen. Wenn ich jetzt mit Abschiedsbriefen anfange, bricht alles aus mir heraus und ich ende mit rot verheulten Augen vor Mordaz. Also wandere ich wieder zurück zum Friedhof. Ein guter Platz, um auf die Schlangen zu warten.

Das oberste Stockwerk hat eine höhere Decke als die anderen. Strahlende Mittagssonne fällt über die gepflegten Gräber. Es gibt keine verwaschenen Fotos sondern eingelassene Marmorbilder, und echte Blumen stehen in Töpfen auf den Steinplatten. Anscheinend ist hier der VIP-Bereich der Toten. Auf der gegenüberliegenden Seite steht eine Bank, von der aus ich alles überblicken kann.

Fünf vor zwölf. Möwen gleiten pfeilschnell durch den offenen Raum und stürzen sich nach unten in die Tiefe. Dort liegt die Stadt. Graue Hochhausgiganten, so weit ich schauen kann. Unter mir der Kai. Menschen wuseln umher, klein wie Ameisen. Ich knete meine Hände, wippe mit dem Fuß.

Schaue auf die Uhr. Zwei Minuten noch. Mein Mund ist trocken.

Ich knacke mit meinen Fingerknöcheln. Das, woran ich die letzten Stunden nicht denken wollte, schiebt sich jetzt gnadenlos in mein Bewusstsein: Mordaz' Keller. Der Tisch mit den Bändern. Sägen und Zangen an den Wänden. Mein Hals ist zugeschnürt. Mühsam hole ich Luft. Ich kann es nicht. Nein. Ich kann es einfach nicht. Mein Körper scheint wie von selbst aufzuspringen und ich laufe Richtung Ausgang. Ich muss hier weg. Fast spüre ich die rostigen Zacken der Säge meine Haut zerreißen.

»Willkommen bei Eyevision. In zehn Sekunden sind Sie auf Sendung«, schallt es freundlich durch meinen Kopf. Mir ist eiskalt. Die zehn Sekunden werden heruntergezählt: *»Viel Spaß in der nächsten Stunde wünscht Ihnen Eyevision!«*

Es kribbelt. Dann bin ich auf Sendung. Ich stoppe an der Rampe. Wenn ich jetzt gehe, werde ich nie wieder glücklich sein. Nie wieder. Ich blinzele, aktiviere den Chat. Über zehn Millionen Zuschauer. Langsam drehe ich mich um, gehe zurück zur Bank und schaue über die Betonbrüstung.

Kurz fürchte ich, dass meine Stimme zittert, aber sie klingt überraschend fest: »Ich bin in Moorland. Im Haus der Toten, fünfzehnter Stock. Ich bin alleine und unbewaffnet. Ich ergebe mich. Ich bleibe hier, bis ihr kommt. Aber wir haben einen Deal, Mordaz! Du wirst meine Familie gehen lassen! Ich will, dass du auf Sendung kommst und es mir persönlich sagst. Gib mir dein Wort.«

Ich habe keine Ahnung, ob Mordaz' Wort mir irgendwas bringt, aber es ist besser als nichts.

Die Kommentare der Zuschauer überschlagen sich.

»Wir wollen nicht, dass du stirbst!! Gibt es keinen anderen Weg?«

»Kämpf doch, bitte kämpf doch. Du musst diesen Mordaz töten!«

Giftig sage ich: »Tja, ihr habt in der Umfrage gestern gegen mich gestimmt! Ihr wolltet unbedingt mein Haus sehen. Jetzt ist mein Vater tot und ich bald auch.«

Es fühlt sich gut an, meine Wut an irgendwem auszulassen, und ich freue mich, dass sich die Zuschauer schlecht fühlen. Katzen mit Tränen in den Augen und Blümchen in den Pfoten schwirren an meinem inneren Auge vorbei: *»Es tut uns leid!!! Was können wir tun, um dich zu retten?«*

Wahrscheinlich nichts. Mit einem Blinzeln lasse ich den Chat verschwinden. Keine Ahnung, wann Las Culebras hier sein werden.

Die Eyewatch vibriert. Sebastian hat mir ein Video geschickt. Ich tippe es an und Mordaz' Gesicht erscheint. Er steht so nah vor Sebastian, dass es den kompletten Bildschirm füllt. »Du hast mein Wort. Dein Vater gegen Cesar, du gegen Toxico.« Seine Augen blitzen böse und er bewegt sich rückwärts, bis ich seinen Oberkörper sehe. In den Händen hält er eine Säge.

Das Video bricht ab und ich kralle die Hände in die Bank. Blanke Panik erfüllt mich. Mein Körper, mein Kopf, jede Sehne in meinem Körper möchte rennen. Weg von diesem Ort. Ich blinzele wieder und lese gehetzt Kommentare: *»Ja, ich stimme für Ja. Bitte stimmt auch alle für JA!«*

Für ›Ja‹ stimmen? Meine Finger zittern und ich muss sie anspannen, damit die Zuschauer es nicht sehen.

Eyevision hat soeben eine Umfrage beendet: *»Soll Emilio eine Waffe bekommen, damit er sich verteidigen kann? Stimmt für JA oder NEIN.«*

Die Auswertung läuft. Was zur Hölle soll ich mit einer Waffe? Ich will mich stellen. Was ist daran so schwer zu verstehen? Vielleicht schicken sie mir eine Atombombe, dann jage ich vorher noch Eyevision in die Luft. Das Ergebnis der Umfrage ist eindeutig: *»87 % von euch haben für ›JA‹ gestimmt! Herzlichen Glückwunsch, EC00!«*

»Ihr könnt euch eure Glückwünsche sonst wohin stecken. Was soll ich mit dem Scheiß? Könnt ihr mir nichts Sinnvolles schicken?«, brülle ich wütend. Aber was sollten sie mir Sinnvolles schicken? Ein neues Leben?

Ein lang gezogenes Quietschen lässt einen Schauer durch meinen Körper fahren. Meine Nackenhaare stellen sich auf. Das Quietschen kommt aus einem der unteren Stockwerke. Und es nähert sich. Was ist das? Auf jeden Fall kein Motorrad. Ich starre wie hypnotisiert auf die Betonrampe. Nach endlosen Sekunden biegt Bradleys Praktikant mit dem länglichen Gesicht auf einem Fahrrad um die Ecke. Anscheinend ist er alleine. In der Hand hält er ein schneeweißes Päckchen.

»Für dich«, sagt er und wirft es mir zu. Dann dreht er um und saust quietschend die Rampen herunter.

In dem Päckchen liegt eine schneeweiße Pistole. Makelloses Plastik, aber schwerer als gedacht. Ich drehe sie in den Händen, halte sie so, dass ich in den Lauf schaue. Will Bradley, dass ich die Schlangen erschieße, damit die Sendung weitergeht? Ich könnte Selbstmord begehen. Die Zuschauer würden die Kugel auf mich zufliegen sehen. Und dann? Ob Eyevision durch meine toten Augen weiterfilmen würde? Bis ich im Sarg liege? Ich stelle mir vor, wie sich meine Mutter weinend über mich beugt. Nein, sie würden mir vorher die Augen schließen.

Außerdem will Mordaz seine Rache. Wenn ich tot bin, rächt er sich vielleicht an meiner Familie.

Motorengeräusche dröhnen aus der Ferne.

12

Sie nähern sich deutlich schneller als das quietschende Fahrrad. Es ist so weit. Noch einmal drehe ich die Waffe in meinen Händen, dann schiebe ich sie ans Ende der Bank. Ich schließe die Augen und sehe Serge vor mir. Er lacht. Wir sitzen im Boot, spielen Schach. Meine Mutter. Die Sonne lässt ihre Ohrringe leuchten. Ich denke an Luc und umklammere den Stoffhasen in meiner Hosentasche. Ich bin bereit. Egal was kommt. Ich habe mich dafür entschieden und ich habe Serge versprochen, Carilla und Luc zu beschützen.

Fünf schwarze Motorräder biegen um die Ecke. Im Slalom fahren sie um die Grabsteine.

Ein paar Meter vor mir stoppen die Schlangen und ziehen ihre Helme von den Köpfen. Überraschenderweise ignorieren sie mich. Schauen sich um und spucken auf den Boden. Zwei Frauen und drei Männer. Angespannte Gesichter. Mit angelegten Waffen sichern sie die Betonrampe.

Eine der Frauen faucht in ihre Eyewatch: »Wir haben das Schwein.« Dann zu mir: »Da hast du dir ja die hinterste Ecke ausgesucht. War dir Milescaleras nicht mehr gut genug oder was?«

»Nein, nur eure Gesellschaft«, murmele ich ohne jede Energie.

Sie entblößt eine Reihe gelber, angespitzter Zähne in einem hyänenartigen Grinsen. Aber ihre Augen wandern immer noch unruhig über die Gräberreihen. Was ist mit ihnen los? Warum sind sie so nervös? Ein Typ mit Ziegenbart kommt auf mich zu, packt meinen Arm und will mir Handschellen anlegen. Ein dumpfer Schuss ertönt und die Frau mit dem Hyänengrinsen sackt so plötzlich in sich zusammen, als wäre sie ohnmächtig geworden.

Einen Herzschlag lang herrscht Stille.

Die Schlangen starren die Frau auf dem Boden an und wir alle sehen das Blut, das in die dunkle Erde sickert. Dann lässt der Mann mit dem Ziegenbart meinen Arm los und brüllt: »Sie greifen an, in Deckung!«

Er hechtet hinter eine Betonsäule. Ich lasse mich instinktiv fallen und robbe hinter einen stabil aussehenden Grabstein. Kugeln schlagen in einen Engel neben mir ein und lassen seinen Kopf explodieren. Ich presse mich an den Stein. Beton zerspringt und Splitter fliegen durch die Luft. Der Typ hinter der Säule feuert in Richtung der Rampe. Dabei brüllt er wie besessen.

Hat Bradley doch noch jemanden geschickt? Ich hätte es wissen müssen. Natürlich will er die Sendung nicht enden lassen! Aber wenn ich gerettet werde, sind meine Mutter und Luc verloren. Für einen kurzen Moment überlege ich, mir die weiße Pistole zu schnappen und zurückzuschießen. Aber die Pistole liegt am Ende der Bank. Dort komme ich nicht hin, ohne von mindestens einem Dutzend Kugeln durchlöchert zu werden.

Also kauere ich hinter dem Stein und halte mir die Ohren zu, bis der Lärm auf einmal schlagartig abbricht. Der Typ mit den Handschellen versteckt sich noch immer hinter der Säule. Er kniet jetzt auf dem Boden und lädt hektisch seine Waffe nach. In die plötzliche Stille flüstert er: »Senco, Lahiel, hört ihr mich?«

Aber er bekommt keine Antwort. Sein Gesicht erstarrt zu einer Maske und der Ziegenbart zittert leicht, als ihm klar wird, dass seine Schlangenfreunde womöglich tot sind und er alleine gegen die Fremden kämpft.

»Ihr Feiglinge, zeigt euch«, brüllt er und schießt wieder in Richtung Betonrampe, als ein Schatten hinter ihm erscheint. Der Mann merkt es nicht. Schwitzend drückt er sich an die Säule.

Eine Frau mit Motorradhelm auf dem Kopf schleicht lautlos wie eine Katze heran. Sie hebt die Hand mit der Pistole. Für eine Sekunde sehe ich die Metallplatte, die in ihren Arm eingelassen ist, dann schließe ich die Augen. Ein einzelner Schuss ertönt. Als ich sie wieder öffne, lehnt der Mann schwer atmend am Pfeiler. Die Frau hat ihm in den Arm geschossen. Sie tritt ihm die Waffe aus der Hand und greift nach den Handschellen, die er mir anlegen wollte. Der Typ weiß, dass er verloren hat. Wahrscheinlich schätzt er sich sogar glücklich, dass das Loch in seinem Arm ist und nicht in seinem Kopf. Ohne Widerstand lässt er sich fesseln.

Ich komme schwankend auf die Beine, stütze mich gegen den Grabstein. Der Lärm der Schüsse dröhnt noch in meinen Ohren. Alle fünf Schlangen sind tot oder schwer verletzt. Sie liegen zwischen den Grabsteinen wie Requisiten aus einer Horrorshow. Ich kann nicht begreifen, was da gerade passiert ist.

Der Brustkorb der Frau mit der Pistole hebt und senkt sich immer noch vor Anstrengung. Tattoos von Vögeln und Blumen winden sich ihre Arme hinauf. Sie trägt eine enge

Latzhose und ein kurzes, gestreiftes Top, das ihre Hüften frei lässt. Ihre Füße stecken in kniehohen schwarzen Gummistiefeln, die mich an Militärstiefel erinnern. Mein verwirrtes Gesicht spiegelt sich in der Scheibe ihres schmutzig-weißen Motorradhelms. Mit einer eleganten Bewegung nimmt sie den Helm vom Kopf. Lange türkis gefärbte Haare ergießen sich über ihre Schultern und zwei mandelförmige, helle Augen lächeln mich an. Lyssa.

Für einen Moment bin ich wie gefangen von ihrem Anblick. Ihre Wangen sind vom Kampf erhitzt. Sie lächelt mich furchtlos an. Der Wind weht ihren Geruch zu mir. Himbeere. Sommer. Ich merke, dass auch sie mich mustert. Für eine Sekunde spüre ich wieder dieses seltsame Gefühl, sie unbedingt kennenlernen zu wollen.

»Was geht? Lange nicht gesehen«, sagt sie außer Atem und bringt mich zurück auf den Boden der Tatsachen.

»Bist du bescheuert?«, fahre ich sie an.

13

Mein ganzer Körper bebt vor wahnsinniger Freude, nicht mit den Schlangen mitgehen zu müssen, vor unendlicher Dankbarkeit, dass sie mich gerettet hat. Aber meine Verzweiflung ist stärker: Was wird jetzt aus Carilla und Luc?

Lyssa zieht ihre türkisfarbenen Augenbrauen zusammen. Ihr Lächeln ist verschwunden. Wie sehr ich gehofft hatte, sie wiederzutreffen. Wie sehr ich sie kennenlernen wollte, wie sehr ich wissen wollte, was sie mit Toxico zu tun hatte. Jetzt wünschte ich, wir wären uns nie wieder begegnet, ich wünschte, ich hätte ihr nie geschrieben.

Ich blinzle. Einmal. Zweimal. Aber es passiert nichts. Die Sendezeit ist um. Eyevision hat sich ausgeschaltet. Ich muss Sebastian schreiben, dass ich das alles nicht geplant habe. Dass ich mich stellen werde. Mordaz wird denken, dass ich die Schlangen in eine Falle gelockt habe. Mit zitternden Fingern ziehe ich die Eyewatch aus meiner Hosentasche und beginne zu tippen.

Lyssa verschränkt die Arme: »Was ist dein Problem? Du wolltest doch, dass ich dir helfe. Du hast mir geschrieben! Außerdem, glaubst du, Mordaz würde sein Wort halten und deine Familie gehen lassen? Nein!«

Ihr Blick hat etwas Trotziges und ihre Augen funkeln zornig. Herausfordernd schaut sie mich an.

»Es ist auf jeden Fall nicht dein Problem.«

»Moorland ist unser Territorium. Ich erschieße jede Schlange, die sich hierher wagt.« Sie lädt ihre Waffe nach: »Wenn es dir nicht passt, geh doch zurück nach Milescaleras!«

Ihr Territorium? Also ist sie wirklich in einer Gang. »Wie soll ich zurück? Die Züge fahren heute nicht!«, schreie ich sie wütend an und weiß, dass sie das nicht verdient hat.

»Lyssa! Lass ihn doch in Ruhe. Soll der Idiot doch machen, was er will«, ruft eine Männerstimme. Ich fahre herum und sehe einen Mann zwischen den zerschossenen Grabsteinen stehen, die aussehen, als hätte sich ein Dinosaurier darübergewälzt.

Der Typ kaut auf seinem Kaugummi, als wollte er es zu Staub zermahlen, und betrachtet mich abschätzig. Zu seinen schwarzen Gummistiefeln trägt er eine Hose mit Camouflagemuster und darüber ein schwarzes Hemd. Groß und breitbeinig steht er da, die Waffe in der Hand. Ein bisschen erinnert er mich an einen zornigen, gebräunten Engel. Blondes Haar, ein breites, eckiges Kinn und ein schmaler Mund.

Mit angelegter Waffe setzt er sich in Bewegung. Sein Gang hat etwas Federndes, das ich nicht richtig einordnen kann. Er tritt einer der Frauen, die auf dem Boden liegen, in die Seite. Sie stöhnt. Blut hat ihr rechtes Hosenbein verfärbt.

Lyssa zieht ein Stück Kabelbinder aus ihrer Tasche. »Hier, Gabriel, fessele sie!«

Der Typ schüttelt den Kopf und legt die Waffe an. »Ich hab dir gesagt, ich mache keine Gefangenen mehr!«

»Wir töten keine Verletzten. Das ist gegen den Kodex. Wir sind nicht wie die!«

Gabriel zögert. Die Schlange liegt jetzt völlig reglos auf dem zerwühlten Boden. Ihr Blick ist wie versteinert. Ich sehe den Kampf in Gabriels Gesicht. Er will töten. Er will diese Schlange unbedingt töten. Die Ader an seiner Schläfe tritt leicht hervor und er fletscht die Zähne. Dann lässt er die Waffe sinken: »Wir machen einen Fehler. Wir sind im Krieg. Glaub mir.«

Lyssa drückt ihm den Kabelbinder in die Hand und mir fällt wieder auf, wie elegant sie sich bewegt. Wie aufrecht ihr Gang ist. Fast schwebend. Sie gibt ihm einen Kuss auf die Wange.

»Wir sind nicht wie die Schlangen, mein Schatz.«

Die Erkenntnis, dass die beiden ein Paar sind, gibt mir einen unerwarteten Stich und ich wundere mich über mich selbst. Schließlich habe ich wichtigere Probleme.

Soweit ich das beurteilen kann, sehen die drei anderen Schlangen ziemlich tot aus. Gabriel fesselt die Frau und schleift sie zu dem Mann mit der Schusswunde im Arm, neben dem sie reglos liegen bleibt.

»Was wird aus ihnen?«, will ich wissen.

Lyssa zuckt mit den Schultern. »Wenn wir gehen, geben wir ihnen ihre Eyewatches zurück. Dann können sie Hilfe rufen. Wir töten keine Verletzten oder Gefangenen.«

Es gefällt mir, dass sie nicht so skrupellos ist wie die Schlangen, dass sie nicht ganz so hart ist, wie sie tut, und ich frage mich, was das für ein Kodex ist, von dem sie gesprochen hat.

Von der Rampe höre ich Schritte und greife instinktiv nach der Plastikwaffe, die noch immer auf der Bank liegt. Eine Frau mit langen schwarzen Zöpfen und ein rothaariger Junge erscheinen. Die beiden halten Pistolen in den Händen.

Wahrscheinlich haben sie weiter unten Wache gestanden. Die Schwarzhaarige mustert mich, im Gegensatz zu Gabriel, mit einem Lächeln, auch wenn ich ihre Augen nicht sehen kann, da sie eine giftgrüne Sonnenbrille trägt. Sommersprossen ergießen sich über ihr rundes Gesicht mit der breiten Nase. Sie ist die Älteste. Vielleicht Mitte zwanzig. Über ihrem zerrissenen lila Pulli trägt sie eine schwarze Lederjacke, dazu karierte Shorts und schwarze Gummistiefel.

»Der Typ mit dem Chip«, kreischt der etwa vierzehnjährige Junge begeistert. Die Frau legt einen Finger auf ihren Mund und eine Hand auf seine Schulter, aber er reißt sich los und kommt breit grinsend auf mich zugewieselt. Kurz vor mir bleibt er stehen und starrt mich aus großen Augen an.

Nein, stelle ich überrascht fest, das ist kein Junge, sondern ein Mädchen! Ihre störrischen feuerroten Haare stehen ihr wild vom Kopf ab und bilden einen ungewöhnlichen Kontrast zu ihrer dunklen Haut. Aufgeregt ruft sie: »Hallo, EC00! Ich bin Wolka! Wir haben deine Sendungen gesehen! Lyssa wollte dich unbedingt retten.«

»Wir wollten dich alle retten«, verbessert Lyssa und wirft einen schnellen Blick zu Gabriel. Der verschränkt die Arme und kaut aggressiv auf seinem Kaugummi.

»Danke«, sage ich angespannt und schiebe Wolka etwas von mir weg. »Danke, dass ihr mich gerettet habt! Aber ich wollte das nicht! Was wird jetzt mit meiner Familie?«

Lyssa hat sich wieder gefangen und sagt hart: »Es gibt keinen Weg! Las Culebras kann man nicht trauen. Niemals.«

Meine Eyewatch vibriert.

Sebastian hat geschrieben. ›*Letzte Chance. Komm zurück nach Milescaleras. Mordaz will, dass du bis spätestens drei Uhr vor seinem Tor stehst.*‹ Darunter die Adresse. Okay, letzte

Chance. Ich will nicht über Lyssas Worte nachdenken. Kann ich Mordaz wirklich nicht trauen? Wie ein Schlafwandler gehe ich zu den Motorrädern der Schlangen. Die ersten beiden sind von Kugeln durchlöchert, Benzin fließt auf die Erde. Aber das dritte scheint intakt zu sein. Nur der Zündschlüssel fehlt. Ich suche auf dem Boden. Aber da ist er nicht. Widerwillig stecke ich meine Hand in die Tasche einer der toten Schlangen. Wird Mordaz meine Familie wirklich nicht gehen lassen? Ich kenne die Schlangen. Wann haben sie jemals Gnade gezeigt? Nie! Ich ziehe den Zündschlüssel aus der Hosentasche der Toten.

Lyssa ist zu mir getreten: »Ich bewundere deinen Mut. Aber sei klug. Mordaz wird deine Familie töten. So oder so.«

Plötzlich klingt sie gar nicht mehr so hart wie eben. Eher weich. Fast traurig.

Entschlossen stehe ich auf. Ich weiß, dass ich es für immer und ewig bereuen werde, wenn ich nicht wenigstens versuche, meine Mutter und meinen Bruder zu retten. »Ich werde hinfahren. Was auch immer passiert.«

Für einen Moment meine ich Enttäuschung in Lyssas Blick zu sehen. Aber vielleicht habe ich mich auch vertan. Entschlossen schüttelt sie den Kopf: »Aber nicht auf diesem Motorrad. Siehst du die vielen Pedale und Knöpfe? Die Schlangen haben keine normalen Motorräder. Die Dinger sind speziell. Ich mache dir ein Angebot. Ich fahre dich zu Mordaz.«

Ungläubig schaue ich sie an.

Lyssas unsympathischer Freund springt über einen Grabstein und legt einen Arm um sie. »Du willst diesen Typen auch noch nach Milescaleras fahren? Ins Schlangengebiet?«

»Ja. Er hat mir das Leben gerettet. Toxicos Hund wollte

mich anfallen. Emilio hat ihn weggezogen. Hätte der Köter sich verbissen, ich wäre nicht weggekommen.«

Gabriel hebt die Augenbrauen. Dass ich seiner Freundin geholfen habe, schien ihm bis eben nicht bewusst gewesen zu sein. Trotzdem sagt er: »Lyssa, du bist quitt mit ihm.«

Lyssa drückt sich von ihm weg.

Gabriel stöhnt genervt. »Meinetwegen. Aber du gehst nicht alleine. Ich werde mitkommen.« Er zieht sie wieder an sich und gibt ihr besitzergreifend einen Kuss auf die Stirn.

Sie lächelt knapp, dann wendet sie sich mir zu. Ihre türkisfarbenen Haare ringeln sich wie Seetang über ihre Schultern. »Wenn du nicht gerettet werden wolltest, dann bringe ich dich zu den Schlangen. Ich will niemandem etwas schuldig bleiben. Nicht den Lebenden und schon gar nicht den Toten.«

Sofort spüre ich wieder die rostige Säge durch mein Fleisch schneiden. Doch ich atme durch und sage ruhig: »Deal. Aber wer seid ihr eigentlich? Eine Gang?«

Die Frau mit den schwarzen Zöpfen lächelt freundlich und mir fällt auf, dass sie bisher noch keinen Ton gesagt hat.

Wolka, die die ganze Zeit unter Strom zu stehen scheint, hüpft aufgeregt nach vorne. »Ich bin Wolka und das sind Lyssa, Gabriel und Ilvana. Und ob du es glaubst oder nicht, aber wir sind Ausgestoßene, wie du.«

»Ich bin nicht …«, sage ich.

Ilvana und Lyssa werfen sich einen Blick zu, den ich nicht deuten kann. Gabriel unterbricht mich: »Schon mal vom ›Roten Schatten‹ gehört?«

»Nein.«

»Das solltest du aber. Wir sind die zweitgrößte Gang auf Cainstorm, hinter Las Culebras. Wir haben Hunderte von Mitgliedern. Ex-Militärs, Spione und Scharfschützen. Bereit, jede Schlange zu töten, die sich uns in den Weg stellt. Aber wir leben im Schatten. Versteckt in Moorland. Wir operieren im Geheimen. Wir sind in einzelne Gruppen eingeteilt und wir vier sind eine davon. Der ›Rote Schatten‹ hat Waffenkammern, Trainingslager und eine unterirdische Garage mit Autos und Motorrädern! Es ist nur eine Frage der Zeit, bis wir die Schlangen besiegen. Dann wird der ›Rote Schatten‹ überall sein und für Frieden sorgen.«

Ich sehe, wenn jemand lügt. Vielleicht, weil ich es selbst so oft tue. Gabriel ist ein guter Lügner. Aber er starrt mich zu unverwandt an. So, als würde er versuchen, in meinem Gesicht zu lesen, ob ich ihm seine Geschichte abkaufe. Ich kann nicht sagen, ob alles, was er gesagt hat, eine Lüge ist, aber sicher das meiste.

Ich zucke mit den Schultern. »Noch nie gehört.«

Lyssa streckt mir ihre Hand hin. »Wenn ich dich gefahren habe, sind wir quitt?«

Es ist ein kurzer, fester Händedruck. Aber so weich, als würde sie den ganzen Tag über Wiesen wandern und Blumen pflücken, was sie bestimmt nicht tut.

Ich nicke und für einen Moment glaube ich wieder Enttäuschung in ihren Augen zu sehen.

Während die anderen die Hosentaschen der Toten durchsuchen, lehne ich an der Friedhofsmauer. Anscheinend ist es nicht gegen den Kodex, die Toten zu beklauen. Die Sonne strahlt über dem Meer. Die fröhlich summende Menschenmasse tummelt sich ausgelassen hinter der Kaimauer. Fischerboote ziehen die Strohfiguren von Asul Asaria und seinen Generälen, begleitet von wuchtigen Trommelschlägen, aufs offene Wasser. Auf ihren Plattformen schaukeln sie zum Takt der Wellen, während die Megafonstimme eine Art Anklage verliest.

Ich bin zu weit weg, um einzelne Wörter zu verstehen, aber die Menge brüllt zwischendurch immer wieder ›Asul Asaria‹ oder ›Cat Cainstorm‹. Dann gehen die Figuren in Flammen auf. Das orange Licht des Feuers tanzt über das Meer und die Menschen am Ufer singen und tanzen.

»Bereit?« Lyssa ist lautlos hinter mir aufgetaucht. Die Sonne lässt ihre grauen Augen strahlen. Ich blicke sie an und hoffe, dass sie nicht merkt, wie magisch mein Blick von ihrem Gesicht mit dem spitzen Kinn, den vollen Lippen und den mandelförmigen Augen angezogen wird. Am meisten fasziniert mich, mit welcher Eleganz sie sich bewegt. Fast wie eine Ballerina.

»Was wolltest du bei Toxico? Warum bist du vor ihm weggelaufen?«, frage ich sie.

»Antrax. Die Frau von Mordaz. Die, die immer unter deine Videos gepostet hat. Ich wollte mich an ihr rächen.«

»Du wolltest sie umbringen?«

Sie nickt und lächelt. Aber es ist kein nettes Lächeln. Ich sehe in ihrem Blick, dass sie nicht weich oder schwach ist, nur weil sie die Schlangen verschont hat. Sie hat Prinzipien, aber sie ist eine Killerin mit blutbespritzter Hose, einem Messer, das in ihrem Gummistiefel steckt, und einer Pistole.

»Antrax ist eine hinterhältige Mörderin. Toxico war dumm wie Brot und Mordaz ist viel zu emotional und total abergläubisch. Aber Antrax ist schlau und eiskalt. Sie hat letztes Jahr einen von uns in eine Falle gelockt und umgebracht. Swensgar hieß er. Er war Autist. Konnte sich alles merken. Alles. Wie ein Lexikon. Aber er war auch etwas naiv. Diesen Mord muss Antrax büßen. Ich habe sie in das Backsteinhaus an den Schienen gehen sehen und bin ihr gefolgt. Aber dann war sie weg und ich bin auf gut Glück durch die Flure geschlichen. Plötzlich stand ich vor Toxico. Er hat blitzschnell reagiert und mir die Waffe aus der Hand geschlagen. Ich bin weggerannt. Auf dem Balkon hast du gestanden. Ich dachte, du bist eine von den Schlangen. Dann kam der Pitbull und du hast ihn festgehalten.«

Sie lächelt wieder, aber diesmal ist es fast ein bisschen bewundernd.

»Was ist das für ein Metallstück an deinem Arm?« Ich deute auf ihren Unterarm, wo die zerkratzte Platte eingelassen ist.

Ihr Lächeln erlischt, als hätte ich eine Kerze ausgeblasen, und sie zuckt mit den Schultern. »Ein andermal.«

Dann wendet sie sich ihren Freunden zu. »Lasst uns gehen, bevor noch mehr Schlangen kommen. Wir haben hier schon lang genug rumgestanden.«

Ilvana reicht mir ihren Motorradhelm, damit ich mein Gesicht verbergen kann. Immerhin könnten uns auf dem Weg Schlangen begegnen. Die Motorräder der Gruppe sind schlanke, unauffällige Maschinen. Wolka fährt das breiteste, obwohl sie die Kleinste ist, und bedeutet mir, hinter ihr aufzusteigen. Ich halte mich an ihrem Pulli fest und beobachte Lyssa, die leicht vornübergebeugt Gas gibt. Ihre Haare flattern im Wind und sie drückt den Rücken durch.

Wolka und die anderen kennen die Gegend. Sie umkurven geschickt die Betrunkenen, weichen in Seitengassen aus und sausen in einem Tempo durch den Matsch, dass ich uns mehrmals an den grauen Betonwänden zerschellen sehe.

Irgendwann sind wir zurück in Milescaleras. Die Häuser stapeln sich wieder wie Schuhkartons. Wir sind ein ganzes

Stück von meinem Zuhause entfernt. Aber ich war ein paarmal hier und weiß, dass das Hauptquartier der Schlangen noch etwa zwanzig Gehminuten entfernt ist.

Mit wackeligen Beinen steige ich vom Motorrad. Ich will nicht denken. Wenn ich anfange zu denken, laufe ich davon. Die Säge reißt in meinen Gedanken durch mein Fleisch und schneidet in den Knochen. »Danke fürs Fahren. Und bekämpft die Schlangen für mich«, sage ich mit einer Stimme, die von einem anderen Menschen zu kommen scheint.

Lyssas Gesicht ist so ernst und traurig, dass ich mich fast erschrecke. Aber da ist noch mehr in ihrem Blick. Bevor ich weiter darüber nachdenken kann, beißt sie sich auf die Lippe und wendet sich ab.

Wolka lässt ihr Motorrad aufheulen, sodass sich ein paar Passanten nach uns umschauen. Sie starrt auf ihr Armaturenbrett, dann kneift sie die Augen zusammen und beginnt zu schreien: »GEH NICHT! GEH NICHT! GEH NICHT!«

Ilvana legt ihr den Arm um die Schulter, bis ihr Schreien zu einem leisen Flüstern wird. Mit einem Schlag begreife ich, dass Ilvana stumm ist. Ihr Ärmel ist ein Stück nach oben gerutscht und ich sehe, dass auch über ihrer Pulsader ein Stück Metall in die Haut eingelassen ist. Die Seiten sind leicht verbogen, als hätte sie versucht, es zu entfernen. Wo Lyssa und sie das herhaben? Ilvana macht ein paar Zeichen mit ihren Händen, die ich so deute, dass ich stark bleiben soll.

Ironisch sagt Gabriel: »Na ja, mehr als sterben geht ja nicht.«

Ich wende mich endgültig um und gehe. Ich kann jetzt keine Gefühle ertragen. Ich bin wie ein Fass Dynamit, das bei jedem Funken explodieren könnte. Tränen, Wut, ein verzweifelter Zusammenbruch – nein. Ich möchte etwas Würde behalten. Das einzige Ziel, das ich noch erreichen muss, ist

Mordaz' Tor. Dann ist es vorbei. Oder es fängt gerade erst an, denke ich mit Schaudern.

Wie betäubt schleiche ich im Schatten der Häuser entlang, als meine Eyewatch vibriert. Es ist Bradley. Ich will ihn wegdrücken, entscheide mich aber dann doch dagegen. Vielleicht kann ich ihm noch irgendwelche Beleidigungen an den Kopf werfen.

»Heeey, was geht, altes Haus?«, begrüßt er mich überschwänglich. »Ein paar Vögel haben mir gezwitschert, dass du dich auf Mordaz zubewegst.«

»Jap, deine Sendung geht dem Ende zu, sorry, Bradley«, zische ich.

»Du bringst es auf den Punkt, deshalb rufe ich dich an! Es wäre doch sehr schade drum. Hey, du bist momentan der meistgeschaute Kanal auf Eyevision. Wir müssen wenigstens einmal anstoßen, bevor es nicht mehr geht!«

»Du willst nicht, dass wir uns jemals live treffen.«

»Okay, okay, ich verstehe schon. Aber lass mich dir diesen einen Tipp geben, bevor du dich in die Höhle des tätowierten Neandertalers begibst: Kennst du das Pink Asia?«

»Ja, warum?« Es ist das Restaurant in der Fressgasse, in dem Toxico Kellner gezwungen hat, Lametta zu essen.

»Eine gewisse Antrax diniert dort gerade. Und soweit ich weiß, sind die meisten anderen Schlangen anderswo beschäftigt. Du weißt schon? Antrax und Mordaz sind zusammen, seit sie fünfzehn sind. Unzertrennliche Liebe. Bla, bla, bla. Kannst du mir folgen?«

Abrupt bleibe ich stehen.

»Verstehst du, was ich sagen will?«, näselt Bradley kumpelhaft und lacht aufgeregt, als hätte er gerade einen Royal Flush gezogen.

»Antrax gegen meine Mutter und Luc?«

»Schlauer Junge. Um drei geht Eyevision bei dir an. Viel Erfolg.«

Dann legt er auf.

Ich mache kehrt und renne die Straße zurück. Es gibt noch Hoffnung! Für den Moment ist mir egal, dass Bradley wie ein Marionettenspieler die Fäden zieht. Ich will einfach nur leben. Ich will einfach nur, dass Luc und meine Mutter leben. Bitte, bitte, lass Lyssa noch da sein! Ich habe Glück! Gerade starten sie knatternd ihre Motorräder.

Verdutzt drehen sie sich zu mir um und auf ihrem Gesicht breitet sich ein überraschtes Lächeln aus. Gabriel verzieht den Mund, als wäre ich eine Spinne, die immer wieder aus dem Staubsauger geklettert kommt.

»Ihr habt doch noch eine Rechnung mit Antrax offen? Weil sie euren Freund getötet hat, oder?«, rufe ich ihnen zu. Ilvana nickt heftig.

»Sie ist im Pink Asia. In einem Restaurant hier in Milescaleras. Und sie ist so gut wie alleine. Wir nehmen sie gefangen und tauschen sie gegen meine Mutter und meinen Bruder aus! Helft ihr mir?«

»Nein, mache ich nicht.« Gabriels engelhaftes Gesicht ist hart wie Marmor.

Wir stehen vor dem Pink Asia. Um uns herum sitzen schwatzende Menschen an Plastiktischen. Mein Rücken ist nass vor Schweiß und ich kann ein angestrengtes Zittern nicht unterdrücken. Außerdem fühle ich mich schutzlos. Was ist, wenn zufällig Schlangen auftauchen? Rauch und der fettige Geruch von billigem Essen wehen zu uns herüber. In zehn Minuten ist es drei Uhr und Eyevision startet wieder. Ich möchte Gabriel, der ablehnend die Arme verschränkt, für seine Sturheit erwürgen.

»Wer weiß, was uns dort drinnen erwartet? Wir sind zu fünft. Wir haben nichts geplant, nichts vorbereitet. Es ist mitten am Tag! Das wird ein Selbstmordkommando. Mit Emilio sind wir wirklich quitt! Warum sollten wir Antrax fangen und dann austauschen? Das ist doch keine richtige Rache. Wenn, dann will ich richtige Rache.«

Er greift an die Stelle, wo die Pistole in seinem Hosenbund steckt.

Ilvana ignoriert Gabriel und gestikuliert wild mit den Händen. Auch wenn ich ihre Zeichensprache nicht lesen kann, verstehe ich, dass sie Antrax fangen will.

Lyssa übersetzt für mich: »Ilvana will einen Deal machen. Wenn der Austausch irgendwie schiefgeht, gehört Antrax uns.«

Daran habe ich gar nicht gedacht. Was ist, wenn Mordaz nicht auf den Deal eingeht? Ich habe keine Wahl, also sage ich: »Einverstanden.«

Gabriel bewegt sich keinen Millimeter.

Wolka blickt wild zwischen uns hin und her. Sie kann sich kaum noch beherrschen, gleich wird sie wieder anfangen zu schreien. Ilvana versucht, sie mit Zeichen zu beruhigen, und Lyssa redet leise auf Gabriel ein.

Wolka schreit: »GABRIEL, JETZT MACH SCHON. MORDAZ WIRD ANTRAX EH NICHT EINTAUSCHEN!« Erschrocken hält sie sich selbst die Hände vor den Mund. Einige Leute drehen sich nach uns um.

Ich habe genug von ihrer Diskussion. Noch acht Minuten. Ich muss handeln. »Bleibt hier, ich gehe alleine.«

Das Pink Asia liegt eingequetscht zwischen anderen Gebäuden, ein Stück nach hinten versetzt. Eine breite, goldene Treppe führt zu dem pinkfarbenen, in japanischem Stil erbauten Haus. Es ist mehrstöckig und sieht aus, als hätte der

Besitzer immer wieder neue Stockwerke und Balkone angebaut, wenn er das Geld dafür hatte.

Ich stürme an den Zierbäumen vorbei, die Treppe hinauf und merke voller Erleichterung, dass Lyssa, Ilvana und Wolka mir folgen.

Als wir fast oben angekommen sind, springt Gabriel uns mit wütendem Gesicht hinterher. »Okay, okay. Ich komme mit. Aber nur, um euch zu beschützen. Weil wir eine Gang sind. Ihr könnt da nicht alleine rein.«

Ich weiß, dass seine Worte nicht mir gelten.

Lyssa drückt seine Hand. »Alle für einen, einer für alle«, sagt sie und ihre Vertrautheit stört mich.

»Buffet oder Karte?«, flötet uns die Rollschuh fahrende Kellnerin mit der albernen Lametta-Perücke entgegen.

»BUFFET. WIR NEHMEN ALLES«, ruft Wolka und wir laufen an ihr vorbei, in die Eingangshalle mit dem Koi-Teich und den orientalischen Wandschnitzereien.

Ich war vor Jahren schon einmal hier. Am ersten Hochzeitstag von Serge und Carilla. Luc war noch ein Baby und Serge hatte uns eingeladen. Ich erinnere mich gut an den langen Tisch mit dem Essen. Billiges Zeug: Nudeln, fettige Soßen und Gemüse aus Dosen. Aber die Masse war beeindruckend. Jedes Mal, wenn eine Schüssel leer war, kam sofort ein Kellner angerollt und füllte sie nach, wie im Schlaraffenland.

Während ich mich in dem Raum orientiere, fällt mir schlagartig ein, dass ich keine Ahnung habe, wie Antrax aussieht. Ich kenne nur ihre schnarrende Stimme!

»Wie erkenne ich Antrax?«, rufe ich Lyssa zu.

»Achte auf einen halb rasierten Schädel und schwarze, strähnige Haare. Du wirst wissen, dass sie es ist, wenn du sie siehst. Okay, also an alle: Wir brauchen Antrax lebend! Wolka, du kommst mit mir.«

Lyssa und Wolka verschwinden in einem der Gänge. Ilvana gibt mir einen Daumen nach oben und trabt in einen anderen Gang. Links und rechts führen breite Treppen in den nächsten Stock. Ich stürme die rechte hinauf, vorbei an einem Kellner, der Rollschuh fahrend ein Tablett balanciert.

Oben sitzen Gäste in dunklen Nischen, die mit flackernden Kerzen erleuchtet sind. Gabriel überholt mich. Er biegt um eine Ecke und für eine Millisekunde treffen sich unsere Blicke. Fast lauernd betrachtet er mich und die Erkenntnis trifft mich wie ein Schlag. Ich lese es so deutlich in seinen Augen, als hätte er es mir zugerufen: *Wenn ich Antrax sehe, werde ich sie erschießen.* Er will heute keine Gefangenen mehr machen. Egal, was Lyssa dazu sagt.

Gabriel hechtet mit langen Schritten den Gang entlang und verschwindet durch einen Vorhang. Ich renne ihm hinterher, reiße den Vorhang zur Seite. Verdammt! Zwei Gänge zweigen ab. Ich muss Antrax unbedingt vor Gabriel finden. Ich habe noch etwa fünf Minuten, bevor Eyevision sich anschaltet und der ganzen Welt verrät, dass ich im Pink Asia bin und nicht vor Mordaz' Tor. Auf gut Glück nehme ich den linken Gang. Ich schaue in jede Nische, scanne jedes Gesicht. Der Gang teilt sich wieder. Ständig fürchte ich, einen Schuss zu hören. Das wäre das Ende.

Kellner mit Lametta-Perücken umrunden mich, vollgeladene Tabletts balancierend. Auf einmal höre ich es. Tangomusik. Irgendwo habe ich diese Musik schon gehört. Ich folge ihr, bis ich auf ein Geländer stoße. Von oben blicke ich in einen kleinen Innenhof. Exotische Pflanzen winden sich Säulen hinauf und rote Laternen tauchen den Hof in schummriges Licht. In der Mitte steht ein runder, gedeckter Tisch, um ihn drei schwarz gekleidete Gestalten auf Kissen.

Durch die Tangomusik erkenne ich eine schnarrende Stimme. Ein halb rasierter Schädel beugt sich nach vorne über den Teller. Ich habe sie gefunden.

Ich ziehe die weiße Eyevision-Plastikpistole aus meinem Hosenbund, schwinge mich über das Geländer und springe.

14

»*Herzlich willkommen bei Eyevision. In zehn Sekunden sind Sie auf Sendung*«, ertönt die freundliche Stimme zum zweiten Mal an diesem Tag in meinem Kopf. Aber ich achte kaum darauf. Mit einem Knall lande ich auf dem Tisch. Ein Fuß in der Salatschüssel, der andere in Antrax' Antipasti. Einer der Typen schreit erschrocken auf. Antrax will nach ihrer Waffe neben dem Teller greifen, aber ich trete sie weg, springe neben ihr auf den Boden und umschlinge ihren sehnigen Hals mit einem Arm. Die Waffe drücke ich gegen ihren kahl rasierten Schädel.

»*Acht*«, zählt die freundliche Stimme im meinem Kopf. Die beiden Männer sitzen noch immer völlig perplex auf ihren Kissen und starren mich an. Schlecht gestochene Tattoos winden sich über ihre Gesichter.

»Hände hoch«, schreie ich und sie gehorchen so synchron, als hätten sie die Bewegung einstudiert. Ich zerre Antrax zur Tür. Heftig tritt sie gegen mein Bein und schlägt mir mit der Faust in die Seite. Sie ist stärker, als ich dachte. Die Pistole an ihrem Kopf scheint sie nicht zu stören. Kellner rollen kreischend aus dem Weg. Jemand lässt polternd ein Tablett fallen.

»*Sechs*«, erklingt es in meinem Kopf. Aus dem Augenwinkel sehe ich einen türkisen Schatten. Antrax windet sich halb aus meiner Umklammerung und beißt mir in den Unterarm. Der scharfe Schmerz lässt mich fast aufschreien.
»*Viel Spaß in der nächsten halben Stunde wünscht Ihnen Eyevision!*«

Ich habe keine andere Chance, als meine Augen zu schließen. Ich will Mordaz nicht die Gesichter von Lyssa und den anderen zeigen. Im Wegdrehen sehe ich noch, wie die zwei Schlangen mit Kabelbinder gefesselt auf dem Boden liegen. Dann erklingt der Eyevision-Jingle und ich bin auf Sendung. Ich versuche, Antrax unter Kontrolle zu bringen, die mir jetzt durchs Gesicht kratzt und in die Seite boxt. Ich zerre sie blind in die Richtung, wo ich die Tür vermute.

»Wir nehmen sie! Wir nehmen die Mörderin«, kreischt Wolka neben mir. Ich spüre Hände. Erst will ich Antrax nicht loslassen, sie ist zu kostbar für mich. Aber dann wird sie weggezogen. Ich bleibe zurück, die Augen immer noch geschlossen. Da spüre ich eine sanfte Hand, rieche Himbeere.

»Lass uns gehen«, flüstert Lyssa aufgeregt. Sie führt mich wie einen Blinden den Gang entlang und plötzlich weiß ich, dass ich ihr vertraue. Vollkommen. Es ist ein Gefühl, das ich nie zuvor bei einer mir so fremden Person hatte.

»Aus dem Weg, ihr Lamettafressen! Es gibt hier nichts zu sehen!«, brüllt Gabriel hinter uns. Lyssa lässt meine Hand los und schreit: »Nein, Gabriel! Nein!«

Zwei Schüsse hallen durch das Pink Asia und ich weiß, dass Gabriel die zwei gefesselten Schlangen erschossen hat. Dann stürmt er an uns vorbei: »Ich mache keine Gefangenen mehr!«

»Was ist mit dir los? Wir haben auf den Kodex geschworen. Hast du die Insel vergessen?«, schreit Lyssa.

Welche Insel?, denke ich flüchtig, aber dann sind meine Gedanken schon wieder bei Antrax. Ich höre Gabriel mit seinen langen Schritten verschwinden. Panisch stelle ich mir vor, wie er als Nächstes Antrax erschießt, öffne meine Augen und renne. Aber ich kann ihn nicht einholen, Gabriel läuft schneller als Superman. Als ich schwer atmend die Tür nach draußen aufstoße, senke ich gerade noch rechtzeitig den Blick, um Wolka und Ilvana nicht zu filmen. Lyssa kommt hinter mir angerannt.

»Lebt Antrax noch?«, frage ich.

»Ja«, antwortet Lyssa. Sie ist wütend auf Gabriel, das höre ich und es gefällt mir. Mit halb geöffneten Augen schwinge ich mich hinter Wolka auf das Motorrad.

Gabriel lacht entschuldigend. »Ach komm. Waren doch nur Schlangen.« Lyssas Antwort geht im Motorengeheul unter.

Verzweifelte Freude peitscht durch meine Adern. Es hat geklappt. Wir haben Antrax!

Mit einem Blinzeln öffne ich die Kommentare, um zu sehen, ob Eyevision wieder Umfragen schaltet. Hunderte von Nachrichten rasen an meinem inneren Auge vorbei: *»Was ist passiert? OMG er ist nicht tot? Hat er die Augen zu? Hat er mehrere Leben oder so, ich komme nicht mehr mit!!«*

»Du bist mein Vorbild! Wow!«, schreibt ein User.

Nach einer Weile stoppen wir. Von Weitem höre ich das Pfeifen der Züge, sonst ist es still. Vielleicht ein Hinterhof? Jemand greift meinen Arm, ist es Ilvana? Unter meinen halb geöffneten Augen erkenne ich Treppenstufen. Holz knarrt und modriger Geruch liegt in der Luft. Ein Schlüssel dreht sich im Schloss.

»Du kannst die Augen öffnen«, flüstert Lyssa hinter mir. Vor mir, an einem schmutzigen Fenster, lehnt Antrax. Sie zischt: »Ihr seid nichts weiter als eine naive Bande Kinder. Glaubt ihr, das wüssten wir nicht?«

»Klappe halten«, höre ich Wolkas Stimme hinter mir.

Antrax' Arme sind gefesselt. An den Händen trägt sie totenkopfförmige Schlagringe und ich spüre deutlich die Schläge, die sie mir in die Seite verpasst hat. Lauernd betrachtet sie mich durch einen Vorhang glatter schwarzer Haare. Die abrasierten Stellen ihres Kopfes sind mit einem Gewirr von Schlangen tätowiert, das sich wie verknotete Würmer über ihren Schädel windet.

»Du Ratte hast Toxico umgebracht! Ich warte auf den Tag, an dem ich dir jeden Zahn einzeln rausbrechen werde«, stellt sie ruhig fest.

Ich sehe keine Angst in ihrem Blick. Nur diesen Hass. Als würde sie darauf warten, dass ich einen falschen Schritt mache, damit sie sich auf mich stürzen kann. Mir liegt eine böse Antwort auf der Zunge, aber ich beherrsche mich. Mordaz schaut zu und hört jedes Wort. Carilla und Luc sind noch immer in seiner Gewalt und ich will ihn nicht noch mehr reizen. Also sage ich nur: »Mordaz, gib mir ein Zeichen. Wir sind bereit für einen Tausch. Carilla und Luc gegen Antrax.«

Angespannt starre ich auf meine Eyewatch, aber nichts passiert. Die Zeit scheint stehen geblieben zu sein. Gabriel schnalzt irgendwann abfällig mit der Zunge und ich denke an Wolkas Worte: *Mordaz wird sie nicht eintauschen.*

Ich schließe die Augen. Schwindel erfasst mich.

Die Eyewatch vibriert.

Sebastian hat mir eine Einladung zu seinem Video geschickt. Ich nehme an. Durch seine Augen blicke ich wieder in Mordaz' Wohnzimmer mit den goldenen Vasen und den Samtsesseln. Carilla und Luc sitzen in genau derselben Position auf dem Sofa, als hätten sie sich seit dem letzten Video nicht bewegt. Vor ihnen liegen die Reste eines völlig zerhackten Couchtisches. Inmitten der Splitter steckt die Axt. Mordaz ist nirgendwo zu sehen.

Sebastian räuspert sich wichtigtuerisch. »Also, Emilio. Mordaz hat mir aufgetragen, mit dir zu sprechen. Geschickter Schachzug übrigens, muss man schon sagen. Woher wusstest du, dass Antrax im Pink Asia ist? Hat dir das eine von den Schlangen verraten? Mordaz will tauschen. Nenne einen Ort und wir werden da sein. Carilla und Luc geht es, wie du siehst, gut. Also sorge auch dafür, dass es Antrax gut geht.«

Ich atme aus. Der Schwindel verflüchtigt sich.

Verblüfft flüstert Wolka: »Es ist gegen die Ehre einer Schlange, sich erpressen zu lassen. Keine Schlange darf sich jemals erpressen lassen!« Obwohl ich Lyssa und ihre Freunde nicht sehe, spüre ich ihre Ungläubigkeit. Sie haben nicht damit gerechnet, dass Mordaz auf den Tausch eingeht. Aber ich spüre, dass zumindest Lyssa, Wolka und Ilvana ihr Wort halten werden. Antrax gehört mir.

Ich kann ein Grinsen nicht unterdrücken und antworte Sebastian: »Deal! Treffen in dreißig Minuten auf der alten Eisenbahnbrücke am Meer. Seid da, mit Carilla und Luc. Keine Waffen.«

»Was ist mit Antrax?«, fragt Sebastian, der mein Video auf seiner Eyewatch schaut.

Ich antworte: »Ihr müsst mir glauben, dass ich sie gehen lasse, sobald ich meine Familie habe.«

»Nein. Antrax muss in dem Moment freikommen, in dem du deine Familie bekommst!«

Lyssas Stimme klingt bestimmt: »Wir werden hier bei Antrax bleiben. Wenn die Übergabe klappt, lassen wir sie frei. Wenn die Übergabe schiefgeht, erschießen wir sie.«

Ich nicke und versuche, aus Antrax' Miene zu lesen, ob sie Angst hat. Ob sie davon ausgeht, dass Mordaz sie eintauscht. Aber Antrax lächelt nur maskenhaft.

»Wer hat da gesprochen? Aber okay, so soll es sein«, verkündet Sebastian aufgeregt.

Ich sage laut: »Bradley. Du schuldest mir einen Gefallen, wegen meinem Vater. Schalte Eyevision für zehn Minuten aus. Anders kann ich die Wohnung nicht verlassen. Weil die Schlangen sonst wissen, wo Antrax ist.«

Ich rechne damit, dass Eyevision jetzt irgendwelche langwierigen Umfragen startet, in denen die User darüber abstimmen, ob mein Wunsch gewährt wird. Doch zu meiner Verwunderung ertönt die freundliche Stimme in meinem Kopf sofort: *»Es ist halb vier. Vielen Dank, dass Sie Eyevision genutzt haben. Eyevision schaltet sich nun ab.«*

Im selben Moment vibriert die Eyewatch. ›*Du hast fünf Minuten. Bradley.*‹

»Ich leihe dir mein Motorrad«, flüstert Wolka leise. Sie drückt mir den Schlüssel in die Hand.

Dankend nehme ich ihn und sage dann: »Könnt ihr mir einen letzten Gefallen tun?«

»Kommt darauf an«, entgegnet Gabriel abweisend.

»Ich glaube, Eyevision verfolgt mich. Bradley wusste, wo ich wohne. Und vorhin wusste er auch, dass ich in der Nähe von Mordaz' Tor bin.«

Wolka runzelt die Stirn: »Vermutlich orten sie dich über deine Eyewatch.«

»Ja, vielleicht. Vielleicht sollte ich sie wegwerfen. Aber vielleicht werde ich auch verfolgt. Ich weiß es nicht.«

»Du willst, dass wir dir nach der Übergabe helfen unterzutauchen?«, fragt Lyssa.

»Nicht mir. Meiner Familie. Solange ich diesen Chip im Kopf habe, bin ich für jeden in meiner Umgebung gefährlich, und wenn ich verfolgt werde, umso mehr.«

Gabriel schnalzt mit seinem Kaugummi. »Für fünftausend kriegst du Hilfe.«

Fünftausend sind die reinste Erpressung. Aber die kostbaren fünf Minuten laufen ab und es ist keine Zeit zum Verhandeln. Gabriel kann jeden Preis verlangen. »Meinetwegen. Fünftausend«, presse ich hervor.

Lyssa gibt mir eine Adresse in Moorland, zu der ich mit meiner Familie kommen soll. Zum Abschied legt sie die Hand auf meinen Arm. Es ist nur eine winzige Berührung, so schnell, dass ich mir im nächsten Moment nicht sicher bin, ob ich sie mir nur eingebildet habe.

Ich gleite auf dem Motorrad durch die Straßen, als würde ich träumen. Die Welt kommt mir so weit entfernt vor, als wäre das nicht ich, der den hupenden Autos ausweicht. Jemand anderes hat von mir Besitz ergriffen. Jemand, der das Gaspedal bis zum Anschlag durchtritt und zielsicher auf die mächtigen schwarzen Pfeiler der Brücke zuhält, die hinter den bunten Häusern in den Wolken verschwinden.

Erst als die Brücke direkt vor mir liegt, werde ich langsamer. Ihre Reste ragen über den Abhang wie das Skelett eines riesigen urzeitlichen Monsters. Die hintere Hälfte ist eingestürzt, die vordere durch den salzigen Wind des Meeres von Rost zerfressen. Aus dem Abgrund weht mir schwarzer Rauch aus Schornsteinen entgegen. Häuser kleben wie Wespennester an den verbliebenen Betonpfeilern, an deren Fuß sich die Wellen brechen. Ich hole die Eyewatch aus meiner Hosentasche und schmeiße sie im hohen Bogen in den Abgrund. Sollte mich Bradley auf diese Weise überwachen, kann er mich jetzt im Meer suchen.

Die Schlangen erwarten mich. Sie haben sich auf der Brücke aufgereiht wie das Empfangskomitee zur Hölle. Es sind Hunderte. Ich rolle zwischen ihren hasserfüllten Fratzen hindurch, aber sie halten Abstand. Niemand beschimpft mich, niemand spuckt und keiner von ihnen trägt eine Waffe. Ich muss an ein Rudel Wölfe denken, denen man Zähne und Krallen gezogen hat. Es ist so gespenstisch still, dass ich die Schiffsglocken der Dampfer höre. Eyevision hat sich schon auf der Fahrt wieder eingeschaltet und ich öffne für eine Sekunde den Chat. Ich habe unglaubliche zwölf Millionen Zuschauer. Ich drücke meinen Rücken durch. Ich habe keine Angst. Alle Angst, die in mir war, scheint verbraucht.

Am Ende der zerbrochenen Brücke wartet Mordaz auf mich. Breitbeinig sitzt er auf seinem schwarzen Motorrad. Um ihn herum stehen seine mit Goldketten behängten Offiziere und betenden Priesterinnen. Der Wind bläst mir den Geruch von chemischer Banane entgegen und für einen Moment muss ich an Mordaz' toten Zwillingsbruder denken.

Ein paar Meter vor Mordaz und seinem Gefolge halte ich an. Ich versuche, aus Mordaz' Gesicht zu lesen, ob das hier alles nur ein Trick ist. Ob ihm Antrax egal ist. Ob ich mein Leben beendet habe, indem ich hierhergekommen bin. Aber bei Mordaz muss man kein großartiger Gedankenleser sein. Seine Fäuste umklammern den Lenker so heftig, dass sie zittern, und er hält den Kopf gesenkt, wie ein Stier, der gleich zum Angriff übergehen wird. Dann hebt Mordaz langsam die Stirn und zischt: »Wo ist Antrax?«

»Wo ist meine Familie?«, entgegne ich. Ein paar Offiziere und Priesterinnen treten zur Seite. Hinter ihnen steht meine Mutter mit Luc auf dem Arm. Sie drängt sich an den Schlangen vorbei. Niemand hält sie auf. Die Ringe unter ihren Augen sind dunkel, ihre Haare ungekämmt, aber sie geht aufrecht, und auf einmal sehe ich das winzige Lächeln, das ihre Mundwinkel umspielt. Sie schwingt sich hinter mir auf das Motorrad. Luc legt seinen Kopf auf meinen Rücken. »Ich bin so stolz auf dich«, flüstert meine Mutter in mein Ohr.

Meine Augen schweifen über die Gesichter der Offiziere und Priesterinnen. Jeder einzelne von ihnen mustert mich mit dem Blick einer eingesperrten Raubkatze. Sie wollen mich zerfetzen, aber sie dürfen nicht. In dem Moment wird mir bewusst, dass ich gewonnen habe. Unwillkürlich beginne ich zu lächeln und die Menge schnaubt wütend.

»Wo ist Antrax?«, brüllt Mordaz mit sich überschlagender Stimme.

Gelassen antworte ich: »Der Rote Schatten hat sie. Sobald wir von der Brücke runter sind, wird sie freigelassen.«

Sebastian, der an der Seite stand, kommt nach vorne und zeigt Mordaz etwas auf seiner Eyewatch. »Der Rote Schatten hat mir ein Video von Antrax geschickt. Sie sind in einem Hinterhof. Fünf Minuten nachdem Emilio die Brücke verlassen hat, wollen sie das Tor öffnen und Antrax ist frei.«

Mordaz schließt die Augen und für einen kurzen Moment verzieht er das Gesicht, als hätte man ihm glühende Eisen unter seine Nägel gerammt. Er ist es nicht gewohnt zu verlieren und das macht meinen Sieg nur noch besser.

»Ich schwöre, ich kriege dich«, zischt er. »Ich reiße dir die Eingeweide raus. Das hier ist nicht das Ende!«

Ich lächele noch breiter und erwidere ruhig: »Nein, das hier ist nicht das Ende, Mordaz. Ich komme zurück. Du wirst bezahlen.«

Einen Moment lang schaut er mich verdutzt an. Mit dieser Antwort hat er nicht gerechnet. Dann beginnt er zu brüllen und die Hunderte von Schlangen stimmen mit ein, dass es über das Meer schallt wie Donner. Ich rase durch die schmale Gasse ihrer gereckten Fäuste und aufgerissenen Münder, zurück in die Straßen von Milescaleras, Carilla und Luc bei mir.

Wie eine heiße Welle tobt das Glück durch meinen Körper. Wir sind noch nicht in Sicherheit, aber Luc und meine Mutter hinter mir zu spüren gibt mir Kraft. Ich fahre Umwege durch verschachtelte Gassen, um mögliche Verfolger abzuschütteln. Mein Ziel ist Moorland, wo meine neuen Freunde uns weiterhelfen werden. Immer wieder schaue ich mich um.

Wir biegen auf eine befahrene Straße ein, als meine Mutter plötzlich ruft: »Hinter uns!« Ich scanne aus den Augenwinkeln den Verkehr. Schwarze Gestalten auf Motorrädern. Vielleicht noch fünfzig Meter entfernt. Schüsse peitschen durch die Luft, treffen auf Metall. Luc heult auf, krallt sich in meinen Rücken. Ich bremse, reiße den Lenker herum, brettere in eine Seitenstraße. »Alles okay?«, schreie ich gegen den Fahrtwind.

»Ja«, meine Mutter klingt atemlos. Noch einmal sammele ich all meine Konzentration, drücke das Gaspedal bis zum Anschlag durch. Viel zu dicht hinter uns höre ich die Motorräder der Schlangen aufheulen. Früher bin ich hier in der Gegend manchmal geklettert und ich weiß, wie wir entkommen können. Aber es ist riskant. Fast Selbstmord. Ein schwarzer Zugtunnel, der steil unter die Erde führt, taucht vor uns auf. Ich lehne mich leicht nach vorne und beiße die Zähne zusammen. »Haltet euch fest.«

Die Dunkelheit verschlingt uns.

Bitte, bitte lass keine Bahn kommen. Nicht jetzt. Der Gang ist zu eng, um auszuweichen. Die Räder des Motorrads rattern über die Schienen und das Scheinwerferlicht tanzt über die Betonwände. Gespenstisch hallen die Schreie der Schlangen hinter uns. Sie folgen uns noch immer, aber der Tunnel ist genauso verzweigt wie das Pink Asia. Schon kommt die erste Abzweigung und kurz darauf eine zweite. Die Schreie der Schlangen werden leiser. Dafür höre ich das Rattern einer Bahn. Kommt sie näher? Der Tunnel öffnet sich in einen zweigleisigen Gang und plötzlich hallt uns das Brüllen des Zuges entgegen. Scheinwerfer blenden mich. Mit einem Schrei weiche ich auf das andere Gleis aus. Der Zug rast an uns vorbei. Geschockt gebe ich Gas. Als ich endlich Tageslicht sehe, bin ich schweißgebadet. Aber wir haben die Schlangen abgehängt und Eyevision hat sich ausgeschaltet.

Langsam wird es Abend und wir fahren jetzt ruhiger, bis Carilla plötzlich »Warte, halt an« ruft und in die Ferne deutet.
 Wir sind auf einem der Berge, von wo aus sich Milescaleras ruhig und friedlich bis hin zum Meer ergießt. Mein Blick folgt Carillas ausgestrecktem Arm. Da, wo Caramujo liegt, leuchtet ein greller Punkt.
 Das Feuer frisst sich wie zuckende und sich windende Schlangen in den von Rauch verdüsterten Himmel. Ich bin mir sicher, dass es unser Haus ist.

»Mordaz. Das ist Mordaz' Rache an uns«, flüstert meine Mutter.

Die Flammen peitschen aus dem Gebäude wie böse Geister. Serge. Alles, was es noch von ihm gab, jedes Foto, die Mutantenfische, seine Angeln. Das letzte Foto, das ich von meinem richtigen Vater hatte – alles, alles verbrannt. Die Wut ballt sich in meinem Magen zusammen wie ein riesiger, heißer Ball, der versucht, sich meinen Hals hinaufzupressen. Mit Mühe unterdrücke ich das Gefühl, losschreien zu müssen. Mein Leben, meine Vergangenheit. Das, was ich bin oder wer ich war, es scheint in den letzten Tagen auseinanderzufallen wie faulender Fisch. So wie unser Haus verbrennt, scheint ein Teil in mir zu sterben.

»Wenn ich jemals die Chance bekomme, werden sie es büßen«, sage ich und meine Stimme klingt rau und fremd.

Meine Mutter schüttelt den Kopf. »Nein, Emilio. Was zählt, ist, dass wir leben. Dass wir zusammen sind. Serge ist für immer gegangen. Wir können es nicht ändern. Aber wir haben immer noch uns. Wir haben eine Zukunft. Caramujo ist die Vergangenheit.«

Sie drückt mich fest an sich. Zwischen uns sitzt Luc. Ich schließe meine Augen. Keiner von uns sagt etwas. Ich spüre ihre Wärme und ihr Geruch erinnert mich an unsere verlorene Heimat. An Serge. An die Zeit, als noch alles normal war. Die Erinnerung ist schmerzhaft, aber jetzt, wo meine Mutter und Luc bei mir sind, erträglicher. Die tausend schwarzen Fäden, die mein Inneres zusammengeschnürt haben, lösen sich auf. *Serge*, denke ich. *Ich habe sie beschützt. Ich habe sie gerettet.*

Und während ich Milescaleras zurücklasse und Moorland, der Schlammstadt, entgegenfahre, drehen sich meine Gedanken um Bradley und den Chip. Ja, ich hasse Mordaz und seine Gang. Aber wen ich noch mehr hasse, ist Bradley. Cainstorm ist für ihn nicht mehr als ein großer Sandkasten, in dem er sich austoben kann, wie es ihm und Eyevision gerade gefällt. Er hat uns zu Marionetten in seinem Theaterstück gemacht.

Graue Hochhäuser ragen wie gigantische Dominosteine in den dunkler werdenden Himmel. Luc und meine Mutter schauen sich staunend um. Carilla hat Milescaleras nie verlassen und Moorland ist neu für sie.

Ich halte bei einer Bank und helfe Carilla und Luc vom Motorrad. Luc ist blass und hält seine Augen geschlossen. Still klammert er sich an Carillas Hals.

In der Bank hebe ich so viel Geld ab, wie wir uns irgendwie in die Hosentaschen stopfen können. Mein Konto ist auch nach Abzug der Summe für Jago noch so voll, dass ich nicht weiß, ob ich es schaffen werde, das Geld bis zum Ende meines Lebens auszugeben. Carilla seufzt: »Ich habe mir immer gewünscht, genug Geld zu haben. Und jetzt wünschte ich einfach nur, Serge wäre wieder da.«

Lyssa und die anderen sind schwarze Schatten in der dunklen Gasse. Eine Figur löst sich und kommt auf uns zugerannt.

»Emilio!«, Wolka schreit begeistert. »Ich hab alles über meine Eyewatch verfolgt. Du hast Mordaz heute echt in die Eier getreten! Der sah fix und fertig aus.« Wir schlagen ein. Ich kann nicht anders, als breit zu grinsen. Müsste ich mich nicht in ein paar Minuten wieder von meiner Familie trennen, mein Sieg über Mordaz wäre perfekt.

Ilvana trägt noch immer ihre giftgrüne Sonnenbrille, hinter der man ihre Augen nicht sieht, aber sie lächelt. Lyssas weiße Haut schimmert im Scheinwerferlicht und Gabriel schaut grimmig. Ich habe den Eindruck, dass Lyssa und er sich gestritten haben. Zumindest halten sie Abstand voneinander.

Meine Mutter mustert die Gruppe neugierig. Ich habe ihr erklärt, wer der ›Rote Schatten‹ ist und dass die Gang ihr helfen wird unterzutauchen. »Ihr habt Antrax bewacht?«, fragt sie.

Lyssa lächelt: »Ja. Leider mussten wir sie gehen lassen. Aber dafür seid ihr wieder vereint und wir haben die Schlangen vorgeführt. Das war es wert.« Dann deutet sie auf Ilvanas Motorrad. »Ilvana und Wolka werden dich und dein Kind in eine sichere Wohnung bringen. Sie ist nicht weit von hier entfernt. Vielleicht eine halbe Stunde. Die Wohnung gehört uns und du kannst dort für ein paar Wochen bleiben. Wir geben Emilio deine Adresse.«

Meine Mutter nickt dankbar, als sich Gabriel mir breitbeinig in den Weg stellt: »Wo sind die 5000 Cain?«

Meine Hosentaschen sind gefüllt mit Geld. Die 5000 Cain sind mir also ziemlich egal. Was mich ärgert, ist Gabriels arrogante Art. Aber ich muss meinen Ärger herunterschlucken. Immerhin ist meine Familie immer noch auf die Hilfe des Roten Schattens angewiesen und nach allem, was passiert ist, will ich nicht, dass jetzt noch etwas schiefgeht. Also zähle ich das Geld ab und drücke es ihm in die Hand. Er schnalzt zufrieden mit der Zunge: »Das hat sich ja gelohnt!«

Meine Mutter und Luc sitzen schon hinter Wolka auf dem Motorrad. Gerade noch rechtzeitig fällt mir Lucs kleiner Stoffhase ein, den er mir in die Hosentasche geschmuggelt hat. »Du brauchst den Hasen mehr als ich.«

Schnell krame ich das Stofftier hervor und drücke es Luc

in die Hände, der das erste Mal, seit ich ihn wiedergesehen habe, spricht. »Mein Hase!«, ruft er und ich hoffe, dass er nur etwas Zeit braucht, um sich zu erholen.

Carilla verspreche ich: »Sobald ich den Chip los bin, komme ich nach.«

Ein Motorrad heult auf und wir drehen uns erschrocken um. Gerade noch sehen wir Gabriel davonsausen. Wahrscheinlich wollte er nur schnell sein Geld abstauben, bevor er abschwirrt wie ein beleidigtes Kind. Lyssa hat ihren Mund zu einem schmalen Strich zusammengekniffen.

Meine Mutter, Luc, Wolka und Ilvana fahren davon und ich starre ihnen hinterher, bis sie um eine Kurve verschwunden sind. Lyssa, die zurückgeblieben ist, fragt mich: »Wohin gehst du jetzt eigentlich?«

»In ein Hotel, denke ich ...«

Lyssa schüttelt den Kopf: »Da werden die Schlangen dich suchen. Ich kenne einen Typ, der vermietet Wohnungen. Dort kannst du für ein paar Tage bleiben.«

Ich nicke. Alles, was ich jetzt noch will, ist schlafen. Egal wo. Meine Augenlider sind schwer wie Blei. Lyssa führt mich in ein Hochhaus und durch düstere, mit Graffiti beschmierte Gänge und Treppenhäuser. Ein paar Leute liegen eingerollt in Schlafsäcken auf dem Boden. An einer der chlorgrünen Türen hält Lyssa an und klopft. Ein älterer Mann öffnet und Lyssa redet kurz mit ihm. Dann dreht sie sich zu mir.

»Gib ihm fünf Cain.« Ich drücke dem alten Mann das Geld in die Hand und er überreicht mir einen Schlüssel.

Meine Wohnung ist ein paar Flure weiter. Der Raum ist düster. Lyssa kramt eine Kerze aus einer Schublade und zündet sie an. Das Licht erhellt eine Einzimmerwohnung mit Matratze auf dem Boden.

Lyssa greift in ihre Hosentasche, dann drückt sie mir ihre

Eyewatch in die Hand. »Ist meine. Kannst du haben. Die trackt Eyevision bestimmt nicht. Fürs Erste kannst du eine Woche in dem Zimmer bleiben«, sagt sie. »Wenn du es länger brauchst, gib dem Alten mehr Geld. Gute Nacht.«

Sie zwinkert mir zu, dann geht sie. Einen Moment brauche ich, dann bin ich bei der Tür und im Gang. »Hey«, rufe ich ihr hinterher. »Sehen wir uns noch mal wieder?«

Etwas Besseres fällt mir nicht ein, aber ich kann sie nicht einfach gehen lassen. Sie lächelt und ich sehe, dass sie diese Frage erwartet hat. Aber gleichzeitig scheint sie Angst davor gehabt zu haben. Sie schüttelt den Kopf. »Nein. Ich bin mit Gabriel zusammen. Seit fünf Jahren. Ich denke, es ist nicht gut, wenn wir uns wiedersehen.«

Sie verschwindet um die Ecke und ich bleibe zurück, ihre Eyewatch in der Hand. Vor einer Stunde habe ich noch geglaubt, dass uns der Sieg über die Schlangen verbunden hat. Dass wir uns nähergekommen sind. Aber fünf Jahre? Fünf Jahre sind eine Ewigkeit.

Todesmüde rolle ich mich auf der Matratze zusammen und bin doch zu aufgeregt, um einzuschlafen. Ich versuche, Lyssa aus meinen Gedanken zu verbannen. Wir haben nicht mal besonders viel miteinander gesprochen. Eigentlich kenne ich sie gar nicht. Und wenn ich ehrlich bin, will ich sie nicht mal gut finden. Sie ist Mitglied einer Gang und ich hasse Gangs. Außerdem ist ihr Freund ein psychopathischer Killer. Nein, ich habe andere Probleme und außerdem bin ich gerade das erste Mal seit Tagen wieder glücklich. Ich lebe, meine Familie lebt! Mit diesem schönen Gefühl bin ich fast eingeschlafen, als mir ein anderer Gedanke kommt. Ein sehr beunruhigender. Was ist, wenn Eyevision mich nicht über die Eyewatch trackt, sondern über den Chip?

Was ist, wenn sie noch immer genau wissen, wo ich bin?

15

Ich bin nicht mehr der, der ich noch vorgestern gewesen bin. Ich habe immer noch Angst vor dem, was kommen mag, klar. Aber gleichzeitig fühle ich eine Stärke in mir, die ich vorher nicht gekannt habe. Ich will leben und ich will mich an Bradley rächen. Es ist an der Zeit, die Kontrolle über mein Leben zurückzugewinnen. Serge hat mir im Sterben den Zettel in die Hand gedrückt, auf dem stand: ›Professor Gris, Memorial-Krankenhaus‹.

Durch Lyssas Eyewatch erfahre ich, dass das Memorial-Krankenhaus vielleicht eine halbe Stunde mit der Bahn entfernt an der Grenze zu Milescaleras liegt. Aber bevor ich dort hinfahre, muss ich mich um meine Klamotten kümmern, die aussehen, als hätte ich sie einem Obdachlosen geklaut. Ein Ärmel ist zerrissen und die schwarze und rote Farbe vom Cainstorm Day klebt nicht nur auf dem Stoff, sondern hat auch auf meiner Haut Flecken hinterlassen.

Ich kaufe einen unauffälligen grauen Kapuzenpullover und Jeans, wobei mir die Verkäuferin verschwörerisch zuzwinkert: »Na, heftig gefeiert gestern?«

Nachdem ich eine öffentliche Dusche besucht habe, laufe

ich über Umwege zur Bahnstation. Dabei schaue ich mich immer wieder um. Aber weder der Praktikant, ein hellbrauner Hund oder sonst jemand scheint mich zu verfolgen.

Mit Chips und Cola sitze ich in der Bahn. Hinter den zerkratzten Scheiben ziehen schmutzige Gebäude vorbei. Ohne die feiernden Menschen fällt mir erst auf, wie trist und dreckig Moorland ist. Brackiges, braunes Wasser fault in Betonkanälen. In den Hinterhöfen wühlen magere Hunde im Müll.

Ich öffne Eyevision und schon auf der Startseite wird mit einem riesigen Banner für meinen Kanal geworben: *»Verpasse nicht die neuesten Abenteuer von ECOO alias Emilio! Wird er es auch heute wieder schaffen, seinen Feinden zu entkommen? Erfahre, ob Mordaz sich noch an ECOO rächen kann, und begib dich mit Brenda-Lee auf die Jagd! Heute Abend um 19 Uhr. Nur auf Eyevision.«*

Ein Video mit dem unheilvollen Titel ›Brenda-Lee – Asarias beste Armbrustschützin‹ ist verlinkt und ich öffne es mit bösen Vorahnungen.

Brenda-Lee hat ihre schwarzen Haare zu einem Turm drapiert und spielt mit ihrem Patronenhülsenarmband. Ihre Haut ist so glatt wie die einer Puppe und ihre schmalen, schwarz geschminkten Augen blitzen angriffslustig. Ein voluminöser, schwarzer Pelzkragen liegt um ihren Hals, wahrscheinlich von einem Tier, das sie umgebracht hat. In der Hand hält sie einen Handspiegel, um sich selbst zu filmen. Vor ein paar Tagen hat sie mich nach Asaria eingeladen, um mit mir zu jagen. Auf ihrem Hoverboard ist sie durch den Wald geflogen, um den weißen Hirsch zu erlegen.

»Hey Leute, herzlich willkommen auf meinem Kanal. Heute mal ein etwas ungewöhnliches Video, aber ihr werdet es mögen. Ich habe nämlich eine Botschaft an jemanden aus Cainstorm. Er heißt Emilio.«

Sie wendet sich von ihrem Spiegel ab, hebt ihre glitzernde Armbrust, zielt und feuert in Sekundenschnelle mehrere Pfeile ab. Durch Brendas Augen blicke ich auf eine riesige, fast surreale Stadt aus gläsernen Hochhäusern, die in der Sonne glitzern, und altmodischen Villen, halb verdeckt von Büschen und Bäumen. Parks, Terrassen und Dachgärten. Solche Städte gibt es nur auf Asaria.

Brendas schwarze Pfeile fliegen surrend durch das friedliche Panorama. Als ich ihr Ziel sehe, hole ich überrascht Luft. Ein Mann mit gezogener Pistole steht auf der gegenüberliegenden Terrasse. Es ist aber nicht irgendein Mann. Der Mann bin ich! Nur fletscht mein Hologramm-Ich wütend die Zähne.

Mein Kopf wird zurückgeschleudert. Ein Pfeil steckt zwischen meinen Augen. Mit starrem Gesicht falle ich auf die Knie, bevor das Hologramm zu flackern beginnt und sich langsam auflöst.

Brenda-Lee schnappt sich wieder ihren Spiegel: »Emilio, ich habe in den letzten Tagen keine deiner Sendungen verpasst. Wie du es immer wieder geschafft hast, den Schlangen zu entkommen! Wie du diesen Mordaz ausgetrickst hast! Ich bin dein größter Fan. Vielleicht bist du mir sogar ebenbürtig? Wir werden sehen. Ich werde nämlich zu dir kommen, nach Cainstorm. Ja, ihr habt richtig gehört. Eyevision bringt mich nach Cainstorm. Hier auf Asaria gibt es einfach keine echten Gegner und Herausforderungen mehr für mich. Egal, welche Aufgabe ihr mir gestellt habt, ich habe sie alle gemeistert. Ich habe den Polarwolf in der ewigen Schneewüste erlegt, ich habe den Grizzly im südlichen Gebirge erschossen und ich halte den Rekord im Büffelschießen: 127 an einem Tag! Niemand ist schneller als ich. Niemand kann besser schießen als ich. Egal, wer mich herausgefordert hat, ich habe euch alle besiegt. Ich habe alle Preise gewonnen, die es im Bogenschießen zu gewinnen gibt. Ganz ehrlich? Mir ist langweilig. Asaria langweilt mich. Keiner schafft es, diesen EC00 zu fangen? Dann werde ich es tun. Ich habe auch überlegt, Mordaz zu erledigen. Aber der ist keine Herausforderung für mich. Dieser Schlappschwanz kann ja nicht mal seine eigene Frau beschützen. Also schaltet ein! Es wird blutig.«

Ich fühle mich, als hätte mir jemand einen Eimer eiskaltes Wasser über den Kopf gekippt. Kann dieses Millionärsbalg nicht bei sich zu Hause Leute jagen? Wahrscheinlich nicht. Wahrscheinlich ist es in Asaria nicht erlaubt, Menschen mit einer Armbrust zu jagen. Aber mittlerweile kann mich nichts mehr schocken. Klar, sie ist gefährlich, aber ich bin kein Hologramm. Bevor sie mir das Hirn mit einem Pfeil durchbohrt, hetze ich eine Meute ausgehungerter Straßenköter auf sie.

Das Krankenhaus ist ein bröckelnder Backsteinbau, der düster in den Himmel ragt. Überquellende Mülleimer. Zigaretten, Verbände und Plastiktüten liegen auf dem Boden. In der Eingangshalle starren teilnahmslose Menschen in Rollstühlen vor sich hin. Auf gut Glück fahre ich in die Chirurgie.

Der Geruch von Desinfektionsmittel schlägt mir entgegen und die Kombination von giftgrünen Plastikstühlen und orange gekachelten Wänden macht mich schon vom Hinsehen krank. Wer noch keinen Augenkrebs hat, bekommt ihn hier. Das Krankenhaus ist so voll, dass Patienten auf den Fluren schlafen. Ich irre herum, will aber niemanden nach Doktor Gris fragen. Besser keine Aufmerksamkeit erregen. Schließlich hat meine Mutter gesagt, dass Gris mich ›unter der Hand‹ operieren wird. Das Krankenhaus ist groß, aber nicht riesig. Nach einer Stunde bin ich mir sicher, jeden Gang mindestens einmal abgelaufen zu sein. Jeder Arzt hat sein eigenes Büro und ich habe sämtliche Schilder gelesen. Aber keine Spur von einem Gris.

Also steige ich in den Aufzug und fahre ins Untergeschoss, die letzte Etage, die ich noch nicht abgeklappert habe. Hier ist der Parkplatz. Uralte Autos neben ein paar noch älteren Motorrädern. Ich schlendere um die Fahrzeuge und bleibe abrupt stehen: Zwischen all den Schrottkarren steht das fetteste Schlachtschiffauto, das jemals durch die staubigen Straßen von Cainstorm gekreuzt ist. Das schwarze Metall glänzt makellos. Ich muss mich auf die Zehenspitzen stellen, um durch die Fenster zu schauen. Lederbezogene Sitze, Monitore statt einem Lenker. Kein Zweifel, dieses Auto gehört einem Asarianer.

Und so ist es auch: An der Wand hängt ein Schild mit dem Namen ›Prof. Hypotatis Gris‹. Ich habe ihn gefunden! Zumindest sein Auto. Irgendwo muss er also sein und ich werde so lange warten, bis er kommt.

Ob ich einen Termin bei ihm machen muss? Hoffentlich nicht. Hoffentlich kann er sofort operieren. Aber ich sollte mir nicht zu viel versprechen. Wahrscheinlich muss ich ein paar Tage warten. Vielleicht kann ich den Prozess auch mit Geld beschleunigen?

Gegen Mittag nähert sich ein älterer Mann mit weißem Bart. Ich springe auf, fahre mir mit den Händen hastig durch die Haare und versuche, mein Shirt glatt zu ziehen. Schließlich will ich nicht wie irgendein Verrückter wirken, der reichen Asarianern in dunklen Garagen auflauert.

Gris zuckt leicht zurück, als er mich entdeckt, und mustert mich argwöhnisch. »Herr Gris ...«, beginne ich und setze mein ›Keine Angst, ich bin harmlos‹-Gesicht auf. Dann stocke ich. Ich kenne ihn! Diese kleinen, tief liegenden Augen. Der weiße Bart. »Sie haben mir doch damals den Chip eingesetzt! Als ich in dem Eyevision-Gebäude war?«

Gris' Augen weiten sich erschrocken und seine Hand fährt in die Tasche. Für einen Moment fürchte ich, dass er eine Waffe zieht. Doch dann befördert er ein kleines Kästchen mit rotem Knopf zutage. Er drückt den Knopf und seine Gesichtszüge entspannen sich sofort.

»Haben Sie die Security gerufen?«, frage ich, verwirrt über seine heftige Reaktion.

»Verschwinde.« Er versucht, in einem weiten Bogen zu seinem Schlachtschiff zu gelangen, aber ich schneide ihm den Weg ab.

»Sie schulden mir eine Gehirnoperation! Mein Vater hat Ihnen seine Niere gegeben. Als Bezahlung. Sie müssen mir den Chip entfernen! Das ist der Deal!«

Sein Rauschebart wackelt nervös und er schaut sich nach der Security um. Die ist allerdings nicht zu sehen und der Weg zu seinem rettenden Auto ist versperrt.

Er brummt in seinen Bart: »Ein Mitarbeiter von Eyevision war bei mir und hat mich gewarnt, dass du kommen könntest. Er hat mir verboten zu operieren, und daran halte ich mich. Der Mitarbeiter kam, nachdem dein Vater bei mir war. Sonst wäre ich nie auf den Vertrag eingegangen.«

Bradley! Natürlich. Wie konnte ich so naiv sein. Er hat geahnt, was ich vorhabe.

Schnelle Schritte trommeln über Beton. Jetzt ist die Security doch im Anmarsch. Gris hat es auch gehört und seine Nervosität ist verflogen. Wieder selbstbewusst, schiebt er sich an mir vorbei.

»Ich kann Ihnen Geld geben, viel Geld«, versuche ich es verzweifelt.

»Nein.« Gris wirkt wie der Weihnachtsmann. Allerdings die böse Variante.

»Warum? Was passiert, wenn Sie operieren?«

»Ich verliere meine asarianische Staatsbürgerschaft und muss für immer auf diesem elenden Kontinent bleiben.«

Die Security hat mich fast erreicht. Eigentlich sollte ich jetzt dringend wegrennen, aber ich rede weiter auf Gris ein: »Niemand erfährt es! Niemand.«

Einer von den zwei Riesenkälbern dreht mir schmerzhaft den Arm auf den Rücken. »Herr Gris hat jetzt Mittagspause und keine Sprechstunde!«

Der andere fragt tumb: »Kriegt er eine Abreibung oder einfach rausschmeißen?«

Gris nickt in Richtung Ausgang. Die beiden Schränke zerren an meinen Armen, aber Gris scheint es sich anders überlegt zu haben. Er hebt die Hand. Die Schränke glupschen ihn fragend an. Der Arzt zieht sein Portemonnaie hervor und klappt es auf. Hinter durchsichtigem Plastik stecken die Fotos von zwei Frauen. Eine jüngere, mit den gleichen tief liegenden Augen wie Gris, und eine ältere. Wahrscheinlich seine Tochter und seine Ehefrau.

Gris nimmt ein paar Scheine heraus und steckt sie mir in die Hosentasche: »Für die Niere. Der Chip wäre sowieso sehr schwierig zu operieren. Ersparen Sie sich die Risiken. Wahrscheinlich würde sich nur eine von den beiden Schrauben entfernen lassen.«

Sprachlos starre ich ihn an. Dann brülle ich: »Ich will diese Operation! Sie schulden mir was. Das ist nicht mit Geld zu bezahlen!«

Gris wendet sich wortlos ab. Eine kleine Treppe fährt aus seinem viel zu hoch gelegten Auto heraus und er hangelt sich auf den Fahrersitz.

Draußen gibt mir der eine Security-Typ noch einen ordentlichen Stoß in den Rücken, sodass ich fast auf das Gesicht fliege. Am liebsten würde ich meinen Kopf gegen die Wand des Krankenhauses schlagen, bis sich der Chip von meinem Gehirn trennt. Meine Hand tastet nach der Waffe im Rucksack. Wenn er nicht freiwillig operieren will, muss ich ihn zwingen. Die Risiken, von denen Gris geredet hat, sind mir fast egal. Ich will diesen Chip loswerden. Ich atme tief durch. Dann entscheide ich mich, erst mal vernünftig zu sein und zurück zu meiner neuen Wohnung zu fahren.

Während sich die Bahn durch die Betonstadt schlängelt, wandern meine Gedanken zu Lyssa. Was sie wohl gerade macht? Hat sie wirklich gemeint, was sie gestern gesagt hat? Nein, die Sache mit Lyssa ist abgehakt. Ich brauche nicht noch mehr Frustration in meinem Leben, und auch ohne Gabriel habe ich genug Feinde.

Um mich abzulenken, öffne ich Eyevision. Auf der Startseite sind meine Videos, die von Sebastian und Brenda-Lee gefeatured. Nur ein Video ist von einer ›Tami‹ und ich wundere mich, wie sie es auf die Startseite geschafft hat: Das Video hat Millionen von Dislikes. Ich öffne es mehr aus Langeweile als aus wirklichem Interesse.

»Los geht's! Hab das Lied selbst geschrieben: *Wir flieeeegen wie Taaauben, nur höööher und höööher. Oh Baaaaaby, ich fliege mit dir zu den Steeernen ...*«, schallt es mir entgegen und ein paar Fahrgäste schauen mich irritiert an. Schnell stelle ich die Eyewatch leiser.

Auf dem Bildschirm ist ein dickliches Mädchen in einem billigen, mit Pailletten beklebten Kleid aufgetaucht, das sich selbst vor einem Spiegel filmt. Sie lässt die Hüften kreisen und ihr großer Busen wippt auf und ab: »*Zuuu den Steeer-*

nen, wiiie Taaaauben ...«, singt sie schief und streckt die Hände nach oben. Dann beugt sie sich nach vorne und ihr dünnes hellbraunes Haar fliegt durch die Luft: »... so hooch wie meeeine Liiiebe zuuu dir!«, schreit sie und krümmt sich, als hätte sie ein Alien verschluckt, das sich durch ihre Eingeweide frisst.

Verwundert halte ich die Eyewatch näher an mein Ohr. Diese Tami ist keine Asarianerin. Ich höre an ihrer Aussprache, dass sie von hier kommen muss. Neugierig scrolle ich durch die Kommentare, um mehr über sie zu erfahren. Ob sie auch von Bradley engagiert wurde? In den Kommentaren ergießt sich Hass und Spott über sie: »*Krass! In einer Woche zum meistgedislikten Video auf Eyevision! Schreibt euren Freunden, dass sie es auch disliken sollen, damit wir die zehn Millionen sprengen!*«, schreibt jemand. Ein anderer hat kotzende Katzen gepostet und ein Dritter beschwert sich: »*Wer erlaubt diesen Idioten aus der Provinz eigentlich, Chips zu bekommen? Was für ein Müll!*«

Ich schließe Tamis schmerzhafte Gesangseinlage und öffne das neueste Video auf Sebastians Kanal. Es trägt den reißerischen Titel: ›Mordaz nimmt furchtbare Rache‹.

Aggressiv verteilt Mordaz Benzin auf dem Bett meiner Eltern und schreit: »Denkst du, du kannst mir entkommen? Denkst du, du bist so schlau, oder was? Ich schwöre dir, ich schwöre! Ich mache dich fertig, ich bring dich um, du kleine Ratte!«

Sebastian kichert aufgeregt.

Mordaz knallt den leeren Kanister gegen die Wand: »Alles, was du hast, wird brennen. Du hast meine Frau angefasst? Du hast es gewagt, meine Frau anzufassen? Ich töte dich.« Mordaz schnappt sich einen neuen Kanister und rennt fluchend die Treppen herunter. Sebastian kommt kaum hinterher. Im Wohnzimmer erhasche ich einen kurzen Blick auf Serges Beine, die unter einer Decke herausragen, und mein Magen krampft sich schmerzhaft zusammen. Immerhin hat jemand Kerzen aufgestellt.

Im Hof zieht Antrax mit zusammengekniffenem Mund an ihrer Zigarette. Die Haare hängen schlaff über ihr Gesicht. Antrax, Mordaz und Sebastian scheinen alleine zu sein. Haben die anderen Schlangen sie nicht begleitet? Mordaz legt einen Arm um Antrax' Schulter und schreit in die Kamera: »Sag Tschüss zu deinem Haus! Sag Tschüss zu deinen Sachen und sag Tschüss zu deinem Papa! Der Gestank ist eh kaum noch auszuhalten!«

Antrax fletscht die Zähne und wirft ihre Zigarette in eine Benzinpfütze. Das Feuer breitet sich in rasender Geschwindigkeit aus und Sebastian klatscht vor Aufregung in die Hände. Schon nach kurzer Zeit schlagen Flammen aus den Fenstern des oberen Stockwerks in den Abendhimmel.

Wütend scrolle ich durch die Kommentare. Ich kann immer noch nicht fassen, dass das Haus, das noch gestern meine Heimat war, einfach weg sein soll. Dass alles zerstört ist. Dass Serge keine Beerdigung bekommen wird.

»*Ah, der kleine Feuerteufel mit seiner Spinnenfrau. Die kriegen ja auch echt nix gebacken, aber unterhaltsam sind se ja schon. Gut, dass sie Brenda-Lee zur Unterstützung kriegen!*«, hat Grunntal kommentiert.

»*Irgendwie mag ich Mordaz. Wenn ich in der Provinz geboren wäre, würde ich so wie er sein wollen und alles in Brand stecken *böses Lachen**«, kommentiert Elarulez. Manchmal frage ich mich, was in den Köpfen von so einigen Zuschauern vorgeht.

Ich schaue aus dem Fenster und plötzlich sehe ich sie.

Lyssa steht alleine an einer Straßenecke, unauffällig in zerrissenen Jeans und einem großen, schwarzen Pullover mit Kapuze, unter der die türkisen Haare herausquellen. Ihr Anblick lässt mich Mordaz mit einem Schlag vergessen. An der nächsten Haltestelle springe ich aus der Bahn.

16

»Oh, hey«, sagt sie überrascht, aber nicht abweisend.

»Was machst du denn hier?«, frage ich.

»Nichts«, entgegnet sie ausweichend und ich überlege kurz, ob sie vielleicht absichtlich hierhergekommen ist, um mich zufällig zu treffen.

Nein, das glaube ich nicht. Sie wohnt sicher auch in der Gegend.

»Wie geht es meiner Mutter?«, frage ich.

»Gut. Gleich nach der Ankunft sind sie ins Bett gegangen, sagt Ilvana. Sie waren ziemlich müde.« Lyssa lächelt flüchtig und will weitergehen.

Ohne nachzudenken schießt es aus mir heraus: »Hast du Lust, was essen zu gehen?«

Sie zögert und scheint nach einer Ausrede zu suchen. »Jetzt?«, fragt sie unsicher.

»Wann du willst. Keine Ahnung. Es muss nicht jetzt sein. Vielleicht später oder morgen. Oder so.« Ich stottere leicht und es ist mir peinlich.

Sie schaut sich um. Dann gibt sie sich einen Ruck. »Eis auf die Hand?«

Eis auf die Hand ist besser als nichts. Ganz in der Nähe gibt es einen Eisstand und ich zahle für uns beide. Schweigend laufen wir nebeneinander her, während die Hitze das Eis schneller schmelzen lässt, als wir essen können. Lyssa tropft es bereits über die Hand und sie muss lachen. »Eis war eine dumme Idee! Meine Hände kleben total!«

Mittlerweile sind wir vor dem Hochhaus, in dem ich schlafe, angekommen. Lyssa wischt sich die Hände an ihrer Hose ab und lacht dann, weil sie immer noch kleben. »Komm doch mit hoch und wasch sie dir«, schlage ich vor.

»Ist wahrscheinlich besser.«

In der Wohnung gibt es kein fließendes Wasser, aber auf einem der Gänge ist ein öffentlicher Wasserhahn angebracht. Lyssa wäscht sich schweigend ihre schmalen Hände. Gestern Nacht hatte ich so viele Fragen an sie. Aber jetzt fällt mir nichts mehr ein.

Schließlich bricht Lyssa das Schweigen: »Bist du eigentlich den Chip losgeworden?« Ihre hellgrauen Augen schimmern.

»Nein, ein Eyevision-Mitarbeiter war schon vor mir da und hat dem Arzt verboten, mich zu operieren.«

»Und jetzt?«

»Ich werde ihn zwingen!«

»Alleine?«

»Wenn es sein muss!«

Sie sagt nichts, aber ich sehe ihrem Gesicht an, dass sie den Plan nicht für durchdacht hält. Sie wischt sich die Hände an ihrem Pulli ab und ich weiß, dass sie jetzt gehen wird.

»Wie bist du eigentlich in diese Gang gekommen?«, frage ich schnell. Besser als nichts.

»Der Rote Schatten? Ehrlich gesagt, wir haben sie selbst gegründet.«

»Ich dachte, ihr seid die zweitgrößte Armee auf Cainstorm? Mit unterirdischen Parkhäusern und so?«

Sie zuckt mit den Schultern und grinst. »Das erzählen wir immer. Eigentlich sind wir nur zu viert. Mordaz und Antrax wissen nicht genau, wie viele wir sind. Wir versuchen ihnen weiszumachen, dass wir eine ganze Armee haben.«

Ich hatte also richtig vermutet, dass mit Gabriels Geschichte etwas nicht stimmt. »Krass. Ich hätte euch das mit der Armee fast geglaubt«, sage ich und lache erleichtert. Gut, dass sie in keiner richtigen Gang ist!

»Gabriel hat sogar mal überlegt, Schauspieler anzuheuern, damit wir größer wirken.« Lyssa lacht jetzt auch. »Aber das wäre ziemlich teuer. Wir verkaufen die Motorräder der Schlangen, wenn wir an welche rankommen.«

Sie wirkt gelöster und ich nehme meinen Mut zusammen. »Weißt du, ich würde dich gerne richtig zum Essen einladen. Nicht nur Eis. Du hast mir gestern echt geholfen. Das war mehr, als du hättest tun müssen, und vielleicht bin ich morgen schon weg und wir sehen uns nie wieder. Aber wenn du nicht willst, dann gehe ich jetzt alleine essen. Ich habe Hunger. Ich könnte einen Wal auffressen!«

»Wal gibt es hier nicht.« Sie lächelt, schlägt die Augen nieder, und als sie wieder zu mir aufschaut, sagt sie: »Na gut. Lade mich ein.«

Wir sitzen auf der Dachterrasse eines kleinen Cafés und schauen über das Häusermeer von Moorland mit seinen düsteren Straßenschluchten. Über uns knattern gespannte Stofflaken im Wind und schirmen uns gegen die Sonne ab, aber Lyssa packt trotz des Schattens eine Sonnencreme aus. Entspannt strecke ich die Füße von mir und atme tief ein. Wir sind die einzigen Gäste und haben uns den schönsten Platz gesucht, ein riesiges, abgewetztes rotes Sofa. Eine Kellnerin bringt uns Eistee und Fladenbrot mit Paprika und Käsefüllung.

Irgendwie ist Lyssa aufgetaut und nach einer halben Stunde bin ich der Überzeugung, ich hätte mich noch nie in meinem ganzen Leben so gut mit jemandem unterhalten wie mit ihr. Wir springen von einem Thema zum nächsten und lachen, als würden wir uns ewig kennen. Sie erzählt, wie Wolka, Ilvana, Gabriel und sie zusammen in einer eigenen Wohnung wohnen, ohne Eltern. Die Wohnung ist ganz oben, in einem der Hochhäuser, und Lyssa kann von dort bis zum Meer schauen. Sie halten eine Schlange als Haustier, weil Gabriel es lustig findet, sagen zu können, er hätte eine Schlange gezähmt.

Ich bewundere ihr freies Leben, das so ohne jede Regeln und Verpflichtungen zu sein scheint, und erzähle ihr von mir. Von meiner Zeit, als ich mit meiner Mutter fast obdachlos war, und von davor, als wir in einer Wohnung gewohnt haben, mit meinem echten Vater.

»Was ist mit ihm passiert?«, will Lyssa wissen.

Normalerweise rede ich nie darüber. Aber bei ihr fällt es mir leicht. »Ein Grubenunglück. Er hat in einer Mine gearbeitet.« Sie nickt und ich sehe, dass sie Tränen wegblinzelt.

Ich frage: »Du hast gestern zu Gabriel gesagt, dass er die Insel und den Kodex vergessen hat. Von welcher Insel hast du gesprochen?«

Sie zuckt mit den Schultern und berührt geistesabwesend die Metallplatte in ihrem Arm. »Gabriel, Ilvana, Wolka und ich haben uns dort kennengelernt, vor etwa sechs Jahren. Auf der Insel gab es viele Kinder. Die Erwachsenen haben sich nicht wirklich um uns gekümmert. Damals haben wir uns entschlossen zusammenzuhalten.«

Sie schweigt und ich frage verwirrt: »Du warst in einem Waisenhaus?«

»Ja, es war eine Art Waisenhaus. Vielleicht kann man das so sagen. Ein Waisenhaus für behinderte oder schwer erziehbare Kinder.«

»Wieso warst du dann dort?«, frage ich und sage etwas dümmlich: »Bist du ... bist du ...«

Sie lächelt und nickt: »Ein Albino. Ilvana ist stumm und hat extrem empfindliche Augen. Wolka ist manchmal völlig außer Kontrolle und Gabriel fehlen von Geburt an die Unterschenkel. Er trägt Prothesen. Außerdem hat er als Kind geklaut. Deshalb wurde er als schwer erziehbar eingestuft und kam auf die Insel.«

Das erklärt immerhin Gabriels wippenden Gang. Und dass er schwer erziehbar war, glaube ich auch sofort. »Hat dieses Metallstück an deinem Arm etwas damit zu tun?«, frage ich vorsichtig.

»Ja, sie haben es jedem von uns eingesetzt«, antwortet sie leise. »Ich spreche nie darüber. Es ist nichts Schönes. Deshalb versuche ich, es zu vergessen.«

»Kannst du die Platte nicht entfernen, wenn du sie nicht magst?«

»Ich habe es versucht. Wir alle. Vielleicht hast du gesehen, dass Gabriel, Ilvana und Wolka dieselben Platten im Arm haben? Aber wir haben Angst, dass die Wunde zu groß ist. Dass wir verbluten könnten. Deshalb haben wir sie verändert. Ich habe den Fuchs hineingeritzt. Mein Lieblingstier.«

Zu meiner Überraschung zieht sie ihren Ärmel ein Stückchen nach oben und zeigt mir die silberne Platte. Mit einem Finger streiche ich über den Fuchs und spüre kleine Erhebungen, die wie Blindenschrift über das Metall verlaufen. Ein Code? Ich merke, dass Lyssa mir nicht die ganze Wahrheit gesagt hat. Dass da noch mehr ist, von dem sie nicht spricht.

»Ich würde es auch nicht entfernen. Zu gefährlich.« Ich ziehe meine Hand zurück und Lyssa lässt das Metall unter ihrem Ärmel verschwinden. Wir schweigen eine Weile. Lyssas Gesichtsausdruck hat sich verdüstert, als ob sie an eine schlimme Vergangenheit denkt.

»Warum bekämpft ihr die Schlangen?«, frage ich. »Das ist doch Wahnsinn.«

Jetzt lächelt sie wieder. »Auch wenn es sich abgedroschen anhört: Wir wollten etwas Gutes tun. Wir beschützen Moorland. Zumindest ein bisschen. Wir wollen die Gesellschaft verändern.«

»Du hättest meinen Stiefvater kennenlernen sollen. Ihr hättet euch gut verstanden. Er war Kämpfer in einer Widerstandsgruppe gegen Asaria.«

Plötzlich fällt mir siedend heiß ein, dass der Chip um 19 Uhr wieder senden wird. Wie konnte ich das vergessen?

Ich angele die Eyewatch aus meiner Tasche. »Mist. In zwanzig Minuten bin ich wieder auf Sendung. Ich muss zur Wohnung. Es tut mir leid.«

»Kein Ding.«

»Sehen wir uns wieder?«

»Vielleicht.«

Innerlich verfluche ich Eyevision. Ich wünschte, wir hätten wenigstens noch austrinken können. Stattdessen hetze ich wie ein Irrer die Straße entlang, um noch rechtzeitig in die Wohnung zu kommen. Heute gibt es Wand. Oder, noch besser: Schwärze. Ich bin bestimmt nicht Bradleys dressiertes

Zirkustier, das jetzt eine Riesenshow abliefert. Auch wenn ich weiß, dass ich damit Eyevision herausfordere. Aber was hat Bradley jetzt noch gegen mich in der Hand? Kann er mich wirklich über den Chip tracken? Ich werde es jetzt herausfinden.

Als ich auf die Matratze falle, merke ich erst, wie müde ich bin. Fast augenblicklich fallen mir die Augen zu. Alles, was die Zuschauer sehen werden, sind die Innenseiten meiner Lider. Die Stimme erklingt aus weiter Ferne: *»Willkommen bei Eyevision. In zehn Sekunden sind Sie auf Sendung.«*

Ich schalte die Kommentare an und lese mit Genugtuung: *»Laaangweilig! Hat er die Augen zu oder was ist los?«*

Ich wünsche meinen Zuschauern, dass sie sich zu Tode langweilen. Es fühlt sich verdammt gut an, gegen Eyevision zu rebellieren.

»Habt ihr das Video von Brenda-Lee gesehen? Die ist ja echt voll hübsch, vielleicht wird was zwischen Emilio und ihr laufen, wenn die sich begegnen??«, spekuliert ein User.

»Es werden noch mehr Leute aus Asaria nach Cainstorm aufbrechen, um EC00 zu jagen. Zumindest hat Eyevision das in seinem Blog angekündigt. Ein paar Leute aus Cainstorm machen sich auch bereit.« Wer will denn noch alles kommen?

»Für alle, die sich hier beschweren, dass Brenda so brutal wäre: Ihr wisst nicht, wie es da drüben aussieht. Für diesen EC00 ist es wahrscheinlich völlig normal. Töten oder getötet werden, was anderes spielt in der Provinz keine Rolle – und er verdient noch ordentlich Geld dabei«, erklärt ein anderer. Der Kommentar hat eine Menge ›Likes‹.

Aber nach fünfzehn Minuten werden die User richtig sauer. *»Wo ist eigentlich dieser Mordaz, wenn man ihn braucht? Schon wieder beim Tätowierer? Der soll kommen und diesen Idioten zersägen. Dann macht er wenigstens irgendwelche Geräusche!«*

Je länger ich die Kommentare lese, desto nervöser werde ich. Wie weit kann ich Bradley treiben? Bin ich doch zu naiv? Stehen die Schlangen gleich vor meiner Tür?

Plötzlich klopft es und ich reiße die Augen auf. Jemand hat die Tür von außen einen Spalt weit geöffnet.

»Mach die Augen wieder zu«, höre ich Lyssa flüstern. Verwirrt folge ich ihrer Anweisung. Sie schlüpft leise ins Zimmer und lässt den Rollladen herunter. Dann schnappt ein Feuerzeug. »Jetzt kannst du deine Augen wieder öffnen«, sagt sie. Die Wand wird von Kerzenflackern erleuchtet. Lyssas Schatten steht neben meinem sitzenden. Was hat sie vor?

Ihre Eyewatch beginnt Musik zu spielen, während ihr Schatten sich langsam auf die Zehenspitzen hebt. Sie streckt die Arme elegant nach oben, sodass sich die Fingerspitzen fast berühren. Als die Musik schneller wird, dreht sie eine perfekte Pirouette und biegt ihren Rücken so weit nach hinten, dass sie mit den Händen fast den Boden berührt. Dann springt sie und landet auf ihren Zehenspitzen.

»Oh, krass, wer ist das denn? Dachte, du wärst alleine«, schreiben die User.

Gebannt starre ich Lyssas Schatten an, der sich im Takt der Musik so verbiegt, dass ihre Fußsohle für einen Moment ihren Hinterkopf berührt. Wo hat sie das gelernt? Auf dieser Insel? Sie springt aus dem Stand, wirft ihren Kopf zurück, die Arme in einem perfekten Winkel nach oben gereckt. Auch wenn ich keine Ahnung von Ballett habe, weiß ich, dass Lyssa tanzt wie eine Ballerina, die auf eine Bühne gehört.

»Ist das deine Freundin, Emilio??«, die Zuschauer schicken mir Herzen und verliebte Kätzchen. Ich lasse meinen Schatten leicht den Kopf wiegen. Die Kommentare explodieren vor

meinem inneren Auge: »*Wer ist sie?*«, »*Wie heißt sie?*«, »*Ist sie eine von den Schlangen?*«

Ich räuspere mich. »Nächstes Mal. Ich beantworte eure Fragen nächstes Mal.«

Als meine Videoaufnahme stoppt, drehe ich mich zu Lyssa um. »Wow. Das war ...«

Wütend schreit sie: »Bist du eigentlich total bescheuert?«

Ich schweige perplex.

»Du willst Eyevision beweisen, dass du stärker bist, oder? Dass du am längeren Hebel sitzt! Meinst du, die lassen dich einfach gehen, wenn du die Zuschauer langweilst? Nein! Die werden dich wieder irgendwie erpressen! Oder sich an deinen Freunden rächen. An deiner Mutter. An deinem Bruder. Klar muss Eyevision die erst finden, aber das ist ein riesiges Unternehmen. Die haben Tausende von Mitarbeitern.«

Ich bin Lyssa echt dankbar, dass sie mir gerade geholfen hat. Aber mein Kampf mit Bradley geht sie nichts an. »Und wie lange, meinst du, soll ich mich noch von Eyevision herumschubsen lassen? Machen, was die von mir wollen?«

»Du kapierst es einfach nicht!«

Sie stürmt aus der Tür und ich höre sie den Flur entlangrennen. Ich lasse mich auf die Matratze fallen und atme erst mal durch. Nach ein paar Minuten folge ich ihr. Lyssa sitzt auf den Betonstufen vor dem Hochhaus, die Kapuze tief ins Gesicht gezogen. Nur die türkisen Haare hängen heraus.

»Was kapiere ich nicht?«, frage ich sanft.

Ihre blassen Augen sind leicht gerötet: »Ich finde es richtig, dass du nicht machst, was die von dir wollen. Natürlich musst du dich wehren. Aber du musst es geschickter machen. Dein Stiefvater ist tot. Aber deine Mutter und dein Bruder nicht. Deine Freunde nicht. Du hast immer noch eine

Chance, dein Leben zum Guten zu wenden. Setz das nicht durch Trotz aufs Spiel.«

»Sind deine Eltern tot?«

»Nein. Aber ich werde sie trotzdem nie wiedersehen.«

»Warum? Was ist passiert? Haben sie dich in dieses Waisenhaus gegeben?«

Ich spüre die Mauer zwischen uns wieder und weiß, dass ich zu viel gefragt habe. Schweigend sitzen wir nebeneinander. Dann sage ich: »Ich will diese Operation machen. Ich will Professor Gris dazu zwingen, mich zu operieren. Jetzt.«

Sie schaut mich mit dem gleichen düsteren Ausdruck in ihren Augen an, den sie hatte, als sie über die Insel gesprochen hat. »Ich komme mit. Ich werde dir helfen.«

»Warum?«

Sie starrt in die Ferne und ich versuche, ihren Gesichtsausdruck zu deuten. Da ist etwas in ihrem Blick, was nichts mit mir zu tun hat. Ist es Hass?

»Ich habe meine Gründe«, sagt sie.

»Es wird gefährlich.«

»Glaub mir. Du kannst mich nicht aufhalten. Egal was du sagst. Ich komme mit.«

»Warum?«

Sie schüttelt nur den Kopf. Wie fern sie mir ist, wie wenig ich sie verstehe und wie dringend ich sie verstehen will. Mehr als jemals jemand anderen zuvor.

Meine Eyewatch vibriert, die Nummer ist unterdrückt. Wahrscheinlich jemand von Lyssas Freunden. Schließlich habe ich jetzt ihre Eyewatch. Vielleicht auch meine Mutter.

Ich nehme ab und ein aufgedrehtes »Heyheyhey« begrüßt mich. Bradley.

Ein Schauer läuft mir über den Rücken. »Wie hast du meine Nummer herausgefunden?«

»Betriebsgeheimnis!« Er lacht.
»Was willst du?«
»Warum so garstig? Hat doch gestern alles noch gut geklappt, oder?« Seine Stimme klingt selbstgefällig und geht in ein schrilles Lachen über.
»Was hat gut geklappt? Mein Haus ist abgebrannt!«
»Du wurdest nicht zersägt und bist wieder auf Sendung!«
Es hat keinen Sinn, mit ihm zu sprechen. Bradley riecht den Erfolg wie der Alkoholiker den Schnapsladen an der Ecke. Alles andere ist ihm egal.
Aufgeregt fährt er fort: »Das ist auch der Grund, warum ich anrufe. Diese kleine Schattenshow heute war ja ganz nett, aber morgen will ich wieder mehr Action sehen. Du kennst bestimmt Brenda-Lees neuestes Video? Brenda wird morgen in Cainstorm eintreffen und ist schon ganz heiß darauf, auf Jagd zu gehen. Du weißt, was das für dich bedeutet? Entweder eine gute Show oder ich schiebe Brenda einen Zettel mit deinem Aufenthaltsort zu.«
»Du weißt nicht, wo ich bin! Woher willst du das wissen?«
»Du bist in Moorland. Zweiundzwanzigster Bezirk. Das Hochhaus mit der Nummer 2023.«
Ich schlucke. Er hat recht. »Mein Chip hat GPS, oder?«
»Schlauer Junge. Deshalb habe ich auch gesehen, dass du heute in einem Krankenhaus warst. Was hast du da gemacht?«
»Ich habe mir den Knöchel gebrochen.«
Bradley lacht keuchend. »Aha. Und jetzt bitte die Wahrheit.«
»Ich dachte, ich werde schizophren. Manchmal habe ich sogar das Gefühl, andere Leute schauen durch meine Augen. Das wollte ich untersuchen lassen.«
Er lacht wieder, aber ich merke zu meiner Genugtuung, dass er sauer wird: »Und? Konnten sie dich heilen?«

»Nein, aber sie haben mir geraten, die Leute zu erschießen, die ich am meisten hasse. Dann würde es besser werden.«

»Hört sich nicht nach einer langfristigen Lösung an. Wie auch immer. Professor Gris hat mir erzählt, er hätte dich sofort rausschmeißen lassen. In einem anderen Krankenhaus musst du es gar nicht erst versuchen. Professor Gris ist der einzige Gehirnchirurg auf diesem unterentwickelten Kontinent. Und diese Voodoo-Priesterinnen werden dich eher bei dem Versuch umbringen, als dass sie das Ding ordentlich aus deinem Hirn schneiden. Danach bist du im besten Fall schwerbehindert. Ein sabberndes, unselbstständiges Kind. Willst du das?«

»Ja, vielleicht.«

Er hat immer noch Angst, dass ich zu einer Priesterin gehe. Wahrscheinlich hat diese Damaris ihn endlich in ihr Märchenschloss eingeladen und jetzt darf nichts mehr schiefgehen. »Emilio, das hier dauert nicht ewig und danach ...«

Ich lege auf.

Als es schon dunkel ist, treffe ich mich mit Lyssa. Sie hat die Haare zu einem Zopf zusammengebunden und trägt unauffällige schwarze Klamotten. In der Hand hält sie einen Rucksack und grinst teuflisch: »Jetzt zeigen wir es Eyevision.«

Ich weiß nicht, warum sie es Eyevision unbedingt zeigen will, aber bei der Vorstellung, den ganzen Abend mit ihr alleine zu verbringen, muss auch ich grinsen und mein Herzschlag beschleunigt.

Es gibt keine Möglichkeit, zum Krankenhaus zu kommen, ohne dass Bradley es erfährt. Also fahren wir einfach los und schauen, wie Bradley reagiert. Wer weiß, ob Gris überhaupt noch da ist.

Lyssa steigt auf ihr Motorrad und hält mir ihren Rucksack

hin. Ich ziehe ihn auf, schwinge mich hinter sie und halte mich an ihr fest. Sie gibt Gas und wir rasen durch den Matsch. Die Straßen sind schlecht beleuchtet. Einzelne Lampen und Lyssas Scheinwerfer lassen Lichtflecken über den grauen Beton tanzen. Lyssa riecht nach Benzin und gleichzeitig wie der schönste Sommertag. Ich spüre ihre Wärme und wie sich ihre Muskeln bewegen, wenn sie sich in die Kurven legt. Ob sie Gabriel gesagt hat, dass sie mit mir alleine unterwegs ist?

Meine Eyewatch klingelt, als wir das Memorial-Krankenhaus fast erreicht haben. Natürlich ist es Bradley. Ich stelle auf laut, damit Lyssa mithören kann.

»Emilio, warum fährst du in Richtung Milescaleras? Du bist doch nicht schon wieder zu diesem Krankenhaus unterwegs? Oder wo willst du hin?« Er klingt angetrunken und ich verstehe ihn schlecht, wegen der lauten Musik und den lachenden Menschen im Hintergrund.

»Ich mache einen Ausflug«, sage ich tonlos.

»Na, na, na. Mein Budget wurde erhöht. Sehr erhöht. Ich könnte Soldaten zu deinem Schutz schicken. Die geleiten dich dann zurück. Aber bisher sind wir doch ganz gut miteinander ausgekommen. Soll sich das ändern?«

»Ich treffe ein paar Freunde. Dann fahre ich zurück.«

»Besser so. Wir sind noch nicht auf dem Höhepunkt. Wir werden Eyevision zeigen, wie man Quote macht, und du bekommst noch mehr Geld. Hast du dir schon was Schönes gekauft? Ich habe gesehen, dass du schon einiges abgehoben hast.«

»Ja, einen neuen Vater. Er ist aus Metall, was ihn etwas ungelenkig macht, aber ich habe ihm beigebracht, meinen Namen zu sagen.«

Bradley ignoriert mich. »Denk nicht mal dran zu sterben!« Dann legt er auf.

Lyssa gibt Gas und wir rasen durch die Straßen auf das Krankenhaus zu. Ihr Zopf hat sich gelöst, ihre Haare peitschen durch mein Gesicht. Meine Hände sind schweißnass. Ich bete, dass Gris noch nicht Feierabend gemacht hat.

Als sich das Krankenhaus vor uns gegen den dunklen Nachthimmel abzeichnet, hält Lyssa an und dreht sich zu mir: »Was weißt du über Gris?«

»Nicht viel. Er ist Anfang sechzig, helle Haut und er arbeitet für Eyevision ... und er hat anscheinend eine Frau und eine Tochter. Ich habe ihr Bild in seinem Portemonnaie gesehen.«

»Wie alt ist die Tochter?«

Ich zucke mit den Schultern. »Vielleicht etwas älter als wir?«

In dem Moment klingelt die Eyewatch wieder. Ich stelle auf laut.

Musik donnert aus dem Gerät, sodass ich Bradley kaum verstehe. Er lallt leicht: »Was machst du beim Memorial-Krankenhaus? Ich habe dir doch verboten, dort hinzugehen!«

Ich stelle mir vor, wie ich ihn mit bloßen Händen erwürge, schlucke aber meine Wut herunter: »Ein Freund von mir liegt hier. Er hat Verbrennungen.«

Bradley lacht laut und schnatternd wie ein Delfin: »Hör zu, Emilio. Mach, was du willst. Meinetwegen. Geh ins Memorial-Krankenhaus. Professor Gris wird dich sowieso nicht operieren. Hat dir der Arme nicht erzählt, dass er seine Staatsbürgerschaft verliert, wenn er dir hilft? Geschweige denn, dass du ihn überhaupt findest. Ich habe gehört, sein Büro ist ziemlich versteckt?«

Ich sage nichts und schaue zu Lyssa, die sich ein Messer in den Stiefel steckt.

Bradley seufzt: »Ich trinke diesen wunderbaren Mojito aus, und wenn du dann immer noch in der Nähe dieses Krankenhauses bist, schicke ich das Sondereinsatzkommando. Die sind sehr freundlich, aber entschieden, und bringen dich zurück ins Bett. Also keine Dummheiten. Ich habe meine Augen überall, wie ein Falke, der über der Stadt kreist.«

Falke? Schnapsdrossel!

Wir haben den Parkplatz des Krankenhauses erreicht. Möglichst unauffällig schleichen wir um das Gebäude. Wie viel Zeit haben wir, bevor Bradley seine Leute schickt?

»Hey, hey!«, zischt eine Stimme aus der Dunkelheit. Lyssa und ich fahren erschrocken herum.

Ein rotes Zelt ragt aus dem Gebüsch und ein Kopf mit kurzen Dreadlocks schiebt sich aus dem Eingang. Ich kann es nicht glauben und Jago noch weniger.

»Du Idiot!«, schreit er. Wir fallen uns in die Arme, als hätten wir uns seit Jahrzehnten nicht gesehen. Woher wusste er, dass ich hier bin?

Er boxt mir gegen die Brust und schüttelt ungläubig den Kopf: »Du bist echt der größte Idiot! Wie konnte ich auf deine Lügen hereinfallen? Dass du die Eyewatch verloren hast, echt! Ich sehe immer, wenn du lügst. Immer! Nur dieses Mal nicht.«

»Tut mir leid!«

»Das hoffe ich für dich. Weißt du, wie lang ich nach deiner dämlichen Eyewatch gesucht habe? Stunden! Ich hab die ganze Müllhöhle mit bloßen Händen umgegraben! Aber dein Plan war nicht schlecht. War das ganze Geld in meinem Briefkasten von dir?«

»Als Wiedergutmachung. Für deinen Laden. Du weißt, dass ich dich nur schützen wollte, oder?«

»Ja, das ist mir dann klar geworden.«

Lyssa unterbricht uns: »Hey, ihr zwei. Wir müssen weiter!«

Überrascht betrachtet Jago Lyssa. »Du bist doch die von der Party? Und aus dem Video! Die, die vor Schlangenkopf abgehauen ist?«

»Ich bin Lyssa und ja, ich hatte ungewollt einen kleinen Gastauftritt in Emilios Sendung.« Sie mustert Jagos kariertes Jackett über dem gelben Pullover und der gelben Jeans. Dann dreht sie sich um und beginnt, die Feuertreppe zu erklimmen, die an dem Gebäude hochführt.

Jago zuckt mit den Schultern. »Egal wie der Plan ist und was ihr vorhabt, ich bin dabei.« Er klettert Lyssa hinterher, bevor ich ihn aufhalten kann.

Ich folge ihnen und höre von oben Lyssa fragen: »Kannst du mit einer Waffe umgehen?«

Jago formt mit der Hand eine Pistole: »Bestimmt. Abzug drücken und zielen.«

»Fast. Zielen und dann abdrücken«, Lyssa wirft ihm eine Pistole zu.

Ich habe Jago fast eingeholt. »Hey, es wäre mir lieber, wenn du auf dem Parkplatz wartest!«

»Ich weiß«, ruft er und klettert weiter die Feuertreppe hinauf.

Noch mal werde ich Jago nicht los. Ein bisschen freut es mich.

Im vierten Stockwerk finden wir eine unverschlossene Tür, die in das Krankenhaus führt. Die Patienten schlafen in den Treppenhäusern und auf den Fluren. Sogar im Aufzug liegt einer. Ich habe das Gefühl, dass sie uns heimlich unter ihren Decken hervor beobachten. Nervös suchen wir die Wände nach Geheimtüren ab. Wo um alles in der Welt ist Gris' Büro? Mein ganzer Plan kommt mir auf einmal absolut dilettantisch vor. Wer weiß, ob Gris überhaupt noch hier ist? Ich kann nur hoffen, dass Bradley kotzend über irgendeiner Toilette hängt und keine Zeit hat, Sondereinsatzkommandos zu schicken.

»Wie hast du mich gefunden?«, flüstere ich Jago zu.

»Na ja, du hast mir doch erzählt, dass dein Vater seine Niere an einen Arzt im Memorial-Krankenhaus verkauft hat. Also hab ich mich auf den Weg hierher gemacht. Hab mich durchgefragt. Bin erst vor ein paar Stunden angekommen und habe auf dich gewartet.«

»Du hättest Detektiv werden sollen«, murmele ich anerkennend.

»Kann ich euch weiterhelfen?« Wir fahren herum. Vor uns steht eine Pflegerin mit braunem Topfhaarschnitt. Ihre rosa Brille vergrößert ihre Augen, wie bei einem Insekt, und sie hält das gleiche Kästchen mit dem roten Knopf in der Hand, das auch Gris hatte, um die Security zu rufen. »Sucht ihr etwas Bestimmtes? Die Besucherzeit ist um.«

»Nein. Wir haben uns verlaufen, wir …«, setze ich an.

Lyssa schiebt sich an mir vorbei: »Gut, dass Sie da sind. Sie müssen mir unbedingt helfen. Ich suche meinen Papa, Hypotatis Gris! Ich will ihn überraschen, er weiß nicht, dass ich komme!«, flötet sie mit perfektem asarianischem Akzent.

Die Augen der Frau werden groß: »Sie sind Amalia Gris?«

»Äh, ja, genau, Amalia!« Lyssa gibt der Frau die Hand.

Wahrscheinlich wundert die sich über Lyssas kreideweiße Haut oder darüber, warum Gris' Tochter mitten in der Nacht durch das Krankenhaus schleicht. Misstrauisch fragt sie:

»Haben Sie einen Ausweis? Oder irgendetwas mit Ihrem Namen?«

»Nein«, Lyssa starrt die Frau hart an, die nervös ihre Brille zurechtrückt.

»Okay. Also Professor Gris ist ihr Vater?«

»Ja, so ist es.«

»Dann wissen Sie sicher, dass Ihr Vater auf Asaria in diesem Zentrum gearbeitet hat. Wie hieß es gleich noch mal?« Die Frau tut so, als würde ihr der Name nicht einfallen. Jago und mir stockt der Atem, aber Lyssa bleibt ruhig. »Sie meinen das Asul-Asaria-Hirnforschungszentrum für neue Technologien? Es liegt in einem kleinen Wald, ein Stück entfernt von der Straße. Am Wochenende sind wir oft dorthin gegangen, um die Rehe mit Nüssen zu füttern. Oh, und ich habe mir die Haare gefärbt. Das ist jetzt so Mode bei uns.«

Die Frau lacht: »Das mit dem Wald weiß ich nicht, aber der Name stimmt!«

Jago und mir bleibt der Mund offen stehen. Woher um alles in der Welt wusste sie das? War sie schon mal da? Aber wie?

Die Pflegerin schiebt aufgeregt ihre rosa Brille zurecht: »Wissen Sie, wäre ich nicht auf Cainstorm geboren, sondern auf Asaria, hätte ich auch Veterinärmedizin studiert. So hat es nur zur Krankenschwester gereicht. Aber ich will Sie nicht aufhalten. Ihr Vater ist in seinem Büro. Sind Sie heute aus Asaria angekommen?«

»Ja, genau, mit dem Schiff. Ich habe eine Sondergenehmigung bekommen. Es ist nicht einfach, als Asarianer hier rüberzureisen.«

Jago und ich folgen Lyssa und der Frau, die nun beruhigt vor uns hereilt. Lyssa dreht sich kurz zu uns um und zwinkert. Verwundert folgen wir ihr. Warum hilft sie mir? Bestimmt nicht nur, weil sie mich vielleicht mag. Da ist mehr. Sie will sich an Eyevision rächen. Aber warum?

Die Krankenschwester betritt den Aufzug und steckt eine Karte in einen Schlitz. Der Aufzug fährt in ein Stockwerk unter dem Parkplatz, das anscheinend auf normalem Weg nicht zu erreichen ist. Da hätten wir lange suchen können. Die Gänge sind verlassen. Keine Patienten, keine Ärzte. Vor einer Tür bleibt die Schwester stehen und klopft.

»Herein«, kommt es barsch von drinnen.

Schwungvoll öffnet sie die Tür und ruft: »Ich bringe Ihnen eine Überraschung, Herr Gris!«

Gris sitzt hinter einem dunklen Schreibtisch in der Mitte seines riesigen Büros und starrt uns überrumpelt an. Es riecht nach Tabak und schwerem Altherrenparfüm.

»Ich lasse Sie alleine! Viel Spaß beim großen Wiedersehen. Herr Gris, ich sorge dafür, dass Sie nicht gestört werden.«

»Moment. Was?«, Gris springt auf, aber da huscht die Frau schon freundlich lächelnd davon.

Das läuft ja besser als gedacht! Ich ziehe die Tür von innen zu. Lyssa richtet ihre Pistole auf Gris' Kopf. »Keine Bewegung.«

Angewidert mustert Jago eine Reihe von Gläsern, in denen verschieden große Gehirne in einer gelben Flüssigkeit eingelegt sind. Manche sind winzig, wie die von Mäusen oder Ratten, andere scheinen von Menschen zu stammen. An den Wänden hängen jede Menge Urkunden, die meisten ausgestellt von Eyevision.

»Was wollt ihr?«, raunzt Gris. Ich bleibe vor seinem Schreibtisch stehen. Seine kleinen Augen mustern mich stechend.

»Sie haben mir diesen Chip implantiert und jetzt werden Sie ihn herausoperieren.«

Er grunzt abfällig. »Ich habe dir heute Mittag dazu schon alles gesagt.«

Mit wenigen Schritten umrunde ich den Tisch und drücke ihm meine Waffe an die Stirn. »Sie haben mir diese Horror-Show in den Kopf gepflanzt und jetzt sind Sie leider Teil davon. Sorry, aber Sie können nicht Frankenstein spielen und sich dann aus der Verantwortung ziehen.«

Seine Augen spießen mich auf. Er scheint zu überlegen, wie er der Situation entkommen kann. Aber seine Tasche mit dem Alarmknopf lehnt weit entfernt an einer der Gehirn-Vitrinen. Er grunzt: »Es war deine freie Entscheidung, den Chip implantieren zu lassen. Du bist doch kein Kind mehr, oder? Erwachsene fällen Entscheidungen und müssen dann damit leben.«

»Es ist meine freie Entscheidung, ihn wieder loszuwerden. Wenn Sie sich weiter weigern, landet Ihr Gehirn gleich in einem dieser Gläser.« Ich spanne den Hahn.

Er knetet seine adrigen Hände, dann gibt er wütend auf. »Das ist doch alles nicht zu glauben! Was für ein Tohuwabohu und was für ein schlechter Führungsstil von Eyevision! Das kann doch nicht sein, dass sie ihre Chipträger nicht unter Kontrolle haben! Hier kann ich nicht operieren. Wir müssen in den OP.«

Lyssa zischt: »Wenn Sie irgendwem auf dem Gang auch nur einen falschen Blick zuwerfen, sind Sie tot und alle anderen drum herum auch, verstanden?«

Ohne Zwischenfälle erreichen wir den leeren Operationssaal. Die anderen Pfleger und Ärzte scheinen Feierabend gemacht zu haben. Gris drückt einen Schalter und das harte, weiße Licht offenbart einen OP-Tisch und viele silbern glänzende Geräte.

Jago verriegelt die Tür und Lyssa sagt sehr freundlich zu Gris: »Wenn bei der OP irgendwas schiefgeht, wenn er danach behindert ist oder tot, haben Sie ein Loch im Kopf.« Es gefällt mir, wie sie das sagt.

Gris fixiert sie mit seinen kleinen Augen. Schweißperlen glänzen auf seiner Stirn. »Bei einer Gehirnoperation garantiere ich nie irgendetwas. Schon gar nicht bei so einer. Ich würde Ihnen sowieso nicht raten, die OP hier auf Cainstorm zu machen. Die Geräte sind veraltet, es kann zu Entzündungen kommen, der Chip ist mittlerweile eingewachsen.«

»Denkst du, wir spielen hier?«, brülle ich. Jago schaut mich ängstlich-warnend an. Etwas leiser fahre ich fort: »Waschen Sie sich die Hände, machen Sie Ihre Yoga-Übungen oder was Sie sonst noch so vor einer OP machen, und fangen Sie an.«

Ich schwitze. Der Griff der Pistole ist schweißnass. Ich lege mich auf den OP-Tisch. Mit Chip sterbe ich so oder so. Durch Mordaz, durch Brenda oder durch einen Herzinfarkt. Ich bin bereit, jedes Risiko einzugehen.

»Nicht mit Straßenschuhen«, blafft Gris.

Ich schmeiße sie in eine Ecke des Raumes, während Gris Plastikhandschuhe überstreift. Dann spannt er meinen Kopf in eine metallene Vorrichtung, sodass ich ihn nicht mehr bewegen kann. Dankbar, dass sie da sind, suche ich Blickkontakt zu Lyssa und Jago, bis mir Gris ein großes grünes Tuch über den Kopf wirft. Ich spüre seine Finger in meinem Nacken. Angespannt klammere ich mich an den Tisch und zucke zusammen, als sich etwas Kaltes auf meinem Hinterkopf verteilt und meinen ganzen Nacken taub werden lässt. Dann höre ich das Brummen eines Rasierers. Nachdem er die Haare um die Schrauben entfernt hat, erklingt ein schrilles Sirren. Instinktiv ziehe ich die Schultern nach oben. Mein

Kopf vibriert und meine Zähne schlagen aufeinander. Durch die Betäubung spüre ich Hitze.

»Skalpell«, höre ich Gris' Stimme gedämpft durch das Tuch. Die Nerven in meiner Kopfhaut brennen bis zur Stirn. Wie viel Zeit ist schon vergangen, seit wir hier sind? Auf jeden Fall mehr als zehn Minuten. Ich stelle mir vor, wie Bradleys Sondereinsatzkommando durch die OP-Tür bricht, während ich hier mit geöffnetem Schädel liege, und versuche, an etwas anderes zu denken. Warme Sommernächte am Strand. Fußball. Luc im Schatten des Olivenbaums, wie er mit seinen Holzautos spielt.

»Mikropinzette. Nein, nicht die! Das ist doch keine Mikropinzette!«

»Das sieht alles gleich aus!«, entgegnet Lyssa.

Ich fühle mich benommen. Die Vorrichtung hält meinen Kopf fest umschlossen und ich will jetzt, trotz der Betäubung, schreien vor Schmerz. Ich versuche, mich an einen anderen Ort zu denken und völlig auszublenden, was um mich herum passiert. Nach einer gefühlten Ewigkeit stoppt der Schmerz.

»Gehirnwatte. Ja, genau das. Was sonst?« Gris tupft, dann sprüht er etwas Kaltes, das das Brennen betäubt.

»Jetzt noch ein bisschen nähen, so, sehr schön. Das Pflaster. Voilà! Kannst du für mich bis fünf zählen?«

»Eins, zwei, drei, vier, fünf«, nuschele ich.

»Sein Gehirn scheint noch zu funktionieren. Ich würde Sie bitten, meinen OP-Saal jetzt zu verlassen.« Gris öffnet den Metallring um meinen Kopf so unerwartet, dass ich mit der Stirn fast auf den Tisch schlage.

»Was ist mit der anderen Schraube? Entfernen Sie die erst!«, schreit Lyssa. Sie ist noch bleicher als sonst.

Gris reißt sich mit einem Ratschen die Handschuhe von

den Händen. »Junge Frau, Sie haben gesagt, Sie erschießen mich, wenn er stirbt oder sein Hirn verletzt wird. Das Risiko ist mir zu hoch. Ich habe die Schraube entfernt, die nicht so tief gesessen hat. Die andere werde ich nicht alleine entfernen. Es braucht ein ganzes Team für so eine Operation! Besseres Equipment, Medikamente! Dieses Krankenhaus hier ist völlig veraltet. Nur ein Laie mit einem hohen Nichtwissen und Ignoranz könnte auf einer solchen OP bestehen! Freuen Sie sich doch. Immerhin ist eine Schraube draußen.«

Verwirrt und benommen taste ich an meinen Hinterkopf. Ein großes Pflaster klebt dort. Trotzdem spüre ich, dass eine Schraube fehlt! Die andere steckt noch immer fest verankert in meinem Kopf. Erschöpft sinke ich zurück auf den OP-Tisch.

Gris hat eine Art riesigen Fotoapparat hervorgeholt und macht ein Bild von meinem Kopf. Das Display zeigt ein schwarz-weißes Ultraschallbild. Ich sehe mein eigenes Gehirn! Eine dünne, längliche Schraube steckt deutlich sichtbar in dem Gewebe. An ihrem Ende sitzt eine runde Scheibe, die mit Nervenbahnen verwachsen scheint. Das muss der Chip sein. Ich bin kein Profi, aber selbst ich würde sagen, dass er zu tief in meinem Gehirn steckt.

Ich nehme die herausoperierte Schraube in die Hand und drehe sie in meinen Händen. An ihrem spitzen Ende sitzt eine winzige rote Kugel, die circa alle drei Sekunden aufleuchtet. »Was ist das?«, will ich von Gris wissen.

»Ein Datentransmitter. Er sendet Daten an Eyevision: deine Puls- und Herzfrequenz, Gehirnströme.«

»Meinen Aufenthaltsort?«

»Ja, den auch.« Gris hat sich von mir weggedreht und beginnt, seine Geräte zu desinfizieren.

»Und der Chip mit der anderen Schraube, die noch in meinem Kopf ist, was macht der?«

»Der sendet das Bild und den Ton.«

»Keinen Aufenthaltsort?«

»Nur ungenau. Sehr ungenau. Nur wenn man in deiner Nähe ist.«

Es trifft mich wie ein Schlag. Ich bin frei! Endlich. Immer noch benommen und halb betäubt, fange ich an zu kichern. »Scheiß auf den Chip! Bradley kann mich mal! Eyevision kann mich mal! Sie können mich nicht mehr finden!«

Jago schlägt in meine Hand ein. Lyssa sieht etwas unglücklich aus. Es scheint ihr nicht zu passen, dass der Chip noch immer in meinem Kopf steckt.

Gris will sich aus dem OP schleichen, aber Jago springt ihm hinterher und hält ihn am Ärmel fest: »Hey, Professor Gris. Sie haben da ja eine goldene Eyewatch, kann ich die mal haben? Entsperrt?«

Gris folgt Jagos Anweisung widerwillig und lässt sie in dessen geöffnete Hand fallen. Jagos Grinsen wird breiter und breiter, als er sich durch die Eyewatch navigiert: »Hat jemand Lust, Bradley zu besuchen? Seine Adresse ist eingespeichert. Er wohnt auf dem Sunrisehill.«

Der Sunrisehill ist das Wohnparadies der besonders reichen Asarianer. Ein dreißig Meter hoher Betonquader, mitten in Milescaleras. Bepflanzt mit Bäumen und Büschen, wie eine grüne Kuppel, die sich wie der Garten Eden über der Stadt erhebt.

»Wohnen Sie auch dort?«, frage ich Gris. Er zeigt keine Reaktion.

»Ja! Sie wohnen dort. Bringen Sie uns in Bradleys Wohnung und wir lassen Sie gehen.« Ich drehe mich zu Lyssa: »Lust auf ein Abenteuer?«

»Immer!«

17

Hypotatis Gris sitzt angespannt auf dem Fahrersitz seines teuren schwarzen Schlachtschiffs. Eigentlich ist es eher ein kleiner Panzer. Das Ding ist gesichert, als würde er damit durch ein Kriegsgebiet fahren. Das Metall der Türen und die Scheiben sind so dick, dass sie bestimmt einem Atomangriff standhalten könnten. Ich sinke in den beheizten Ledersessel. Zigarrenqualm und das schwere Altherrenparfüm nebeln mich ein und ich schließe die Augen. Seit der OP ist die Welt in ein sanftes Licht getaucht und alles scheint sich ein wenig langsamer zu bewegen.

Der GPS-Datensender liegt zusammen mit meiner Eyewatch im Krankenhausmüll und ich weiß, dass ich Bradley zum ersten Mal einen Schritt voraus bin.

Vom Rücksitz aus singt Jago lauthals ein Spottlied über Asul Asaria. Beim Refrain stimme ich ein und Gris zuckt genervt mit den Mundwinkeln. Im Rückspiegel sehe ich, wie uns Lyssa auf ihrem Motorrad folgt.

Sunrisehill ragt vor uns auf wie ein Raumschiff, das auf einem unterentwickelten Planeten gelandet ist. Ich lasse Gris halten und steige aus, um mich mit Lyssa zu besprechen:

»Was ist mit den Waffen? Was ist, wenn sie uns durchsuchen und die Pistolen finden?«

»Wenn das passiert, werden sie sofort wissen, was los ist. Wir sollten sie hierlassen.«

»Du musst nicht mitkommen. Ich mache das auch alleine. Wahrscheinlich werden sie unsere Gesichter filmen«, sage ich.

»Ist mir egal. Ich komme auf jeden Fall mit.« Lyssa wirkt mehr als entschieden. Sie scheint so angespannt, dass sie fast zittert.

»Alles okay?«, frage ich.

Sie nickt und atmet ein paarmal tief durch. Dann nimmt sie neben dem Professor Platz, während ich mich hinter ihnen auf die Rückbank schwinge. Jago wünscht uns Glück, dann steigt er auf Lyssas Motorrad, um dort zu warten. Zwei zusätzliche Personen sind weniger auffällig als drei.

Vielleicht ist Bradley schon zu Hause und liegt betrunken in seinem Bett? Allein der Gedanke daran, ihm zu begegnen, lässt eine diabolische Freude in mir aufsteigen. Ich will ihm heimzahlen, was er mir angetan hat. Wie das aussehen wird, weiß ich noch nicht. Aber ich stelle mir vor, wie er wie ein Seestern über den Boden robbt, wenn ich mit ihm fertig bin. Bradley hat jetzt sicher genug Geld für einen guten Arzt.

Als wir uns der Schranke vor Sunrisehill nähern, flüstere ich Gris zu: »Wenn Sie den Wachmännern irgendein Zeichen geben, erschieße ich Sie von hinten.«

Gris hat nicht gesehen, dass wir die Waffen bei Jago gelassen haben. Aber seiner Mimik nach zu urteilen, wird er sowieso keinen Widerstand leisten. Er ist fix und fertig. Der Wachmann lehnt sich vertrauensvoll nach vorne: »Sie sehen nicht gut aus, Professor Gris. Alles okay bei Ihnen?«

»Milescaleras deprimiert mich.«

Der Wachmann nickt: »Das hier ist ein hartes Pflaster. Darf ich fragen, von wem Sie begleitet werden?«

»Von meiner Tochter, und auf der Rückbank sitzt ihr Freund.« Gris hört sich an wie ein Roboter mit sterbenden Batterien.

»Ich muss Sie darauf hinweisen, dass Sie Gäste vorher anmelden müssen. Wenn die beiden länger als eine Stunde bleiben, muss ich ihre Personalien aufnehmen und ein Profil anlegen, sonst kann ich sie nicht hochlassen.«

Lyssa lächelt freundlich und spricht wieder mit ihrem perfekten asarianischen Dialekt: »Wir sind in einer Stunde wieder weg, versprochen! Ich schaue mir nur kurz die Wohnung meines Vaters an. Mein Schiff fährt heute Nacht zurück nach Asaria. Ich will Ihnen keine Extraarbeit machen.«

Und wieder verfehlt ihr asarianischer Akzent seine Wirkung nicht. Der Wachmann, der seiner Aussprache nach aus Cainstorm kommt, lächelt fast unterwürfig. »In Ordnung. Herzlich willkommen. Schauen Sie geradeaus.«

Eine Kamera fährt aus dem Boden und scannt unsere Gesichter. Dann dürfen wir passieren. Das Tor wird langsam nach oben gezogen und wir rollen in einen dunklen, leeren Raum. Ich muss an den Schlund eines Ungeheuers denken, das uns verschluckt. Ein blitzendes Licht fährt langsam über das gesamte Auto.

»Sie scannen uns«, wispert Lyssa. Gut, dass wir die Waffen draußen gelassen haben. Ich beobachte Gris im Rückspiegel, aber der sitzt da wie tot.

»Wenn Sie alles machen, was wir wollen, lassen wir Sie gehen«, flüstere ich. Gris reagiert nicht. Das Auto wird mit Desinfektionsmittel besprüht, dann befördert uns ein Aufzug ins nächste Stockwerk und wir gleiten in eine Reihe mit anderen schlachtschiffartigen Autos.

Mein Herz rast vor Aufregung. Mal sehen, wie du wohnst, Bradley!

Im oberen Stockwerk haut mich der Geruch von frisch geschnittenem Gras fast um. Ich atme tief ein. Staunend betrachte ich die Parkanlage. Riesige, uralte Bäume. Meterhohe Büsche, überladen mit perfekten, fast unecht wirkenden Blüten verteilen sich über den Rasen. Ich sehe kein braunes Blatt, nicht ein Grashalm scheint länger zu sein als die anderen. Obwohl es mitten in der Nacht ist, höre ich einen Vogel singen und ein Pfau mit fluoreszierenden Federn stolziert an uns vorbei. Ich habe niemals zuvor in meinem Leben so viel Natur auf einmal gesehen. Wer hätte gedacht, dass der Mörder von Serge zwischen Pfauen und Rosenbäumchen wohnt?

Ich pflücke eine abnormal große Blume, um zu testen, ob sie aus Plastik ist. Aber sie ist echt. Lyssa hüpft summend über das exakt geschnittene Gras. Gris beobachtet uns argwöhnisch. Wahrscheinlich benehmen wir uns für Kidnapper ziemlich absonderlich.

Mehrere Gebäude mit hohen Marmorsäulen und eindrucksvollen Glasfassaden erheben sich vor uns in der Dunkelheit. Gris steuert das vorderste an. Hinter wenigen Fenstern brennt noch Licht. Weiße Marmortreppen führen zu einer gläsernen Eingangstür, die durch Gesichtserkennung gesichert ist. Gris stakst mit steifen Schritten durch die Tür und eine Wolke aus Desinfektionsmittel nebelt uns ein. »Was ist das?«, huste ich.

Gris antwortet mechanisch: »Gegen Keime. Die ganze Provinz ist verseucht.«

»Es heißt ›Cainstorm‹, nicht ›Provinz‹«, verbessere ich. Gris nimmt es ausdruckslos hin.

Die breiten Gänge sind mit Grasboden bepflanzt und Wasserfälle laufen die mit Granit ausgekleideten Wände hinab.

»Hey, Hypotatis, sind eure Toiletten eigentlich aus Gold?«, frage ich mit gespielt ernstem Tonfall. Lyssa kichert.

Gris zischt: »Und wenn sie es wären. Wir haben dafür gearbeitet!« Ruckartig bleibt er vor einem Aufzug stehen: »Hier ist es. Aber nur Bradley kommt in seine Etage. Gesichtserkennung. Weiter kann ich euch nicht bringen.«

Der Aufzug ist so groß wie ein Wohnzimmer und mit schicken grauen Sofas möbliert. In die Wand sind die Namen der Bewohner eingraviert und daneben ist jeweils ein winziger Bildschirm eingelassen, in den man wahrscheinlich sein Gesicht halten muss. ›Bradley Starlight‹ lese ich neben der Zwei.

Lyssa fragt: »Der Aufzug öffnet sich direkt in Bradleys Wohnung, oder?«

Gris schweigt.

»Ja oder nein?«, frage ich und greife hinter meinen Rücken, als würde dort die Pistole stecken.

»Ja«, antwortet er unwillig.

»Sie haben heute ein paar Karma-Punkte gesammelt. Vielleicht kommen Sie doch nicht in die Hölle.«

Gris schnauft verächtlich, seine Stirn glänzt vor Schweiß.

Ich steige auf eines der Sofas und öffne die Notluke in der Decke des Fahrstuhls. Dann hangele ich mich nach oben und ziehe mich in den dunklen Fahrstuhlschacht. Gris schaut missmutig und Lyssa gibt ein überraschtes Geräusch von sich. Über eine Leiter gelange ich in den zweiten Stock. Eine Fahrstuhltür versperrt mir den Weg. Ich drücke sie mit erstaunlich wenig Kraftaufwand auseinander, schlüpfe durch die Öffnung und stehe in Bradleys Wohnung.

Mit angehaltenem Atem lausche ich in die Dunkelheit. Ob Bradley besoffen in seinem Bett liegt? Wenn ja, ist er wahrscheinlich zu keiner Gegenwehr mehr fähig. Sanftes Licht erhellt auf einen Schlag den breiten Flur. Ich bleibe wie angewurzelt stehen. Ist hier jemand? Es scheint durch meine Bewegung angegangen zu sein. Niemand ist zu sehen oder zu hören. Vorsichtig schaue ich mich um. An den Wänden hängen meterhohe gerahmte Bilder von übergroßen, mit Schmuck behängten Pudeln. Für diesen Kitsch gibt Bradley also sein Geld aus. Als ich ihn das erste Mal gesehen habe, hatte er noch ein winziges Büro. Sein Schreibtisch passte nicht mal richtig hinein. Jetzt ist Bradley reich. Erfolgreich und reich. Und leider nicht zu Hause. Weder liegt er in seiner muschelförmigen Badewanne noch in seiner mit weißer Seide überzogenen Bettlandschaft. Er muss noch immer auf dieser Party sein. Vielleicht sogar auf Asaria? Zurück im Flur, bohre ich meine Finger enttäuscht in eins der Pudelbilder. Die Leinwand ist nicht dick und meine Finger gleiten mit einem Ratschen durch das Material. Ich mag das Geräusch.

Ich lasse den Aufzug kommen und Lyssa führt Gris in die makellos weiße Designer-Küche. Zumindest nehme ich an, dass es die Küche ist. Die Wände sind aus seltsamen Waben geformt, in denen unnatürlich grüne Kräuter wachsen. In der Mitte des Raums steht ein geschwungener weißer Tisch aus massivem Holz. Zwei Wände sind mit Messingknöpfen, Schaltern und Klappen versehen. Das Einzige, was mir vertraut vorkommt, ist der Kühlschrank. Ich fessele den wütend mit dem Mundwinkel zuckenden Gris mit einer Bademantelkordel an einen Messinggriff. Lyssa scheint weniger erstaunt über diesen Reichtum zu sein als ich. Irgendwie wirkt sie traurig. Und wütend. Stumm schaut sie sich um und streicht mit der Hand fast liebevoll über die vielen Knöpfe und Schalter.

»Was ist?«, frage ich, aber sie schüttelt nur den Kopf.

Ich will sie zum Lachen bringen, also schnappe ich mir ein Weinglas. »Schön, oder?«

Ich lasse es auf den Boden fallen. Gris schreit wütend auf, weil die Scherben gegen seine Hosenbeine fliegen. Lyssa schiebt die Zunge zwischen ihre Zähne und grinst listig. »Wunderschön.«

Sie zieht den Korken aus einer halb vollen Flasche Wein und lässt die dunkelrote Flüssigkeit über den weißen Tisch laufen.

Im Wohnzimmer könnten locker sieben Autos parken. ›Schwarzglitzernd‹ scheint Bradleys Farbe zu sein: Die Sofas vor der Panorama-Glaswand, durch die wir über die Terrasse auf das nächtliche Milescaleras blicken können, funkeln wie ein Sternenmeer. Die mannshohen Rosen in den Ecken, der Teppich auf dem weißen Marmorboden und die mit Seide bezogenen Wände, alles glitzert auf schwarzem Untergrund. Lyssa deutet auf ein paar unausgepackte Kartons: »Bradley ist erst vor Kurzem hier eingezogen.«

Ich streiche über einen Ledersessel, an dem noch das Preisschild hängt. »Anscheinend bin ich nicht der Einzige, der in den letzten Tagen einen Haufen Geld verdient hat.«

Über dem Kamin, auf dem ein schwarzer Marmorpanther steht, hängt ein zwei Meter hohes Foto. Darauf ist Bradley zu sehen, wie er einer silberhaarigen Frau die Hand schüttelt. Es ist Damaris Le Grand, die Chefin von Eyevision. Sie überreicht Bradley, der wie wahnsinnig grinst, eine Urkunde. Die Urkunde hängt neben dem Bild: ›*Ernennung von Bradley Starlight zum ersten Abgeordneten der Mission Eyevision auf Cainstorm*‹. Das Datum ist von gestern. Wütend rupfe ich die

Urkunde von der Wand, breche den Rahmen auf und zerreiße sie in zwei Hälften. Er hat mein Leben zerstört und wird zur Belohnung befördert?

»Emilio? Schau dir die Fische an. Ganz schön krasse Kreaturen.« Lyssa steht vor einem in die Wand eingelassenen Aquarium. Es sind Mutantenfische.

Ungläubig lege ich die Hände auf das Glas. Zweiköpfig und mit vielen Augen zwinkernd, schwimmen sie durch ihr gläsernes Gefängnis. »Das sind die Fische von meinem Vater. Bradley muss sie geklaut haben!«

» ... oder Mordaz hat sie ihm geschenkt«, ergänzt Lyssa. Ich bin erleichtert, dass sie noch leben, und ich will sie wiederhaben. Aber wie sollte ich sie transportieren? Und überhaupt, wohin?

Wütend schnappe ich mir einen Golfschläger und schlage das Bild von Damaris und Bradley von der Wand. Ich zertrete den Rahmen und zerreiße das Foto. Wenn ich schon nicht persönlich Rache nehmen kann, dann wenigstens so.

Lyssa beobachtet mich einen Moment lang. Sie rennt in die Küche und kommt mit einem Messer zurück. Mit einem Grinsen zerfetzt sie die glitzernden Bezüge der Sofas und sticht auf die Kissen ein, dass die Federn fliegen. Die Sache fängt nicht nur mir an, Spaß zu machen.

Ich schnappe mir Bradleys unausgepackte Kisten und leere sie auf der Terrasse in den Pool. Bücher, Fotoalben, eine Lampe und anderer Kram versinken im Wasser. Im Schlafzimmer finde ich weitere Kartons mit Bradleys Klamotten. Spitze lilafarbene Krokodillederschuhe, Anzüge und Krawatten. Lyssa springt mit zwei geöffneten Rotweinflaschen auf Bradleys riesigem Wasserbett auf und ab, sodass der Wein bis zur Decke spritzt.

Ich entdecke ein Notizbuch, das ich einstecke. Der Rest

von Bradleys Schreibtischutensilien und ein paar Elektrogeräte wandern in den Pool. Lyssa hat ein Loch in das Wasserbett gestochen und blaue Flüssigkeit setzt Schlafzimmer und Flur unter Wasser. Ich steche auf die membranartigen Wände der Küche ein und grünes, nach Algen stinkendes Zeug blubbert über die Möbel auf den Boden. Ein tellergroßer Staubsaug-Roboter ist von irgendwoher aufgetaucht und versucht, die Flüssigkeit und die Scherben in der Küche zu beseitigen. Bei seiner Größe ein aussichtsloses Unterfangen. Ich schlittere über den rutschigen Boden, wie auf einer Eisbahn, nehme Lyssas Hand und lasse sie eine Pirouette drehen.

Gris murmelt verstört: »Das wird Konsequenzen haben.«

»Du bist der professionellste Wohnungszerstörer, den ich kenne«, sage ich zu Lyssa, die sich vor Lachen biegt. Ihre Wangen haben sich rot gefärbt. Ich ziehe sie den Flur entlang ins Badezimmer. Zusammen kippen wir Bradleys Parfümsammlung in die Marmortoilette. Ich beobachte, wie sie eine der Flaschen in den Händen hält und fast liebevoll anschaut. Es ist ein geschwungener Pferdekörper. Sie streichelt gedankenverloren über den Hengst und ich sehe in ihren Augen, dass sie die Parfümflasche an etwas erinnert.

Ich muss einfach wissen, was mit ihr los ist. »Warum kannst du den asarianischen Akzent so gut nachmachen? Und dann die Sache mit dem Asul-Asaria-Hirnzentrum! Woher wusstest du das?«

Sie lächelt still, dann sagt sie: »Ich bin auf Asaria geboren.«

Ich starre sie an. Irgendwo, tief in meinem Inneren, habe ich es vielleicht sogar geahnt. Aber der Gedanke kam mir so fremd vor, so fern, so abwegig. Fast automatisch höre ich Serges Stimme: *›Jeder Asarianer ist der Feind. Jeder einzelne.‹*

»Du bist Asarianer?«, frage ich irritiert.

Wütend schmeißt sie die Pferdeparfümflasche, die sie gerade eben noch so vorsichtig gestreichelt hat, gegen die Wand. Scherben spritzen über den Marmor und ein herbes Parfüm nebelt uns ein. »Nein. Nicht mehr.«

»Was bist du dann?«

»Staatenlos. So Staatenlos wie Ilvana, Wolka und Gabriel. Sie haben uns rausgeschmissen.«

»Warum? Was ist passiert?«

»Hast du uns alle mal genauer angeschaut?«, fragt sie und deutet auf sich selbst, als müsste mir jetzt alles klar werden.

Ich schüttele den Kopf: »Ihr habt alle diese Platte im Arm und wart auf dieser Insel ...«

Sie setzt sich auf den Rand der riesigen Muschelbadewanne. Plötzlich wirkt sie viel kleiner, als sie ist. Viel verletzlicher mit ihrer blassen Haut.

Vorsichtig nehme ich neben ihr Platz. »Die Asarianer haben dich rausgeworfen, weil du ein Albino bist?«

Sie nickt. »Polarmensch, Eishexe, Mondfisch. So haben sie mich auf Asaria genannt. Sie denken, jeder, der anders ist, zerstört die Gesellschaft.«

»Deshalb haben sie euch auf die Insel geschickt?«

»Ja. Aber die Insel war überfüllt. Deshalb haben sie einen Teil von uns nach Cainstorm gebracht.«

»Wie alt warst du?«

»Dreizehn.« Sie steht auf und verlässt das Bad.

Ich bleibe zurück und habe das Gefühl, sie das erste Mal zu verstehen. Sie muss alles in Asaria zurückgelassen haben. Ihre Eltern, ihre Freunde. Ihr Haus. Ihre Chance, eine berühmte Balletttänzerin zu werden.

Ich finde Lyssa in der Vorratskammer, wo sie Salz in Bradleys Müsli und in die Marmelade rührt. Zu meiner Freude lacht sie und reicht mir den Honig. »Schnell, hier muss auch noch Salz rein!«

Ich frage nicht weiter nach, ob die Regierung sie weggeschickt hat oder ob es ihre Eltern waren. Ich will ihr Zeit lassen. Abwarten scheint bei ihr besser zu funktionieren als nachzubohren. Aber eine Sache muss ich noch wissen: »Warum hast du mir heute geholfen? Ich weiß, dass du Eyevision eins auswischen wolltest. Aber warum?«

»Wegen Damaris Le Grand.«

»Der Chefin von Eyevision?«

»Ja. Wegen ihr und ihrem Ehemann. Trench Asaria. Er ist unser Präsident und Damaris leitet die mächtigste Firma auf Asaria: Eyevision. Die beiden bestimmen, wie die Dinge auf Asaria laufen. Und was sie wollen, ist das perfekte Volk. Ein Volk ohne Straftäter, ohne Abhängige, ohne Verrückte, ohne Behinderte. Damaris ist diejenige, die damals dafür gesorgt hat, dass ich ausgewiesen wurde. Wenn ich ihrer Firma nur irgendwie schaden kann, tue ich es.«

»Wenn du einen Plan hast, sag ihn mir. Ich bin bereit, Eyevision in die Luft zu sprengen!«

Sie lacht. »Nein, so einen Plan habe ich noch nicht ausgearbeitet. Aber wir könnten Bradleys Alkohol klauen. Er hat eine Minibar.«

Wir plündern Bradleys Alkoholschrank und machen uns auf den Weg zurück zum Auto. Dabei kichern Lyssa und ich wie zwei kleine Kinder. Ich fühle mich gelöst und glücklich. Gris haben wir am Kühlschrank zurückgelassen. Bradley wird ihn schon finden.

Raus aus dem Betonquader geht es um einiges schneller als rein. Wir sitzen in Gris' Auto und winken dem Pförtner zu. Die Tore öffnen sich wie von selbst und wir gleiten hinaus.

Jago erwartet uns bei Lyssas Motorrad. Wir lassen es stehen und rasen mit Gris' Schlitten durch die Straßen zurück nach Moorland. Ich öffne die Sektflasche, Schaum quillt heraus, läuft über meine Hände. Ich trinke, bis mir der Sprudel in die Nase steigt und ich husten muss. Noch immer fühle ich mich ein bisschen schwindelig von der Operation, aber es ist mir egal. Ich reiche die Flasche an Jago weiter, der völlig außer sich ist vor Lachen: »Dann habt ihr seinen ganzen Kram in den Pool geworfen? Ihr seid ja total irre!«

Lyssa dreht die Musik auf volle Lautstärke: »Mission Sunrisehill erfolgreich beendet. Habt ihr Lust auf Party?«

»Paaarty«, schreit Jago von hinten.

Nachdem wir das Auto für ein paar Tausend Cain an einen Bekannten von Lyssa verscherbelt haben, rennen wir lachend die Straßen entlang. Jeder von uns hat die Hosentaschen voller Scheine und in jeder Hand eine Flasche Alkohol. Der Club liegt am Strand. Ein graues, mit Graffiti beschmiertes Gebäude, umlagert von Jugendlichen. Sie stehen in Grüppchen zusammen, rauchen und trinken. Ihre Stimmen vermischen sich zu einem Summen, wie von einem Bienenschwarm. Donnernde Musik schallt über die Straße und ich fühle mich berauscht vom Sekt und vom Sieg über Bradley.

Jago flüstert mir zu: »Ich kann deine Gedanken lesen!«

»Aha, und was denke ich?« Ich kann mir denken, was er denkt.

»Du bist verknallt!«

»Was? Nein.« Ich grinse schief.

»Doch, bist du. Deine Augen leuchten, wenn du sie anschaust.«

»Was? Meine Augen leuchten? Ihre auch?«

»Ich glaube. Aber ich weiß es noch nicht. Ich muss sie noch ein bisschen beobachten.«

Drinnen ist die Luft dick und nebelig von Zigarettenrauch. Durch die Dunkelheit zucken Lichter, die in ihrem eigenen wilden Takt von der Decke flackern. Umrisse von Menschen biegen sich zu der wummernden Musik, verschmelzen mit anderen Körpern in der Masse, werden in grelles Licht getaucht und verschwinden in der Dunkelheit.

Eine Figur löst sich, es ist Ilvana. Ihre schwarzen Zöpfe haben sich geöffnet und wilde Locken umrahmen ihr Gesicht. Es ist das erste Mal, dass sie keine Brille trägt. Selbst in der Dunkelheit sehe ich, dass ihre Augen stark gerötet sind. Sie umarmt uns und wir folgen ihr auf einen überfüllten Balkon, wo wir uns zwischen die rauchenden und schwatzenden Menschen drängen. Jemand bietet mir eine Zigarette an. Es ist Wolka.

Gabriel ist aus dem Nichts aufgetaucht, küsst Lyssa und hebt sie dabei ein Stück in die Luft. Mich taxiert er für eine Sekunde, als würde er mich gerne vom Balkon stoßen.

»Wir haben die Motorräder von den Schlangen verkauft. Gab 'nen fetten Gewinn.« Gabriel zieht Scheine aus seiner Tasche und Lyssa lächelt anerkennend.

Ich versuche, mich auf ein Gespräch mit Wolka zu konzentrieren. »Ich möchte alle Clubs auf Cainstorm besuchen, das ist mein Plan für die nächsten zehn Jahre«, sagt sie. »Es gibt 39 Städte und jede ist auf ihre Art besonders. Das heißt, alle Clubs sind bestimmt auch völlig anders.«

Zehn Jahre am Stück feiern? »Guter Plan. Wenn ich Zeit habe, komme ich mit, das meine ich ernst.«

Jago holt eine Runde Kurze an der Bar und wir stoßen auf die Zerstörung aller Schlangen an. Der Tequila brennt in meinem Hals, ich spucke Zitronenkerne auf den Boden und merke, wie sich die Wärme in meinem Bauch ausbreitet.

Wolka erzählt mir von einer Fakirfrau am Strand, die ihr die Zukunft vorausgesagt hat, aber ich höre nicht richtig zu.

Ich beobachte unauffällig Lyssa, die noch immer mit Gabriel redet, und ich spüre, wie eng die Verbindung zwischen den beiden ist. Wenn sie sich seit Jahren kennen, müssen sie schon eine Menge zusammen erlebt haben. Die Metallplatten in ihren Armen scheinen wie ein Geheimnis zu sein, das sie verbindet.

Wolka sagt: »Sie hat das alles auf eine Leinwand projiziert! Mein Gesicht, meinen Körper, alles! Mein Gesicht hat sich sogar bewegt, wie in einem Film. Als hätte sie es sich gerade ... ausgedacht.«

»Wer? Was?«, frage ich abwesend.

»Die Fakirfrau! Entweder sie kann wirklich zaubern oder ... oder ... keine Ahnung.«

»Seltsam. Alkohol?«

Wolka nickt und ich bestelle eine zweite Runde Tequila an der Bar. Als ich zurückkomme, sind Lyssa und Gabriel verschwunden. Die Enttäuschung trifft mich wie ein Schlag in die Magengrube. Wohin sind sie gegangen? Enttäuscht kippe ich den Tequila herunter und stelle mich ans Geländer des Balkons. Unter mir liegt der Strand. Verliebte Pärchen sitzen knutschend im Sand. Aber Lyssa und Gabriel entdecke ich nicht.

Ilvana drängt uns zurück in die verqualmte Höhle und auf die Tanzfläche. Der Beat wummert unter meinen Füßen und lässt den Boden vibrieren. Ich bewege meine Füße im Takt, aber plötzlich fühlt sich alles fad an. Die Tanzfläche klebt und ist mit Scherben übersät. Die bunten Lichter flackern vor meinen Augen. Ständig schaue ich mich um, suche nach Gabriel und Lyssa. Erwarte, sie knutschend in einer Ecke zu sehen. Schließlich entdecke ich Gabriel. Er steht an der Bar. Zu meiner Verblüffung alleine. Im selben Moment spüre ich eine sanfte Berührung an meinem Arm. Es ist Lyssa.

»Hey«, sage ich verwundert.

»Die Schlange vor dem Mädchenklo war endlos«, ruft sie und verdreht die Augen.

Ein erleichtertes Lächeln schleicht sich in meine Mundwinkel. Jago legt seinen Arm um meine Schulter und drückt mir ein Bier in die Hand. Dann ist er wieder weg. Neben mir tanzen Lyssa und Ilvana ausgelassen. Ich mag, wie Lyssa sich bewegt. Wilder als vorhin. Gabriel steht noch immer an der Bar. Aber er redet mit einem Mädchen. Vielleicht flirten sie sogar. Es ist zu dunkel, um es genau zu sagen. Nebel breitet sich in meinem Kopf aus. Ich bewege mich im Takt, ahne jeden Beat voraus, obwohl ich das Lied noch nie gehört habe. Tanze mit der Masse. Lyssa verschwindet für Bruchteile einer Sekunde in der Dunkelheit und erscheint in einer anderen Position wieder im Licht.

Ich nehme all meinen Mut zusammen, oder vielleicht ist es auch nur der Alkohol, und greife nach ihrer Hand. Lyssa lächelt. Und auf einmal kommt mir der ganze Club Galaxien weit entfernt vor, die ganze Stadt rückt in unendlich weite Ferne. Es existieren nur noch sie und ich. Lyssas Lächeln scheint im Nichts zu schweben, brennt sich für immer in mein Gehirn ein.

Sie zieht mich von der Tanzfläche. In den Gängen stauen sich die Menschen. Verschwitzte Gesichter und glasige Augen. Die Menge öffnet sich wie von selbst und lässt mich passieren. Ich gleite an ihnen vorbei, als würde ich schweben. Frische Nachtluft trifft uns unerwartet und ich merke erst jetzt, wie betrunken ich bin. Lyssa lacht, sagt etwas. Ihre blassen Wangen haben sich durch die Hitze rot gefärbt. Ich stelle mir vor, wie wir für immer und alle Zeiten gemeinsam über alle Strände dieser Erde laufen. Wir zu zweit, alleine, für immer betrunken, für immer vereint, für immer losgelöst von Zeit und Raum. Der nasse Sand unter meinen Turnschuhen ist rutschig. Ihre Augen blitzen, sie zieht mich weiter bis zum Meer und ein Stück den Strand entlang.

»Lass uns schwimmen gehen.« Sie streift sich ihr Oberteil und die Hose ab, läuft in Unterwäsche ins Wasser, bückt sich und spritzt mich nass.

»Hey, das ist unfair«, rufe ich, ziehe mir schwankend Pulli, T-Shirt und Hose aus und folge ihr.

Das schwarze Wasser empfängt uns mit leisem Gluckern. Ich tauche, gleite unter einer Welle hindurch und komme vor Lyssa wieder an die Oberfläche. Wassertropfen schimmern auf ihrer schneeweißen Haut und laufen in ihren schwarzen BH. Ihr Haar ringelt sich wie bei einer Meerjungfrau über die Schultern und ich schaue in ihre leicht schrägen Augen. Sie wischt mir die nassen Haare aus der Stirn. Der Sternenhimmel leuchtet über uns und ich sage, ohne nachzudenken: »Du hast die schönsten Augen, die ich je gesehen habe.«

Sie lächelt glücklich und ich sehe, dass sie genauso viel getrunken hat wie ich. Ihre Augen leuchten tatsächlich und ich ziehe sie an mich, spüre ihren Körper, ihre festen Brüste und wie sie ihre Beine um mich schlingt. Unsere Lippen berühren sich und der Schwindel in meinem Kopf wird fast übermächtig. Der Kuss ist lang und ich will, dass er niemals aufhört. Ihre Arme legen sich um meinen Nacken, streichen sanft über meinen Rücken und ich drücke sie fester an mich.

In dem Moment gibt es in den endlosen Weiten des schwarzen Wassers nur noch uns beide. Kein Asaria, kein Eyevision und keinen Chip in meinem Kopf.

18

Warme Sonnenstrahlen fallen auf mein Gesicht. Mein Schädel brummt, als wäre er über sämtliche Treppen in Milescaleras gerollt worden, und erinnert mich schmerzhaft daran, dass ich gestern zu viel getrunken habe. Mühsam öffne ich die Augen. Lyssa liegt neben mir und schläft. Ich betrachte ihre langen, schwarz geschminkten Wimpern, den leicht geöffneten Mund und die Tattoos von Vögeln und Formen, die sich über ihre Arme winden. Sie kommt mir fast unnatürlich schön vor. Wie eine Statue. Ich denke an ihre Berührungen in der Nacht, ihre weiche Haut, rücke näher an sie heran und atme ihren Duft ein. Himbeere, vermischt mit dem Rauch des Clubs, der sich in ihren Haaren verfangen hat. Vielleicht bin ich für sie nur eine Affäre für eine Nacht? Oder es war der Alkohol, der sie dazu gebracht hat, Gabriel zu vergessen? Vielleicht wird sie heute alles bereuen? Ich verdränge den Gedanken und falle wieder in tiefen Schlaf.

Als ich aufwache, halte ich Lyssa im Arm. Sie scheint zu spüren, dass ich wach bin, und dreht sich zu mir, streicht durch mein Haar und lächelt. Nein, sie bereut es nicht. Ich vergrabe mein Gesicht an ihrem Hals.

Sie flüstert: »Wie geht es deiner Wunde im Nacken?«

»Gut. Fühlt sich nicht entzündet an.«

Plötzlich knurrt ihr Magen. Sie stöhnt: »Wie viel Uhr haben wir? Ich will nicht aufstehen.«

Dunkel erinnere ich mich, dass wir nach der Party in ein Hotel eingecheckt haben. Zu ihr zu gehen war keine Option. Sie wohnt mit Gabriel zusammen, an den ich nicht denken will. Meine Wohnung wäre zu gefährlich. Schließlich kennt Bradley die Adresse. Kurz muss ich überlegen, wo wir Jago gelassen haben. Aber dann fällt mir ein, dass er sich auch ein Zimmer genommen hat.

»Ich glaube, ich hab Schokolade gesehen.« Ich angele nach der kleinen Schüssel auf dem Nachttisch und kippe die Täfelchen auf das Bett.

»... und Bonbons«, ergänzt Lyssa und kippt das Schälchen von ihrem Nachttisch dazu.

»Alles, was man für ein Frühstück braucht.«

Sie lacht und reißt die Verpackung auf.

Wir futtern die Schokolade bis auf den letzten Krümel, trinken die Cola aus der Minibar und lutschen die Bonbons. Es ist das erste Mal, dass ich in einem Hotel bin. »Ich könnte den ganzen Tag hier liegen bleiben«, sage ich. »Es ist alles so ... luxuriös.«

Lyssa lacht: »Na ja, vielleicht für Cainstorm.«

Mir fällt das Notizbuch ein, das ich bei Bradley eingesteckt habe. Ich ziehe das Heft aus meiner Hosentasche. »Mal sehen, was Bradley für Pläne hat!«

Zusammen beginnen wir zu blättern. Bradleys Schrift ist winzig und ich habe Mühe, die Wörter zu entziffern. Aber vielleicht liegt das auch an dem Kater, der mein Gehirn durchwabert. Zuerst finde ich nichts Interessantes: Kurvenverläufe meiner Videos und langweilige Notizen. Dann fällt mir eine Zeichnung auf.

Lyssa legt ihren Finger auf das Achteck. »Ein Gebäudegrundriss?«

Ich blättere weiter und wir stellen fest, dass Bradley das Ding bestimmt vierzigmal gezeichnet hat. Fast, als wäre er besessen. Die Form variiert etwas. Manchmal hat sie mehr Ecken, manchmal einen Kreis in der Mitte. Daneben stehen Angaben in Metern. Lyssa schüttelt den Kopf: »Bradley scheint total verrückt zu sein.«

Mit Lyssa an meiner Seite, hier in diesem Hotelzimmer, fühle ich mich sicher. Bradley ist weit weg. Vielleicht kann ich später sogar meine Mutter besuchen?

Ich werfe Bradleys Heftchen zurück auf den Boden und Lyssa kichert: »Schade, dass wir nicht Bradleys Gesicht sehen können, wenn er nach Hause kommt.«

Ich spiele mit einer Strähne ihrer türkisfarbenen Haare. Wie weich sie sind. Aber nun muss ich doch wieder an Gabriel denken. Nachdenklich lasse ich mich in die Kissen sinken: »Du und Gabriel ...«

Sie atmet tief ein und ihr Gesicht wird ernst. »Es ist kompliziert.«

»Liebst du ihn?«

Sie zögert. »Ich weiß es nicht genau. Ich dachte, ja. Wir kennen uns seit der Insel. Er hat mir geholfen, als ich dort hingebracht wurde. Ich kannte niemanden, und als wir dann nach Cainstorm kamen, haben wir von der ersten Minute an zusammengehalten. Immer. Ich konnte mir gar nicht vorstellen, wie es ohne ihn ist, und ich kann es auch jetzt nicht richtig. Manchmal denke ich, wir gehören einfach zusammen. Aber manchmal auch nicht. Zum Beispiel, als er im Pink Asia die zwei Männer erschossen hat. Einfach so. Obwohl sie gefesselt waren. Die Asarianer waren so furchtbar zu uns. Müssten wir es dann nicht besser wissen?«

»Aber er weiß, dass es nicht läuft ... Sonst wäre er nicht so eifersüchtig.«

»Ja. Es läuft schon länger nicht mehr.«

Wir schweigen. Ich wechsele das Thema. »Du warst ziemlich erfolgreich in Asaria, oder? Was hattest du noch für Hobbys außer Ballett?«

Sie lächelt bei der Erinnerung. »Reiten. Wir hatten ein Ferienhaus auf dem Land und mehrere Pferde. Außerdem habe ich Klavier gespielt.« Sie schweigt, als würde sie über diese längst vergangenen Tage nachdenken. Dann kichert sie: »Wo haben wir eigentlich Wolka und Ilvana gelassen? Haben wir Tschüss gesagt?«

Ich probiere mich zu erinnern und plötzlich, wie aus dem Nichts, fällt mir Wolkas Geschichte mit der Fakirfrau wieder ein. Was hat sie gesagt? Eine Frau hätte ihr Gesicht auf eine Leinwand projiziert? Als hätte sie es sich gerade ... erdacht.

»Kennst du die Fakirfrau am Strand? Warst du bei ihr?«, frage ich Lyssa.

Sie nickt verwundert. »Ja. Es war, als könnte sie zaubern. Sie hat mich durch ihre Augen gefilmt, so als hätte sie auch den Chip implantiert. Aber es war anders. Es war kein Video. Sie konnte Dinge erscheinen lassen, von denen ich gesprochen habe. Ein Pferd, Ballettschuhe.« Sie überlegt einen Moment, dann werden ihre Augen groß: »Du meinst, sie kann die Bilder durch Gedanken steuern?«

»Vielleicht. Vielleicht hat sie so etwas wie den Chip und kann ... Dinge in ihre Videos einfügen?«

Lyssa ist aufgesprungen. »Lass uns zu ihr gehen. Jetzt! Wenn sie einen Chip hat und ihn wirklich kontrollieren kann, wäre das unglaublich.«

Vorsichtig klopfen wir an Jagos Tür. Er ist schon wach und hört auf der Eyewatch, die er Ilvana gestern auf der Tanzfläche gegen das Geld von Gris' Auto abgekauft hat, laute Musik: »*Taaaaube, so frei wie eine Taaaube. Liiiiebe, Liiiebe. Yeeeeah!*«, kreischt es uns entgegen und ich sehe diese Tami, mit dem zu engen Paillettenkleid, auf dem Bildschirm in die Knie gehen und die Haare wild schütteln. »Kannst du das ausmachen?«, frage ich gequält.

»Ist doch lustig. Hab schon voll den Ohrwurm«, sagt Jago, schaltet aber die Eyewatch aus. »Pizza?«, fragt er und deutet auf sein Bett, auf dem drei Schachteln liegen.

Lyssa und ich stürzen uns ausgehungert auf die Reste. Danach schauen wir uns im Hotel um. Es ist noch luxuriöser, als ich dachte. Für jedes Stockwerk gibt es einen eigenen Raum mit Duschen. Als Jago und ich darüber staunen, lacht Lyssa fröhlich: »Ich wünschte, ich könnte euch nach Asaria mitnehmen. Dann wüsstet ihr, was Luxus ist.«

Wir checken aus und spazieren zur Haltestelle. Unauffällig schaue ich mich ein paarmal um, aber ich habe nicht den Eindruck, dass uns jemand folgt. In der Bahn setzen wir uns trotzdem in die hinterste Ecke. »Vielleicht sollten wir mal checken, was Brenda-Lee macht«, ich stupse Lyssa an, die ihre Eyewatch hervorholt.

Auf der Startseite prangt riesengroß Brendas Gesicht. ›*Ich und Victor-Raphael auf Cainstorm*‹ lautet der Titel ihres Videos. Beunruhigt drücke ich auf Play.

»Yo, Partypeople, was geht?«, ruft Brenda aufgedreht und mir fällt wieder der Gegensatz zwischen ihren muskulösen Armen und ihrem Puppengesicht auf. Sie filmt sich selbst mit einem Spiegel und lässt ihr Patronenarmband in der Sonne blitzen. Von der Seite schiebt sich ein Schmollmund ins Bild. Dunkles, glänzendes Haar und gelangweilter Blick.

Brenda legt dem Typ, dessen gewaltige Muskelberge sich unter seinem Shirt abzeichnen, den Arm um die Schulter und jubelt: »Ich habe einen Mitstreiter bekommen! Er hilft mir, Emilio zu finden! Ihr wisst ja, dass ich eine Maus mit einem Pfeil aus hundert Metern Entfernung kille, aber Victor-Raphael hier, er kann mit dem Schwert kämpfen wie kein anderer. Wenn ihr mir nicht glaubt, schaut seine Videos an. Er zerteilt euch eine Melone in zwanzig gleich große Stücke. In nur fünf Sekunden!«

Victor-Raphael schiebt seinen Schmollmund nach vorne und sagt mit dunkler Stimme: »Nicht übertreiben, Brenda.«

»Ich untertreibe eher!«

»Na gut«, Victor-Raphael spannt seinen Herkules-Bizeps an und entblößt seine unnatürlich weißen Zähne: »Ich bin schon sehr gut.«

Jago kichert: »Wo haben sie den denn ausgegraben? Der sieht aus, als sollte er Werbung für Weichspüler machen.«

Brendas Blick wendet sich von ihrem Spiegel nach vorne und ich erkenne, dass sie irgendwo auf Cainstorm unterwegs sind. Die beiden laufen zwischen Marktständen hindurch, als würde ihnen der Platz gehören. Leute weichen aus und starren die beiden an, als wären sie zwei Pelikane, die sich an den Nordpol verirrt haben.

»Erzähl mal was über dich«, fordert Brenda diesen Victor auf.

»Ich bin ein Armwrestling-Gott und ich mache Kampfvideos.«

Brenda kreischt: »Dein letztes Video war aber kein Kampfvideo! Da hast du auf diesem Festival ein Mädel nach dem anderen abgeknutscht!«

»Wohoho, die haben mich abgeknutscht!« Victor grinst selbstgefällig.

Jago murmelt: »Der masturbiert doch zu seinen eigenen Fotos.«

Ohne dass ihn jemand gefragt hätte, verkündet Victor: »Ich habe übrigens den meistgeschauten Kanal auf Eyevision, wenn man all meine Videoaufrufe zusammenzählt. Ich bin ein Idol. Gerade Jüngere brauchen Vorbilder und ich bin jemand, den ihr idealisieren könnt.«

Brenda lächelt Victor zu, aber es ist kein echtes Lächeln und für einen winzigen Moment sehe ich Eifersucht in ihren Augen. Schnell greift sie sich einen Spieß, auf dem ein undefinierbares, gekochtes Tier steckt, und verzieht angeekelt den Mund. »Hier ist alles so anders als bei uns. Es ist unglaublich dreckig. Alles voller Müll und Schmutz ...«

Victor-Raphael drängt ins Bild. »... und es stinkt, es stinkt bestialisch. Irgendwie nach Fisch, aber nach ekligem Fisch. Man kann es gar nicht beschreiben.«

Brenda hat eine Flasche Desinfektionsspray gezogen und beginnt, die Leute um sich herum zu besprühen, dann fliehen die beiden mit einem kreischenden Lachen.

In dem Moment zieht ein leichtes Summen durch meinen Kopf, wie der Beginn einer Migräne.

»Mist, Eyevision geht an.« Ich schließe die Augen und warte auf die Stimme, die die Sekunden abzählt, aber sie ertönt nicht. Trotzdem ist Eyevision angegangen. Ich kann es spüren. Verwirrt blinzele ich und öffne den Chat. In der oberen Ecke steht die Zahl meiner Zuschauer. Es ist genau einer. Mit geschlossenen Augen warte ich ab, was Bradley geplant hat. Aber es passiert nichts. Die Bahn rattert und ich höre Victor entsetzt lachen: »Ich fühle mich wie in einer Geisterbahn. So viele Leute ohne Zähne.« Es summt wieder in meinem Kopf. Eyevision hat sich abgeschaltet.

Als wir aus der Bahn springen, setzt das Summen wieder ein. Abrupt bleibe ich in der Menschenmenge stehen und schließe die Augen. Es ist wieder nur eine einzige Person im Chat und nach einer Minute schaltet sich Eyevision aus. Anscheinend will Bradley herausfinden, was ich gerade mache. Oder wo ich bin. Die Sache wird nicht nur mir unheimlich. Jago und Lyssa schauen sich nach möglichen Verfolgern um. Aber wir sind von Hunderten von Menschen umgeben. Familien, Kinder, Alte. Keine Chance, einen Verfolger zu entdecken.

Der Geruch von Zuckerwatte und verbranntem Popcorn weht zu uns herüber. Bunte Buden und Zelte ragen in die Luft, wie eine Miniaturstadt. Über all dem hockt ein winziger Mann mit riesigem Hut auf einem Hochsitz und brüllt in sein Megafon: »Kommt näher, kommt näher und seht die größten Abartigkeiten und Monstrositäten, die die Natur auf Cainstorm hervorgebracht hat! Seht die Frau, die halb Seekuh, halb Mensch ist! Ihre Haut ist grau, sie trägt einen Bart und sie spricht mit Grunzlauten! Seht den Zwerg, der auf der Spitze einer Nähnadel eine Pirouette dreht, und trefft Ganesha, die Frau, die eure Zukunft voraussagt!«

»Ganesha! Das ist die Fakirfrau, bei der Wolka und ich waren«, ruft Lyssa.

Staunend schlängeln wir uns durch die Zeltstadt. Eine ›Madame Medusa‹ mit zwei Köpfen singt einen Kanon und vor den Zelten stehen lange Reihen von Menschen, die den Schwertschlucker oder den Wolfsjungen sehen wollen. In der Mitte des Rummels entdecken wir ein riesiges samtrotes Zelt.

›Ganesha, die Fakirlady, sagt deine Zukunft voraus. Zahle nur einen Cain für unbezahlbares Wissen‹, verkündet uns ein verschnörkeltes Schild und tatsächlich scheint Ganesha ziemlich beliebt zu sein. Die Menschenschlange führt fast einmal um ihr ganzes Zelt. Nervös kaue ich auf meiner Unterlippe. Ich kann hier nicht ewig warten, wenn ständig Eyevision angeht. Und Bradley wird mich nicht in Ruhe lassen. Ich bin seine Eintrittskarte zu dem elitären Kreis, in dem sich Damaris Le Grand bewegt. Ich werfe Jago einen nervösen Blick zu, aber der hat schon längst verstanden. Wie selbstverständlich gehen wir an all den Zuckerwatte essenden Kindern und ihren Eltern vorbei und drängen uns nach ganz vorne vor eine alte Frau und einen Mann mit Kind an der Hand.

Von hinten ist lautes Murren zu hören und ich fühle mich wie das größtmögliche Arschloch. Die alte Frau wirft uns einen giftigen Blick zu, als würde sie gleich ihre Mistgabel hervorholen, um uns aus Moorland zu jagen. Lyssas Wangen haben sich ein wenig rot gefärbt und ich bin mir ziemlich sicher, dass sie so etwas sonst nicht tut. Jago zuckt mit den Schultern und sagt zu der Alten: »Mein Freund hier hat eine seltene Gehirnkrankheit. Er könnte jeden Moment sterben, deshalb haben wir leider keine Zeit zu warten.«

Der Vater mit dem Kind mahlt mit den Kiefern, sagt aber nichts. Nach nur ein paar Minuten bittet mich ein hagerer Mann mit weiten Kleidern in das Zelt. Ich drücke ihm einen Cain in die Hand.

Als Jago und Lyssa mir folgen wollen, hebt er seine ausgemergelte Hand. »Langsam, meine stürmischen Freunde. Ganesha empfängt immer nur einen Gast.« Also bleiben sie zurück und ich hoffe, dass die wütenden Leute sie nicht lynchen.

Meine Augen brauchen einen Moment, um sich an die Dunkelheit zu gewöhnen. Ein paar Kerzen in bunten Glasgefäßen flackern in den Ecken und es riecht nach Weihrauch.

Das Erste, was mir an Ganesha auffällt, ist ihr gigantischer Turban. Das Ding ist so groß, als hätte sie sich zwei Decken um den Kopf gewickelt. Wie ein riesiger Ball krönt er ihr Haupt. Trotz der Last thront sie erstaunlich gerade auf ihrem Kissenberg. Mit einer Geste weist sie mich an, ihr gegenüber Platz zu nehmen. Ihre Haut ist braun und ledrig und sie trägt weite, mit Ornamenten bestickte Kleidung. Ganesha faltet die Hände und fragt routiniert: »Was möchtest du wissen, mein Freund? Die Sterne stehen heute günstig, viele Antworten warten nur darauf, gefunden zu werden.«

»Warum ist Ihr Turban so riesig?«

»Deshalb bist du zu mir gekommen? Um diese Frage zu stellen? Bedenke, deine Zeit bei mir ist begrenzt.«

Ich will weiter nachbohren, aber vielleicht schickt sie mich dann weg, weil ich ihre Zauberkraft, die Magie der Sterne oder was auch immer infrage stelle. Also schweige ich erst mal.

Ganesha breitet die Hände aus: »Ich will sehen, was das Universum dir vorhersagt.« Ein versteckter Beamer wirft ein Video hinter ihr auf den Stoff: Ich sehe mich selbst aus Ganeshas Perspektive auf dem Kissen sitzen. So, als würde sie mich durch ihre Augen filmen und das Bild auf die Leinwand übertragen. Aber um mich herum ist nicht das Innere des Zeltes zu sehen, sondern das Universum. Sternschnuppen verglühen. Blitze zucken über den Himmel und Planeten kreisen um Sonnen. Wie macht sie das? Doch bevor ich fragen kann, erhebt sich mein Leinwand-Ich und steht mir plötzlich gegenüber. Verblüfft berühre ich mit den Händen den Boden, als müsste ich mich vergewissern, dass ich noch immer auf dem Kissen sitze. Ein Schwert erscheint in der Hand meines Leinwand-Ichs. Zwei Ritter greifen an und ich besiege sie mit wenigen Schwerthieben. Danach schaue ich in die Ferne und der Wind fegt dramatisch durch meine Haare.

Wie hat Ganesha mich so realistisch, und dazu noch in Bewegung, auf die Leinwand bekommen? Es muss ihr Chip sein, oder ist es eine Technik, die ich nicht kenne?

»Die Sterne zeigen uns manchmal unangenehme Wahrheiten. Dir steht ein harter Kampf bevor. Wenn du ihn gewinnen willst, wirst du verlieren, was dir am wichtigsten ist«, murmelt Ganesha mit sanfter Stimme.

»Wie machen Sie das? Wie kann es sein, dass ich auf der Leinwand mit einem Schwert kämpfe, obwohl ich hier einfach nur sitze?«, will ich wissen.

»Magie, mein Freund.«

»Nein, Sie haben diesen Chip von Eyevision implantiert! Sie machen das mit dem Chip. Irgendwie übertragen Sie Ihre Gedanken auf die Leinwand!«

»Die Zeit ist um. Danke, dass du da warst. Sei erleuchtet und auf Wiedersehen«, will sie mich loswerden.

»Ich meine es ernst. Ich habe diesen Chip auch implantiert. Ich muss wissen, wie Sie ihn kontrollieren. Bringen Sie mir bei, wie Sie das machen?« Ich hole eine Rolle zerknüllter Geldscheine aus meiner Hosentasche und lege sie auf ihren Kissenstapel. Es ist ziemlich viel Geld. Wahrscheinlich mehr, als sie an einem Tag verdient.

Sie seufzt und schüttelt ihre Beine aus: »Von dem ständigen Im-Schneidersitz-Sitzen schläft mir alles ein.« Sie winkt mich zu sich heran, nimmt das Geld aber nicht. Vorsichtig fühlt sie durch das Pflaster die Schraube in meinem Hinterkopf: »Nur eine einzige Schraube! So machen sie es also heute. Faszinierend! Wirklich. Warum willst du den Chip steuern?«

»Weil er mich sonst umbringt. Eyevision wird mich umbringen.«

»Es tut mir leid, aber ich kann dir mein Geheimnis nicht verraten. Ich verdiene mein Geld mit der Nummer. Woher soll ich wissen, dass du mir die Wahrheit erzählst?«

In dem Moment beginnt schon wieder das nervige Summen und Ziehen in meinem Kopf. »Eyevision geht gerade bei mir an. Können Sie für mich wenigstens etwas ganz Bestimmtes auf der Leinwand zeigen? Spitze lila Krokodillederschuhe mit extradicker Sohle, die langsam unter Wasser sinken.«

»Du hast sehr spezielle Wünsche, mein Freund.«

Die Leinwand füllt sich mit Wasser. Sie kann es tatsächlich, stelle ich bewundernd fest. Langsam sinken Bradleys Schuhe vom oberen Bildrand nach unten. Eyevision ist angegangen und diesmal lasse ich meine Augen geöffnet und folge den sinkenden Schuhen, ohne Ganesha dabei zu filmen.

Im Chat ist noch immer nur die eine Person. Provokativ frage ich: »Was geht, Bradley? Hast du deine Schallplatten aus dem Pool gefischt?«

Erst passiert nichts, dann erscheint tatsächlich eine Nachricht vor meinem inneren Auge: *»Wozu hat man eine Herde treuer Diener?«*

»Haben die auch das Foto mit dir und deiner Chefin wieder zusammengeklebt? Und deine Urkunde? Schleimigster Mitarbeiter des Monats?«

Ganesha lässt jetzt Bücher, Schallplatten, Teller, Tassen und allen möglichen anderen Kram nach unten sinken. Ich hoffe, es regt Bradley auf. Im Chat erscheint: *»Charmant wie eh und je. Ich verzeihe dir übrigens, dass du in meine Wohnung eingebrochen bist.«*

»Du meinst, dass ich deine Wohnung ZERSTÖRT habe?«

»Zuerst war ich sauer, ich gebe es zu. Aber dann habe ich mir gesagt, dass ich professionell bleiben sollte, und diesen Rat gebe

ich auch dir. Du hast übrigens deinen Vertrag gebrochen, als du den Peilsender entfernt hast.«

»Welchen Vertrag? Ich habe nie irgendwas unterschrieben.«

»*Der, in dem du mir deine Seele verkauft hast.*«

Ich antworte nicht.

»*Kleiner Witz*«, tippt Bradley und ich stelle mir vor, wie er über seiner Tastatur hängt und lacht wie ein Delfin.

»*Du schreibst so viel Scheiße, es steht mir schon bis zu den Knien.*«

»*Na gut, ich sehe schon, du bist heute nicht für ein bisschen Spaß aufgelegt. Eigentlich wollte ich dir auch nur eine kleine Vertragsänderung mitteilen. Du hast den Vertrag gebrochen, also nutze ich die Chance und ändere ihn. Eyevision wird nun immer angehen, wann es mir passt. Zum Beispiel, wenn du gerade mit deiner türkishaarigen Freundin schläfst.*«

Ich stocke: »Was?«

»*Jaaa, du hast schon ganz richtig gelesen. Ich bin nicht der Einzige, der Fehler macht, wenn er betrunken ist. Gott sei Dank. Fehler machen das Leben doch erst spannend, oder? Hast du das Summen in deinem Kopf nicht gespürt? Nein? Warst du zu betrunken, als wir Eyevision angeschaltet haben?*«

Ich springe auf und brülle: »Ich bringe dich um, Bradley! Ich bringe dich um!«

»*Heute Abend um zwanzig Uhr, zur besten Sendezeit. Cheerio. Mach dich auf Brenda und Vic gefasst.*«

Ich möchte etwas zerschlagen. Ich möchte jemanden schlagen. So hart, bis er zerbricht.

Ganesha sagt ruhig: »Kontrolliere deine Wut. Mit unbeherrschten Emotionen wirst du nicht gewinnen.«

Ich muss Lyssa finden und ihr sagen, dass ich gestern Abend gefilmt habe. Was hat Bradley alles gesehen? Anscheinend wurde es nicht live übertragen, sonst hätte ich es vorhin auf Eyevision gefunden.

Verzweifelt frage ich: »Wie kontrollieren Sie diesen Chip?«

Sie nickt langsam. »Eyevision hat unser beider Leben zerstört. Ich glaube dir und ich werde dir helfen. Aber verrate niemandem, was ich dir sage und zeige.«

»Ich schwöre!«

Mit beiden Händen setzt sie den Turban ab und zum Vorschein kommt eine metallene Konstruktion. Sie sitzt auf Ganeshas Schädel, wie ein riesiger Hummer, der seine dünnen Metallbeine fest gegen ihre Kopfhaut presst. Ich merke entsetzt, dass sich die Beine in ihren Kopf bohren.

»Du wolltest wissen, warum mein Turban so groß ist? Tja, mein ›Chip‹, von dem du da sprichst, besteht leider nicht nur aus einer Schraube. So hat Eyevision das noch vor dreißig Jahren gemacht. Ich war eins ihrer ersten Versuchskaninchen. Sie haben mir versprochen, dass sie nur eine winzige Box an meinem Kopf befestigen würden. Als ich aufgewacht bin, hatte ich dieses Metallungetüm auf dem Schädel. Mit so was kannst du nichts anderes machen, als bei den Freaks anzuheuern.«

»Professor Gris?«

»Ja. So hieß der Arzt! Ein unangenehmer Mann.«

»Haben Sie einen Kanal auf Eyevision? Wird das hier übertragen, was wir reden?«

»Nein, nein. Eyevision hat mich schon vor Jahrzehnten fallen gelassen. Meine Technik ist völlig veraltet. Es interessiert sich kein Mensch mehr für mich. Damals war ich die Sensation. Jetzt bin ich nur noch ein Freak.«

»Aber Sie können den Chip steuern?«

»Immerhin das kann ich. Ich stelle mir etwas vor und es wird auf die Leinwand übertragen. Alles, was du willst.

Schmetterlinge, Atombomben. Ich merke mir das Gesicht meiner Besucher und lasse es erscheinen.«

»Wie machen Sie das?«

»Mit meiner Willenskraft. Mein Chip ist vielleicht älter und dadurch habe ich einen Vorteil. Aber deiner ist an Nervenbahnen angeschlossen. Genau wie meiner. Du kannst deinen Nervenbahnen befehlen, was sie senden sollen und was nicht.«

»Wie soll ich das lernen?«

»Meditation.«

»Ich komme zurück. Später.« Das Allerallerletzte, wozu ich gerade in der Lage bin, ist Meditation.

Ich stürme aus dem Zelt und stolpere fast über einen Hund. Jago und Lyssa sind nicht zu sehen. Ich hoffe, ich bete, dass Brenda-Lee und Victor-Raphael auftauchen, damit ich ihnen eine Kugel zwischen die Augen schießen kann. Ich irre über den Zeltplatz und fahre gerade noch rechtzeitig herum, als plötzlich jemand mit ziemlichem Tempo auf mich zugerannt kommt. Blonde Haare. Gabriel. Sein Mund ist zu einem Strich zusammengekniffen und er ist mindestens genauso wütend wie ich. »Was fällt dir ein, heimlich Lyssa zu filmen, Arschloch?«

Verdammt, Bradley hat das Video auf Eyevision hochgeladen. Bevor ich irgendwas sagen kann, ist er schon bei mir und versucht, mich mit seiner Faust zu erwischen. Ich nehme die Einladung gerne an und schlage zurück. Die Leute um uns herum weichen erschrocken zurück. Gabriel versucht, mich am Kopf zu treffen, aber ich ducke mich, erwische ihn an der Schulter. Er revanchiert sich mit einem Schlag in meine Seite. Mir bleibt für einen Moment die Luft weg und die Menge um uns herum jubelt.

Die Megafonstimme des Zwergs mit dem riesigen Hut übertönt den Lärm: »Kommt her, Leute, kommt her! Wer will Wetten abschließen? Auf wen wettet ihr? Auf der einen Seite: Goldlocke mit den Killeraugen. Er ist etwas langsamer, aber er hat einen guten rechten Haken. Auf der anderen Seite in Schwarz: der Junge mit den fliegenden Fäusten. Lasst euch nicht von seinem Gesicht ablenken. Er ist nicht so harmlos, wie er zu wirken versucht!«

Ich versenke meine Faust in Gabriels Magen.

Der Zwerg grölt: »Ich wette 100 Cain, dass es um eine Frau geht! Wer wettet gegen mich?«

Die Menge schreit aufgeregt. Hände packen mich von hinten, wütend versuche ich, mich loszureißen, aber Jago hält mich mit aller Kraft fest.

Lyssa schiebt sich zwischen mich und Gabriel: »Was, um alles in der Welt, macht ihr da?«

»Na also, eine Frau. Was habe ich denn gesagt«, kommentiert der Zwerg und die Leute lachen.

Lyssa fährt zu ihm herum: »Halt die Klappe!«

Der Zwerg kichert: »Zeit, sich zurückzuziehen.«

Zu meiner Genugtuung sehe ich, dass Gabriel genauso außer Atem ist wie ich. Lyssa ist stocksauer. »Was zur Hölle ist euer Problem?«, schreit sie.

Gabriel wischt sich Blut von seiner Nase: »Dein toller neuer Freund hat gestern Abend die ganze Zeit gefilmt! Du kannst dir das Ergebnis auf Eyevision anschauen.«

Lyssa dreht sich zu mir. »Ist das wahr?«

»Ja. Ich habe gefilmt. Aber ich habe es nicht gemerkt. Bradley hat den Chip einfach angeschaltet.« Verzweiflung steigt in mir auf. Ich will sie nicht verlieren. Nicht, nachdem ich alles andere verloren habe. Warum muss schon wieder alles schieflaufen?

»Was ist in dem Video zu sehen?«, fragt sie angespannt.
»Ich weiß es nicht.«
»Ist es auf Eyevision?«
Gabriel spuckt auf den Boden. »Ja.«
Kurz entschlossen nimmt Lyssa mich an der Hand und zieht mich weg von Gabriel und Jago, zwischen zwei Wohnwagen. Wir setzen uns auf den Boden und sie holt ihre Eyewatch aus der Hosentasche. Ich kann ihre Anspannung fast körperlich spüren.

Das Video ist von Eyevision hochgeladen und trägt den Titel ›Romantische Liebe: Emilio und Lyssa‹. Wenn es etwas zeigt, das niemand sehen sollte, dann ist es jetzt zu spät. Vier Millionen Menschen haben es bereits angeklickt.

Das Video beginnt, als Lyssa und ich uns das erste Mal gegenüberstehen. Sie schaut mich hasserfüllt an, bevor sie über das Geländer in den zugewachsenen Hof springt. Die Farben wirken viel sanfter als im Original, als würde ein Filter über den Bildern liegen. Eine tragisch-romantische Musik setzt ein, eine Frauenstimme beginnt leise und gefühlvoll zu singen. Es folgt ein Zusammenschnitt von kurzen Sequenzen: meine blutigen Hände, nachdem ich Schlangenkopf getötet habe, Bilder von Serge, wie er tot auf dem Boden liegt. Fahrradhelm, Unterwasserbilder. Lyssas und mein Schatten an der Wand, Kerzen, die flackern. Schließlich bin ich auf der Party von gestern Abend. Die vibrierende Stimme der Sängerin steigert sich um eine Oktave und ein Klavier setzt dramatisch ein. Ich stoße mit Ilvana und Wolka an. Ihre Gesichter sind gut zu erkennen. Dann laufen Lyssa und ich am Strand entlang. Am Wasser angekommen streift sie Pulli und Jeans ab. Während ich noch vom Alkohol schwankend mit meinem Turnschuh kämpfe. Immerhin haben wir unsere Unterwäsche anbehalten, denke ich.

Die Musik hat ihren Höhepunkt erreicht und die Sängerin singt jetzt aus ganzer Kraft über unvergängliche und endlose Liebe und ich fühle mich, als müsste ich kotzen. Ich hätte wissen müssen, dass Bradley sich rächt.

Lyssas Augen leuchten und sie lächelt mich an. Der Moment, der nur uns gehören sollte, jetzt gehört er Millionen. Das Bild zeigt das Innere eines Autos. Dann sieht man, wie ich Lyssa die Treppen zu dem Hotelzimmer hinauftrage. Sie lacht. Wir küssen uns im Flur. Man sieht mich mit freiem Oberkörper in einem Spiegel und ich habe Angst, was für Bilder jetzt kommen. Wie dunkel war es in dem Hotelzimmer? Wir umarmen und küssen uns. Ein paar Kerzen flackern, aber es ist so dunkel, dass Lyssa nur schemenhaft zu sehen ist. Türkise lange Haare versperren die Sicht, dann blendet das Bild gnädigerweise ins Schwarz. Die letzte Einstellung zeigt, wie Lyssa schlafend neben mir liegt. Die Musik verstummt mit einem klagend schmachtenden Ton der Sängerin.

Stumm bleiben wir sitzen und starren auf den schwarzen Bildschirm. Immerhin, Eyevision scheint sich mit Nacktheit schwerzutun. Das Video wirkt, als hätte es ein Chorknabe zusammengeschnitten. Jemanden sterbend zu zeigen scheint in Asaria eher akzeptiert zu sein als Brüste. Auch wenn es ziemlich dunkel im Zimmer war, sie hätten mit Sicherheit mehr zeigen können. Trotzdem fühle ich mich schlecht. Richtig schlecht. Es fühlt sich an, als hätte ich Lyssas tiefste Geheimnisse vom höchsten Turm in Moorland geschrien und sie vor der ganzen Welt bloßgestellt.

Lyssa flüstert: »Wolka, Ilvana und Jago. Ihre Gesichter sind zu sehen. Eyevision weiß jetzt, wer sie sind.«

»... und deins«, ergänze ich und plötzlich weiß ich, dass ich gehen muss.

Der Gedanke trifft mich wie ein schwarzer Pfeil, der alles taub werden lässt. Das mit Lyssa und mir hat keine Zukunft. Egal, was ich heute Morgen noch gedacht habe. Was ich für Pläne hatte. Es war naiv. Serge ist tot, wegen mir. Und wenn ich so weitermache, werden vielleicht auch Jago, Ilvana und Wolka sterben. Und Lyssa. Ich schaue in ihr hübsches Gesicht. Rieche ihren Himbeergeruch, der mich so schwach werden lässt.

Ihre Augen schwimmen in Tränen, aber sie weint nicht. Langsam sagt sie: »Wolka, Ilvana und Gabriel sind meine Familie. Wir haben zusammengehalten. Immer. Egal, wie hart es war. Wir kämpfen zusammen, wir leben zusammen. Verstehst du? Ich kann sie nicht in Gefahr bringen. Ich muss sie beschützen.«

»… und ich bringe euch alle in Gefahr«, murmele ich.

Sie nickt und wendet ihr Gesicht ab. Dass sie sich sowieso für ihre Freunde entschieden hätte, tut unerwartet weh, fast so, als ob sich Glasscherben unter meine Haut schieben. Natürlich hat sie recht. Sie kennt die anderen seit Jahren! Mich erst seit vorgestern. Sie haben eine gemeinsame Vergangenheit und wir keine Zukunft. »Keine Angst. Ich werde gehen.«

Sie schaut mich an, wie man einen Soldaten anschaut, der in den Krieg zieht und von dem man nicht weiß, ob man ihn jemals wiedersehen wird. »Es ist nicht nur wegen der anderen. Es ist auch wegen uns. Ich mag dich. Ich mag dich wirklich. Vielleicht sogar mehr, als ich Gabriel jemals mochte. Aber Eyevision wird dich nicht in Ruhe lassen. Als ich Asaria verlassen musste, habe ich alles verloren! Alles! Über Nacht. Mein Klavier, meine Pferde, mein Zimmer, meine Stadt, meine Großeltern, meine Eltern. Mein ganzes Leben. Ich kann nicht noch einmal jemanden verlieren, den ich … sehr mag.«

Das ist so unerwartet ehrlich, dass ich einen Moment brauche, um ihre Worte zu fassen. Sie mag mich vielleicht mehr als Gabriel? Auch wenn unendliches Glück durch meine Adern rauscht, fühlt es sich trotzdem an wie einer dieser Träume, in denen man denkt, man könnte fliegen, aber wenn man aufwacht, bleibt einem nur die Erinnerung.

Ich ziehe sie an mich. »Willst du mir erzählen, was damals genau passiert ist?«

»Kennst du die Tausend-Punkte-Regel?«

»Nein, nie gehört.«

»Jeder Asarianer bekommt zu seiner Geburt tausend Punkte geschenkt. Es sind digitale Punkte. Nichts, was du in die Hand nehmen kannst. Aber diese Punkte sind sehr, sehr wichtig. Es gibt sogar eine Behörde, die diese Punkte verwaltet. Wenn du in der Schule gut bist, einen Wettbewerb gewinnst oder beruflich erfolgreich bist, bekommst du Punkte. Damaris Le Grand zum Beispiel hat mehrere Millionen Punkte. Einfach, weil ihr Unternehmen Eyevision so erfolgreich ist.«

»Wie viele Punkte hattest du?«

Sie lächelt: »Null. Ich habe keine Punkte zu meiner Geburt geschenkt bekommen, weil ich ein Albino bin. Unnützes, krankes Leben.«

»Was passiert bei null Punkten?«

»Null Punkte sind in Ordnung. Aber wer Minuszahlen hat, wird ausgewiesen. Auf die Insel. Ein Punkt wird schnell mal abgezogen. Zum Beispiel, wenn man bei Rot über die Straße geht oder wenn man in der Schule eine schlechte Note schreibt. Also haben meine Eltern mich zu jedem Wettbewerb angemeldet, den es gab. Kinderfotowettbewerbe, Malwettbewerbe. Mit drei Jahren begann ich, Ballett, Reit- und Klavierunterricht zu nehmen. Jeden Tag übte ich und übte und übte. Seit ich denken kann, habe ich an jedem Wochenende mindestens an einem Wettbewerb teilgenommen.«

»Um Punkte zu sammeln?«

»Ja. Meine Eltern hatten solche Angst, dass ich abgeschoben werde, dass sie kaum noch gearbeitet haben. Die meiste Zeit investierten sie in mich. Sie meldeten mich bei den Wettbewerben an und fuhren mich zu den Reit-, Ballett- oder Klavierstunden. Mit zehn Jahren hatte ich 373 Punkte gesammelt.« Sie klingt ein wenig stolz, als sie das sagt.

»Was ist dann passiert?«

»Damaris Le Grand und ihr Ehemann, Präsident Trench Asaria, haben ein neues Gesetz verfasst. Jedem Bürger, der unter die Rubrik ›genetisch unvollkommen‹ gefallen ist, sollten jedes Jahr zu Silvester 100 Punkte abgezogen werden. Sie wollten uns einfach loswerden.«

»Das ist furchtbar.«

»Ja. Es war auch furchtbar. Ich habe nur noch gelernt oder trainiert und hatte kaum noch Freunde. Alles wurde mir zu viel. Meine Eltern haben Briefe an Trench Asaria geschrieben. Sie haben versucht zu protestieren, mit dem Ergebnis, dass er ihnen 50 Punkte abzog. Ich trat mittlerweile in landesweiten Ballettwettbewerben an, wo die Konkurrenz immer härter und härter wurde. Besonders ein Mädchen war besser als ich. Elfina-Lunia war ihr Name. Egal was ich machte, sie gewann einfach immer! Auf dem zweiten Platz gab es nur wenige Punkte. Zu wenige. An meinem dreizehnten Geburtstag hatte ich nur noch knapp 150 Punkte. Über kurz oder lang stand mir die Abschiebung bevor. Am gleichen Tag fand wieder ein Wettbewerb statt und ich wusste, dass ich gegen Elfina-Lunia verlieren würde. Also habe ich ihr vor dem Auftritt die Ballettschuhe zerschnitten. Ich weiß nicht, warum ich das gemacht habe. Es war dumm und jeder wusste sofort, dass ich es war.«

»Deshalb hast du deine restlichen Punkte verloren?«

»Ja. Elfina-Lunia gehörte zur höchsten Kaste. Der Offiziersriege. Man erkennt sie an den Doppelnamen. Damaris hat sogar vier weitere Vornamen. Noch in der Nacht haben sie mich abgeholt und mit einem Schiff auf die Insel gebracht. Das war der Moment, in dem ich alles verloren habe. All die Menschen, die ich geliebt habe ...«

Sie drückt sich an mich und wir halten uns aneinander fest wie zwei Ertrinkende. »Ich werde diesen Chip beherrschen. Ich werde lernen, ihn zu kontrollieren, und dann werde ich zurückkommen. Wir werden zusammenbleiben«, verspreche ich und wir beide wissen, dass das wohl nie passieren wird, dass wir uns in diesem Leben vielleicht nie wiedersehen werden. Sie weint so lautlos, dass ich es nicht bemerkt hätte, würde ich nicht ihre Tränen an meinem Hals spüren.

Als wir uns schließlich voneinander lösen, geht sie, ohne sich noch einmal umzudrehen. Aber ich sehe, wie ihre Schultern vor Anspannung beben.

Ich bleibe sitzen und starre vor mich hin, als mir der hellbraune Hund auffällt, der mich hinter einem Karton hervor beobachtet. Bradleys Hund. Der Hund, der vor ein paar Tagen aus der seltsam niedrigen Perspektive unsere Wohnung gefilmt hat. Ein Schauer läuft mir über den Rücken. Kaum hat der Hund bemerkt, dass ich in seine Richtung blicke, rennt er davon.

Bradley weiß, wo ich bin. Wahrscheinlich habe ich gestern Nacht den Namen des Hotels gefilmt und so hat mich

Eyevision wiedergefunden. Und nicht nur das. Mir fällt eine Taube auf einem der Kirmeswagen auf, die mich zu beobachten scheint. Werde ich langsam paranoid? Wenn ich bei Ganesha war, werde ich von hier verschwinden. Untertauchen. Endgültig. Ich will diesen Chip beherrschen und ich will Bradley ein für alle Mal abschütteln.

19

Bradley hat mein Konto sperren lassen, aber ich habe noch genug Geld in meinen Hosentaschen, um mir einen Rucksack, ein Zelt, einen Schlafsack, Essen und Getränke zu kaufen. Das ist alles, was ich im Moment brauche. Danach mache ich mich auf den Weg zu Ganesha.

Ich klopfe gegen die Tür ihres weinroten Wohnwagens.

»Feierabend! Morgen wieder«, kommt es von drinnen.

Hartnäckig hämmere ich weiter, bis sie endlich, gekleidet in einen ebenso weinroten Bademantel, die Tür öffnet. Der riesige Turban lässt sie klein aussehen: »Ich dachte, du würdest nicht wiederkommen.«

»Und ich dachte, Sie könnten in die Zukunft schauen ...«

Sie grinst schief und winkt mich in den Wagen: »Komm rein, komm rein. Wer auch immer mir hilft, an Eyevision auch nur ein bisschen Rache zu nehmen, ist herzlich willkommen.«

Die gesamte Einrichtung ist mit rotem Samt überzogen. Das kleine Sofa, die Kissen, das Bett, sogar der Boden und die Decke. Ich fühle mich wie in einem nach aromatischen Ölen riechenden Kokon.

Ganesha legt ein Kissen auf den Boden und weist mich

an, darauf Platz zu nehmen. Sie gießt Tee auf, bevor sie mir gegenüber im Schneidersitz Platz nimmt. »Ich spüre, du bist ein schwieriger Fall. Du bist weiter von deiner inneren Ruhe entfernt als die Sonne von der Erde.«

»Wie soll man ruhig bleiben, wenn man halb Asaria in seinem Kopf hat?«

Ganesha lächelt milde. »Das ist die Herausforderung. Wir fangen mit ein paar einfachen Atemübungen an. Es geht erst mal um Entspannung. Danach werde ich dich hypnotisieren, damit du dem Chip näherkommst.«

Ich atme bewusst langsamer. Tief. Die Augen geschlossen. Ganesha gibt mir bitteren Tee. Dann weist sie mich an, alles um mich herum zu vergessen. Leise Musik spielt im Hintergrund, während Ganesha in einer fremden Sprache monotone Verse rezitiert. Ich lasse die Welt um mich herum versinken. Eyevision. Serge. Meine Mutter. Jago. Lyssa. Alles. Erst bin ich angespannter als vorher, aber nach einiger Zeit merke ich, wie sich meine Fäuste öffnen. Erst jetzt spüre ich, wie verkrampft sie die ganze Zeit waren. Wärme breitet sich in mir aus. Ganeshas Stimme, der Ölgeruch, der bittere Tee und die fremde Musik legen sich betäubend über meine Gedanken.

»Bist du bereit, in die Hypnose zu gehen?«

Ich nicke. Ganesha legt ihre Hand auf meine Stirn. »Schlafe«, flüstert sie.

Ein leichter Schwindel erfasst mich und ich habe das Gefühl zurückzusinken. Wirklich einzuschlafen. Roter und lila Stoff umfließt mich wie aufgelöste Farbe in einem Wasserglas.

Weit entfernt nehme ich Ganeshas Stimme wahr: »Du bist es, der die Bilder überträgt … Keine Macht im Universum kann dich davon abhalten, wenn du es nicht wirklich willst … Du hast die Kontrolle. Versuche, deinen Chip zu spüren … Spürst du sein Summen?«

Ich horche tief in mich hinein und spüre ganz entfernt ein Summen. Es muss der Chip sein, aber ich komme nicht näher an ihn ran, und bevor ich mich richtig konzentrieren kann, verschwindet das Summen ganz.

Langsam öffne ich die Augen. Wie lange waren sie geschlossen?

Ganesha sitzt mit gefalteten Händen in einem Sessel. »Hast du das Summen gespürt?«

»Weit entfernt.«

Sie hebt majestätisch die Arme, als wollte sie zum ganzen Universum sprechen. »Dann ist nicht alle Hoffnung verloren! Versuche, näher zu kommen. Du musst ihn greifen. Du musst üben. Du musst ganz eins werden mit dir selbst. Zufrieden. Mit dir im Reinen. Du musst schweben, so fern von der Welt, dass du deine Nervenbahnen steuern kannst.«

Das hört sich kompliziert an. »Wie viele Jahrzehnte brauche ich dazu?«

»Das liegt ganz an dir.«

Ich erhebe mich müde und nehme meinen Rucksack. »Danke für deine Hilfe.«

Sie faltet zum Abschied die Hände. »Namaste.«

Aus den Augenwinkeln bemerke ich wieder den hellbraunen Schatten. Bradleys Hund. Ich halte Ausschau nach den Tauben, sehe aber keine.

Als ich im Zug nach Norden sitze, kann ich aus der Ferne den Lärm vom Rummel hören und denke an Lyssa. An die Nacht mit ihr, an den Rausch aus Glück, den ich empfunden habe, und ich versuche, die vernichtende Erkenntnis, die an mein Hirn klopft und mir sagen will, dass ich sie vergessen muss, nicht hineinzulassen. Ich will nicht zurück in die Welt, in der ich war, bevor ich sie kannte. Diese Welt, kommt mir auf einmal so langweilig und trist vor. Als hätte sich mein Leben durch die Begegnung mit ihr in zwei Teile geteilt: das Leben mit ihr und das Leben ohne sie.

Ich habe kein festes Ziel und fahre einfach immer weiter. Weg von Moorland. Weg von meiner Mutter und Luc. Was sie wohl gerade machen? Wie es ihnen geht? Ob sie an mich denken? Und was wird Jago tun? Wahrscheinlich nach Hause gehen. Ich habe ihn schon wieder zurückgelassen, ohne ihm Tschüss zu sagen oder ihm irgendetwas zu erklären.

Nach einer halben Stunde taucht das Meer zwischen den Häusern auf. Es ist unruhig und dunkel. Wolken türmen sich am Horizont auf. Die Bahn wird langsamer. Ich springe auf den Bahnsteig und laufe die Kaimauer entlang. Wieder entdecke ich den hellbraunen Hund, der mir mit einigem Abstand folgt. Er muss vorhin auf den Zug aufgesprungen sein, wie sollte er sonst hierherkommen?

Ich biege um eine Ecke, als hätte ich ein bestimmtes Ziel, hocke mich aber hinter ein paar Holzkisten. Ein paar Sekunden später läuft der Hund an mir vorbei, dann bleibt er abrupt stehen. Anstatt am Boden zu schnuppern, um meine Fährte aufzunehmen, dreht er seinen Kopf nach links und rechts. Es ist eine irritierende Bewegung, fast menschlich. Nicht so, wie ich sie jemals bei einem Hund gesehen habe. Gebückt gleite ich hinter den Kisten hervor und packe ihn mit beiden Händen am Rücken. Seine Beine knicken ein, als ich ihn mit dem Knie auf den Boden drücke. Er gibt keinen Laut von sich, aber er dreht seinen Kopf nach hinten, um mich anzustarren. Sein Fell ist unangenehm kalt, fast wie ein

Teppich. Noch seltsamer ist sein Körper. Er ist so unnachgiebig wie Metall. Mit meiner Hand nähere ich mich seinem toten, starrenden Auge. Es ist völlig ausdruckslos. Er zwinkert nicht mal, als ich seine Pupille berühre. Er reagiert überhaupt nicht. Das hier ist kein Hund, sondern eine Metalldose mit angeklebten Haaren. Irgendeine seltsame Maschine, die mich durch ihre Augen filmt und mechanisch hechelt.

»Bist du Bradleys Spion?« Der Roboter starrt mich weiter an, versucht jetzt aber, auf die Füße zu kommen. Ich packe ihn, woraufhin er seine Beine gegen mich drückt wie Schraubstöcke. Dabei bleibt sein Gesicht so ausdruckslos wie das eines Stofftiers. Er knurrt nicht mal oder öffnet sein Maul.

Der riesige Rucksack mit dem Zelt auf meinen Schultern behindert mich, aber ich schaffe es trotzdem, den Hund zur Kaimauer zu schleppen: »Ich hoffe für dich, sie haben dir einprogrammiert, wie man schwimmt.«

»Hey, hey, hey!«, höre ich aufgebrachte Rufe von der anderen Straßenseite. Ich gebe Bradleys Roboterhund einen Stoß. Er stürzt wie ein Stein ins Wasser und versinkt. Die Schreie hinter mir werden lauter. Ein Mann mit Kopftuch und einem großen Ohrring ist aufgetaucht. Mit geballten Fäusten kommt der Möchtegern-Pirat auf mich zu gestürmt. »Bist du wahnsinnig? Warum schmeißt du einen Hund ins Meer?«

Er beugt sich über die Kaimauer, aber von dem Metallköter ist nichts mehr zu sehen. Dafür entdecke ich die Taube. Sie sitzt auf einer Stromleitung und beobachtet mich mit toten Augen. Bradley scheint einen ganzen Zoo hinter mir hergeschickt zu haben. Ich kann mir vorstellen, wie irgendein verrückter Wissenschaftler ihm die Viecher angedreht hat: ›Mr Starlight, niemand wird die Tiere entdecken. Wer nimmt *schon an, von einer Taube und einem Hund beobachtet zu werden? Niemand!‹*

Ich ziehe die Pistole. »Er hatte Tollwut«, schnauze ich den Piraten an. Zwei Kugeln gehen daneben, die Taube bleibt ungerührt sitzen. Die dritte trifft den Metallkörper des Vogels mit einem lauten ›Kling‹. Knallend schlägt er auf der Straße auf und ein paar Federn wirbeln durch die Luft. Der Mann starrt mich an. So, als könnte er sich nicht ganz entscheiden, ob nicht ich derjenige mit Tollwut bin. Dann tritt er den Rückzug an. Einem Verrückten mit Waffe will er dann doch keine Moralpredigt halten.

Als ich wieder in die Bahn steige, schaltet sich Eyevision mit einem Summen ein. Jetzt, wo Bradleys Kamerahund den Meeresboden filmt und seine Taube den Straßenbelag, müssen sie wohl auf andere Weise herausfinden, wo ich bin. Im Chat ist wieder nur eine Person. Ich schließe die Augen und versuche zu meditieren, alles um mich herum zu vergessen. Aber das ist schwierig. Leute steigen ein und aus, unterhalten sich, stoßen mich versehentlich an und bringen mich aus dem Konzept. Irgendwann wechsele ich die Bahn, meinen Blick nach unten gerichtet. Ich sehe nur Boden und Füße. Es erfordert meine komplette Konzentration, nicht nach oben zu schauen. Ich fahre stundenlang, steige wieder aus und in eine andere Bahn ein, immer Richtung Norden. Mit der Zeit werden die Schatten auf dem Boden länger.

»*Wir suchen nach dir. Schau nach oben oder ich schicke Brenda und Victor vorbei*«, schreibt Bradley in den Chat.

Ich antworte nicht, worauf sein Ton deutlich freundlicher wird: »*Möchtest du Geld? Ich habe deinen Bank-Account wieder geöffnet.*«

Ich kann ein Grinsen nicht unterdrücken. Mein Triumphgefühl wächst mit jedem Wort, das er schreibt. Ich habe Eyevision abgehängt und spüre zufrieden, wie Bradley langsam verzweifelt.

»Ich kann dir alles beschaffen, was du willst! Was ist der Traum jedes Fischerjungen? Ein großes Auto, Stripperinnen, eine Wohnung auf Sunrisehill?«

Ich lache laut auf. »Damit wir Nachbarn sein können? Nein danke.«

Erst kommt keine Antwort, dann: *»Irgendwann verrätst du dich.«*

Eyevision bleibt eingeschaltet und ich warte darauf, dass mir die Stimme mitteilt, dass ich auf Sendung bin. Aber nichts passiert. Ich beobachte die Schatten, die über meine Turnschuhe kriechen. Eine einsame Lampe erhellt flackernd das Abteil. Es ist dunkel geworden. Zeit auszusteigen.

Ich habe nicht die geringste Ahnung, wo ich bin. Der Betonboden ist rissig und es riecht ätzend nach Färbemittel. Weiße Flüssigkeit läuft schäumend in einen Gully. Leute drängen an mir vorbei. Sie tragen Sandalen, bunt gemusterte Röcke und Hosen. Mehr sehe ich von ihnen nicht. Außer dass die Haut der meisten so schwarz ist wie die von Jago. Am liebsten würde ich mich umschauen, aber ich beherrsche mich. Bradley wird anhand der Kleidung der Leute schon wissen, in welcher Stadt ich bin. Ich kann nur hoffen, dass es eine Millionenstadt ist, so wie Milescaleras.

Ich biege in eine stille Seitenstraße ab und taste mich an einer Wand entlang, bis ich auf ein Rohr stoße, an dem ich nach oben klettere. Es gibt keine Fenster oder Wäscheleinen. Ich höre auch keine Stimmen. Als ich mich auf das Dach ziehe, sehe ich reifendicke Rohre, die über mir durch die Luft führen und an einer Wand enden. Vielleicht bin ich auf einer Lagerhalle? Versteckt unter dem Rohr, baue ich mein Zelt auf.

Vom ständigen Auf-den-Boden-Schauen habe ich verdammte Nackenschmerzen und Eyevision sendet immer noch. Frustriert starre ich gegen die grauen Wände des Zeltes und lausche in die Dunkelheit. In der Ferne rattern Maschinen. Langsam bewege ich meinen Kopf von rechts nach links, bis es laut knackt. Am liebsten würde ich nachschauen, was Brenda und dieser Victor machen. Aber ich kann nicht. Ich habe keine Eyewatch.

Ich schließe die Augen und atme tief ein und aus, so wie es mir Ganesha gezeigt hat, entspanne mich und versuche, Kontrolle über meinen Herzschlag, meine Atmung und vor allem über den Chip zu bekommen, der immer noch sendet. Stundenlang liege ich einfach da und atme ruhig ein und aus, bis ich in einen Dämmerzustand zwischen Wachen und Träumen gerate, und auf einmal spüre ich wieder das Summen. Es ist so schwach wie eine weit entfernte Andeutung. Aber es ist da. Ich versuche, es zu verstärken, doch es verschwindet. Erschöpft, aber glücklich, überhaupt etwas gespürt zu haben, öffne ich die Augen. Es ist möglich! Wenn ich nur weiter trainiere, werde ich es schaffen. Ich kann dieses Ding beherrschen. Alles was ich brauche, ist Zeit.

Mitten in der Nacht schrecke ich auf. Ich höre Stimmen. Genauer gesagt, eine Frauenstimme. Schwer atmend starre ich in die Dunkelheit und versuche, die freundliche Stimme zuzuordnen, bis ich begreife, dass sie in meinem Kopf ist. Es ist dieselbe Stimme, die mir sonst immer mitteilt, dass ich auf Sendung bin. Nur spricht sie diesmal einen anderen Text:

»*Verteilt auf Asaria und Cainstorm beschäftigt das Unternehmen Eyevision über 100 000 Angestellte.* Unsere Videos erreichen im Monat über 300 Millionen Menschen. Damit ist Eyevision der größte und einflussreichste Konzern der heutigen Welt. Könnten auch Sie sich vorstellen, bei Eyevision zu arbeiten? Kontaktieren Sie uns noch heute.« Dann ertönt der Eyevision-Jingle. Nach ein paar Sekunden beginnt der Text von vorne, wieder gefolgt von dem Jingle. Als die Stimme nach einer Viertelstunde immer noch ihre Sätze wiederholt, gerate ich in Panik. Wie lange wird Bradley mich damit terrorisieren? Krampfhaft versuche ich einzuschlafen, aber die Stimme zerfurcht unerbittlich jeden Gedanken mit ihrer heiteren Monotonie. Wütend beiße ich in den Schlafsack.

Erst als die Sonne aufgeht, wird die Stimme abgestellt. Von einem auf den anderen Moment ist es still in meinem Kopf. Auch wenn der Jingle noch immer, wie der schlimmste Ohrwurm aller Zeiten, in meinen Ohren nachklingt. Zerschlagen liege ich in meinem Schlafsack. Bradley hat in den Chat geschrieben: »*Gut geschlafen? Es ist Zeit, dass du aus deiner Deckung kommst. Es gibt Kämpfe zu kämpfen. Zeig uns einfach, wo du bist, und alles wird gut. Keine Stimmen mehr, versprochen.*«

Wie betäubt kaue ich an einem Sandwich und trinke ein paar Schlucke Wasser. Eyevision sendet immer noch durch meine Augen und ich bezweifele langsam, dass sie es ausstellen werden. Anscheinend will Bradley keine Sekunde meines spannenden Campinglebens verpassen. Ich fühle mich ausgezehrt. Einsam. Meine Gedanken wandern immer wieder zu Lyssa. Was sie wohl gerade macht? Ob sie wieder bei Gabriel ist?

Das Einzige, was ich tun kann, ist meditieren. Also blende ich alles um mich herum aus. Den Maschinenlärm und den

Geruch nach Färbemittel. Den Autolärm der Stadt und das ferne Läuten einer Kirchenglocke. Meine Atmung wird langsamer und langsamer. Ich befehle dem Chip, nicht zu senden. Ich befehle es tausendmal. Welche Nervenbahnen auch immer mit dem Chip zusammenhängen, ich versuche, die Übertragung zu stoppen. Tatsächlich setzt das Summen wieder ein. Diesmal etwas stärker. Ich konzentriere mich mit aller Kraft. Aber plötzlich ist die grausame Stimme wieder da, mit dem gleichen Text wie heute Nacht, gefolgt von dem Jingle.

Ich könnte schreien vor Wut, aber mit größter Willensanstrengung blende ich die Stimme aus und konzentriere mich auf die Meditation. Am Abend fühlt sich mein Gehirn so benebelt an, als hätte ich den ganzen Tag Rechenaufgaben gelöst. Erschöpft esse ich das letzte Sandwich und trinke den letzten Schluck Wasser. Dann stelle ich die Flasche auf das Dach, in der Hoffnung auf Regen.

Regungslos liege ich in meinem Schlafsack, als sich die freundliche Frauenstimme selbst unterbricht und mir mitteilt: *»Willkommen bei Eyevision. In zehn Sekunden sind Sie auf Sendung.«*

Sofort greife ich die weiße Pistole, krieche aus dem Zelt und postiere mich mit dem Rücken zu einer Wand. Sollten Brenda und Victor auftauchen, werde ich bereit sein. *»Eyevision wünscht Ihnen in der nächsten halben Stunde viel Spaß!«*

Mit angehaltenem Atem lausche ich in die Dunkelheit. Nichts außer dem metallenen Lärm der Maschinen. Also aktiviere ich den Chat und lese die Kommentare der Zuschauer: *»Brenda und Victor haben eine fliegende Kamera, mit der sie die Dächer absuchen. Habt ihr das gesehen?«*

»Ich finde es total mutig, dass sich Brenda und Victor in die Provinz wagen. Da ist es so eklig dreckig!«, schreibt jemand anderes.

»Sie sind ganz dicht an dir dran, Emilio!! Du musst aufpassen, sie kommen!«

Fast wünsche ich mir, sie würden wirklich kommen, damit das hier alles endlich aufhört. Aber nichts passiert. Als die Sendung endet, setzt die Stimme in meinem Kopf wieder ein: *»Verteilt auf Asaria und Cainstorm beschäftigt das Unternehmen Eyevision ...«*

Magensäure steigt meinen Hals empor und ich würge das Gefühl herunter, erbrechen zu müssen. Mit tränenden Augen stolpere ich zurück in das Zelt, presse mir die Hände auf die Ohren und beginne, meinen Oberkörper vor und zurück zu wiegen. Ich habe Durst, ich habe Hunger, ich will schlafen.

Irgendwann habe ich das Gefühl, dass die Stimme in meinem Kopf lauter geworden ist. Meine Handflächen und Fußsohlen jucken und ich schwitze, als hätte ich Fieber. Mit den Fingernägeln kratze ich mir über die Schläfen und beginne laut zu summen, nur um diese verdammte Stimme zu übertönen. *...über 100 000 Angestellte ... 300 Millionen Menschen ... Könnten auch Sie sich vorstellen, bei Eyevision zu arbeiten?* Die Wörter verschwimmen zu einem Brei aus Tönen. Graben sich in mein Hirn, wie Insekten. Meine Finger bohren sich in meine Schläfen, meine Handballen schlagen gegen meine Stirn. Ich kann nicht mehr.

20

Auf allen vieren krieche ich aus dem Zelt und starre in die Dunkelheit. Es ist nicht viel zu erkennen. Ein Auf und Ab von Hallen, Rohren und rauchenden Schornsteinen verliert sich in der Nacht. Als ich schwankend aufstehe, lässt mein Kreislauf weiße Punkte vor meinen Augen tanzen, wie einen Schwarm aufgedrehter Motten. Ich stolpere zu einer Leiter und klettere nach unten, dorthin, wo die Betonwände auch das letzte Mondlicht auffressen. Schwarze Tiefsee empfängt mich und ich irre vorwärts, einem roten Licht entgegen. ... *Eyevision ... einflussreichste Konzern ... Welt ... Kontaktieren Sie ... heute.* Ich drücke die Fäuste gegen meine Stirn, summe laut.

Das Rot ergießt sich aus einem der Betongebäude über die schmale Straße. Ich schlurfe in dieses Licht und fühle mich dabei wie ein verirrtes Monster aus der Finsternis.

Schatten lösen sich von den Wänden, als hätten sie auf meine Ankunft gewartet. Ihre BHs und Haare fluoreszieren grellgelb und pink. Sie umschwärmen mich, streichen über meine Arme, meine Beine, versuchen mich festzuhalten. Ihre grell geschminkten Münder scheinen mir Versprechungen zuzuflüstern, aber ich höre sie nicht. *Asaria und Cain-*

storm ... über 100 000 ... Unsere Videos ... im Monat ... Eyevision. Ich reiße mich los, drehe mich im Kreis, um auch alles zu filmen, jedes verdammte Detail: die heruntergekommenen Bars, die Silhouetten von Frauen und Männern in den rot erleuchteten Fenstern, die Plastikplanen vor den Türen, die obszönen Kreidezeichnungen an den Wänden, die krummen Gestalten, die mich aus den dunklen Ecken beobachten.

»DU HAST GEWONNEN, BRADLEY! HIER! SIEHST DU, WO ICH BIN? GENAU HIER!«, brülle ich.

»*Wo genau?*«, schreibt Bradley.

»WO GENAU?«, äffe ich ihn nach. »KEINE AHNUNG. MUSST DU WOHL HERAUSFINDEN.«

In dem Moment erstirbt die Stimme in meinem Kopf. Ich halte die Luft an und bete, dass sie nicht wiederkommt. Lausche in mich hinein, ob sie dort noch irgendwo ist und mir mein übermüdeter Verstand etwas vorspielt, aber es ist vorbei. Bradley hat die Folter beendet. Die Schattenwesen sind vor mir zurückgewichen, eines lacht schrill. Ich kralle meine Finger um die letzten Münzen in meiner Hosentasche: Ich brauche Wasser.

Eine der Bars zu betreten fühlt sich an, wie vor ein paar Tagen in die Kanalisation zu klettern. Keine Ahnung, was mich erwartet. Aber meine Beine tragen mich einfach weiter, über den festgestampften Erdboden, in diesen dunklen Raum und auf den Mann hinter dem Tresen zu.

»Wasser«, ich knalle ihm meine Münzen hin und erkenne im schwachen Licht, dass es nur ein paar Cent sind.

Ohne Worte füllt mir der Mann, der aussieht, als hätte er sich die Haare mit Edding auf die Glatze gemalt, ein Glas. Das Wasser schmeckt nach altem Bier. Müde schaue ich mich um. Ein paar zusammengesunkene Männer sitzen stumm in den Ecken, als hätten sie vergessen, nach Hause zu gehen. Aber ihren ungepflegten Bärten und dem Zustand ihrer zerschlissenen Gewänder nach zu urteilen, haben sie vielleicht gar keins.

Ich seufze leise und fühle mich unendlich einsam, unendlich fremd. Am liebsten würde ich meine Mutter anrufen oder Jago. Eine Welle von Müdigkeit lässt meinen Kopf Richtung Tresen sacken. ›Das ist nicht der Ort, an dem du einschlafen solltest‹, flüstert mein Unterbewusstsein. ›Ist mir egal‹, erwidere ich und lege den Kopf auf meine Arme. Ich habe alles gegeben und verloren. Endstation.

Jemand tippt mir auf die Schulter.

Ich fahre hoch, ziehe dabei die Pistole und ziele auf eine stämmige Frau im Gegenlicht. Einzelne Haare stehen von ihrem Kopf ab, wie Zünddrähte.

»Sag mir, wer ist die Schnellste?«, schnauft sie und ihr riesiger Busen hebt und senkt sich dabei, als wäre sie gerannt. Dann zeigt sie mit beiden Daumen auf sich selbst.

»Was?«, ich blinzele, versuche, die Situation einzuordnen. Diese Frau einzuordnen. Ihr Gesicht ist oval mit einem dünnen Mund, einer krummen Nase und aufgeregten matschgrünen Augen. Sie wirkt wie über zwanzig, aber ich glaube, sie ist höchstens siebzehn. Fransen hängen von ihren Ärmeln, wie bei einem Cowboy. Das Wort ›Tami‹ ist mit goldenen Nieten auf ihre Gürtelschnalle geschrieben.

›Wir flieeeegen wie Taaauben, nur höööher und höööher. Oh, Baaaaaby, ich fliege mit dir zu den Steeernen ...‹, schießt es mir durch den Kopf.

»Ich kenne dich. Aus diesem Video, mit den Tauben ...« ... und den Millionen von Dislikes.

Stolz entblößt Tami eine riesige Lücke zwischen ihren Schneidezähnen: »Jap! Das bin ich! Tami, die Taubenjägerin.«

»Und was willst du hier? Ich sehe keine Tauben.«

Sie lacht und stützt sich mit ihrem runden Arm am Tresen ab. »Ich weiß, Baby. ›Tami, die Taubenjägerin‹ ist nur mein Spitzname. Eigentlich bin ich Kopfgeldjägerin!«

Eine singende Kopfgeldjägerin? Ich packe die Pistole fester. Wie hat sie mich gefunden? Soweit ich weiß, war ich nicht auf Sendung. Nur Bradley hat gesehen, wo ich bin. Es gibt nur eine Erklärung: »Bradley schickt dich?«

Aufgeregt streicht sie sich die braunen, ungekämmten Haare hinter die Ohren. »Starlight, ja. Der ölige Mann aus Asaria. Der hat mir 'ne ganze Menge Geld zugesteckt, damit ich herkomme.«

Ich checke die Kneipe. Niemand ist hier, der nicht vorher auch da war. Die obdachlosen Männer sitzen so teilnahmslos herum, als wäre die ganze Kneipe eine triste Fotografie, und der Barkeeper mit der Eddingfrisur dreht an einem Radio. Ist Tami alleine gekommen?

Tami zieht einen Laptop unter ihrem Lederoberteil hervor und klappt es auf dem Tresen auf. Das helle Licht blendet mich, dann erscheint Bradley auf dem Bildschirm. Ohne jegliche Begrüßung schreit er mir im Ton eines irren Propheten entgegen: »Emilio, alles ist am Ende! Du wirst sterben! Du hast keine Chance. Du weißt, ich habe immer versucht, dich zu beschützen. Aber dann hast du dich in diesem Zelt versteckt, warum auch immer. Jetzt kann ich nichts mehr für dich tun!« Er verharrt mit offenem Mund, wartet auf eine Reaktion von mir, aber ich betrachte ihn nur ausdruckslos.

Sein lila Anzug glänzt unnatürlich und irgendetwas ist mit seinen Haaren passiert. Sie sind nicht mehr licht und dünn, sondern dicht und so plastikartig wie die von Victor-Raphael. Hinter ihm rauscht die nächtliche Stadt vorbei, als würde er in einem Auto sitzen. Ich sehe Betongebäude, aus denen rotes Licht auf die Straße fällt. Fabrikanlagen. Er ist in der Nähe.

Bradleys Hände formen sich zu Krallen: »Brenda und Victor sind auf dem Weg zu dir. Außerdem kommen Mordaz, seine dünne Frau und ein paar andere.«

Bradleys Worte trommeln auf meinen Schädel ein wie Tropfen aus Blei. Ich sollte rennen, wieder fliehen. Aber meine Beine sind schwer, ich bin so müde.

Bradley flüstert eindringlich: »Wie dir vielleicht aufgefallen ist, tragen die Leute in dieser Stadt alle diese bunten Gewänder. Außer dir. Du bist aufgefallen. Brenda und die anderen könnten jeden Moment auftauchen. Wie willst du dich gegen sie verteidigen? Was willst du tun?«

Bradley schaut in mein müdes, ratloses Gesicht, breitet die Arme aus wie ein Prediger vor seinem Jünger und gibt sich selbst die Antwort: »Es gibt nur einen Weg, wie du dich retten kannst! Durch meine Hilfe, Emilio!«

Tami wirft ein schneeweißes Armband auf den Tresen.

»Was ist das?«, will ich wissen.

»Ein Armband«, erwidert Bradley.

»Ein Peilsender«, murmelt Tami von der Seite.

»Ja, ein Peilsender«, ruft Bradley wütend, der Tami gehört hat. »Zieh ihn an, Emilio. Ich muss immer wissen, wo du bist. Wie soll ich dir sonst helfen?«

Prüfend nehme ich das Armband in die Hand, betrachte es. Ich kann mir denken, dass es sich nicht mehr öffnen lässt, sobald es sich um mein Handgelenk schließt.

Bradley rutscht näher an die Kamera heran: »Emilio, wenn du es anziehst, rette ich dich nicht nur, ich habe auch noch eine Belohnung für dich.«

»Was? Noch eins in die Fresse?«

Bradley lacht wiehernd. »Nein! Du bist unser Held! Luxus. Ich gebe dir Luxus. Ich werde dich mit einer Drohne nach Asaria fliegen. Niemand weiß, dass du kommst. Nicht mal Damaris! Du wirst unser Überraschungsgast sein. Du bist berühmt. Die Leute in Asaria lieben dich. Sie wollen dich näher kennenlernen!«

»Wie ein exotisches Tier, oder was?«

Bradley schenkt sich einen Sekt ein: »Nein! Du bist ein Star!«

»Und was mache ich dann da im Luxus?«

»Genießen. Autogramme geben. Ein bisschen kämpfen, aber geordnet. Nicht so wie hier.«

Ich denke an das Notizbuch, das ich aus seiner Wohnung habe mitgehen lassen. An die sich ständig wiederholenden Zeichnungen. Will er eine Arena bauen, in der ich kämpfen soll? Der Gedanke zieht mich tiefer und tiefer hinab, als hätte ich Steine in meinen Taschen. Ich will nicht nach Asaria, niemals. Aber was ist die Alternative? Sterben? Ich sitze in der Falle. Ich habe kein Geld, keine Verbündeten, keine Kraft mehr.

Tami lehnt sich nach vorne: »Mister Starlight, kann ich auch nach Asaria mitkommen?«

Bradley lacht arrogant. »Vielleicht ein andermal. Also, Emilio, zieh das Armband an und halte dich von jetzt an an unsere Regeln. Wenn du gut zu uns bist, kennt Eyevision in seiner Güte keine Grenzen! Sieh mich an und was ich jetzt bin. Wo ich jetzt bin! Welche Macht ich habe. Welche Position!« Seine Stimme überschlägt sich. »Weißt du, wer früher alles über mich gelacht hat? Was sie über mich gesagt haben? Der kleine Starlight in seinem winzigen Büro? Der mit den dicken Schuhsohlen, der es zu nichts bringen wird? Und jetzt?«

Er schwenkt sein Sektglas, dass es schäumend überläuft. »Meine ehemaligen Vorgesetzten. Die Idioten aus den oberen Etagen. Sie haben versucht, mich anzurufen. Zwanzig Mal. Aber weißt du was? Ich bin jetzt IHR Vorgesetzter. Ironie, was? Ich habe sie entlassen. Die ganze Abteilung. Hätte gerne ihre Gesichter gesehen, als sie ihre Büros räumen mussten. Wie du vielleicht mitbekommen hast, hat Damaris mich zum ersten Abgeordneten von Eyevision auf Cainstorm Island gemacht. Ich bin der mächtigste Mann hier drüben! So schnell kann es gehen. Vielleicht werde ich sogar in die Offiziersriege aufsteigen? Wer weiß. Dann lege ich mir einen Doppelnamen zu. Bradley-Maximus oder gleich drei Namen: Bradley-Marc-Aurel.«

Ausdruckslos starre ich auf den Bildschirm. Und wohin hat mich das alles gebracht? Ans Ende der Welt, an den Rand des Wahnsinns, in einen stinkenden Keller voller Obdachloser. »Also hast du persönlich dafür gesorgt, dass diese Stimme in meinem Kopf angestellt wurde?«, zische ich.

»Na ja, ja ... das habe ich vielleicht. Aber sie wird dich nie wieder belästigen. Ich verspreche es.« Schnell winkt er Tami, die ein Skateboard ohne Räder aus ihrem nietenbesetzten Rucksack befördert.

»Ein Hoverboard«, erklärt sie. »Ich hab auch eins. Ich zeig dir den Weg zu dieser Drohne, die dich nach Asaria bringt, okay?« Sie zieht eine Kalaschnikow aus dem Rucksack und legt sie neben das Hoverboard auf den Tresen. »Damit kannst du dich verteidigen, falls wir Brenda oder so begegnen.«

Müde starre ich die Kalaschnikow, dieses Hoverboard und das GPS-Armband an. Soll ich wirklich jede Kontrolle abgeben, die ich mir in den letzten Tagen so schwer erkämpft habe? Habe ich überhaupt eine Wahl?

»Emilio, du wirst hier drüben ein Star sein. Schau, ich

habe sogar eine Actionfigur von dir anfertigen lassen.« Bradley greift in die Innentasche seines Anzugs und hält eine Spielzeugpuppe in die Kamera. Ich runzele die Stirn. Das soll ich sein? Diese Puppe hat bestimmt doppelt so viele Muskeln wie ich und ein viel zu eckiges Kinn.

»Unglaublich, oder?«, Bradley drückt der Puppe auf den Bauch.

»*Ich ersteche dich!*«, knurrt sie.

Bradley lacht. Dann steckt er die Puppe wieder in seine Anzugtasche und dreht seinen Handrücken zur Kamera, sodass ich den Bildschirm seiner Eyewatch sehe. Bunte Punkte auf einer Stadtkarte. »Das in der Mitte ist das Signal von dem Armband, das du anziehen sollst. Die Punkte darum herum sind Brenda, Victor und ein paar andere, die sich den Chip implantiert haben. Wie du siehst, sind sie nicht mehr weit von dir entfernt. Wie lange, meinst du, dauert es, bis sie dich finden?«

Wahrscheinlich nicht mehr lange. Wieder spüre ich diese bleierne Schwere in meinen Beinen und Armen, diesen Wunsch, einfach nur in Ruhe gelassen zu werden.

Bradley drängt: »Zieh das Armband an. Ich sehe doch, wie erschöpft du bist. In der Drohne sind Kissen und Decken. Ganz weich, aus Daunenfedern. Und es gibt Essen. Weißwal-Kaviar, geriebenen Trüffel, Wein …«

Essen und Trinken wären jetzt wunderbar. Und schlafen, einfach nur schlafen. Ich schließe die Augen und plötzlich sehe ich unseren Innenhof vor meinen Augen. Die Blätter des Olivenbaums sprenkeln die Sonne über die bunten Wände der Häuser und über die Gesichter von Serge, Carilla und Luc. Die drei sitzen auf der Bank am Haus und Serge hat Luc auf dem Schoß und lässt ihn auf seinen Knien reiten. Carilla singt dabei ein Kinderlied von einem Fisch, der von einem Orkan an Land geworfen wird und fast stirbt. Mit leuchtenden Augen wartet Luc auf seinen Lieblingsmoment. Carilla singt: »Da kam der Schneider Schmück und warf den Fisch zurück.« Serge öffnet die Knie und Luc stößt einen lachenden Schrei aus, als er mit dem Hintern voran nach unten fällt. Bevor er den Boden berührt, zieht Serge ihn an seinen Händen wieder nach oben. »Noch mal, noch mal«, ruft Luc.

Ich schlucke bitter bei der Erinnerung an diesen Moment, der für immer verloren ist. Langsam richte ich mich auf meinem Barhocker auf. Mir ist gar nicht aufgefallen, wie sehr ich in mich zusammengesackt bin. Entschlossen sage ich: »Nein. Ich werde nicht nach Asaria gehen. Niemals!«

Das siegessichere Lächeln ist mit einem Schlag aus Bradleys Gesicht gewischt. »Warum, ich kann ...«

Ich klappe den Laptop zu und Bradleys Stimme verstummt.

Verwirrt zieht Tami ihre Schultern nach oben und hebt ihre Arme: »Ey, dieser Bradley will dich nach Asaria bringen! Ich würde alles geben, um dort hinzukommen. Aber du stirbst lieber? Glaub mir, du hast keine Chance gegen Victor, Brenda und die Schlangen!«

»Victor, Brenda und die Schlangen interessieren mich nicht.«

»Sondern?«

Bradley, denke ich. Ich werde es zu einem Ende bringen. Aber erst muss ich ihn finden. Ich schnappe mir das Hoverboard und die Kalaschnikow. »Folge mir nicht. Ich meine es ernst.«

Sie tätschelt den Laptop: »Ich bin Kopfgeldjägerin. Ich folge dir erst, wenn ich den Auftrag erhalte ... und das Geld überwiesen ist.«

Draußen werfe ich das Hoverboard auf die Straße und springe auf. Wie fliegt das Ding? Ich wippe vor und zurück. Nichts passiert. Unruhig blicke ich mich um. Die Schattenwesen mit den fluoreszierenden Haaren und Mündern beobachten mich. Eine von ihnen flüstert mit einem bulligen Mann und deutet in meine Richtung. Hat das Hoverboard einen An- und Ausschalter? Muss ich einen Befehl sagen?

»Flieg!«, rufe ich, ohne damit zu rechnen, dass das Zauberwort so einfach sein könnte. Sofort hebt das Ding ab und schießt schräg in die Höhe. Instinktiv gehe ich in die Knie und strecke meine Arme aus, um das Gleichgewicht zu halten. »Stopp!« Das Hoverboard kommt sanft in der Luft zum Stehen.

Von unten höre ich aufgeregte Schreie. Aufgerissene neonfarbene Münder schweben in der dunklen Gasse. Ich grinse ihnen zu, atme noch einmal tief durch, dann lehne ich mich nach vorne und das Hoverboard beschleunigt, ohne dass ich etwas sagen muss. Gebückt gleite ich durch die Schatten der Dächer, scanne die Autos auf der Straße: rostig mit abblätterndem Lack. Bestimmt nicht Bradleys Style. Ich versuche mich zu erinnern, wie die Gebäude aussahen, an denen Bradley vorbeigefahren ist. Rot erleuchtete Fenster, tanzende Frauen und Männer, Betongebäude. Er könnte überall sein – so wie Brenda und meine anderen Verfolger.

»Verteilt auf Asaria und Cainstorm, beschäftigt das Unternehmen Eyevision über 100 000 ...«

Bradley hat es wieder angestellt. Ich kratze über meine Schläfen. Die Wörter bohren sich durch mein Gehirn wie Würmer, die meine Gedanken auffressen. Und plötzlich explodiert die Verzweiflung in mir zu Hass. Es fühlt sich an, als wäre irgendetwas in mir einfach durchgerissen. Irgendetwas, das meinen Verstand bis jetzt zusammengehalten hat. Ich ziehe die Luft scharf zwischen den Zähnen ein und gebe dem Hoverboard den Befehl aufzusteigen. Ich schraube mich höher und höher in die Luft, bestimmt fünfzig Meter, raus aus der Deckung der Röhren und Schornsteine, bis die Straßen unter mir liegen wie ein Netz roter Adern. Ich weiß, dass Bradley noch immer sieht, was ich sehe. Dass er genau weiß, was ich vorhabe.

Ich fliege in Kreisen, immer größere und größere, und starre hinunter. Irgendwo muss Bradleys Auto sein. Und dann, außerhalb des rot beleuchteten Bezirks, bemerke ich ein Glitzern. Es wirkt seltsam fehlplatziert zwischen dem stumpfen Grau der Dächer. Ich kippe nach vorne, gehe in den Sturzflug und reiße mir die Kalaschnikow von den Schultern.

Und ich hatte recht. Ein Auto parkt zwischen einigen Lagerhallen. Schwarzglitzernd, wie Bradleys Möbel. Typ Schlachtschiff. Ich rase die Gasse entlang, auf die Heckscheibe zu, und für eine Sekunde frage ich mich, was ich hier überhaupt mache. Will ich Bradley wirklich umbringen? Kann ich das, einen Menschen absichtlich erschießen? Doch die Stimme in meinem Kopf erstickt jeden anderen Gedanken ... *Eyevision der größte und einflussreichste Konzern* ... und ich brülle gegen sie an, ziele. Der Rückstoß hämmert gegen meine Schulter, als die Kugeln in das Heckfenster schlagen. Panzerglas. Ich gleite über das Dach hinweg, drehe mich in der Luft, greife von vorne an, lasse die Kugeln auf die schwarz getönte Frontscheibe krachen. Jaulend drehen die Räder durch und das Auto macht einen Sprung vorwärts, schleudert eine Mülltonne um und rast los. Ich lehne mich nach vorne, nehme Fahrt auf. Er kann mir nicht entkommen. Die Straßen sind eng und kurvig und Bradleys Glitzerauto ist in der Dunkelheit nicht zu übersehen. Der Fahrer lässt den Motor aufheulen und schleudert um eine Biegung, kracht mit dem Heck gegen eine Wand, die Räder drehen im Matsch durch, dann schießt der Wagen weiter.

Ich lehne mich nach vorne, um mein Hoverboard zu beschleunigen. Es zittert unter der Geschwindigkeit und der Gegenwind will mir die Kalaschnikow aus den Händen reißen. Ich drücke den Abzug, spüre den Rückstoß an der Schulter und die kleinen weißen Punkte werden zu netzförmigen Rissen. Bradleys Auto flüchtet um die nächste Kurve, schrammt fast eine Statue, die so unvermittelt vor uns auftaucht, dass ich selbst gerade noch so ausweichen kann. Wieder drücke ich den Abzug durch, aber alles, was kommt, ist ein müdes Klicken. Keine Munition mehr. Ich schmeiße die Kalaschnikow weg, ziehe die Pistole aus dem Hosenbund, sinke ein Stück ab und schieße. Der Dauerbeschuss lässt das schwarze Glas der Heckscheibe explodieren. Das Auto bricht nach links und rechts aus, prallt gegen eine weitere Statue. Ein Hinterreifen hebt sich in die Luft und für einen Moment sehe ich Bradleys Gesicht hinter der zerborstenen Scheibe. Sein Mund ist zum Schrei geöffnet. Dann überschlägt sich der Wagen. Das Heck wird nach oben gerissen, das Auto fliegt durch die Luft. Ich lehne mich nach hinten, versuche zu bremsen, einen Zusammenstoß zu verhindern, gleichzeitig sinke ich weiter ab. Das Hoverboard zittert unter meinen Füßen. Ich verliere das Gleichgewicht und stürze. Im Fallen sehe ich, wie Bradleys Fahrzeug durch eine Wand kracht. Staubwolken explodieren. Ich drehe mich in der Luft, komme auf den Füßen auf und rolle ab.

Betonstaub rieselt aus meinen Haaren, Staubwolken hängen in der Luft. Ich visiere das Loch an, das Bradleys Auto geschlagen hat, aber sehe nur Staub. Mit angehaltenem Atem versuche ich zu hören, was dort drinnen los ist, ob noch jemand lebt. Aber die fröhliche Eyevision-Stimme in meinem Kopf übertönt alles: *»Könnten auch Sie sich vorstellen, bei Eyevision zu arbeiten? Kontaktieren Sie uns noch heute.«* Gebückt springe ich über ein paar Betonbrocken, breche durch die Wand aus Staub. Meine Augen versuchen, den Raum zu erfassen. Hohe Decken, wie in einer Kirche. Aber an den Wänden stehen überlebensgroße Statuen von Soldaten. Gebeugte Köpfe, altmodische Gewehre in den Händen. Ihre Schatten wirken wie schwarze Gräben, die den Saal zerteilen. Am Ende des Raumes ragt eine Frauenstatue bis unter die Decke. Ihr Gesicht liegt im Schatten, aber ich erkenne, dass sie etwas in den Händen hält. Ist es ein Apfel? Kann es sein, dass das Cat Cainstorm ist?

Zu Füßen der Statue liegt das Auto auf dem Dach. Es muss durch den ganzen Raum geschlittert sein. Ein Rad dreht sich noch immer, als hätte es nicht begriffen, dass die Fahrt zu Ende ist. Gebückt schleiche ich vorwärts. Von Schatten zu Schatten, von Soldat zu Soldat, immer an der Wand entlang. Eine Autotür öffnet sich und Bradley kriecht heraus. Panisch kommt er auf die Beine, stolpert vorwärts, auf die Frauenstatue zu. Ich werde schneller, das Auto im Blick. Wer weiß, ob noch jemand im Wagen ist. Bradley hat die Statue erreicht und verschwindet zwischen ihren Füßen, als wäre er nie da gewesen. Ist dort ein Gang? Ich renne entschlossen an dem Autowrack vorbei, sehe durch ein zerbrochenes Seitenfenster zwei weitere Männer, die fluchend versuchen, sich aus den Gurten zu befreien. Ihrer Kleidung nach zu urteilen, sind es der Chauffeur und ein Bodyguard.

Zwischen den Stiefeln der Frau, tief im Schatten, ist tatsächlich eine Tür eingelassen. Sie ist mit seltsamen Runen bemalt und ich spüre, dass das dahinter die heilige Stätte dieser Kirche sein muss. Vorsichtig stoße ich die Tür auf. Dunkelheit. Ich erkenne eine Wendeltreppe, taste mich vorwärts und trete auf etwas Hartes.

»*Ich ersteche dich*«, knurrt es unter meinem Fuß. Bradley muss die Figur verloren haben. Ich kicke sie zur Seite und eine Welle aus Triumph trägt mich die Treppenstufen hinauf.

»ICH KOMME, BRADLEY! WIE FÜHLT ES SICH AN, GEJAGT ZU WERDEN?« Von oben höre ich einen weinerlichen Schrei. Fast wie von einem Tier in der Falle.

In dem Moment ändert die Stimme in meinem Kopf ihren Text: »*Willkommen bei Eyevision. In zehn Sekunden sind Sie auf Sendung.*« Ich werde noch schneller, nehme immer drei Stufen auf einmal. »*Eyevision wünscht Ihnen in der nächsten halben Stunde viel Spaß!*«

Die Stimme verstummt. Endlich. Kein endloses Gequassel mehr in meinem Kopf, keine Stimme, die jeden Gedanken erstickt und nur noch blinden Hass übrig lässt. Erst jetzt nehme ich meinen schnaufenden Atem wahr, den hallenden Klang meiner Schritte auf den Steinstufen. Mit einem langen Blinzeln öffne ich die Kommentare: »*Emiliooooo!! Brenda und Victor wissen, wo du bist!! Sie haben dich schießen gehört!! Sie fliegen auf Hoverboards um diese Kirche!! Sie wollen dich umbringen!!*«

Ich sollte Angst spüren. Aber alles, was ich denke, ist, dass mir Bradley doch noch irgendwie entkommen könnte. Von weiter oben höre ich seine flehende Stimme: »Bitte nimm mein Geld und lass mich in Ruhe!«

»NIEMALS!« Die Vorstellung, dass ich hier sterbe und er in seine Glitzerwelt zurückkehrt, unendlich reich, unendlich erfolgreich, macht mich wahnsinnig. Fast rutsche ich auf einem

Haufen Geldscheine aus, die Bradley die Treppenstufen runtergeworfen hat. Meine Stimme überschlägt sich, als ich brülle: »DENKST DU, DU KANNST DICH FREIKAUFEN? DU HAST MEINEN VATER UMGEBRACHT! WEGEN DIR WURDEN MEINE MUTTER UND MEIN BRUDER ENTFÜHRT!«

»Das war ich nicht! Das waren die Schlangen«, kommt es schrill zurück. Seine Stimme ist ganz nah.

»DU HAST IHNEN GEZEIGT, WO WIR WOHNEN!«

Unvermittelt endet die Wendeltreppe, ich bremse ab, schaue in einen düsteren Raum mit Gewölbedecke. Er ist so groß wie der Saal unter uns. Aber dieser Raum ist voller Metallteile, aus denen verbogene Stangen herausstechen, wie die Rippen von Urzeitmonstern. Manche der Metallteile sind mannshoch, andere reichen sogar bis unter die Decke. Sie bestehen alle aus dem gleichen rostigen Material. Vielleicht waren sie mal Teil eines Ganzen? Durch ein paar hohe, glaslose Fenster fällt schwaches Mondlicht auf den mit eingravierten Runen überzogenen Boden. Was haben sie zu bedeuten? Was sind das für Metallteile?

Vorsichtig schleiche ich vorwärts. Von der Seite nehme ich eine Bewegung wahr. Bradley verschwindet hinter einem der Metallteile. Jetzt habe ich ihn. Ich stürme los, höre ein Surren hinter mir und etwas Eiskaltes bohrt sich in meine Seite. Ich schlittere vorwärts, drehe mich dabei um und erkenne Brendas schwarze Silhouette in einem der Fenster. Ihre Armbrust zielt auf mich. Wir schießen gleichzeitig. Ihr Pfeil zischt Millimeter an meinem Gesicht vorbei, während ich hinter eine Metallwand springe. Habe ich sie getroffen? Wahrscheinlich nicht. Ich lausche in die Dunkelheit. Versuche zu hören, ob sich Brenda bewegt. Nichts. Mit einer Hand taste ich nach meiner Seite und spüre klebrige Nässe. Blut. Aber kein Pfeil. Es war nur ein Streifschuss. Trotzdem lässt die Wunde meine Rückenmuskeln verkrampfen, als würden sie ein Eigenleben führen. Ich beiße die Zähne zusammen und versuche, mich auf den Chip zu konzentrieren. Versuche, ihn zu fassen, ihn abzuschalten, damit er nicht länger durch meine Augen filmt und meinen Standort verrät. Und obwohl mein Herz rast und mein Blick über die Metallreste jagt, immer auf der Suche nach Brenda, spüre ich ein Summen. Es ist stärker als gestern und ich will mich darauf konzentrieren, aber eine genervte Stimme zerschneidet die Stille und bringt mich aus dem Konzept. »BRENDA! Verschwinde, verdammt noch mal. Das hier ist MEINE SHOW! Ich werde Emilio erledigen.«

Es ist Victor-Raphael.

»BRENDA!«, brüllt Victor und schafft es sogar jetzt noch, gelangweilt zu klingen. »Ich weiß, dass du hier bist! Ich sehe auf meiner Eyewatch, was du siehst, schon vergessen? Du hockst hinter einer dieser Rostwände!«

Spöttisch frage ich mich, was zwischen den beiden passiert ist. Wollten sie nicht als Team zusammenarbeiten? Aber wahrscheinlich haben sie festgestellt, dass eine geteilte Show nur eine halbe Show ist.

»BRENDA!!!!«, Victors dunkle Stimme überschlägt sich vor Zorn. In dem Augenblick nehme ich all meinen Mut zusammen und stürze vorwärts, durch das Labyrinth aus Metallwänden, Victors Gebrüll entgegen. Ich weiß, dass Brenda und Victor viel kampferfahrener sind als ich. Alles, was mir bleibt, ist der Überraschungsangriff. Mit der Pistole ziele ich nach links und rechts, in jeden dunklen Gang, zwischen die Gerippe aus Stangen, in die Schatten. Rechne jede Sekunde damit, Brendas surrenden Pfeil zu hören.

»WIE DU WILLST, MÖGE DER SCHNELLERE GEWINNEN«, brüllt Victor. Funken explodieren krachend unter der Decke, als hätte er dagegengeschossen. Ich biege um die Kurve und da steht Victor. Enge schwarze Rüstung, aufgepumpte Oberarme, Schmollmund. Sein Laserschwert zeigt zur Decke und sein Gesichtsausdruck ist irgendwas zwischen Langeweile und Trotz.

»Hände hoch!«, befehle ich und die Langeweile und der Trotz rutschen Victor aus dem Gesicht, als würde es schmelzen. Aber Victor ist ein trainierter Kämpfer. Seine freie Hand bewegt sich blitzschnell, etwas saust auf mich zu und ich zucke mit dem Kopf zur Seite. Das Ding streift meine Schulter, brennt sich in meine Haut, kracht gegen die Metallwand hinter mir und fällt klirrend zu Boden. Ich ignoriere den Schmerz, feuere an Victors Kopf vorbei in die Mauer: »Lass das Schwert fallen, SOFORT!«

Victor reißt die Augen auf. So, als würde er gerade realisieren, dass unsere Waffen nicht aus Schaumstoff sind und ich kein Hologramm bin. Er weicht zurück: »Notfall! Notfall! Eyevision! Ich blase die Mission ab. Die Mission ist zu Ende, okay? Holt mich hier raus!«

»Denkst du, wir sind in einem Spiel?« Ich reiße ihm das Schwert aus der Hand und die Messer vom Gürtel. Wohin mit dem Kram? Bleibt nur das Fenster. Ich werfe die Waffen hinaus, dann schlinge ich Victor von hinten den Arm um den Hals und stelle mich mit dem Rücken zur Wand. Victor und ich sind ungefähr gleich groß. Er ist der perfekte Schutzschild.

»Was ... WAS SOLL DAS?«, schreit er und ich stelle zufrieden fest, dass die Langeweile aus seiner Stimme verschwunden ist.

»Halt die Klappe.« Ich drücke ihm die Pistole an die Schläfe und das lässt ihn verstummen. Meine Augen fliegen über die Metallteile vor mir. Brenda wird angreifen, aber sie lässt sich Zeit. Meine Finger krampfen sich um den Abzug der Pistole, mein Arm um Victors Hals. Wo bleibt Brenda? Und wo ist überhaupt Bradley? Meine Augen bleiben an einer Wendeltreppe hängen, die vielleicht zehn Meter von mir entfernt nach oben führt. Schlagartig breitet sich Hitze in meinem Körper aus. Ist Bradley schon längst geflohen?

Ein leises Rauschen lässt mich innehalten. Es kommt von draußen. Was ist das? Ohne die Metallteile aus den Augen zu lassen, zerre ich Victor zu einem der Fenster und werfe einen kurzen Blick in den Nachthimmel. Eine schneeweiße Kugel, vielleicht vier Meter Durchmesser, schwebt der Kirche entgegen. Aber sie hält nicht auf unser Stockwerk zu, sondern steigt weiter auf. Schlagartig fährt die Hitze bis in meine Wangen. Bradley muss nach oben geflüchtet sein und hat Hilfe gerufen. Der Gedanke, dass Bradley in dieser Kugel einfach davonschwebt, ist unerträglich.

Ich packe Victor fester und zerre ihn in Richtung Wendeltreppe.

Wütend ruft er: »Mach das nicht. Wehe dir!«

Zuerst denke ich, Victor spricht mit mir. Dann erkenne ich Brendas Umrisse im Schatten einer der Metallwände. Ihr schwarzer Sportanzug, ihre schwarzen Haare und eine schwarze Maske, die nur ihre Augen frei lässt, lassen sie fast mit der Dunkelheit verschmelzen. Nur ihre Armbrust schimmert im Mondlicht. Sie ist auf uns gerichtet. Ich schlinge meinen Arm enger um Victors Hals, drücke ihm die Pistole gegen die Schläfe und sage ruhig: »Ihr habt verloren, Brenda. Wirf deine Waffen aus dem Fenster und verschwinde.«

Statt zu tun, was ich sage, hebt Brenda die Armbrust noch ein Stück, als würde sie überlegen, wie hoch die Wahrscheinlichkeit ist, dass sie an Victors Kopf vorbeischießt und mich trifft.

Victors Halsschlagader pocht wild gegen meinen Arm. Voller Angst schreit er: »WEHE, DU SCHIESST, BRENDA!«

Brenda verharrt bewegungslos. Von weiter oben höre ich ein leises Geräusch, so als hätte die weiße Kugel ihr Ziel erreicht und wäre sacht gegen eine der Mauern gestoßen. Ich möchte losstürzen, die Wendeltreppe hochrennen, verhindern, dass Bradley entkommt. »Du hast verloren«, rufe ich. »Sieh es ein und verschwinde!«

Victors Herzschlag wummert gegen meinen Arm: »Brenda, wenn du auf Emilio schießt und ihn verfehlst, erschießt er mich, okay? Er wird mir in den Kopf schießen, verstehst du das? Er ist ein Tier, ein Mörder. Er hat kein Gewissen.«

Brenda verlagert ihr Gewicht von einem Fuß auf den anderen. Sie ist nervös. Undeutlich dringt ihre Stimme hinter der Maske hervor: »Ich kann nicht. Wenn ich ihn jetzt gehen lasse, kriege ich ihn vielleicht nie wieder. Ich kann jetzt nicht aufgeben! Verstehst du nicht? Ich bin den ganzen Weg gekommen ... ich gebe niemals auf!«

»ABER JETZT MUSST DU!«, schreit Victor.

»Ich bin die beste Schützin auf ganz Asaria«, gibt Brenda trotzig zurück. Ihr Zeigefinger krümmt sich. Ein Pfeil löst sich, Victor zuckt zur Seite und ich werde zurückgeworfen. Victor dreht sich aus meinem Arm und stürzt zu Boden. Für eine Sekunde ist es komplett still. Brenda starrt auf Victor, der zu meinen Füßen liegt. Der Pfeil ragt aus seinem Hals, er röchelt gequält und Blut sickert in seine Rüstung.

Mit erhobener Pistole gehe ich auf Brenda zu und sie hebt ungläubig den Blick. Ich packe ihre Armbrust und entwinde sie ihr. »Du hast verloren.« Brenda weicht vor mir zurück, plötzlich gar nicht mehr so hart wie in ihren Videos.

»Nein! Nein. Ich habe noch nie ...«, flüstert sie.

»Wirf deine Waffen aus dem Fenster ... und zieh die Maske aus.«

Brenda taumelt zum Fenster. Mit einem wütenden Keuchen schmeißt sie Messer und Pistolen nach unten und zieht sich die Maske von ihrem verschwitzten Gesicht. Für einen Moment erkenne ich sie kaum wieder. Ihr kühles Selbstbewusstsein ist wie ausradiert. Stattdessen kämpfen Wut und Ungläubigkeit miteinander und ich kann mir vorstellen, was sie denkt: Wahrscheinlich haben Millionen von Menschen durch Brendas Augen gesehen, wie sie den Pfeil in Victors Hals geschossen hat. Ob sie jemals nach Asaria zurückkehren darf, sollte er sterben? Ob sie vor ein Gericht gestellt wird?

21

Ich werfe Brendas Armbrust aus dem Fenster und mustere Victor, der nur noch flach atmet, mit einem letzten Blick. Der Pfeil ragt aus seinem Hals, wie ein Ausrufezeichen. Zu Brenda sage ich: »Ruf Hilfe. Vielleicht kannst du ihn noch retten. Und verbinde seinen Hals.«

Ohne abzuwarten, ob sie meinen Anweisungen folgt, renne ich die Stufen hinauf, immer im Kreis, Treppenstufe um Treppenstufe. Meine Lungen brennen, als würde jeder Atemzug sie aufschürfen wie Schmirgelpapier. Der Schnitt an meiner Schulter pulsiert und der Streifschuss schickt ein schmerzhaftes Stechen durch meine Seite. Trotzdem springe ich die Stufen weiter hinauf, halte nur für Sekunden inne: Bradleys mit Blutflecken übersätes Jackett liegt zerknüllt auf dem Boden. Ich stürze weiter, aber tief in meinem Inneren weiß ich, dass ich zu spät bin, dass ich Bradley zu viel Zeit gelassen habe, dass er mittlerweile in dieser weißen Kugel sitzt, ein Glas Sekt trinkt, sein schrilles Delfinlachen lacht und dabei mein Video schaut. Sieht, wie ich die Turmstufen hinaufhetze. Ich stöhne innerlich und sprinte weiter und weiter, diesen nicht enden wollenden Turm hinauf.

Wie sehr ich mich getäuscht habe.

Ich stoppe so unvermittelt, dass ich fast vornüberfalle. Bradley liegt zusammengekrümmt vor mir. Sein blaues Hemd ist klatschnass und hängt in Streifen herunter. Tiefe, blutige Schnitte, die vom Autounfall stammen müssen, ziehen sich über seinen Rücken. Bradleys Gesicht ist so farblos, als sei er tot. Doch dann zucken seine Lider. Seine Augen sind gläsern vor Angst. Bewegungslos, als wäre er festgefroren, starrt er mich an. Ich will lachen, aber ich kann nicht. Ich bin zu erschöpft. Stattdessen schnaufe ich: »Machst du schon schlapp?«

»Nein ... bitte, nein«, stößt er flüsternd hervor, die Worte kaum verständlich. »Meine Rippen ... mein Arm ... gebrochen.« Zitternd, als hätten wir Minusgrade, krümmt er sich nach vorne, tastet nach seiner Eyewatch und beginnt zu tippen.

Ich reiße sie ihm vom Arm und zertrete sie. Die Wut über ihn, über all das, was er getan hat, lässt mich nur mühsam Worte finden: »Für dich war das hier alles ... alles nur ein Spiel. Aber weißt du was? Jetzt bist du Teil davon.«

»Nein, bitte«, heult Bradley, aber ich höre ihn kaum. Dies ist der Moment, auf den ich so lange gewartet habe. Meine Rache für Serge. Für mein zerstörtes Leben. Alles in mir ist düsterer, unnachgiebiger Triumph. Alles, was ich will, ist, Bradley sterben zu sehen. Ich genieße seine Angst. Beobachte spöttisch, wie ihm sein Gesicht entgleitet. Wie er mich so ungläubig anstarrt, als wäre ich aus einem seiner Albträume gekrochen. Ich stelle meinen Fuß auf seine Brust, damit er stillhält. »Und das Beste ist: Ich bin auf Sendung. Dein Tod wird die Quote explodieren lassen, oder was meinst du?«

Meine Pistole zielt auf Bradleys Herz. Er hat es verdient.

›*Wir töten keine Verletzten. Wir sind nicht wie die.*‹ Ich versuche, Lyssas Stimme in meinem Kopf wegzuwischen wie eine nervige Fliege. Ich will Bradley mit einem Schuss töten. Sein Brustkorb hebt und senkt sich, als würde er hyperventilieren, und ich drücke ihn mit meinem Fuß fester auf die Stufen.

Lyssas Stimme kämpft sich wieder nach vorne. ›*Wir sind nicht wie die.*‹ Und auch Victor-Raphaels Worte verfolgen mich. Was hat er vorhin gesagt? Ich wäre ein Tier, ein Mörder ohne Gewissen. Mit einem Blinzeln öffne ich die Kommentare.

Begierig klatschende Katzen mit gefletschten Zähnen und weit aufgerissenen Augen, Popcorn essende Schweinchen: »*Töte diesen erbärmlichen Typen, ECOO!!!*«

»*Wir wollen Blut sehen, schieß diesem Mann ins Gesicht. Tu es endlich.*«

Angeekelt schließe ich den Chat. Die Zuschauer kennen Bradley nicht einmal. Er ist sogar ein Asarianer, einer von ihnen. Trotzdem wollen sie ihn sterben sehen. Will ich ihnen das wirklich geben? Will ich so sein wie Bradley? Ist doch egal, schreit etwas in mir. Töte ihn! Jetzt! Mein Finger spannt sich um den Abzug.

»Letzte Worte an die Zuschauer?«, frage ich.

Bradleys Mund öffnet sich, aber nichts kommt heraus. Das erste Mal, seit ich ihn kenne, ist er sprachlos. Und plötzlich realisiere ich mit voller Wucht, dass ich tatsächlich gewonnen habe. Victor, Brenda und Bradley sind besiegt. Die Erkenntnis verdrängt die Wut, den Wahnsinn und die Angst und mein Herz beginnt in wilder Freude zu rasen. Plötzlich fühle ich mich leicht, fast schwindelig. Und dann, unter dem Feuerwerk meiner Emotionen, spüre ich das Summen. Aber diesmal habe ich es nicht gerufen, es ist von selbst gekommen.

Hat Ganesha nicht gesagt, ich soll mein inneres Gleichgewicht finden? Ist es dieses Gefühl, das sie meinte? Ich atme durch, bewege mich in Gedanken auf das Summen zu, konzentriere mich und das Summen schwillt an, so durchdringend wie niemals zuvor. Trommelfellzerfetzend. Ich bin ganz nah. In Gedanken greife ich nach dem Chip. Er pulsiert in meiner Hand. Klein und leicht. Ich befehle ihm, sich auszuschalten. Das Summen wird schwächer und schwächer, bis es erlischt. Unter der Oberfläche spüre ich, wie der Chip sich wieder einschalten will, aber ich bin stärker. Ich beherrsche ihn, zumindest im Moment. Endlich.

»Wa... was ist los?« Bradley starrt mich an, als hätte ich mich in einen Werwolf und wieder zurück verwandelt.

Ich blinzele einmal lang. Nichts passiert. »Ich bin offline. Die Sendung ist zu Ende.«

Bradley stöhnt abgehackt: »Was, nein. Wie? Und jetzt? Tötest du mich?«

Ich ziele noch immer auf sein Herz. ›Drück ab‹, flüstert die Stimme meines Hasses, die noch immer da ist, und ich stelle mir vor, wie gut es sich anfühlen würde, Bradley zu töten. Wie einfach es wäre. Aber ich bin kein Mörder. Ich bin nicht gewissenlos. Ich bin nicht wie Bradley, wie Eyevision und wie Brenda und Victor. Es gibt keinen Grund mehr, Bradley zu töten, außer Rache zu nehmen, und das wäre Mord. Ich lasse die Pistole sinken und sage: »Nein. Ich bin fertig mit dir. Für immer.«

Gequält und ungläubig blickt er zu mir hoch: »Warum ... warum lässt du mich leben?«

»Frag nicht. Freu dich einfach. Aber ich schwöre dir, wenn du dich jemals wieder mit mir oder meiner Familie anlegst, dann rettet dich nichts mehr, verstanden?«

»Verstanden«, flüstert Bradley. Sein Kopf sackt nach hinten, als hätten seine Muskeln einfach aufgehört zu funktionieren, und er murmelt verzweifelt: »Meine Karriere ist zerstört.«

Ich lache ungläubig. »Darüber machst du dir jetzt Gedanken? Bete lieber, dass ein Arzt vorbeikommt. Du siehst ziemlich fertig aus.«

Bradleys Augen rollen zur Seite. »Damaris wird mich feuern. Sie wird mich feuern ...«

Ich lasse Bradley liegen und steige die Treppe weiter nach oben. Erst jetzt fallen mir die in die Betonwände geritzten Zeichnungen auf: Menschen, so dünn wie Skelette, die sterbend in ihren Betten liegen. Kinder mit aufgedunsenen Bäuchen. Gruselig. Was hat es mit dieser Kirche auf sich? Plötzlich setzt das sanfte Summen in meinem Hinterkopf wieder ein und erinnert mich daran, dass der Chip noch immer da ist. Eyevision versucht ihn anzuschalten, aber ich konzentriere mich, denke an meinen Sieg, an mein neues Selbstbewusstsein. Ich bin, wie es Ganesha formulieren würde, mit mir im Reinen. Mit all meiner Kraft befehle ich dem Chip, nicht zu senden, und das Summen wird leiser, entfernt sich und verschwindet schließlich ganz.

Die Treppe endet an einem dreieckigen, aus Stein gehauenen Torbogen. Ich lehne mich erschöpft dagegen und atme die frische Nachtluft ein. Über den bewölkten Himmel zuckt ein Blitz und erhellt eine Terrasse, in deren Boden verschnörkelte Pfeile eingelassen sind, die auf ein spitzes, fensterloses Gebäude zeigen. Ein Kirchturm auf dem Kirchturm. Ich richte meine Pistole auf Bradleys Praktikanten, der sich in den Schatten des Gebäudes drückt, in der Hoffnung, unsichtbar zu werden. Anscheinend hat er hier auf Bradley gewartet, der ihn zu Hilfe gerufen hat, und war zu feige, um den Turm zu betreten.

Ich deute mit der Pistole in Richtung der weißen Kugel, die ein paar Zentimeter über dem Boden schwebt: »Ist das diese Drohne? Wollte Bradley, dass ich mit diesem Ding nach Asaria fliege?«

Ein fernes Donnern verschluckt seine Worte beinah. »Ja ... ja.«

Ich lasse die Waffe sinken. »Du wartest auf Bradley, oder? Er wird nicht kommen. Los, wirf deine Eyewatch über das Geländer und dann verschwinde.«

Der Praktikant gehorcht, läuft dann zum Treppenaufgang und bleibt dort unsicher stehen. Was will er von mir? »VERSCHWINDE.«

»Ist ... Bradley tot?«

»Nein.«

Ganz langsam klipst der Praktikant einen Kuli von seiner Hemdtasche und schiebt seinen Ärmel nach oben. Ohne mich aus den Augen zu lassen und so vorsichtig, als würde er sich einem wilden Tier nähern, kommt er auf mich zu. Denkt er, ich könnte anfangen, wild um mich zu schlagen, wenn er sich schneller bewegt? Er reicht mir den Stift. Seine Augen leuchten: »Ich bin ein Fan!«

Überrumpelt starre ich auf seinen entblößten Arm, dann begreife ich: Ich soll ihm ein Autogramm geben. Ich zucke mit den Schultern und gebe ihm den Stift zurück: »Meine Zeit als Eyevision-Clown ist vorbei. Du bist zu spät.«

Enttäuscht dreht er ab und rennt die Turmstufen hinunter. Auf Nimmerwiedersehen, denke ich.

Vorsichtig öffne ich die schwere Portaltür zu dem spitzen Gebäude und reiße die Pistole nach oben. Eine Riesin lächelt gütig auf mich herab. Dann bückt sie sich und legt einen gigantischen Apfel auf den Boden. Mit einem seltsamen Knistern in der Stimme verkündet sie: »Möge dieses Land und möge seine Bevölkerung nie wieder Hunger leiden.« Die Figur flackert. Sie ist ein Hologramm! Ein ziemlich schlechtes sogar. Die Aufnahme ist alt und körnig. Ich lasse die Pistole sinken. Cat Cainstorm, die große Heldin, schiebt ihre runde Brille in die Haare. Ob die Metallteile in der Halle die Reste eines ihrer Schiffe sind? Vielleicht sogar von dem Schiff, mit dem sie der Sage nach Lebensmittel nach Cainstorm gebracht hat? Und plötzlich erkenne ich, wo ich bin. Dies hier ist der Ort, an dem Cat von Bord ihres Schiffes gegangen ist. Dies hier ist die berühmte Kathedrale, zu der meine Mutter immer pilgern wollte, um Cat für die Genesung von Luc zu danken.

Die Hologramm-Cat breitet die Arme aus. Ihre Augen sprühen vor Zuversicht, als sie verkündet: »Eines Tages werden wir frei sein. Eines Tages werden wir uns alle von Asul Asaria befreien.«

Ich lächele schwach. Wie sehr du dich geirrt hast, Cat. Was du wohl sagen würdest, wenn du Cainstorm heute sehen könntest? So arm und abhängig von Asaria. Und was hättest du gesagt, wenn du gewusst hättest, dass Asul Asaria dich und all deine Soldaten umbringen wird? Meine Gedanken wandern weiter zu Serge und der wurzelförmigen Narbe an seinem Bein. Ich denke daran, dass auch er sein Leben aufs Spiel gesetzt hat, um gegen Asaria zu rebellieren. Für einen Moment stelle ich mir vor, wie ich mich mit Lyssa und ihrer Gang verbünde und wir gemeinsam gegen Asaria kämpfen.

Das Knarren der Eingangstür reißt mich aus meinen Gedanken. Die Tür fliegt auf und eine vor Anstrengung heftig atmende Gestalt mit kurzen Dreadlocks erscheint. Ihre grüne Jogginghose leuchtet im fahlen Licht des Hologramms ... ist das wirklich ...?

»OHH, WOW, WAS ...«, ruft Jago, als er die Riesin sieht. Erschrocken weicht er zurück.

»Sie ist ungefährlich«, beruhige ich ihn und kann ein Lächeln nicht unterdrücken. Wenn ich mir einen Menschen hätte hierher wünschen dürfen, dann wäre es Jago gewesen. Und jetzt steht er einfach vor mir!

Jago schnauft erschöpft: »Mann! Mann ... ich habe dich gesucht, seit Tagen.« Er deutet auf seine Eyewatch. »Ich habe deine Sendung gesehen ... die Kathedrale ...« Er sucht nach Worten, seine langen Arme wedeln durch die Luft und ich spüre, was er mir alles sagen will. Spüre, dass er sauer ist, weil ich schon wieder einfach so verschwunden bin. Dass ich ihm nicht gesagt habe, was ich vorhabe. Ich kann mir nur vorstellen, welche Überwindung es ihn gekostet haben muss, hierherzukommen und sich der Gefahr auszusetzen, von Brenda, Victor oder den Schlangen erschossen zu werden. Über all das könnte er mir Vorträge halten, aber Jago sagt einfach nur: »Mann, bin ich froh, dich zu sehen.«

Seine Worte bringen mit einem Schlag die letzten Mauern aus Hass und Wut zum Einsturz, die ich in den letzten Stunden zwischen mir und der Welt errichtet habe. Plötzlich sind alle negativen Gefühle wie weggewischt. Ich gehe mit ausgebreiteten Armen auf Jago zu und drücke ihn an mich. »Bin ich froh, DICH zu sehen.«

Todernst sagt Jago: »Weißt du, was die Zuschauer auf Eyevision vermuten?«

»Nein, was?«

»Dass du kein Mensch bist, sondern ein Roboter, den Eyevision extra gebaut hat. Immer wenn ein Exemplar kaputtgeht, schickt Eyevision einen neuen Roboter von dir los.«

Ich lache auf, froh, diesem ganzen Irrsinn entkommen zu sein. Zumindest fast. Denn zwischendurch spüre ich, wie Eyevision versucht, den Chip einzuschalten, aber ich bin stärker. Ich lege Jago die Hände auf die Schultern und suche nach Worten, um ihm zu sagen, wie leid mir das alles tut und wie dankbar ich ihm bin, dass er hier ist. Aber ich ahne, dass er das alles nicht hören will. Also sage ich nur: »Nächstes Mal frage ich dich direkt, ob du mitkommen willst, okay?«

Jago sieht mich an. »Schwöre es!«

»Ich schwöre es.«

Er grinst, als ob ich ihm versprochen hätte, dass wir in einen Vergnügungspark fahren. Dann nickt er zur Tür: »Wir sollten gehen. Ich bin mir sicher, dass Mordaz und ein paar Kopfgeldjäger auf dem Weg hierher sind ... aber ich habe noch jemanden mitgebracht.«

»Wen?«, frage ich, aber er antwortet nicht und tritt durch die Tür. Ich folge ihm.

Ich höre das gleichmäßige Prasseln, bevor ich den Regen sehe. Wind fegt mir entgegen und ich nehme eine Bewegung im Torbogen wahr. Es ist Lyssa. Ihre Brust hebt und senkt sich von der Anstrengung des Treppensteigens. Unsere Blicke treffen sich und ihr Anblick lässt mich Glück atmen. Jeder Atemzug füllt meine Lungen mit einer neuen Welle. Gleichzeitig fürchte ich, dass Gabriel hinter ihr aus dem Schatten treten und ihr besitzergreifend einen Arm um die Schulter legen könnte. Aber nichts passiert. Lyssa starrt mich an und mir wird klar, dass wir beide nicht geglaubt haben, uns jemals lebend wiederzusehen. Sie macht einen zögerlichen Schritt vorwärts, dann rennt sie auf mich zu, als würde sie auf einem Zehnmeterbrett stehen und müsste jetzt springen oder nie. Ihre Hände fahren über meine Arme, als müsse sie sichergehen, dass ich kein Hologramm bin. »Du hast es geschafft!«

»Und du bist gekommen.«

Regentropfen rinnen über ihr Gesicht. Sie ringt nach Luft. »Ich hätte dich niemals gehen lassen dürfen. Niemals. Aber ich hatte Angst. Ich hatte solche Angst.«

Ein Blitz lässt die Terrasse erstrahlen und erst jetzt sehe ich, dass das Geländer mit Hunderten von Schlössern behangen ist. Bronzen und silbern leuchten sie wie Korallenriffe. Selbst der nasse Boden scheint zu leuchten. Der Wind wirft Lyssas Haare durcheinander und wirbelt sie herum. Sie schlingt ihre Arme um mich und ich ziehe sie an mich, halte sie fest. Der Wind bläst kalt in unsere Kleider, auf meine Wangen, aber Lyssas Lippen sind warm, ihr Körper glüht. Sie zieht die Kapuze ihrer Jacke über den Kopf und ich die Kapuze meines Pullis. Unsere Kapuzen berühren sich, als wären wir in einem Zelt. Der Wind heult um unsere Beine, aber wir vergraben unsere Köpfe an der Schulter des anderen, abgeschirmt von der Welt.

»Ich will mit dir sterben«, murmelt Lyssa und ich weiß, dass das ihre Art ist, ›Ich liebe dich‹ zu sagen.

»Und ich mit dir«, antworte ich und meine es absolut ernst.

Aus dem Inneren des Turms höre ich ein Brüllen. Es ist zu weit entfernt und der Regen prasselt zu laut, um die Worte zu verstehen, aber es hört sich wütend an, abgehackt. Als würde jemand Befehle schreien.

Jago deutet über das Geländer: »Die Schlangen kommen.«

Tief unter uns, auf der Straße, stehen fünf schwarze Motorräder. Lächelnd blickt Lyssa zur Drohne. »Wir werden ihnen davonfliegen.«

»Aber es gewittert«, wirft Jago ein. Der Wind fegt schwarze Wolkenberge über den Himmel. »Was ist, wenn wir von einem Blitz getroffen werden?«

»Keine Angst«, ruft Lyssa über ein krachendes Donnern hinweg. »Ich kenne mich mit Drohnen aus. Meine Eltern hatten eine. Mit der sind wir immer zu unserem Landsitz geflogen. Die Dinger fliegen bei jedem Wetter!«

Gebückt rennen wir durch den Regen und ich rufe Lyssa zu: »Was ist mit Wolka und Ilvana? Und wie geht es meiner Mutter und meinem Bruder?«

Lyssa ruft zurück: »Es geht ihnen gut. Sie warten alle zu Hause auf uns. Sobald wir in der Drohne sind, schreibe ich ihnen, sie sollen Pizza bestellen. Habt ihr Lust auf Pizza?«

»Ja! Ich sterbe vor Hunger!«, rufe ich glücklich. Meine Sorge über das Auftauchen der Schlangen wird durch wilde Vorfreude erstickt: Bald werde ich meine Mutter und Luc wiedersehen!

Wir schlüpfen durch eine schmale Öffnung in die Drohne, die vom Boden bis zur Decke reicht, als wäre sie für einen extrem langen, dünnen Menschen gebaut.

»Licht«, ruft Lyssa und die Wände beginnen, sanft zu leuchten.

Jago staunt. »Ach, so geht das! Habe mich schon gewundert, warum es keinen Lichtschalter gibt.«

»Auf Asaria gibt es auch keine normalen Lampen. Drohne, starte! Fliege uns nach Süden!«, befiehlt Lyssa. Ein winziger Ruck geht durch den Ballon und wir heben ab. »*Willkommen an Bord*«, begrüßt uns eine Stimme, die von überall und nirgendwo zu kommen scheint. »*Das Ziel ist berechnet.*«

Lyssa lächelt, als sie meinen verwirrten Gesichtsausdruck

sieht. »Warte, bis du das asarianische Essen probiert hast. Da wirst du staunen. Hier gibt es bestimmt welches an Bord.«

Verblüfft stellen Jago und ich fest, dass der Boden der Drohne aus Glas besteht: Unter uns schrumpft die Kathedrale zusammen und durch den Regenschleier erkenne ich ein paar Menschen, die auf der Terrasse erschienen sind. Jago kneift die Augen zusammen. »Ist das da unten Mordaz? Wusstest du, dass die Schlangen ihn rausgeworfen haben?«

»Nein, warum?«

»Weil er Antrax gegen deine Mutter und Luc ausgetauscht hat. Eine Schlange darf sich nicht erpressen lassen.«

»Lass mich raten«, sage ich. »Er darf nur zurück, wenn er mich umgebracht hat?«

Lyssa nickt. »So ist es. Aber er war mal wieder zu spät.«

Die Kathedrale verschwindet aus unserem Blick und die rot erleuchteten Straßen verschwimmen zu einem diffusen Schein im Regen. Ein Blitz erhellt die Stadt und die Kanten der Häuser treten scharf hervor. Wir steigen weiter auf und ich brauche einen Moment, um zu begreifen, was sich da wie dicker schwarzer Rauch vor unser Sichtfeld schiebt: »Wir sind ... wir sind IN den Wolken!«

Unter uns türmen sich Wolkenberge zu abstrakten Schlössern und Bergen auf und ich fühle mich winzig angesichts dieser surrealen Welt. »Das musst du Luc zeigen«, murmelt Jago.

»Das werde ich«, antworte ich und mein Herz wird warm bei dem Gedanken. Irgendwann lösen wir uns von dem Anblick und schauen uns in der etwa vier mal vier Meter großen Drohne um. Jago kichert: »Das ist ja wie ein Haus hier. Ein Haus für reiche Leute ohne Geschmack!«

»Hat wohl Bradley selbst eingerichtet«, schließe ich mit

Blick auf die schwarzglitzernden Kissenberge, die sich um einen Lacktisch auftürmen. An den Wänden hängen Bilder mit diamantenverzierten Pumas und von der Decke blickt das Eyevision-Logo auf uns herab: ein goldenes Auge über einer Weltkugel auf schwarzem Grund.

Die freundliche Drohne empfiehlt uns, uns komplett zu desinfizieren und die Kleider auszutauschen, um einer Infektion mit Bakterien durch den Kontakt mit einem ›kontaminierten Land‹ vorzubeugen. In der Wand öffnet sich eine Tür zu einem winzigen, aber luxuriösen Bad, durch dessen Decke und Wände Desinfektionsmittel, Dampf, Wasser und Parfüm gesprüht werden. Es gibt sogar Verbände und Salben für meine Wunden. In einem Kleiderschrank finden wir asarianische Kleidung. Einfarbige Pullis und Hosen, lauter Männerklamotten in meiner Größe.

Froh, endlich meine ungewaschenen Klamotten wechseln zu können, ziehe ich mich um. Auch Lyssa und Jago tauschen ihre regennasse Kleidung gegen die asarianische ein. Lyssa muss die Hosen ein Stück nach oben krempeln, während Jagos Hosenbeine zu kurz sind. Bewundernd streicht er über ein paar dunkelblaue Linien, die sich an der Seite des Stoffes zu abstrakten Mustern vereinigen und dann wieder auseinanderfließen. »Wie funktioniert das?«, will er von Lyssa wissen, aber in diesem Moment reißt unter uns die Wolkendecke auf und offenbart eine glatte, schwarze Fläche.

»Warum sind wir über dem Meer?«, murmelt Lyssa und befiehlt: »DROHNE, FLIEG NACH SÜDEN!«

Die Computerstimme antwortet: »*Unser Zielort ist der herrschaftliche Palast auf Asaria.*«

»Was? ASARIA?«, schreit Jago.

»Kurswechsel!«, befiehlt Lyssa.

»*Ein Kurswechsel ist nicht möglich. Ich bin auf den Palast programmiert*«, erwidert die freundliche Stimme.

»Dann programmiere dich um«, ruft Jago.

»*Ein Kurswechsel ist nicht möglich. Ich bin auf den Palast programmiert. Jegliche Befugnis, den Kurs zu ändern, liegt bei Bradley Starlight und Balhaus Bim.*« Wahrscheinlich ist Balhaus Bim der Praktikant.

»Drohne, flieg uns zurück!«, befiehlt Lyssa, aber die Drohne wiederholt zum dritten Mal ihren Satz und setzt den Kurs über das Meer unbeirrt fort.

Entgeistert starren wir uns an. Als hätte der Chip nur auf diese eine Sekunde gewartet, kämpft er sich nach vorne und meine Kopfhaut beginnt zu kribbeln. Ich schließe die Augen, atme durch und kämpfe den Chip nieder, bis er im Hintergrund verschwindet.

Lyssa zieht ihr Messer und versucht, es in eine der plastikartigen Wände zu stechen. »Wir müssen an das System rankommen und es von Hand umprogrammieren.«

»Okay.« Ich taste die Wand ab auf der Suche nach einer Naht, in die Lyssa ihr Messer bohren kann. Aber es hat keinen Zweck. Die Drohne scheint wie aus einem Stück gegossen zu sein. Es gibt keine Nähte, nicht mal Schrauben.

Ein verzerrte Männerstimme unterbricht unsere erfolglosen Bemühungen: »*Erster Offizier der Friedensmauer an Eyevision-Drohne Nummer vierundsechzig. Können Sie mich hören? Haben Sie eine Erlaubnis, asarianischen Luftraum zu betreten? Bitte bestätigen Sie.*«

Es knackt in der Leitung. Stille. Unter uns zieht sich eine blinkende Linie durch das unendliche Schwarz. Das muss die Barriere sein. Alarmiert schauen Jago, Lyssa und ich uns an. Was passiert, wenn er herausfindet, dass wir keine haben? Schießt er uns ab? Doch da antwortet die Computerstimme schon: »*Hier Eyevision-Drohne Nummer vierundsechzig. Wir fliegen im Auftrag von Bradley Starlight. Erstem Abgeordneten von Eyevision auf Cainstorm.*«

Wieder Stille. Ich beobachte, wie die blinkende Barriere näher und näher kommt, und mit jedem Meter wird mein Herzschlag schneller.

Es knackt wieder: »*Sondererlaubnis erteilt. Herzlich willkommen im asarianischen Luftraum. Copy Ende.*«

Lyssa stößt einen Wutschrei aus und tritt gegen einen der Kissenberge. Statt nachzugeben, stößt der Berg einen Schmerzensschrei aus. Eine Gestalt schießt wie ein Springteufel aus den Kissen hervor. Breitbeinig landet sie auf dem Boden. Ihr wirres braunes Haar ist zu einem Knoten aufgetürmt und die Cowboyfransen wedeln wild hin und her. Sie hat ihre Pistole gezogen, aber das haben auch Lyssa, Jago und ich.

»Ach, Mist!«, ruft Tami und wirft ihre Pistole in eine Ecke. »Dachte, ihr findet mich nicht.«

»Wer zur Hölle …«, Lyssa starrt Tami unverwandt an, die ihre goldene Gürtelschnalle mit beiden Händen zurechtrückt.

Ich packe Tami grob an der Schulter. »Was machst du hier?«

Mit einem Ruck reißt sie sich los. »Ich will nach Asaria. Ein bisschen reich werden und so.«

»Wusstest du, dass die Drohne nach Asaria fliegt?«

»Hab's gehofft.«

»Wie bist du hier überhaupt reingekommen?«

»Bin mit dem Hoverboard hochgeflogen, als du in diesen spitzen Turm rein bist … hättest halt besser aufpassen müssen. Wusste nur nicht, dass man ›Drohne, starte!‹ sagen muss, damit dieses Ding fliegt, sonst wäre ich längst weg gewesen.« Tami streicht mit den Fingern über eins der Pumabilder mit den Diamanten.

»Wir fliegen zu den Sternen, wie Tauben ...«, murmelt Jago. Tami zeigt ihm einen gereckten Daumen und versucht, einen Diamanten aus der Fassung zu kratzen.

Lyssas Stimme klingt rau vor Aufregung: »Sie kann nicht mitkommen. Sie ist eine Kopfgeldjägerin, ich kenne ihre Videos. Die liefert uns doch alle aus.«

Jago drückt auf seiner Eyewatch herum: »Immerhin ist sie nicht auf Sendung.«

Ungerührt singt Tami: »Höher, höher, Taube, Tauuuuube!« Beim letzten Ton bricht sie den Diamanten aus dem Bilderrahmen und steckt ihn in die Hosentasche.

Die Gesichter von Lyssa und Jago sind kalt geworden. Aber was sollen wir tun? Ist jetzt nicht sowieso alles egal?

Unsere Feindseligkeit scheint Tami nicht zu interessieren. »Gibt's hier auch Fressen?« Sie klatscht in die Hände und ruft mit schlechtem asarianischem Akzent: »Ey, Raumschiff, gib mir geiles Essen mit Goldstaub. Am besten Würstchen. Und Bier. Bier, das reiche Leute trinken.«

Die freundliche Stimme reagiert sofort. »*Da wir uns auf einem Interkontinentalflug befinden, habe ich heute leider nur Weißwal-Kaviar, geriebenen Trüffel an Eiern eines Albino-Störs, eingelegt in 40 Jahre gereiftem Essig, sowie kandierten Spargel. Dazu vierhundert Jahre alten Wein, noch in der alten Welt gekeltert. Ist das genehm?*«

»Yo, läuft ... mach mal vier Teller.«

»Na, dann mal los!«, Tami haut ihre Gabel in das kunstvoll angerichtete Essen, das für mich nach Schaum und bunten Seifenkugeln aussieht. Aber es scheint zu schmecken. Tami verdreht entzückt die Augen zur Decke. »Schon mal nicht schlecht.«

Wie betäubt setzen wir uns zu ihr, aber keiner von uns isst oder spricht. Benommen starren wir vor uns hin. Schließlich fragt Jago leise: »Was ist, wenn uns die Asarianer schnappen ... Gibt es die Todesstrafe?«

Lyssa hat die Arme um ihren Körper geschlungen, als würde sie sich selbst umarmen. Blicklos und ohne zu zwinkern starrt sie ins Nichts. »Nein. Wir werden abgeschoben, auf die ... Insel.«

Das letzte Wort flüstert sie, als würde es zu real werden, wenn sie es lauter ausspricht. Vor meinem inneren Auge steigt ein kahler Betonbau ohne Fenster auf, der so feucht ist, dass die Algen ihn grün färben, und von dessen Türmen die verhungerten und ausgezehrten Gefangenen ins Meer geworfen werden.

Hoffnungsvoll fragt Jago: »Und von der Insel werden wir nach Cainstorm abgeschoben?«

Lyssa schüttelt so langsam den Kopf, als würde sie nur noch auf Reserveakku laufen. »Nur Kinder unter fünfzehn werden nach Cainstorm gebracht, sonst niemand. Die Regierung geht davon aus, dass die meisten dort sowieso sterben.«

Tami, die nicht begriffen zu haben scheint, dass Lyssa auf Asaria geboren ist, ruft: »Das sind doch alles Märchen. Auf Asaria wird jeder reich! Die pflastern ihre Straßen mit Gold und sprühen Diamantenstaub aus Heißluftballons, damit alles glitzert.«

Die freundliche Computerstimme erinnert uns daran, wie nah die Kontinente von Cainstorm und Asaria zusammenliegen: »*Willkommen im asarianischen Hoheitsgebiet. Präsident Trench Asaria und die Gründerin von Eyevision, Damaris Le*

Grand, begrüßen Sie herzlich zu Ihrem Aufenthalt in Asaria. In fünfzehn Minuten erreichen wir den Palast. Freuen Sie sich auf hundert Prozent klare Luft, hundert Prozent gutes Wetter und hundert Prozent Perfektion.«

»Ich erwarte mindestens hundertzehn Prozent.« Tami gähnt und streckt sich auf den Kissen aus. Durch den gläsernen Boden erkenne ich Lichter in der Schwärze. Wahrscheinlich Schiffe.

Lyssa ist aufgesprungen und versucht, ihr Messer wieder in die Wand zu bohren. »Wir können nicht zum Palast! Dort wimmelt es von Soldaten!«

Ich nehme ihr das Messer aus der Hand und versuche, es selbst in die Wand zu rammen. Jago, der mir verzweifelt zuschaut, murmelt immer wieder: »Es ist zwecklos!«

Scheinbar ungerührt beobachtet Tami uns von ihrem Kissenplatz. »Drohne, flieg tiefer«, befiehlt sie.

»Damit kann ich dienen.«

Ich spüre, dass wir sinken, und wundere mich für eine Sekunde, was es uns bringen soll, tiefer zu fliegen, aber dann drängt sich wieder das Summen nach vorne. Laut und fordernd, als hätte der Chip ein Recht darauf, eingeschaltet zu werden.

»Drohne, noch tiefer«, befiehlt Tami und wir sinken weiter.

»Drohne, wie weit noch bis zum Palast?«, ruft Lyssa und ich höre das erste Mal Panik in ihrer Stimme.

»Noch zwölf Minuten Flugzeit.« Lyssas Fäuste hämmern gegen die Wände, die zu unserem Gefängnis geworden sind.

Beunruhigt zieht Jago mich am Ärmel. »Tami ist weg.«

»Was?« Ich fahre herum und salzige Meeresluft weht mir entgegen. Die schmale Eingangsluke ist geöffnet. Tami hat den Notschalter gedrückt. Mit zwei Schritten bin ich an der

Öffnung und starre durch den Spalt hinunter ins Meer. »Sie ist gesprungen.«

»Keine schlechte Idee«, entgegnet Jago und lehnt sich aus der Luke. »Wir müssen uns beeilen. Ich sehe die Küste, wir sind fast dort!«

In Lyssas Stimme schwingt Hoffnung mit. »Also Treffen am Strand, ja?«

»Ja«, antworte ich aufgeregt.

Jago holt tief Luft, nickt uns zu und springt. Es sind vielleicht 13 Meter, dann schlägt er auf und das schwarze Meer verschluckt ihn. Lyssa lächelt mir zu, ihre Panik ist fast verschwunden. »Vielleicht wird doch alles gut.«

Ich nicke: »Vielleicht kannst du mir dein Land zeigen und dann verschwinden wir wieder. Wie ein kurzer Urlaub.«

»Vielleicht ... kann ich sogar meine Eltern wiedersehen?« Tränen steigen ihr bei dem Gedanken in die Augen. Sie lächelt tapfer, deutet einen Kuss an, dann springt sie.

Ich beuge mich nach vorne und in dem Moment wird mir klar, dass jeder Asarianer, der Eyevision schaut, mein Gesicht kennt. Wie soll ich auf Asaria untertauchen? Diese schockartige Erkenntnis reicht, um den Chip aus seinen Tiefen hervorschießen zu lassen wie einen Korken aus dem Wasser. Das Summen bohrt sich nach vorne, als hätte Eyevision noch ein letztes Mal all seine Kraft gebündelt, um den Chip auf Sendung zu zwingen. Nein, denke ich. Nein! Mit Mühe gelingt es mir, den Chip niederzukämpfen, ihn in die hinterste Ecke zu verbannen.

Schwer atmend öffne ich die Augen, blicke nach unten und sehe, dass sich das Meer heller gefärbt hat. Wir sind zu nah an der Küste! Wenn ich jetzt springe, breche ich mir das Genick. Das Meer endet an einem Strand, der sich die Küste hinaufzieht wie auf einer Postkarte. Kein Schnipsel Müll ist zu sehen, keine aufgeplatzten und faulenden Fische, keine Holzreste mit Nägeln, die nur darauf warten, sich in Fußsohlen zu bohren. Nach dem Strand folgen wogende Palmen, die bis unter die Drohne reichen. Die Bäume sind so groß, wie ich sie bisher nur auf dem Sunrisehill bei Bradleys Wohnung gesehen habe. Aber dort gab es nur wenige Bäume. Das hier ist ein Wald! Ein Urwald.

Zwischen den gezackten, dunklen Blättern springen leuchtende Wesen von Ast zu Ast. Die Tiere stoßen affenartige Laute aus, fauchen, zeigen mir ihre spitzen Zähne, als wollten sie ihr Revier verteidigen. Ich beuge mich weiter nach vorne und erkenne, dass die Tiere gefiedert sind. Mir fallen die Zebranauten ein, die ich damals im Eyevision-Gebäude gesehen habe. Sie waren eine Züchtung aus Zebra und Katze. Vielleicht sind diese Tiere halb Affe, halb Vogel? Die Blätter der Bäume streifen fast meine Füße und ich überlege zu springen, sehe aber plötzlich, dass die Äste und Stämme mit Dornen übersät sind. Also warte ich ab, atme tief ein. Moos, frische Blätter, Holz. Es riecht so vertraut und gleichzeitig fremd, dass ich den Geruch am liebsten in eine Flasche einsperren würde, um ihn meiner Mutter zu bringen. Und trotz meiner Furcht, entdeckt zu werden, habe ich plötzlich das Bedürfnis, dieses Land zu erforschen und all seine Geheimnisse zu entdecken.

In der Ferne ragen Türme und spitze Dächer auf. Eine Stadt.

»Drohne, fliege noch tiefer«, befehle ich.

»*Wir haben den tiefsten vom Ministerium erlaubten Richtwert erreicht*«, erwidert die Drohne.

»Scheiß Ministerium.«

Der Urwald geht in einen Rasen über, auf dem symmetrisch angepflanzte Büsche wachsen. Sie sind in die Form von

Stieren geschnitten, die wütend Anlauf zu nehmen scheinen, um in Richtung Meer zu stürmen. Ich atme noch einmal durch und denke an Lyssa und Jago. Hoffe, dass wir uns gleich wiedertreffen, und bete, dass Asaria mir zur Begrüßung nicht die Beine bricht. Dann springe ich.

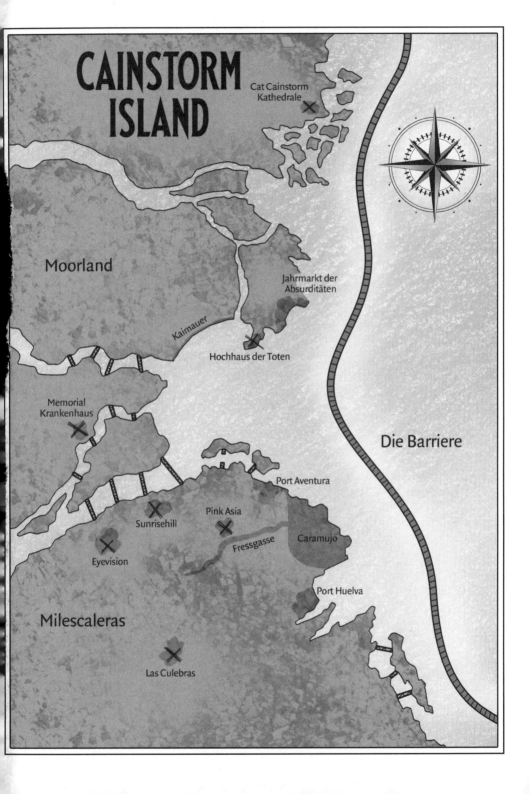

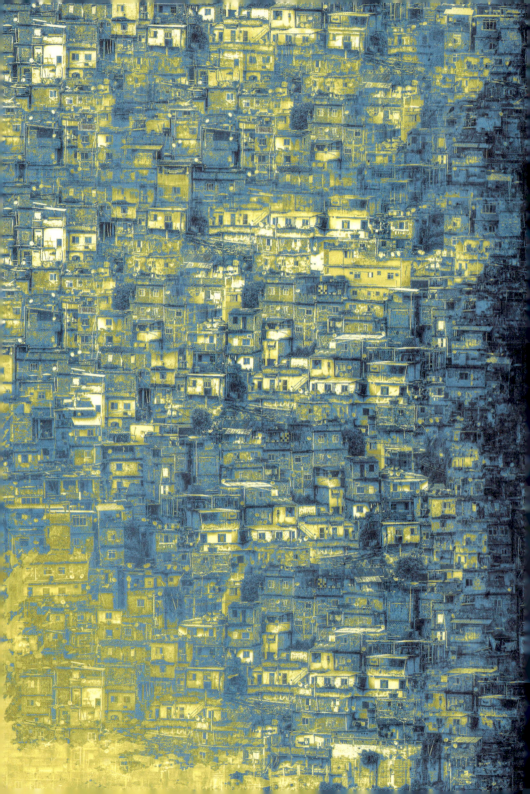